徐芹庭撰

修辭學發微

中華書局印行

自序

易曰：「鼓天下之動者、存乎辭。」夫辭之所以能鼓動天下者，乃修辭之功也。若不修辭，則無以動人，更何況於動天下乎？詩云：「辭之輯矣，民之洽矣；辭之懌矣，民之莫矣。」（輯、和也。懌、悅也。莫、定也。）蓋辭既和悅，則可以曉生民之耳目，寫天地之輝光，而民安洽矣。是修辭之功，不可沒也。昔孔子贊賞子產之能修辭，則曰：「志有之：『言以足志，文以足言』。不言誰知其志？言之不文，行而不遠。」夫欲恢宏至道、足志行遠，舍修辭，則無以濟矣。蓋能修辭，則如橐籥之無窮，同天地之長永。可以經緯區宇，通萬里而無閡；彌綸羣品，施億載而爲津矣。是以古之作者，或寄身於翰墨，馳騁於辭林；或縱橫於說辭，捭闔於舌端；或雕琢麗彩，發揮於事業；或彪炳辭華，救國於將危。皆能收修辭之功，名揚至今。由是觀之：修辭之學，不可不學也。惟今日修辭學之書，不可概見。其可見者，惟楊氏中國修辭學，陳氏修辭學發凡。（學生書局印其書，而改名爲修辭學釋例）與陳氏介白修辭學講話耳。此三書論述詳明，尚稱佳構，惟猶有未臻者焉。蓋陳氏修辭學發凡，雖則敍論清晰，惟貶聲律，而屈古學，未足恢宏至道。楊氏之作，則古樸深奧，不便於初學。介白之書，融通中西，仿自日人，頗能深入，惟辭格之闡述，猶有未盡。余有鑒及此，爰於授課之暇，鎔鈞載籍，陶鑄縹緗，探賾鉤深，研精索微；蘊三家之精意，宏修辭之大端。又默識深究，闡平生之所得。遂撰成斯篇，以課學子。惟成書倥促，或有未盡，祈宇內鴻儒耆宿，有以匡其不逮也。

庚戌孟夏　東海徐芹庭敬序

修辭學發微目錄

肆　章句之修辭法……一二〇

陸　辭趣之修辭

壹　修辭學導論

一、修辭學之定義

修辭學，乃研究如何修飾語文詞句之一種學問也。

說文：「修，飾也。」辭、說文云：「說也。」（按原作訟也。段玉裁據廣韻改。）引伸之，有文辭語辭之意。（如禮記曲禮「不辭費」是也。）與詞之意同。詞、廣韻云：「說也。」字彙云：「文也。」釋名云：「嗣也，令撰善言相嗣續也。」由是，修辭者，修飾語辭文辭也。然則修辭學乃研究如何修飾語文詞句之一種學問也。

修辭學，英文謂之勒托列克 Rhetoric，其意爲 Good speaking and writing; artificially ornamemted with the intention of creating an effect; (exaggerated phrasing) 其意亦與此同。

茲再引各國修辭學家，對修辭學所下之定義於後，以供參考。

亞理士多德云：「吾人可將修辭學下一定義曰：通一切題目之意旨，察一切勸說之技巧，而以教或勸說爲主，此修辭學之所能爲也。」(Rhetoric–Aristotle)。

英人惠提里云：「以恰當之論敘法，證明一事，並巧妙整理之。」(Elements of Rhetoric–whately)

美國巴斯科姆云：「吾人對於修辭學下一定義，則爲敎導遣辭規則之技巧，遣辭者卽將思想感情表爲言語，以期能達一定目的之謂也。」(Phylosophy of Rhetoric-Posscom)

美國海爾言：「修辭學乃議論足以動人之法則之學。」(Science of Rhetoric-Hill)

日人島村瀧太郎（卽島村抱月）云：「修辭學、美辭學也。美辭學乃硏究辭之所以成美之學也。辭者思想表爲言語者也，辭之所以成美者，乃由修辭之現象而刺激情感之謂也，學者乃以科學之方，將其理法推論之謂也。」（島村瀧太郎新美辭學）

日人佐佐政一云：「修辭法者，依言語而將自己之思想、感情、與想像，有效而傳達於他人之技術也。」（見佐佐政一修辭法講話）

由以上諸家之解說，可知古今對修辭學所下定義之一般矣。

二、修辭學之發展

（一）中國修辭學之發展

修辭學，乃近世方構成之一種有系統之學問。然究其淵源，則其來尙矣。蓋人類語言之修辭，隨語言之發展而發展；文辭之修飾，隨文明之進展而進展。故修辭之學，自有語言文字以來，卽爲人所注意。易曰：「修辭立其誠，所以居業也。」又曰：「其旨遠，其辭文，其言曲而中。」夫旨遠辭文，言曲而中，則修辭可知矣。詩云：「辭之輯矣，民之洽矣。辭之懌矣，民之莫矣。」輯、和也。懌、悅也，莫、定也。夫辭既和悅，而民安洽，則修辭之功，不可沒也。禮記表記謂：情欲信、辭欲巧。孔子曰：「辭達而已矣。」曾子曰：「出辭氣，斯遠鄙倍矣。」（論語）夫欲文辭之巧，言辭之通達，而遠於鄙倍之域，則非修辭不可也。由是知修辭之學，由來尚矣。特古人未將其系統、組織、而條列之耳。今略述其發展於左：

自詩大序始標六義之名，六義者風雅頌賦比興也。風雅頌者，詩之體裁也；賦比興者，詩之作法也。此爲中國最早之修辭分類及文體論。下至戰國縱橫家之雄辯，名家之堅白同異，遊士之說動人主，皆修辭之精也，此較希臘之智者（Sophist）毫不遜色。降及三國曹丕作典論論文，始標出奏議、書論、銘誄、詩賦四體，陳述文以氣爲主之說。晉陸機文賦泛論作文之方，遺辭之要，靈感與修辭之關係，而分出詩、賦、碑、誄、銘、箴、頌、論、奏、說諸體。南朝劉勰之文心雕龍，堪稱中國第一部較完整之修辭學。分文體爲騷、詩、賦、樂府等數十種，又說明運思之方，遺辭之要。於修辭之方法，論之甚詳。分文之體性爲八：典雅、遠奧、精約、顯附、繁縟、壯麗、新奇、輕靡是也。梁代任昉之文章緣起，論文之源流體裁，並分文體爲八十四種。餘如李充翰林、摯虞文章流別、鍾嶸詩品、周顒四聲切韻、沈約四聲譜、李耆卿文章精義，及歷代詩話、詞話等，間亦提示修辭遺文之方。如唐司空圖二十四詩品、僧皎然詩式等是也。嚴羽之滄浪詩話，且詳論詩形詩體，其五法謂：體製、格力、氣象、興趣、音節是也；其九品謂高、古、深、遠、長、雄渾、飄逸、悲壯、凄婉是也。其三工謂起句、字句、字眼是也。敍詩體則述及由時代，由個人而分別。陳騤之文則，敍及詞藻法，立曲折、對偶、倒言、病辭等目，述及譬喻法而分直喻、隱喻、類喻、詰喻、對喻、博喻、簡喻、詳喻、引喻、虛喻十類，可謂詳矣。

至元代王構著修辭鑑衡，始正式以修辭名書，其書論自六經至唐宋各名家之文，及爲文應用之法。陳繹曾著文說文筌二書，文說論爲文之法八，即養氣、抱題、明體、分間、立意、用事、造語、下字是也。文筌分述古文譜，四六說（駢文），楚漢唐賦譜，古文矜式，及詩譜等，又敍及詩文之法式體製，有結尾九法、起端八法、敍事十一法、議論七法、用事十四法、養氣八法等，皆頗得要領。至明代高琦著文章一貫，敍爲文八格曰褒美、攻擊、評品、抑揚、追想、回護、推明、考詳。言爲文有六法，即立意、氣象、篇法、章法、句法、字法是也。其序云：「立起端以肇之，敍事以揄之，議論以廣之，引用以實之，譬喻以起之，含蓄以深之，形容以彰之，過接以維之，繳結以完之，九法舉，而後文體具，體具而後用達。」是則其於修辭之方，論述甚明。徐師曾之文體明辨、詩體明辨亦纂集古代至宋元之詩文，而辨其類，明其體，此已涉及修辭學之範圍矣。方以智之文章薪火亦有修辭之論點。清唐彪讀書作文譜分述書法、讀法、評讀、體製、題法、辭法、種類，與詩文之體式，頗能曲盡修辭之體裁。餘如魏禧日錄論文、魏際瑞伯子論文、梁章鉅爾菴論文、呂璜初月樓古文緒論、劉熙載文概、薛福成論文集要、俞樾古書疑義舉例、楊樹達古書疑義舉例續補亦頗多修辭之論述。

又其他諸集，間亦略述及修辭造句之方，布局作文之法；如唐劉知幾史通，宋強行父唐子西文錄，王應麟困學紀聞，徐度却掃篇，惠洪冷齋夜話，史繩祖學齋佔畢，費袞梁谿漫志，陸游老學庵筆記，沈括夢溪筆談，陳京葆光錄，陳善捫蝨新話，莊季裕雞肋篇，戴埴鼠璞，張端義貴耳集，陳世崇隨隱漫錄，王銍默記，明顧亭林日知錄，清洪亮吉曉讀書齋初錄，姚範援鶉堂筆記，汪中述學，章學誠乙卯劄記、文史通論，焦循易餘籥錄，洪邁容齋隨筆（續筆、五筆）劉師培毛詩詞略舉要詳本略本，荀子詞例舉要及古書疑義舉例補等書，雖不以修辭名書，然亦頗述及修辭之方，可視作修辭之參考書。

至光緒卅四年中國圖書公司出版之文法會通（劉金第著，其甲編有五卷，論字、詞、句、陰陽、奇偶、排比、比例、譬喻、陪襯、援引、虛實、例證、因果、假定、追溯、設難、正負、演繹、布局，是其書雖名曰文法會通，實則論作文遣辭之術也，乃修辭學也。）始正式奠定近代中國修辭學之初基。入民國後則有陸殿揚之修辭學和語體文，王氏修辭法概說，已略示近代修辭學之端倪。至民國十二年唐鉞根據納似非高級英文作文學（Senior Course of English Composition-Nesfield）之分類法，而斟酌損益，作修辭格一書，例證頗多，說理亦能貫串，對當時影響甚大，於是遂爲以科學方法研究修辭學奠下深基。後此則有鄭奠之中國修辭學研究法，蓋欲以中國修辭古說，規律今後之修辭學也。楊樹達氏，亦作中國修辭學，純以中國修辭之法，論述修辭之要，古樸質實，頗能深入。後之作者，皆踵事增華，集前賢之論述，而成其書，後此則有陳氏望道修辭學發凡（香港印，臺灣學生書局印其書，易其名爲修辭學釋例）此書演述甚詳，惜其抑古揚今，對聲律、用典、對仗皆不甚注意，然辭格之演述頗有條理，可謂以科學法研究修辭學之善本。民國四十七年，陳介白，根據日本島村瀧太郎之新美辭學（明治卅五年出版），五十嵐力之新文章講話（明治四十二年出版）與佐佐政一之修辭法講話（大正六年出版）三書，與中國修辭古說薈而究之，作修辭學講話一書，其書分三篇，亦頗當理。又近人傅隸樸作修辭學，頗平易精練。此中國修辭學發展之概觀也。

（二）西洋修辭學之發展

西洋之修辭學，源於希臘，約在西元前四四〇年左右，恩匹陶克來斯（Empedocles）以善用譬喻成語法家，肇修辭之先河；此後可拉克斯（Corax）視修辭爲一種技巧，而立下規則；且分文辭爲引言(Proem)、敍事(Narrative)、辯論(Argument)、補語(Subsidiary remarks)、結論(Peroration)，五種。時辯論之風甚盛，可拉克斯又創蓋然法，如強者訴訟弱者之毆打，弱者辯稱：「所謂弱者將強者毆打之事，豈得爲事實哉？」引申於一切之辯論，遂有詭辯術之產生。此後有伯羅達哥拉斯(Protagoras)。斯拉塞馬丘斯(Thrasymachus)布羅底丘斯（Prodicus）亦頗著盛名。此時安提宏（Antiyhon 西元前四八〇—四一一）始將辯論之格局分爲四部份，並描述其思想之發展。至愛梭克拉提斯（Isocrates 西元前四三六—三八三）始教授修辭學。並著修辭術一書，謂修辭學爲勸說之學(Science of Persuasion)，其教授法，先說明術語用於散文之修辭技術，次將修辭之理論，應用於實際之作文上，並加以增删修飾。此後安克西門斯（Anatimenes）亦著修辭學。集希臘修辭學之大成者爲亞理斯多德（西元前三八五—三二二）著修辭學（Rhetoric）一書，其書分三卷，首論修辭之定義、本領、效力及分類等；次述感情論式二段論法、舉例論法等；末言文體結構、說話術等。極爲精博，後世言修辭者多祖之。亞氏視修辭學爲勸說之術，勸說之法有二：或示實證以服人，或由辯說以服人。辯說之種類則有勸考（Deliberative 由推獎與諫止而成）判決（Judical 由告發與辯護而成）證明（Demonstrative 由讚揚與貶抑而成）三者。此後之修辭學家多與哲學合而爲一。

羅馬時期最著名之修辭學家有二，西色洛（Cicero 西元前一〇六—四三）著雄辯法（Oratare），昆提廉（Quintilian 西元四二—一一八）著雄辯家教育（Education of anorator）。認爲修辭學含有哲學、法律、道德、政治等學。嘗曰：「修辭乃人生必須之德，而用不用可以隨意。」並謂修辭家須有完全辯說之天才，與高尚之人心。修辭之手段是工夫、整理、記憶與發表。

中世紀修辭爲大學之必修課程。十六世紀中葉以後，英人雷諾爾德高克斯（Leonasd cox）與湯姆斯威爾遜（Thomas Willson）皆著修辭術（Art of Rhetoric）而培根修辭論（Antitheta-Bacon）更享盛名，嘗謂修辭之任務，乃將推理加入於想像以動人之意志。」最近一、二世紀修辭之學甚盛，作者甚多，如英人康母拜耳之修辭哲學（Philosophy of Rhetoric-Compbell），勃來爾之修辭學講義（Lectures on Rhetoric-Blais），惠特來之修辭學原理（Element of Rhetoric -Whately），培因之英文作文與修辭（English composition and Rhetoric-Bain），海爾修辭之科學（Science of Rhetoric-Hill），巴斯科姆修辭之哲學（Phelosophy of Rhetoric-Bascom）海文之修辭學（Rhetoric-Haven），克洛該之修辭學教科書（Text-Book of Rhetric-Kellog），蓋彬彬乎盛矣。

西洋之修辭學，希臘時期則偏於形式，而不計思想之善惡眞妄，並可用之於各種思想。羅馬時期則兼重內容，並將法律、哲學、倫理，含蓋在內，而求其眞，求其善。近世則脫離一切學術，而成爲一門獨立之學科。大抵古代重視勸說，論證或技術之研究，幾與論理學合而爲一。近世成爲鑑賞創作、美感之研究，幾接近於美學矣。古代以演說、訴訟、議論爲主；近代偏重於文章詩歌，而尤傾向於文章之修辭。此西洋修辭學發展之概況也。

由以上中西修辭學之發展，可知中外修辭學史之概觀矣。

三、修辭學之功用

詩云：「辭之輯矣，民之洽矣。辭之懌矣，民之莫矣。」此政教貴修辭之徵也。左傳記載子產輔鄭伯入晉，晉人責以入陳之罪，子產以佳辭警語答之，而免於晉人之責難。又子產破壞晉之館垣，晉人責之，而子產用美辭秀句以諷喻，舉古事以襯托，反使晉人致歉，此外交貴修辭之徵也。易曰：「修辭立其誠，所以居業也。」禮記表記汎論君子，則云：「情欲信，辭欲巧。」此修身立業貴修辭之徵也。孔子曰：「志有之：『言以足志，文以足言。』不言誰知其志？言之不文，行而不遠。」（志者誌也，古人所語，而筆之於書者也。言以足志者，以言語表達心志也。文以足言者，以文采修辭補足言語之不足也）曾子曰：「出辭氣，斯遠鄙倍矣。」此交際處世貴修辭之徵也。其餘古籍所載，因修辭之功，而挽救自身與國家危亡者，蓋不可勝數也。如說苑卷十一善說篇云：

子貢曰：「出言陳辭，身之得失，國之安危也。詩云：『辭之懌矣，民之莫矣。』」夫辭者人之所以自通也。」主父偃曰：「人而無辭，安所用之？」昔子產修其辭而趙武致敬；王孫滿明其言，而楚莊以慚；蘇秦行其說，而六國以安；蒯通陳說，而身得以全。夫辭者，乃所以尊君重身安國全性者也。故辭不可不修，而說不可不善。

由是觀之，修辭之功，又安可已乎？

今吾等論修辭學之功用，如專從文辭言辭而論則有數點：

㈠研究修辭學，可使吾人對語言、文辭，有靈活正確之了解與運用：蓋修辭學將修辭之技巧，修辭之方式，修辭之現象，一一條而列之，吾等研究之後，自可從了解其意，而靈活運用於言語行文之際。

㈡助吾人確定文辭、語辭之意義：古人於修辭現象與行文法則，往往有「只可意會，不可言傳。」之說；吾等研究修辭學後，非特可以意會，亦可以言傳也。蓋吾等既研究其構成之法則，又知其功用，則可以確定其意義而一語道破矣。如柳宗元明州山水近治可遊者記云：「又西曰仙峦之山，……其上有穴。……其鳥多秭歸，石魚之山全石，無大草木，山小而高，其形如立魚。在多秭歸西，有穴類仙巒。」昔人以「多秭歸西」不可解，而或欲刪去「在」字，將「西」字連下讀者，亦有以為此文佳妙，不可言傳者，實則吾人如研究修辭學之「借代」則可知「在多秭歸西」即指仙峦山之西也，蓋此山多秭歸故即以之借代山名也。

㈢助吾人解決疑難：讀修辭學後，則對疑難之辭句，亦易於解矣。如「笥席」即竹席也。「笥輿」即是竹輿也。蓋以笥代竹也。又青州從事即美酒也，平原督郵即劣酒也。蓋古人或謂美酒可以至臍，劣酒謹能至膈。臍與齊形近音同，而齊即在青州也，故謂美酒曰青州從事；膈與鬲形近音同，而鬲屬於平原縣治，故謂劣酒為平原督郵也。又如「年已不惑」，「而立之年」「耳順之歲」「已至知天命之期」則各謂年已四十、三十、六十、五十歲也。（論語為政篇孔子曰：「吾十有五而志於學，三十而立，四十而不惑，五十而知天命，六十而耳順……七十而從心所欲，不踰矩。」）如研究修辭學則知其故矣。

㈣指導吾人以創作之途逕：修辭學記述古今修辭之方法，吾等研究之，即可由瞭解修辭方法，熟悉修辭技巧，進而模倣，進而創作。

㈤避免不必要之誤會：吾人生活於天地之間，既非修辭不可，若修辭而誤，則貽誤大方。如宋張耒明道雜志云：「文潞公（彥博仁宗時人。）以太尉鎮洛。遇生日，僚吏皆獻詞，多云：『五福全』者，潞公不悅曰：「遽使我考終命耶？」按尚書洪範云：「五福，一曰壽，二曰富，三曰康寧，四曰攸好德，五曰考終命。」考終命者成其短長之命以自終也。賀人生日，而欲使人考終命，則不免使人痛恨矣。故五福全，宜用之於人死後，用於生時則不可也。本欲賀人，而反使人誤會，眞寃哉枉也。吾等如能學修辭學，則可避免此項誤會，而生活於人間之世，可以逍遙以怡悅，可以養親而盡年矣。何樂如之？

總之，修辭學係一門有組織，有系統之學問，吾等若能精心研究後，而順次做有系統之練習，則於言語行文之際，必有得心應手之妙矣。如再多讀古今名文，則作文時自如行雲流水，而不必屑屑以摹仿，與堆砌美辭以成文矣。

四、修辭學之任務

修辭學之任務，乃告訴吾等修辭現象之條理，與修辭觀念之系統。其本身擔負「觀察、歸納、分析、比較、統計、綜合、類別、記述、說明」：①各體語言文字中修辭之諸現象與系統。②關於修辭之書籍與諸論著。

修辭學亦應告訴吾等（此據陳氏修辭學發凡）：

（一）修辭方式之構成：修辭之方式皆各有其特點，如明喩者其一也。吾等究其構成乃由①思想之對象。②譬喩之語詞。③另外之事物三者構成。

（二）修辭方式之變化：如譬喩有三種變化：

1. 明喩——譬喩語詞，指明相類，其形式爲「君子之德如風。」又有時隱去。
2. 隱喩——譬喩語詞，指明相合，其形式爲「君子之德風也。」又有時隱去。
3. 借喩——思想之對象及譬喩語詞皆隱去，如「先生之風，山高水長」。

而陳騤文則取喩之法，有十種，則有十種變化也。

（三）**修辭方式之分布**：如譬喻遍布於古今書籍中，與口語中，擷而錄之以供吾等鑽研。

（四）**修辭方式之功能，及其與題旨情境之關聯**：如譬喻能借與題旨情境有關之詞，以達到明暢易曉之功能，故惠施曰：「夫說者固以其所知，喻其所不知而使人知之。」（見劉向說苑）是也。

（五）**各種方式之交互關係**：如譬喻與借代相近而與其他不同是也。

五、修辭學與其他學術之關係

修辭學與文學乃不可分離者也，文學如無修辭，則不成其文，不得傳世而不朽矣。故修辭學與文學關係最為密切。至於政治、法律、經濟、社會諸學，則去修辭，亦不可。如法院之判決，一字之差，刑賞得失，相去萬里。餘可類推矣。至於歷史、地理、物理、生物、天文……諸學，則可增益修辭之材料。哲學、心理學……可指導修辭之對象。美學（Aesthetic）可輔助修辭之技巧。是故修辭學與其他諸學，固交相為用者也。

六、修辭形成之三階段

無論文辭或語辭，其構成多經三階段：一、收集材料。二、剪裁配置。三、寫說發表。若富有豐富之生活經驗與學問者，必能收聚豐富而寶貴之材料。材料收集之後，則宜有剪裁配置之工夫，如有深刻高明之見解識力，與邏輯（Logic）因明（佛學之邏輯）之訓練，則必能調整修飾而適用之於文辭與語辭之間，而靈活無礙以寫說發表。古人從材料之收聚，以至寫說發表或經長時乃成，如張衡之撰二京賦，十年乃成；左思之著三都賦，費時一紀；而蘇秦初說秦惠王不成，乃夜發書，陳篋數十，得太公陰符之謀，簡練揣摩，積之良久，遂以說六國，乃得六國之相位。亦有迅即構成者，如淮南王，枚皐，彌衡，李白皆迅即成文，而甘羅張儀陳軫之說人主，皆巧辭速成。此或由構思剪裁配置之緩，或由才敏思速，此修辭之歷程有不同也。古人之論修辭或提出「起、承、轉、合」之技巧。此對材料之配置與運用，甚能深入。又有提出「六何」何故、何事、何人、何地、何時、何如，而因事制宜者。總之修辭所可利用者，乃語言文字之習慣，及體裁形式之遺產，亦即語言文字之一切可能性也。修辭所謂適合者乃情境及題旨之切中也。

七、修辭之技巧

欲修辭之善美，宜於平時多觀察研究，一面積學以增長學識，以熟練於語言文字之運用；一面充實生活，以增進人生之閱歷。古人謂「讀萬卷書，行萬里路」。讀萬卷書，即指積學也；行萬里路，即指人生之閱歷也。兩者相輔而行，則日積月累，於修辭之工夫，必日益深厚矣。一般人多偏重於積學，以為學識高則修辭之工夫自然深，實則生活之閱歷亦甚重要。故古人云：「世事洞明皆學問，人情練達即文章」，可見生活之體驗，亦不可缺少也。

除此之外，亦宜注意於修辭技巧之講求。修辭之技巧，首宜洞達題旨，適應情境，次宜明徹修辭方式而應用之，茲分述之。

一、洞達題旨適應情境，是修辭之第一義。修辭之先，應先洞達題旨，如不能洞達題旨，則文辭雖美，亦必離題，而無當於用矣。既明白題旨後，宜思「破題」「切題」之方，凡文章之起承轉合，皆宜針對題目、題旨而發揮，「浮辭濫句」「節外生枝」凡不當於題旨者，皆不應介入，如此方能免於離題之患。語言之內容，宜針對所要講之旨義而發揮，方能捉中要點。

既洞達題旨，切中題旨後，宜注意於適應情境。作者（文章之作者）說者，應以適當之材料，與其合理之敍述，動人之感情，適合之環境（境遇、境界）以引起讀者、聽者之共鳴。古人居黃土平原，所見之最高最重者爲泰山、華嶽，最快者爲飛矢，最大者爲天地河海，故常用以比喻。如「死有重於泰山、輕於鴻毛」「光陰似箭，日月如梭」「戴華嶽而不重，振河海而不洩」「如天之無不幬也」「如地之無不載也」……以其爲人們所常見，所熟知，故以之比喻，易引起感情之共鳴。或直抒心中之所感所知（如王粲登樓賦，戰國策，司馬錯與張儀之爭論）或借外物以襯托本意（如學記：玉不琢、不成器、人不學、不知道，戰國策莊辛論幸臣）或用麗辭鋪張，或以疑問表意（公羊傳多用此法）或抒情感嘆，或嘲謔反詰，或有意隱諱，或論述事理……凡此皆隨情應境，隨機抒理之方法也。

語言學家巴利（Charbs Bally）嘗言：「吾等說話即戰鬪，因人間信念欲望、意志等多不能完全吻合。此人所重，旁人未必重之；此人所輕，旁人未必輕之。故兩人接觸時，即不能不開始有語辭之戰鬪，運用語辭之戰術，或辛辣，或微婉，或激動，或和平，或謙恭愬訴，甚至或有僞善之氣息。如此，方能攻倒對方，傳達自己之意志，引起對方之行動，而說話之目的，方能如願達到。」（見巴利所著語言活動與生活）由是知必洞達適應題旨與情境，語辭方能深入也。

非惟說話宜洞達適應題旨與情境，作文亦應如此，劉彥和文心雕龍神思篇云：「文之思也，其神遠矣。故寂然凝慮，思接千載；悄焉動容，視通萬里；吟咏之間，吐納珠玉之聲；眉睫之前，卷舒風雲之色；其思理之致乎，故思理爲妙，神與物遊；神居胸臆，而志氣統其關鍵；物沿耳目，而辭令管其樞機……是以陶鈞文思，貴在虛靜。疏瀹五藏，澡雪精神。積學以儲寶，酌理以富才，研閱以窮照，馴致以懌辭……此蓋馭文之首術，謀篇之大端。夫神思方運，萬塗競萌，登山則情滿於山，觀海則意溢於海。我才之多少，將與風雲而並驅矣。」其於修辭之工夫、技巧、適應題旨情境之方，言之詳矣。

二、修辭方式之明徹與運用：平時對於修辭之方式，（見消極修辭與積極修辭）宜有精密之觀察與系統之研究，方能明徹修辭方式，進而運用於作文與說話。

㈠精密之觀察：可分兩層，1.個性之觀察：將每個修辭方式就題就境而觀察出其個別之性質。又將書文或平常賢哲之語言中，有關修辭方式者研究而分析之，指出體式，風格之不同。如詩歌則多用比興，歌謠則多用直接陳述。（間亦有比興，較少而已）文言之成語，多出之六經，諸子與四史。常觀察其修辭之方式，則必有益於爲文與說話。2.功能之觀察：如陶淵明詩：「一欣侍溫顏，再喜見友于」，（庚子歲從都還），友于卽利用書經「惟孝友于兄弟」之友于，以代表兄弟，此古人謂之藏辭。又如南史到溉傳：「溉孫藎早聰慧，嘗從武帝幸京口，登北顧樓賦詩，藎受詔便就，上以示溉曰：『藎定是才子，翻恐卿從來文章假手於藎。』因賜絹二十疋，後溉每和御詩，上輒手詔戲曰：『得無貽厥之力乎』」「貽厥」乃出於詩經「貽厥孫謀」用以代替孫，而將後二字隱去，古人謂之藏辭。平常對於種種修辭之方式，須做精密之觀察，方能運用。

(二)系統之研究：修辭方式做有系統之研究，此亦有兩層：1每式之系統：如藏辭有藏去後部者，古人謂之歇後，如「友于」「貽厥」是也。有藏去頭部者，古人謂之藏頭：如稱十五歲爲「志學」年，稱三十歲爲「而立」年，四十爲不惑，卽藏去其前頭之「吾十有五而志於學，三十而立，四十而不惑也。」亦有用譬解語，以做歇後語者如：「猪八戒的脊梁，悟能之背（無能之輩）」悟能卽猪八戒也，悟能之背，用以隱射無能之輩，背卽脊梁也。故稱：「猪八戒的脊梁」卽謂無能之輩也。將每式內之系統，加以研究方能由明白而應用。2各式系統之比較研究：將每一式與每一式之間，其相似，相異處，比較而研究之，如藏詞、省略、飛白、與譬喻雙關，回文……等一切修辭之方式，有何異同，能如此有系統之比較研究，則必能熟練修辭之方式，進而運用之。

八、修辭與移情作用之關係

移情作用，德文謂之：Einfuhlung 美國心理學家提慶納（Titchener）譯爲 Empathy，其意爲感受入裏，即將我之感情移入物中，去分享物之生命；亦即所謂「物我一如」，「天地與我並生，萬物與我爲一」是也。西人倡導移情作用者爲立普司(Lipps)，最初採用者爲德國美學家費孝(R. Vischer)。吾國則早已發現，並早已實際用於文學之修飾矣。如吾人聚精會神以觀賞古松時，一面將自己清風亮節之氣概，移注於松，同時松樹蒼翠勁拔之情趣，亦吸引我，故古人云：「歲寒然後知松柏之後凋，舉世混濁節士乃見。」(司馬遷引孔子之語而發揮之)此乃因體物入微，而移情也。又如大地山河、風雲星斗，原皆死寂之物也，而吾人因移情作用常賦之以生命，寄之以情感，因而云「雲飛泉躍」「山鳴谷應」。而修辭之妙處，詩文之奇境，皆因此而來，如「天寒猶有傲霜枝」，「雲破月來花弄影」，「數峯清苦，商略黃昏雨」、「相看兩不厭，只有敬亭山」、「徘徊枝上月，空度可憐宵」，霜枝之傲，花影之弄，山峯之清苦，昏雨之商略，敬亭之不厭，枝月之徘徊，宵之空度可憐，皆因我之傲，心之弄(動)，心之清苦……而移情於霜、花、山、月也。

吾人於聚精會神之觀照中，我之情趣，每與物之情趣往復周流，甚至使物之情趣，隨我之情趣而變化。我高興時，大地山河萬物庶類，皆揚眉帶笑；(如「萬里暮雲平」、「天姥連天向天橫」等是)傷心時，風雲花鳥皆黯淡愁苦，(如感時花濺淚，恨別鳥驚心。)甚至蠟燭可以垂淚，(如蠟燭有心還惜別，替人垂淚到天明，蠟炬成灰淚始乾。)青山亦覺點頭，皆萬物隨我之情趣而定也。有時我之情趣，亦隨物而定，如睹魚躍鳶飛而欣然自得，對高峯大海，而肅然起敬。心境惡劣時，或因脩竹清泉而怡然清逸；意緒頹廢時，看英雄豪傑之傳記，或竟因此而成激昂慷慨；凡此皆物我交感。人之生命，共宇宙之生命以無窮，此皆賴移情作用也。故法國心理學家德臘庫瓦教授(H. Delacroix)將移情作用，視作宇宙之生命力（Animation de l'univers），亦有謂之外射作用（Projection）或擬人作用(Anthropomorphism)，蓋移情作用乃修辭之極重要一環也。修辭有此作用，始予文學以新奇、雋永、高超之境界。

移情作用對修辭之關係，可從下列三人之言看出：法國小說家佛洛伯爾（Flaubert）曾言：「寫書時須將自己完全忘去，創造任何人物，即過此種人物之生活，此乃一快事也。」女小說家喬治桑(George Sand)於其「印象與回憶」中嘗言：「我有時逃開自我，儼然變成一棵植物，我覺得自己是草、是飛鳥、是樹頂、是雲、是流水、是天地相接之橫線。覺得自己是此種顏色，或某種形體，瞬息萬變，來去無礙。我時而走，時而潛，時而飛，時而汲露。我向着太陽開花，或棲息於葉背安眠，天鵝飛起時，我亦飛起，螢火與星光閃耀時，我亦閃耀，我所棲息之天地，彷彿乃吾自身之伸張。」象徵派詩人波德萊爾(Baudelaire)亦云：「方聚精會神以觀物時，即渾然忘我，而與外物化而爲一。觀身材停勻之樹，盪漾搖曳於微風中時，頃刻間，詩人心中即有一自然之比喻，在吾人心中即變成一件事實開始將情感慾望，假借於樹；樹之盪漾搖曳，亦成汝之盪漾搖曳，而汝本身即是樹矣。當觀賞飛鳥飛旋於蔚藍之天空時，覺其表現出超凡脫俗之概，而汝自己亦成一飛鳥矣。」故修辭時，惟有移情作用，始能體物入微，而描述深刻。（參見朱光潛文藝心理學，洛茲 Lotze 之縮形宇宙論。）

九、修辭與心理距離

英國心理學家布洛（Bullough）創「心理距離」(Psychical Distance) 之說，嘗舉一例云：乘船於大海中，而遇大霧，乃最不暢快之事，呼吸不便，航程躭擱，鄰船之警鐘，水手之慌亂，乘客之喧嚷，使人有大難臨頭之感，氣急心悶，而不能鎭定。如換一觀點以觀霧，則霧恰似輕烟之薄紗，籠罩於平謐如鏡之海面，遠山飛鳥，蒙上一層輕紗，現出夢境之依微，天海一氣，彷彿伸手卽可握住天上浮遊之仙子，四周是如此廣闊沈寂，秘奧雄偉，見不到人間之烟火，猶似逍遙於天上之仙境。

此兩種情況之分別，全在觀點之不同。前一情況中完全於現實中以觀霧，故霧與生活固結一起，成爲工具或障礙，此乃因距離太近之故。於後一情況中，抛開現實之距離，而以逍遙觀賞之態度以觀霧，故能產生美感，此卽與實用之物，產生一心理距離，以超脫實際，而產生美感也。

距離就消極而言，卽抛開實際之目的與需要；就積極而言，則着重形相之觀賞，對我與物之關係，由實用，變爲欣賞。吾人稱讚詩人，或言其「瀟灑出塵」，或「超然物表之外」，或謂其「脫盡人間烟火」卽謂其能超脫實際生活之距離，而能觀賞萬物，以修辭創作也。反之「形爲物役」，「凝滯於物」，「爲名繮利鎖所困」，卽謂事物之利害切身，不能在實際生活中尋出距離，因而爲物所束縛而終日昏昏沈沈，不見大自然之眞機也。人們因生存競爭，通常將全部精神，費於飲食男女之追求，此豐贍美麗之世界，卽無法去觀賞，故不能創作，亦不能將美感之距離維持長久，誠能如叔本華所言

「丟開尋常看待事物之法」，去見事物不平常之一面，如此則素以爲平淡無奇之花，或林間之蒼松翠柏，即突然出現奇姿異彩，而眞正感到大自然之美妙矣。文學之修辭，須有此種觀賞之態度，始能創作。如馮延巳之「吹皺一池春水」，此人人皆常見之現象也。而衆人或溺於所事，不能於所事中產生距離，去觀賞萬物，故未能有文學之創作。

故修辭時，須從切身之利害中跳出，將其視作一幅畫，或一幕戲，以優遊賞玩之態度觀賞之，始能將切身之情緒，擺在「心理距離」之外，以觀照萬物，而創造文學。一般人往往有強烈之悲喜，豐贍之經驗，而不能將此描繪出者，即束於己身之內，不能在自己與自己情感中留出距離，而以客觀之態度描述也。

復次，修辭有時間性與空間性，作品在創作之同時因時代之距離近，或視爲寫實，隔若干世後，則成爲一幅富於浪漫色彩之作品，如荷馬史詩是也。又國人之作品，本國較外國人容易欣賞，此由於空間距離之故也。由是知「心理距離」與文學之創作欣賞有極大之關係。

十、修辭之三種境界

從修辭之觀點觀察，使用文辭與語辭，有三種境界。

(一) **記述之境界**：即以實事求是，精細周密之態度，記述事物之條理、形態、性質、組織，使人一覽即知事物之概況情狀者是也。於文辭中，法令之文字；科學之記載，史事之直敍；於言辭中實物之說明，事務之談商，皆是此種境界。

（二）**表現之境界**：表現生活之體驗，而具體修飾之者是也，文辭中之詩歌，言辭中之歌謠，皆此種境界也。

（三）**糅合之境界**：介於記述表現之間，糅合二者而成。如記述之境界，於修辭學言之，乃偏於消極修辭也；而表現之境界，則多爲積極之修辭。鄭奠於其中國修辭學研究法中舉論語「君子疾沒世而名不稱焉。」爲記述之境界。舉古詩十九首之「廻車駕言邁，悠悠涉長道，四顧何茫茫，東風搖百草，所遇無故物，焉得不速老？盛衰各有時，立身苦不早，人生非金石，豈能長壽考，奄忽隨物化，榮名以爲寶」爲表現之境界。

至於糅合之境界如維摩詰經變文，經云：「佛告文殊師利，汝行詣維摩詰問疾；言佛告者佛相命之詞，緣佛於會上，告盡聖賢五百聲聞，八千菩薩，從頭遣問盡曰不任，皆被責呵，無人敢去，酌量才辯，須是文殊……三千界內總聞名，皆道文殊解藝精。體似蓮花敷一朵，心如明鏡照漂清。常宣妙法邪山碎，解演眞乘障海傾。今日筵中須授敕，與吾爲使廣嚴城。」

至於修辭之表達法惟有二種耳：一爲記述法，二爲表現法。前者凡純屬記述之文，而以抽象、概念、理知，以表達者皆屬之；後者則抒情修飾有整齊，含蓄之美，富情感具體與體驗性者均屬之，此兩種表達法各異，處此兩者之間者，亦有之，然其表達法皆不出此二者也。故修辭以境界言之有三種，以表達法言之有二種。

十一、修辭之兩大分野

修辭之表達既有二法，因此修辭之現象亦有兩大分野。

一、**消極修辭**：以明白精確，表達意義爲主，但求適用，不計華質與巧拙，側重適應題旨，使人理解。其適用之範圍，乃包括記述境界之全部，同時亦爲表現糅合二境界之基本。

二、**積極修辭**：內容富有體驗性與具體性，並以字音字形，形式之美，以修飾字義，使其動人有力，以適應情境，含有藝術之手法。其適用之範圍，以表現之境界爲主，糅合之境界，亦間或用之。茲將修辭之三種境界與兩大分野之關係，以圖表示之。

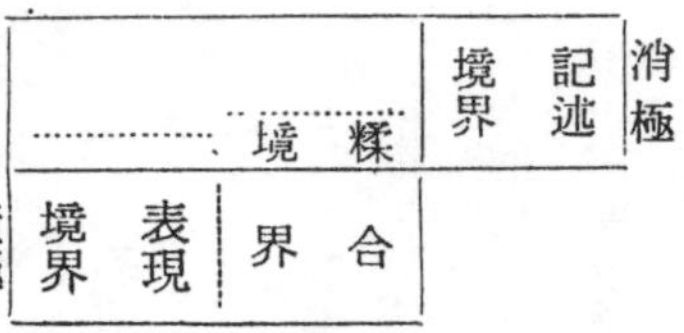

復次，消極修辭必須處處符合事理。說理論，則必合於理論之眞象，常以因明邏輯之關係爲常軌；言事實，則務必合於事情之實際，而常以自然禮會之關係爲常軌，務求傳達事理。大抵消極修辭以明確、通順、平匀、穩密、純正爲主，如莊子盜跖篇：「天與地無窮，人死者有時。操有時之具，而託於無窮之間，忽然無異騏驥之過隙也。」此屬於說理論。又如管子大匡篇：「僖公之母弟夷仲年，生公孫無知，有寵於僖公，衣服禮秩如適（太子）。僖公卒，以諸兒長，得爲君，是爲襄公。襄公立後，絀無知。」此屬於言事實，皆消極修辭也。

積極修辭之價值，則依意境之高下而定，只要體驗生活之眞理，反映生活之趣向，縱使現實界所未見之現象，亦可表現；邏輯所未能推定之意境，亦可存在，其軌道注重意趣之聯貫。如李白秋浦歌：「白髮三千丈，離愁似個長，不知明鏡裏，何處得秋霜。」白髮之有三千丈，明鏡之得秋霜，皆與事實，邏輯不合，然却是千古之絕唱，難得之佳作。以其乃情感之文，以體驗想像之眞感實覺錄出，遂成不朽之美篇也。又如詩經：「一日不見，如三秋兮」以三秋代表三年，以一日如三年，其情境之動人，感情之深刻，表現之高明，實令人佩服。又如史記蘇秦列傳：「人民之衆，車馬之多，日夜行不絕，輷輷殷殷，若有三軍之衆。」以「輷輷（音轟，車聲也）殷殷」狀車馬人聲，亦由想像而得。由是觀之，積極修辭宜注意於情趣之動人（辭趣），與夫語辭意旨（辭格）之高超。

修辭現象
- (一)消極修辭——明確、通順、平勻、穩密純正。
- (二)積極修辭——語辭與意旨（辭格）之高超，情趣之動人。

又消極修辭：以意義爲主，其表現方式或以抽象，或示概念，對於古怪離奇之語句，不尋常之語法，或因時、因地、因他種關係而產生之差異，常設法剪除，甚或加以界說詳細說明之，務求意義明白。

積極修辭則經常推重音樂、音韻、繪畫之要素，對於語辭之聲音、形體，甚爲講求，甚至爲求聲音音韻之統一與變化，詞句形體之整齊，往往破壞文法之完整，拖累意義之明晰。如一切之詩、詞、曲與韻文駢體文皆是。又

	消極修辭	積極修辭	
形式	義	音	形
內容	概念之述明	情境之體驗	

如孟子滕文公上：「夏后氏五十而貢，殷人七十而助，周人百畝而徹」五十、七十皆省去畝，至「百」方說出畝，此一面以探下省略之故，一面務求句調之勻整。要之，積極修辭對語辭之形、音、義，三者皆隨時注意與運用也，此兩大分野可做一簡圖以示之。

因積極修辭乃利用語辭本身之形、音、義以深入表現者；故有部份方式，無法譯成語辭不同之別種語文，如雙關，析字之類；卽難譯成形音不同之別種文字。囘文，對偶之類，卽譯成口語（白話）亦困難矣，譯成西方語文，更覺無法。此乃中國文字之特色，爲他國語文所不及者也。

【練　習】

1. 比較各家對修辭學所下之定義，並說明之。
2. 簡述中國修辭學之發展史。
3. 修辭學之功用任務爲何？試說明之。
4. 修辭學與其他學術有何關係，試申論之。
5. 試就修辭之三階段，說明作文之方法。
6. 如何培養修辭之技巧。
7. 修辭與移情作用有何關係。
8. 修辭與心理距離有何關係。
9. 修辭之三種境界爲何。

10修辭之兩大分野爲何？試說明之。

11說明下列詞句與移情作用之關係。

(1)誰知心眼亂，看來忽成碧。（吳均夜愁）

(2)風蕭蕭而異響，雲漫漫而奇色。（江淹別賦）

(3)天地爲愁，草木悽悲。（李華弔古戰場文）

(4)送君灞陵亭，江水流浩浩，上有無花之古木，下有傷心之春草……正當今夕斷腸處，黃鸝愁絕不忍聽。（李白灞陵行送別）

(5)行宮見月傷心色，夜雨聞鈴腸斷聲。（白居易長恨歌）

(6)江上荒城猿鳥悲，隔江便是屈原祠，一千五百年間事，只有灘聲似舊時。（陸游楚城詩）

此後惟述及辭格者方有練習題，以供揣摩研習，至於其他各篇則不載練習題矣。茲舉隅於此，學者可以類反矣。

貳　消極修辭與字句之揣摩

一、消極修辭

消極修辭務使記述明白，剖析分明，無閒事雜物以亂意，無奇言怪語以分心。所用之語言，多是質實，平凡，可以示人以概念，予人以明白之意義者。其內容（寫說者所欲表出之含意，思想）務求明確通順，其形式（表出之語言文字）務求平勻穩密，至於純正而後止，今分述之。

（一）意義明確

寫說者須使意思明確無使含混不清。尤宜注意於寫說之前，理好思緒，務使面面皆想到，節節皆認眞，以求內容本身意義之明確。次宜力求表出方式之明確，務用意義分明之詞，使所用之詞彙，個個明確。並宜使詞與詞之關係分明，且分清賓主。能如此，則能使意義明確矣。

欲意義明確，尙宜注意下列三端，1.曖昧之詞切勿使用，以求語句之明確淸楚。2.繁複之詞，宜削除，以求語句之簡當。3.錯亂之文句，宜刪去，以求語句之順適。故消極修辭，求意義之精確，則宜戒曖昧，戒繁複，戒錯亂，玆分述之：

1.戒曖昧

Ⅰ戒異辭同義之語：善於應用異辭同義之語，則可增加文章之美，（參見第四篇章句修辭法：錯綜）如門與戶，窗與牖，家與宅，館與邸……等類錯綜於文中，則可免同語重複之病，此乃積極修辭技巧之一。然用之過多，則有害於用語之正確，往往愈加以反覆之申釋，而其義反愈爲晦塞，如：「天地乃宇宙之乾坤，蒼生卽黎民之赤子」，……數語，變易其詞，而其意仍一，眞贅言也。消極修辭，務求意義之明確，則宜戒此。

Ⅱ認淸字義之程度：每一字皆有其確定之意義，與特具之程度。欲求意義之精確，務研究義之程度，如憂愁、悲傷，哀痛，哭慟，哭泣、悲泣、涕淚、涕泗橫流、號啕大哭，泣血、悲悼……其字義程度之強弱，皆有不同，須認淸才使用，方不致有害於意義之明確。

Ⅲ戒同辭異義之語：同辭異義之語，足以危害文意之明確，如論語：「子路有聞，未之能行，唯恐有聞。」上「有」字乃有無之有，下「有」字乃「又」之通假字。消極修辭務求意義之明確，則同辭異義語，不宜用。

Ⅳ戒寬泛含混之語：用語愈嚴謹，則與人之印象愈深刻。消極修辭，求意義之精確，則寬泛而字義含混不淸之語，不能使用。如韓愈獲麟解：「角者吾知其爲牛」，角字過於寬泛，因羊，鹿……等有角者多矣，有角者豈限於牛邪？又如「院中青草爲地」改爲「院中青草鋪地。」，「一將功成衆骨枯」，改爲「一將功成萬骨枯」則更加嚴謹，更能逼眞矣。法國文豪福來培爾（G. Flaubert）教其弟子莫伯桑（Guy De Maupassant）云：「世上無全面相同之事物，作者對事物須先觀察其個性，寫時務須明晰，使讀者不致看錯。如此，自然與人生之眞象，方能活躍於作品中。最重要者卽吾人須知表示某事物最適當之言語只有一個，如錯用別語，則容易含混不淸矣。」故修辭務求嚴謹，則宜戒寬泛而含混不淸之語。

2.忌　繁　複

Ⅰ免雷同：雷同者語義相同而重複者也。用之過多，徒滋紛擾，必流於空疏。如韓愈送窮文：「子之朋儔，非六非四，在十去五，滿七除二」，史記平準書：「初、先是、往、十餘歲，河決觀、梁楚之地固數困。」多用雷同語，徒滋紛擾。消極修辭，務使意義明確，則此類雷同語，勿用。

Ⅱ免累贅語：用字過多，而不當理，則反使意義晦塞，故宜戒之。

3.戒　錯　亂

Ⅰ用字須依貫例：詞之配合，有一定之法，不可錯用。如稱人曰口，牛羊曰頭（八口之家，千萬頭牛羊），馬曰匹，魚曰尾，鷄鴨曰隻；稱人之聲曰呼，獅曰吼，虎曰哮，猿曰嘯，鶴曰唳，鸞曰囀，鵲曰噪，馬曰嘶，犬曰吠，鷄曰鳴。……皆有一定之貫例，誤用之，則必貽笑大方之家。又如諤諤者正直之言也，諄諄者教誨之語也。諜諜者多言也，呶呶者喧語也，……皆有一定之用法，遵循貫例，斯不陷淆亂矣。

Ⅱ造語須合語法之貫例：如「予欲無言」此語法之貫例也，改為「欲予無言」則意不同矣。故當注意。

Ⅲ不可濫用辭語：消極修辭欲使意義明確，則古語不可濫用，如「灞橋折柳以送行」，乃古時送別之風；「蓴鱸之思」，乃張翰思故鄉之情。今日用之，惟讀書多者方知，至一般人，則未易知也。故消極修辭須避免用之。

（二）倫次通順

夫文不通順，語無倫次，則必紊亂脫節，齟齬不通，而不成語文矣。欲免斯累，而欲語文倫次之通順，則務必有順序，有結構，能銜接，有照應。清唐彪讀書作文譜云：「文章不貫串之弊有二，如一篇中有數句先後倒置，或數句辭意少礙，理卽不貫矣。承接處字句，或虛實失宜、或反正不合，氣卽不貫矣。二者之弊，雖名文亦多有之。讀文者不當以名人之文，恕於審察；必細心研究，辨析其毫釐之差」如某氏文章學綱要云：「詩曰：『他山之石，可以攻玉。』中國從來獨創文化，第知則古稱先，以往古為他山之石。今也不然，五洲棣通，不獨可橫而構通中外，並可縱而貫穿古今焉。」覺悟則以為上文先說古今，後說亞洲，當作「不獨可縱而貫穿古今，並可橫而溝通中外。」較恰當。又如韓愈送溫處士赴河陽軍序：

「伯樂過冀北之野而馬羣遂空。夫冀北馬多天下，伯樂雖善知馬，安能空其羣耶？解之者曰『吾。

所謂空，非無馬也，無良馬也。』」金王若虛滹南遺老集云：「此一吾字害事，夫言覃空及解之者自是兩人，而云吾所謂，却是言之者自解也』」蓋所用「解之者」與「吾」未免與上文不照應也。故語文宜注意於倫次之通順，務使有順序，有結構，能照應，能銜接。

（三）詞句平勻

消極修辭，爲表達意義，使人易知易解，故所表達之語言文字（形式）務求純正精簡，平易勻稱，無怪詞僻句以亂意，無夾雜不清之語文以繁心。就其性質而論，務求達意之語；以時代而言，務使讀聽者能知；以國境而論，務合本國之國情。昔白居易之作詩，雖老嫗亦能解，可謂平易極矣。（宋惠洪冷齋夜話云：「白樂天每作詩，令一老嫗解之。問曰解否，嫗曰，解則錄之，不解則易之」）宋子京（祁）之撰文，唯求古雅深奧，則不免於受譏矣。（涵芬樓文談云：「宋人宋子京……與歐陽文忠並修唐史，往往以僻字更易舊文，文忠病之，而不敢言，乃書『宵寐匪禎，札闥洪庥』八字以戲之。宋不知其戲己，因問此二語出何書，當作何解？歐言此卽公撰唐書法也。宵寐匪禎者，謂夜夢不祥也，札闥洪庥者，謂書門大吉也。宋不覺大笑」）蓋史以達意爲本，偏於消極修辭；詩以抒情爲主，偏於積極修辭。求達意則務求平勻，論抒情則務須含蓄，平勻以簡易爲勝，含蓄以境界爲尚。白居易之作詩，求老嫗之能解，則偏於以己情殉外物矣。宋子京之撰史，以僻字易舊文，則偏於以深奧易勻稱矣。

夫文無古今，語無定則，唯求其當（勻稱）而已。古語古文之當者，自必採而用之，以蘊藉詞彙；今文今語之不當者，則不宜採用。用之而當，雖外國語內附，方言超昇，古語重生，今語再造，皆可用也。故消極修辭，既貴於達意，亦應注意於語句之平勻。

（四）安排穩密

詞句既須平勻，亦須安排穩密。下一詞，造一句，即宜時刻留心是否洽於題旨，契於情境，而適合於內容之須要。諺云：「黶子在頰則好，在顙則醜」（宋陳騤文則所引）詞句亦然。用一詞，在此爲美，而在彼則未必美矣。反之，在彼文爲美者，在此文亦未必美。如紅樓夢四十五回：「話說鳳姐正在撫卹平兒，忽見衆人進來。」撫卹二字，用得不穩，有正本，刊作安慰，則較撫卹穩妥。又如史記屈原列傳：「屈平屬草稾未定，上官大夫，見而欲奪之，屈平不與，因讒之曰：『王使屈平爲令，衆莫不知，每一令出，平伐其功，曰：「以爲非我莫能爲也。」』」王若虛滹南遺老集云：「曰字與以爲，意重複」。

漢書張蒼傳：「蒼免相後，年老口中無齒，食乳。」劉知幾史通敍事篇云：「蓋於此句之內，去「年」及「口中」，可矣。夫此六字成文，而三字妄加，此爲繁字也。」劉知幾以爲「年老口中無齒」三字妄加，應作「老無齒」，此言文意忌重複與繁雜也。又如

史記甘茂傳：「甘茂者下蔡人也，事下蔡史舉，學百家之說。」蘇轍古史將事字刪除，作「下蔡

史擧，學百家之說」黃震黃氏日鈔（五十一）認爲不可删除，如删除則似「史擧自學百家矣。」柳宗元段太尉逸事狀：「晞一營大譟盡甲。……太尉解佩刀，選老躄者一人持馬，至晞門下，甲者出，太尉笑且入。曰：『殺一老卒何甲也？吾戴吾頭來矣』」宋子京在新唐書中只作：「吾戴頭來矣」邵博聞見後錄卷十四評云：「去一吾字，便不成語。吾戴頭來者，果何人之頭耶」此言該詳明者，卽應詳明，該重複以加重語氣者，卽應重複也。

由是，詞句之安排，既須切合於題旨情境，適合於內容之須要以求穩當。亦須注意於用字之愼密，不可過簡或過繁，務求語氣之一貫，此安排詞句之要也，尤有重者，在初執筆時，卽需思惟，爲文之目的，是在誘導敎誨？或辯正是非，抑敘述事實，或抒發所感？既定之後，務求旨意一貫。如意在誘導敎誨，卽本此初衷，做到「循循善誘，諄諄善誨」，不可將誘導變成諷制，將敎誨變成辯正是非。惟有時可以於敘述事實後，暗示敎誨語，但如忽略事實之敘述，則反客爲主，文雖美，亦必不切於題旨，不契於內容矣。是故爲文既宜注意詞句安排之穩密，亦宜注意安排全篇使其旨趣內容相切合，方能成郁郁之文，說美好之辭。

（五）語句純正

消極修辭爲使人易知易明，故宜注意於意義之明確，倫次之通順，詞句之平勻，安排之穩密。除此之外，尙須注意於語句之純正。蓋不純正，則必使人誤解，甚而害於其心，害於其事矣。故務求純正。消極修辭達純正之標準，歐美之學者以為宜合於現代 (Present) 國民 (National) 雅馴 (Reputable) 等三個標準。

求合現代之標準，則宜戒古語之侵入，宜除濫造之語。宋陳騤文則云：「古人之文，用古人之言也，古人之言，後世不能盡識，……。如登崤險，一步九嘆。既而強學焉，搜摘古證，撰敘今事，殆如昔人所謂大家婢學夫人，舉止羞澀，終不似眞也。」蓋古語惟讀書多者能識，積極修辭可用之，消極修辭務求普徧化，故不宜用古語也。至於濫造之語，出之己心，而他人不知，則非求普徧化也。故不可濫造詞句，務使合於純正。

求合國民之標準，則宜戒外國語、方言與俚語之侵入，始能合於純正普徧而達消極修辭之目的。

求合雅馴之標準，則宜戒訛語、術語之侵入。文心雕龍練字篇：「晉之史記、三史渡河、文變之謬也。」己亥渡河，誤作三史。唐姜度生子，李林甫手書慶之曰：『聞有弄麞之喜』客視之皆掩口。」蓋生男當作弄璋，誤作麞，則害文義，且不免使人誤會矣。術語者，各學科之專門語也。入於普徧化之文中，則衆人多不曉矣。故不宜用。

（六）消極修辭綱要

由上可知消極修辭須做到意義明確、倫次通順、詞句平勻，安排穩密與語句之純正五者。至於其達到此五者之方法，則在改字、練字、增字與刪字四者也。此述之於下一節，今將其綱要列表如下：

消極修辭 { 重點：意義明確、倫次通順、詞句平勻，安排穩密，語句純正。
方法：改字、練字、增字、刪字。

二、字句之揣摩

字句之揣摩，非特積極修辭宜注意，即消極修辭，亦宜注意，蓋字句之揣摩，乃修辭、練句、造語之功夫也。故古人多注意之。甚有「兩句三年得，一吟雙淚流」之難。（賈島詞：「兩句三年得，一吟雙淚流。知音如不賞，歸臥故山丘。」）惟於字句之揣摩，能注意潛研，斯能造美好之辭，修佳美之語。今分四項闡述之：

（一）改字法

改字者，將詞文中平庸生硬，虛浮悖理之字，改易爲雅潔莊麗，穩健妥貼之字，此乃修辭之功夫也。如

朱子語類卷百卅九云：「歐公文多是修改到妙處，頃有人買得醉翁亭記稿初說：『滁州四面有山。』凡數十字，末後改定，只曰：『環滁皆山也』五字而已。」

宋費袞梁谿漫志卷六云：「蜀中石刻東坡文字藁，乞校正陸贄奏議上進劄子云：『但其不幸，所事暗君。』改『所事暗君』，作『仕不遇時』；又『德宗以苛察爲明』，改作『以苛刻爲能』

；獲鬼章告裕陵文：『號稱右臂』，改作『古稱』；『非愛尺寸之疆』改作『非貪』；『爰勅諸將』，改作『申命諸將』；『蓋酬未報之恩』，改作『爭酬』；又『報谷吉之寃，遠同彊漢；雪渭水之恥，尙陋有唐』。皆塗去，乃用此二事別作一聯云：『頡利成擒，（按：唐太宗時，突厥首領頡利，降唐。）初無渭水之恥；郅支授首，聊報谷吉之寃。（谷吉爲致支所殺，見漢書陳湯傳或谷永傳）』」

宋洪邁容齋隨筆卷五云：「范文正公（仲淹）守桐廬，始於釣臺建嚴先生（嚴光）祠堂，自爲記，歌詞云：『雲山蒼蒼，江水泱泱，先生之德，山高水長。』以示南豐李泰伯。泰伯讀之，起而言曰：『公之文一出，必將名世，妄意輒易一字，以成盛美。』公瞿然，握手扣之，答曰：『雲山江水之語，於義甚大，於詞甚溥；而「德」字承之，乃似趢趚，擬換作「風」字如何？』公凝坐頷首，殆欲下拜。」

宋張耒明道雜志云：「元祐中祫享，（元祐、仁宗年號，祫享、國之祭祀。）詔南京張安道陪祠，（陪祭）安道因蘇子由（蘇轍）託某（我也，指張耒）撰辭免及謝得請表，余撰去。後見張公表到，悉用余文，獨表內有一句云：『邪正昭明』，改之云：『民物阜安』，意不欲斥人爲邪也。」

蓋凡傳世之名文，其詞句皆經「千錘百練」，皆「揣摩」之，再「揣摩」，皆改之又改也。故歐陽修之醉翁亭記文章起頭，凡三四行，一經改「環滁皆山也」，則簡練而能達理矣。蘇軾之文，「所事暗君」，改「仕不遇時」則遠諷刺之嫌，而較當於理，「苛察」改「苛刻」文義較暢，范仲淹「先生之德」改爲「先生之風」非特旨意更高，文氣更暢，卽意境亦更高也。餘類推。非特文章須如此揣摩改定，卽詩詞亦更宜如此。蓋詩詞字句不多，下語粗劣，則境界鄙劣，不堪入目。故古今大家，於所作辭皆改之又改，再三揣摩乃成，大有「兩句十年得」「一吟雙淚流」之概。如

佩文韻府卷十八引隋唐嘉話云：「賈島初赴舉京師，一日於馬上得句云：『鳥宿池中樹，僧敲月下門。』初欲作『推』字，練之未定，不覺衝尹。時韓吏部（韓愈）左右擁至前，島具告所以。韓立馬良久，曰：『作「敲」字佳矣』。」按「敲」字雅，「推」字俗。

宋戴埴鼠璞卷上云：「陶岳五代史補：『齊己攜詞詣鄭谷，詠早梅云：「前村深雪裏，昨夜數枝開。」谷曰：「數枝非早也，未若一枝。」齊己拜谷爲一字師』。」按「昨夜一枝開」更能切「早梅」之詩。

宋洪邁容齋續筆卷八云：「王荆公（安石）絕句云『京口瓜州一水間，鍾山祇隔數重山，春風又綠江南岸，明月何時照我還』？吳中士人家藏其草，初云：『(春風)又到江南岸』，圈去『到』字，注曰不好，改爲『過』。復圈去，而改爲『入』，旋改爲『滿』，凡如是十許字，始定爲『綠』。」按綠字描寫更深入一層。

宋何薳春渚記聞卷七云：「薳嘗於歐陽文忠（歐陽修）公諸孫望之處，得東坡先生數詩稿，其和歐叔弼詩：『淵明爲公邑』，繼圈去『爲』字，改作『求』字；又連塗『小邑』二字，作『縣令』字，凡三改乃成今句。至『胡椒銖雨多，安用八百斛？』初云：『胡椒亦安用，乃貯八百

斛？』若如所評，未免後人疵議。又知：雖大手筆，不以一時筆快爲定，而憚屢改也。」按名家之詩，固常改定，一以求美雅，一以免時忌。

江爲詩：「竹影橫斜水清淺，桂香浮動月黃昏」。林西湖改「竹」爲「疏」，改「桂」爲「暗」字，竟成千古名句。（詳見清朱彝尊靜志居詩話。）按「疏影橫斜水清淺，暗香浮動月黃昏」改易具體之實象，爲抽象之綺景，非特描寫較原句深入，即境界，旨趣亦較原句高遠也。

陶淵明詩：「采菊東籬下，悠然望南山。」蘇東坡欲將「望」改爲「見」，東坡志林云：「采（採）菊之次，偶然見山，初不用意，而境與意合，故可喜也。」按見比望自然。所謂境與意會，即適應題旨與情境也。

【練　習】說明下列前賢所改之字，並比較而釋其故。

1. 孔子侍坐於季孫，季孫之宰通曰：「君使人假馬，其與之乎？」孔子曰：「吾聞君取於臣謂之取，不曰假。」季孫悟，告宰通曰：「今以往，君有取，謂之取，無曰假。」孔子曰：「正假馬之言而君臣之義定矣。」（韓詩外傳卷五）
2. 荊公素輕沈文通，以爲寡學，故贈之詩曰：「翛然一榻枕書臥，直到日斜騎馬歸。」及作文通墓誌，遂云：「公雖不常讀書。」或規之曰：「渠乃壯元，此語得無過乎！」乃改「讀書」作視書。（宋陸游老學庵筆記卷）
3. 劉幾小賦有「內積安行之德，蓋稟於天，」公（歐陽修）以「積」近於學，改爲「蘊」人莫不以公爲知言。（見沈括夢溪筆談卷九。）

4. 東坡初爲富韓公神道碑，以示張文潛，文潛曰：「有一字未甚安，請試言之。蓋碑之末初曰：「公之勳在史官，德在生民，天子虛己聽公，西戎北狄視公進退以爲輕重，然一趙濟能搖之。」竊謂「能」不若「敢」也。東坡大以爲然，卽更定焉。（宋徐度卻掃篇）

5. 舒王在鍾山，有客自黃州來，公曰：「東坡近日有何妙語？」客曰：「東坡宿於臨皐亭，醉夢而起，作成都聖象藏記……」公展讀於風簷，喜見眉鬚，曰：「子瞻人中龍也，然有一字未穩。」客曰：「願聞之。」公曰：『日勝日貧』，不若曰：『如人善博，日勝日負』耳。」東坡聞之，拊掌大笑，亦以公爲知言。（宋惠洪冷齋夜話）

6. 周益公與韓无咎同賦詞科，試交趾國進象表，有「備法駕之前陳」，此无咎句也。益公止改「陳」字作「驅」字，遂中大科。「陳」字不切，「驅」字「象」上有用。（進象表）（宋張端義貴耳集卷上）

7. 陳去非草義陽朱丞相起復制云：「眷予次輔，方宅大憂。」有以「宅憂」爲言者，令綦處厚貼麻，去非待罪，綦改云：「方服私艱」。（宋費袞梁谿漫志卷五，按宅憂見於書經說命上，乃天子居喪之名，庶人可用丁憂、服艱）

8. 漢書昌邑王傳：「卽位後，夢靑蠅之矢（糞也，假借字）積西階東，可五六石，以屋版瓦，發覆視之，青蠅矢也。」按文繁複而無當，宜改上句云：「夢有物積西階東」，接其下云云，則文省而事理益明矣。（清章學誠乙卯劄記）

9. 陳其年文：「四圍皆王母靈禽，一片悉嫦娥寶樹」昔人謂此調殊惡，在古人寧以兩「之」字，易「靈」「寶」二字。（清梁章鉅退菴隨筆引孔廣森與朱滄湄書）

10 蘇東坡作溫公制詞：「執德不回，常用社稷爲悅。」，或謂東坡曰：「社稷豈是可悅」東坡即改「用安社稷爲悅。」（宋曾慥高齋漫錄）

11 趙天樂冷泉夜坐詩：「樓鐘晴更響，池水夜如深。」病起詩：「朝客偶知承送藥，野僧相保爲持經。」後改「更」爲「聽」，「如」爲「觀」，「承」作「親」，「爲」作「密」（宋魏慶之詩人玉屑）

12 孟浩然過故人莊詩：「待到重陽日，還來就菊花。」明刻本脫去「就」字，或補「醉」字，或補「賞」字，「泛」字，「對」字，後見善本乃「就」也。（詳見明楊愼升庵詩話）

13 陸龜蒙詩：「殷勤與解丁香結，從放繁枝散誕春」王介甫（安石）作：「殷勤爲解丁香結，放出枝頭自在春」（見宋楊萬里誠齋詩話）

14 杜甫詩「文章千古事」「乾坤着腐儒」陳無己改作「文章平日事」，「乾坤一腐儒」。王世貞以爲陳氏點金成鐵。（見王世貞藝苑卮言）

15 俗本樊川集「杜詩韓筍愁來讀」，善本作「杜詩韓筆愁來讀。」（清薛雪一瓢詩話，按筆亦即文也）

16 張橘軒壬辰北渡寄遺山詩：「萬里相逢眞是夢，百年垂老更何鄉？」元遺山改「里」爲「死」，改「垂」爲「歸」。（詳見元盛如梓庶齋老學叢談）

17 唐張蠙詩：「殘雪未消雙鳳闕，新春先入五侯家。」劉績易「殘」爲「霽」，易「新春」爲「春風」，攘爲己作，而以此得名。（詳見清朱彝尊靜志居詩話）

18 崔護題城南詩：「去年今日此門中，人面桃花相映紅，人面不知何處去，桃花依舊笑春風。」並以爲意未全工；後改第三句作「人面祇今何處在」（沈括夢溪筆談）

19皎然以詩名於唐，有僧袖詩謁之。然指其御溝詩云：「此波涵聖澤」波字未穩，當改……乃取筆作「中」字。僧果復來云：「欲更爲『中』字如何？」然展手示之，遂定交。（宋強行父唐子西文錄）

20黃魯直詩：「歸燕略無三月事，高蟬正用一枝鳴。」「用」字初曰「抱」，又改曰「占」，曰「在」，曰「帶」，曰「要」，至「用」字始定，予聞於錢伸中大夫如此。（宋洪邁容齋續筆卷六）

21陳輔之詩話云：「蕭楚才知溧陽，乖崖作牧，有一絕云：『獨恨太平無一事，江南閒殺老尚書。』蕭改「恨」作「幸」。（宋戴埴鼠璞）

22宋陳世崇隨隱漫錄卷四云：「白玉堂中曾草詔，水晶宮裏近題詩。」韓子蒼易爲「堂深」「宮冷」。古詞云：「春歸也，只消戴一朵荼蘼。」宇文元質易「戴」爲「更」皆一字師也。

22朱子語類卷百四十舉南軒詩云：「臥聽急雨打芭蕉」先生曰：「此句不響。」曰：「不若作『臥聞急雨到芭蕉。』」

24南唐野史載張迵寄遠詩：「蟬鬢彫將盡，虬髭白也無？」齊己改爲「虬髭黑在無。」迵拜爲一字師。（宋戴埴鼠璞）

（二）刪字法

刪字者刪去多餘之語意，以求字句之簡捷，與夫意境之高妙者也。如呂氏春秋至公篇：『荆人（楚人）有遺弓者而不肯索，曰：『荆人遺之，荆人得之，又何索焉？』孔子聞之曰：『去其「荆」而可矣。』」謂刪去荆字也，刪去荆字則成：「人遺之，人得之，又何索焉？」如此則不必限於荆人。而境界因而增高，字句亦因而簡省矣。按：說苑至公篇云：「楚共王出獵而遺其弓，左右請求之，共王曰：『止，楚人遺弓，楚人得之，又何求焉？』仲尼聞之曰：『惜乎！其不大也。亦曰：「人遺之，人得之」而已，何必「楚」也』。」按公孫龍子，跡府篇及孔子家語好生篇，皆有之。刪二楚字，非特字句簡省，即意境，亦更為寬廣也。由是觀之，孔子固精於修辭者也，故所著春秋，筆則筆，削則削，游夏之徒不能贊一辭，蓋精練之至也。餘如

唐劉知幾史通卷十五點煩篇云：「孔子家語曰：『魯公孫索氏不及二年矣』，一年而亡。門人問曰：『昔公孫氏亡其祭牲，而夫子曰：不及二年，必亡，今果如期而亡。夫子何以知然？』」宜除二十四字，謂自「昔公孫氏亡其祭牲」，至「今果如期而亡」當刪去。

全晉文一百二引陸士龍（雲）與兄平原（機）書云：「二祖頌甚為高偉，然意故復謂之微多『民不輟歎』一句謂可省。」

夫辭求其達而已，如繁字多，則意重；意重，則有害於達矣。故前賢之論作文，務求精練簡捷以達旨，然有時為求意義之明暢，辭義之通達，以使讀聽者瞭然於心目，亦有不避繁博者，如史記范雎傳：「須賈謂范雎曰：『非大車駟馬，吾不出。』范雎曰：『願為君借大車駟馬於主人翁』，范雎歸，取大車駟馬。」此處「大車駟馬」凡三見，蓋為加重其語氣，故反復申言之也。王若虛滹南餘老集以為作「願為君借於主人翁，即歸取車馬。」此字句固簡練矣，然未若原文之傳神也。又如李將軍傳：「廣出獵見草中石，以為虎而射之，中石沒鏃，視之，石也。因復更射之，終不能復石矣。」石字凡四見

，然不害其通達也。王若虛以爲省三石字，作「以爲虎而射之，沒鏃，旣知其石，因復更射，終不能入。」若作「嘗見草中有虎，射之，沒鏃，視之石也。」（見滹南遺老集）如此雖字句簡省，然未若原書之傳神也。

【練　習】說明下列辭句是否該删。

1. 史記鄧通傳云：「文帝崩，景帝立。」向若但云『景帝立。』不言『文帝崩』，斯亦可知矣，何用兼書其用乎。」（史通雜說上）

2. 蔡君謨作泉州萬渡石橋記，文字極簡古。然予謂剩卻八言，蓋旣言「其長二千六百翼以扶欄」矣，不當又言「如其長之數而兩之」此八字爲贅。（宋陳善捫蝨新政）

3. 史記周本紀「稱諸侯不期而會盟津者八百諸侯，諸侯皆曰『紂可伐矣』」，王若虛以爲可刪「諸侯，諸侯。」（金王若虛滹南餘老集）

4. 論語子路曰：「願車馬衣輕裘，與朋友共，敝之而無憾。」阮元論記校堪記爲石經初刻本無「輕」字。

（三）練字法

夫綴字屬篇，必須練擇，遇二名同實者，必須變化，有重複處，必須避開，有忌諱嫌疑處，必須違避。如

孟子梁惠王下云：「惟仁者爲能以大事小，是故湯事昆夷，惟智者爲能以小事大，故太王事獯鬻，句踐事吳。」

王靜安觀堂集林卷十三鬼方昆夷玁狁考云：「據大雅緜詩本文，則太王所事正是昆夷。……孟子易以獯鬻者，以上文云：『文王事昆夷』，故以異名同實之獯鬻代之，臨文之道，不得不爾也。」是昆夷即獯鬻也。所以云：「太王事獯鬻，」而不言「太王事昆夷」者，爲求變化，且免重複也。

左傳宣公四年：「初，楚司馬子良生子越椒，子文曰：『必殺之！是子也，熊虎之狀而豺狼之聲；弗殺，必滅若敖氏矣。諺曰：「狼子野心」，是乃狼也，其可畜乎！』子良不可，子文以爲大慼。及將死，聚其族曰：『椒也知政，乃速行矣，無及於難！』且泣曰：『鬼猶求食，若敖氏之鬼，不其餒而！』及令尹子文卒，鬭般爲令尹，子越爲司馬，蔿賈爲工正，譖子揚（即鬭般）而殺之。子越爲令尹，己爲司馬，子越又惡之，乃以若敖氏之族圄伯嬴（即蔿賈）於迴陽而殺之，遂處烝野，將攻王，王以三王之子爲質焉；弗受，師於漳澨。秋七月戊戌，楚子與若敖氏戰於皐滸，伯棼（即子越）射王汰輈，鼓跗，著於丁寧；又射汰輈，以貫笠轂，師懼，退，王使巡師曰：『吾先君文王克息，獲三矢焉，伯棼竊其二，盡於是矣。』鼓而進之，遂滅若敖氏。」

此段文字中越椒、椒、子越，伯棼，同一人也，而有四種稱呼。鬭般、子揚同一人也，而二稱。蔿賈伯嬴，同一人也，而二稱。此皆爲免重複，而求變化也。蓋左傳之文至美，修辭頗工，練字甚審。

詩經小雅采薇云：「彼爾惟何？惟常之華；彼路斯何？君子之車。」斯，亦惟也。不言「彼路惟何」者，亦在求變化也。

左傳昭公廿六年：「在禮家施不及國，民不遷，農不移，工賈不變。」「遷」「移」「變」意同，不曰「民不遷，農不遷，而工賈亦不遷者」亦所以求變化也。

楚辭九歌：「吉日兮辰良。」吉、良皆美好之意也。分開言之，亦所以求變化，以使文句美妙也。

史記游俠傳序：「魯人皆以儒教，而朱家用俠聞。」用亦以也。交錯言之，所以求變化。

易經乾文言：「君子進德脩業，忠信所以進德也，脩辭立其誠，所以居業也。」

孔穎達疏云：「上云進德、下復云進德；上脩業，下變云居業者：以其間有『脩辭』之文，故避其『脩』文，而云居業。」是不曰脩業，而曰居業者，所以免重複也。顧炎武日知錄卷廿一云：「自漢以來作文者，即有迴避假借之法」是也。

詩經商頌玄鳥篇：「天命玄鳥，降而生商。宅殷土芒芒。」殷亦商也。清閻若璩古文尚書疏證卷四云「既云『降而生商，』下自不得云『宅商土芒芒』易商爲殷，文字宜然。」謂錬字須避複也。

劉知幾史通叙事篇云：「魏收代史，吳均齊錄，或牢籠一世，或苞舉一家。」

按魏收本著魏書也，而改稱代史者，避魏字之複也。吳均著齊春秋三十卷，見梁書吳均傳。

漢書卷四十八賈誼傳云：「曩令樊酈絳灌據數十城而王，今雖以殘亡可也。」

顧炎武日知錄卷廿三云：「樊、酈、絳、灌，三人皆姓，（樊噲、酈商、灌夫）而勃（周勃封絳侯）

獨爵，以功臣周姓者多也。汾陰侯昌，隆慮侯竈，魏其侯定，鄃成侯緤，高景侯成，博陽侯聚，皆周姓。」按：獨稱周勃之爵者，爲避嫌也。蓋言周，則不知是周勃，抑是周昌、周聚等也。

詩豳風七月云：「七月流火，九月授衣。一之日觱發（十一月），二之日栗烈（十二月），無衣無褐，何以卒歲？三之日于耜（正月），四之日舉趾（二月）。」

毛傳云：「一之日，周正月；二之日，殷正月；三之日，夏正月。』日知錄卷五云：「七月一篇之中，凡言月者，皆夏正；凡言日者，皆周正。」蓋周代建子，其曆法以十一月爲起月（正月），商代建丑，以十二月爲起月（正月），夏代建寅，以正月爲起月，今通行夏曆。（此例頗少，所以記之者表異也。）

漢書卷四十四淮南厲王長傳薄昭諫厲王書云：「昔者周公誅管叔放蔡叔以安周，齊桓殺其弟以反國。」

按反，即返也。齊桓公實殺其兄——公子糾也，而云弟者漢文帝是淮南厲王之兄，言殺弟而不曰殺兄者避文帝之諱也，不然，言殺兄，則恐誤會，而生命危矣。

論語八佾篇子曰：「夏禮吾能言之，杞不足徵也；殷禮吾能言之，宋不足徵也。」

中庸子曰：「吾說夏禮，杞不足徵也；吾學殷禮，有宋存焉。」

此二書所載皆孔子之言也，何爲一云「宋不足徵也」，而一則云：「有宋存焉」？豈其前後矛盾歟？閻若璩四書釋地云：「孔子世家（史記）言：『子思困於宋，作中庸。』中庸既作於宋，易其文，殆為宋諱乎！禮：「居其邑不非其大夫。」況宋實為其宗國，（按孔子亦商後）則書中辭自宜遜也。」按子思在宋作中庸而云：「宋不足徵也」則必為宋之君臣所非，且甚或為宋人所害。故不敢言「宋不足徵也」，而云「有宋存焉。」一面固以禮宜如此，實則乃避諱也。所以欲避諱者，一以禮也，一則以「思想問題」也。如今日居共產地區，而宣傳民主之好處，則必有殺身之禍。故君子必避「時忌」者此也。

春秋隱公元年云：「秋七月，天王使宰咺來歸惠公仲子之賵。」日知錄卷四云：「尚書之文，但稱王，春秋則曰天王。以當時楚吳徐越皆僭稱王，故加天以別之也。」又云：「魯有兩仲子，孝公之妾，一仲子。（即惠公之母）惠公之妾，又一仲子（桓公之母），故此不得不稱惠公仲子也。」蓋為分別二人耳。

漢書卷一高帝紀：「使韓太尉擊韓，韓王鄭昌降，十一月立韓太尉信為韓王。」

又卷三十三韓王信傳：「韓王信，故韓襄公孽孫也。」

又卷三十四韓信傳云：「韓信，淮陰人也。」

韓王信與淮陰侯韓信同名，故稱韓王信以別之。蓋遣辭造句，遇名同者宜思有以別之，否則必混亂而莫知為誰矣。

【練　習】試分析下列詞句中「練字」之變化，並說明之。

1. 宋華弱與樂轡少相狎，長相優，又相謗也。子蕩怒，以弓梏華弱於朝。（左傳襄公六年，子蕩即樂轡也）

2.善治國家者，不變其故，不易其常。（淮南子道應訓）

3.慈、於戰則勝，以守則固。（韓非子解老篇）

4.蓋西伯拘而演周易；仲尼厄而作春秋；屈原放逐，乃賦離騷；左丘失明，厥有國語。」（司馬遷報任少卿書。按左丘明作春秋左氏傳。（春秋內傳）與國語（春秋外傳）

5.假設天下如曩時，淮陰侯尚王楚、黥布王淮南、彭越王梁、韓信王韓、張敖王趙、貫高爲相、……令此六七公皆亡恙，當是時而陛下即天子位，能自安乎？」（漢書賈誼傳）

6.臣敞等謹與博士臣霸、臣雋舍、臣德、臣虞舍、臣射、臣倉，議。（漢書霍光傳）

7.曾參、南武城人。（史記仲尼弟子列傳。按當時尚有北武城）

8.穀水又東，流逕乾祭門北，東至千金遏。洛陽記曰……石人腹上刻勒云：「太和五年二月八日庚戌，造築此堨，」……朝廷太和中脩復故偈。（水經注十六穀水篇。按日知錄卷二十六太和五年，曹魏明帝之太和也；朝廷太和中、元魏孝文帝之太和也）

（四）增字法

增字者增加詩文之字，以使詩文之詞句更美、語勢更壯，聲調更爲雅麗者也。如朱子語類云：「歐陽永叔作畫錦堂記云：『仕宦至將相，富貴歸故鄉；此人情之所榮，今昔之所同也。』後增二字，作『仕宦而至將相，富貴而歸故鄉。』」

李嘉祐詩：「水田飛白鷺，夏木囀黃鸝。」（唐李肇國史補）王維於每句上各增二字，以成其積雨輞川莊之詩：「漠漠水田飛白鷺，陰陰夏木囀黃鸝。」

歐陽永叔晝錦堂記增二「而」字，則語勢更壯，而詞句更美矣。故來裕恂漢文典云：「但於『仕宦』『富貴』下各添而字，文義大暢，此增字之妙也。「蓋增二虛字而其氣脈更暢，更有吟咏低徊之味，清孫德謙六朝麗指云：「對句之中，亦當少加虛字，使之動盪。」有時加實字亦有此效。王維之詩，特於李嘉祐詩中，加「漠漠」「陰陰」即成其詩，比較李詩氣派更壯，詩句更美。宋葉夢得石林詩話云：「此兩句好處，正在添『漠漠』『陰陰』四字，此乃摩詰（王維字）爲嘉祐點化，以自見其妙。如李光弼將郭子儀軍，一號令下，精彩百倍。不然，如嘉祐本句，但是詠景耳，人皆可到。」餘例如：

宋王銍默記卷下云：「熙寧初，歐公作史照峴山亭記，以示章子厚，子厚讀至『元凱銘功於二石，一置茲山，一投漢水。』……欲改曰：『一置茲山之上，一投漢水之淵』。爲中節。」文忠公喜而用之。」按此增四字，則語氣更暢，文句較佳。

杜甫登高詩：「無邊落木蕭蕭下，不盡長江滾滾來。」沈德潛唐詩別裁云：「昔人謂，兩聯俱可截去二字。試思落木蕭蕭下，長江滾滾來』成何語耶？」是故應增之字，增之，則語勢更美，詞彩更佳，若刪之，非特意境殊劣，即讀之亦不順口矣。

庾信馬射賦：「落花與芝蓋齊飛，楊柳共春旂一色。」孔巽軒以爲若作「落花芝蓋齊飛，楊柳春旂一色」即成俗響，（見清梁章鉅退菴隨筆）蓋此句語氣之佳，音節之美，得力於「與」「共」二字，王勃滕王閣序：「落霞與孤鶩齊飛，秋水共長天一色」即模仿自此，有人亦謂去『與』

「共」二字較簡捷，然實不若原句之美也。

【練　習】分析下列所增之字，並述其故

1. 晏尚書景初作一士大夫墓誌，以示朱希會。希會曰：「甚妙，但似欠四字，然不敢以告。」景初苦問之，希眞指「有文集十卷」字下曰：「此處欠。」又問：「欠何字？」曰：「當增『不行於世』四字」，景初遂增「藏於家」三字，實用希眞意也。（陸游老學庵筆記卷一）

2. 南史卷三十二張融傳云：「融作海賦，文辭詭激，獨與衆異，後以示顧覬之。覬之曰：『卿此賦實超玄虛，但恨不道鹽耳，』融即求筆注曰：『漉沙構白，熬波出素，積雪中春，飛霜暑路。』此四句後所足也。

3. 晉王珣孝武帝哀冊略云：「自權旻凶，秋冬代變，霜繁廣除，風回高殿，帷幕空張，肴俎虛薦，極聽無聞，詳視罔見。」南史卷廿三王誕傳云：「晉孝武帝崩，從叔尚書令珣爲哀策。出本示誕，曰：『猶恨少序節物。』誕攬筆，便益之，接其『秋冬代變』後云：『霜繁廣除，風回高殿』珣歎美，因而用之。

4. 後漢書卷九十七范滂傳：「建寧二年，遂大誅黨人，詔下急捕滂等。……其母就與之訣，滂白母曰：『仲博（滂弟）孝敬，足以供養。滂從龍舒君（滂父）歸黃泉，存亡各得其所，惟大人割不可忍之恩，勿增感戚』母曰：『汝今得與李杜（李膺、杜密）齊名，死亦何恨？既有令名，復求壽考，可兼得乎？』滂跪受教，再拜而辭。顧謂其子曰：『吾欲使汝爲惡，則惡不可爲；使汝爲善，則我不爲惡。』行路聞之，莫不流涕，時年三十三。」清王鳴盛十七史商榷。行路聞之，上應增一句「滂竟被害」。

5. 漢書韓信傳：「淮陰少年又侮信曰：『雖長大，好帶刀劍，怯耳。』史記淮陰侯列傳作：「若雖長大」。若汝也。

叁　積極修辭與意境之修辭法

一、積極修辭

積極修辭爲使人感受，故須用語言之聲音，形體，意義，極度刻劃之，務引起看讀者之共鳴。於內容方面，則基於經驗之融合，對題旨情境及前人文化之遺產，綜合應用之。於形式方面則運用文字本體之情趣，巧妙表現之。積極修辭分辭格與辭趣二種。辭趣，則形式之利用是也。辭格，則兼內容與形式靈活以應用之。本書參肆伍三篇皆述辭格，第陸篇專述辭趣，今列積極修辭之綱要表如下：

- 積極修辭
  - 字句之揣摩
    - 改字
    - 刪字
    - 鍊字
    - 增字
  - 辭格之演述
    - 意境之修辭法（有廿七辭格）
    - 章句之修辭法（有廿六辭格）
    - 詞語之修辭法（有廿七辭格）
  - 辭趣之修辭
    - 辭之意味（有四節）
    - 辭之聲韻（有十二節）
    - 辭之形貌（有八節）

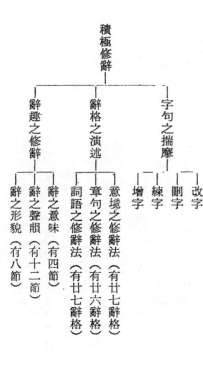

二、辭格之演述

本書辭格之演述，分三章統之，如表所載是也。各章辭格，如目錄所載，此不具述。另字句之揣摩，有辭格四，總計辭格八十有四，蓋蘊諸家之長，發一己之所得，薈而聚之者也。今復列中外各家辭格於此。以供參考。

（一）西洋修辭書辭格之分類

西洋修辭書之分類法，昆提廉則分爲思想上之辭格，與言語上之辭格兩類。將設疑法、咏歎法、活喻法、頓呼法，直喻法等屬於前者；漸層法、省略法、對偶法等、屬於後者。亦有分爲文字上之辭格，語性上之辭格，組織上之辭格，修辭上之辭格四種者；或分爲類似、聯想、對照，雜項四方面者；或分爲知力、情緒、意志三種；或分爲幻想、排列、矛盾，雜項四種；或分爲譬喻、化成、布置，表出四種。其分類方法之繁多，難於一一列舉，至於辭格之多，亦有多至三百種者，然精言之，只數十種耳。

（二）日本坪內逍遙美辭論稿之分類，辭格凡十九

（1）**本於類似之修飾法**

直喻法（Simile）隱喩法（Metaphor）活喻法（Personification）諷喻法（Allegory）等。

(二)本於聯想之修飾法

提喻法（Synecdcche）換喻法（Metonymy）誇張法（Hyperbole）引用法（Allusion）擬聲法（Onomatopocia）等。

(三)本於對照之修飾法

對偶法（Antithesis, Parallels）漸層法（Climax）警句法（Epigram）設疑法（Interrogation）咏歎法（Exclamation）反語法（Irony）等。

(四)雜：

問答法（Dialogue）現寫法（Vision）反覆法（Repetition）頓呼法（Apostrophe）等（計辭格十九）。

（三）日本五十嵐力新文章講話分為八種辭格凡四十有八

(一)基於結體原理之詞姿

直喻法　隱喻法　諷喻法　活喻法　結晶法　問答法　舉例法　誇張法

現寫法　對照法　抑揚法　換置法　括進法　列敍法　詳悉法

(二)基於朧化原理之詞姿

稀薄法　美化法　曲言法

(三)基於增義原理之詞姿
引用法　隱用法　緣裝法　重義法
(四)基於存餘原理之詞姿
舉偶法　側寫法　省略法　斷敍法及接敍法　接離法　反言法　皮肉法
設疑法　倒裝法
(五)基於融會原理之詞姿
漸層法　飛移法　序次法　連鎖法
(六)基於奇警原理之詞姿
警句法　奇先法
(七)基於順感原理之詞姿
反覆法　其他反覆之詞姿　對偶法　避板法　擬態法　咏歎法　情化法
(八)基於變性原理之詞姿
方便法　遮斷法　變態法　超格法

(四) 陳介白氏修辭學講話分四類，辭格有六十

一、關於想念之增殖——譬喩法諸辭格

㈠明喻法 ㈡隱喻法 ㈢諷喻法 ㈣對喻法 ㈤博喻法 ㈥提喻法 ㈦換喻法
㈧借喻法 ㈨引喻法 ㈩詳喻法 (十一)交喻法 (十二)形喻法 (十三)字喻法 (十四)詞喻法

二、關於想念之變化——化成法諸辭格

㈠擬人法 ㈡擬物法 ㈢較物法 ㈣現寫法 ㈤情化法 ㈥誇張法 ㈦映寫法
㈧頓呼法 ㈨移狀法 ㈩特指法 (十一)旁敲法 (十二)反情法 (十三)特例法

三、關於想念之態度——表出法諸辭格

㈠曲言法 ㈡問答法 ㈢設疑法 ㈣詠歎法 ㈤反語法 ㈥警句法 ㈦深言法
㈧雙關法 ㈨撥言法 ㈩希冀法 (十一)辨言法 (十二)凝神法 (十三)絕對法 (十四)進退法
(十五)憤語法 (十六)驚駭法 (十七)諧謔法

四、關於想念之排列——布置法諸辭格

㈠對偶法 ㈡漸層法 ㈢反覆法 ㈣倒裝法 ㈤照應法 ㈥轉折法 ㈦抑揚法
㈧省略法 ㈨錯綜法 ㈩陪襯法 (十一)疊敍法 (十二)列敍法 (十三)類字法 (十四)藏歇法
(十五)遞代法 (十六)對照法

(五) 陳氏修辭學發凡分四類‥辭格計卅有八

甲、材料上之辭格

(一)譬喻　(二)借代　(三)映襯　(四)摹狀　(五)雙關　(六)引用　(七)仿擬　(八)拈連
(九)移就

乙、意境上之辭格

(一)比擬　(二)諷喻　(三)示現　(四)呼告　(五)鋪張　(六)倒反　(七)婉曲　(八)諱飾
(九)設問　(十)感歎

丙、詞語上之辭格

(一)析字　(二)藏詞　(三)飛白　(四)鑲嵌　(五)複疊　(六)節縮　(七)省略　(八)警策
(九)折繞　(十)轉品　(十一)回文

丁、章句上之辭格

(一)反復　(二)對偶　(三)排比　(四)層遞　(五)錯綜　(六)頂真　(七)倒裝　(八)跳脫

(六)　其他諸家之分類

陳騤文則，楊樹達中國修辭學，亦略論之，惟未詳耳。餘有關修辭之書亦然。近人傅隸僕著修辭學，吾友黃永武著字句鍛鍊法，張夢機著近體詩發凡，其涉及辭格者，亦有研讀之價值。

三、意境之修辭法

(一) 明喻法

宋陳騤文則卷上丙節舉「取喻之法」十種：「一曰直喻。或言『猶』，或言『若』，或言『如』，或言『似』，灼然可見。孟子曰：『猶緣木而求魚也』，（梁惠王篇）書曰：『若朽索之馭六馬』（五子之歌）論語曰：『譬如北辰』（爲政篇），莊子曰：『凄然似秋』（大宗師），此類是也。」（白話則用「好像」「如同」「彷彿」「一樣」）清唐彪所著之讀書作文譜，則謂之「明喻」。今用其名。并本此論述而發揮之。

詩經衛風碩人：「手如柔荑，膚如凝脂，領如蝤蠐，齒如瓠犀，螓首蛾眉，巧笑倩兮，美目盼兮。」連用四個如，以比喻。（螓首蛾眉乃隱喻、意卽首如螓、眉如蛾）又如

莊子山木篇：「君子之交淡若水，小人之交甘若醴。」

國語晉語：「人之有學也，猶木之有枝葉也。木有枝葉猶庇蔭人，而況君子之學乎？」

又有將「猶、若、如、似、如同、好像、彷彿、一樣」等語詞省去，而用排比、對偶之句法取譬者，如

大學：「富潤屋，（猶）德潤身。」

中庸：「人道敏政，（猶）地道敏樹。」

【練　習】指出下列譬喻之詞，並模倣之：

1. 離恨恰如春草，更行更遠還生。（李後主詞）

2. 芙蓉如面柳如眉。（白居易詩）

3. 柔情不斷如春水。（寇準夜度娘）

4. 僑聞學而後入政，未聞以政學者也。……譬如田獵，射御貫則能獲禽；若未嘗登車射御，則厭覆是懼，何暇思獲？（左傳襄公卅一年）

5. 不義而富且貴，於我如浮雲。（論語里仁篇）

6. 孔子曰：「求，周任有言曰：『陳力就列，不能者止。』危而不持，顛而不扶，則將焉用彼相矣？且爾言過矣，虎兕出於柙，龜玉毀於櫝中，是誰之過與？」（論語季氏篇）

7. 必有事焉而勿正，心勿忘，勿助長也。（俞樾謂正心，錯簡，乃「忘」字之誤。即勿忘。勿忘、勿助長也）無若宋人然。……（孟子公孫丑上）

8. 流丸止于甌臾，流言止于智者。（荀子大略篇）

9. 面若中秋之月，色如春曉之花，鬢若刀裁，眉如墨畫，鼻如懸膽，眼似秋波，雖怒時而似笑，即瞋視而有情。（石頭記第三回）

10 養兒防老，積穀防饑。

11 我的佳偶在女子中，好像百合花在荊棘內。（舊約雅歌）

12 王小玉……唱了十數句之後，漸漸地越唱越高，忽然拔了一個尖兒，像一線鋼絲拋入空際，不禁暗暗叫絕。哪知他於那極高的地方，尚能迴環轉折，幾轉之後，又高一層。接連三四疊，節節高起。恍如由傲來峯西面攀登泰山的景象。初看傲來峯削壁千仞，以爲上與天齊；及至翻到傲來峯，纔見扇子崖更在傲來峯上。及至翻到扇子崖……愈翻愈險，愈險愈奇。……如一條飛蛇在黃山三十六峯半腰裏盤旋穿揷，頃刻之間周匝數遍。（老殘遊記第二回）

13 有人的性情，例如我自己的，如以氣候作喻，不但是陰晴相間，而且常有狂風暴雨，也有最豔麗蓬勃的春光。（徐志摩曼殊斐兒）

14 他說，人聚就有散，聚時歡喜，到散時豈不冷淸？旣冷淸，則生感傷，所以不如倒是不聚的好。比如那花開時令人愛慕，謝時則增惆悵，所以倒是不開的好。（石頭記）

15 衆制鋒起，源流閒出。譬陶匏異器，並爲入耳之娛，黼黻不同，俱爲悅目之玩。（蕭統文選序）

16 回樂峰前沙似雪，受降城外月如霜。（李益詩）

（二）隱喻法

隱喻者，正文與譬喻之辭，已化而爲一。其譬喻詞「如、似、猶、若」亦隱而不見。明喻之形式爲「甲如乙」，隱喻之形式則爲「甲卽乙」隱喻較明喻更進一層以比擬。如

詩經正月：「哀今之人，胡爲虺蜴。」虺蜴隱喻，卽爲虺蜴之毒也。

論語顏淵篇：「君子之德，風；小人之德，草。草上之風必偃。」

在明喻中則但云：「君子之德如風，小人之德如草。」而在隱喻中，則惟言「君子之德，風；小人之

德，草。」矣。又如

左傳文公七年：「趙衰、冬日之日也。趙盾、夏日之日也。」

庾信擬連珠：「嗟怨之水，特結憤泉。感哀之雲，偏念愁氣。」

辛棄疾念奴嬌詞：「舊恨春江流不盡，新恨雲山千疊。」

【練　習】 找出下列隱喻之詞，並模倣之：

1. 君子之德，風也；小人之德，草也；草上之風必偃。（孟子滕文公上）
2. 楊布問曰：「有人於此：年、兄弟也；言、兄弟也；才、兄弟也；貌、兄弟也；而壽夭，父子也；貴賤，父子也；名譽，父子也；愛憎，父子也；吾惑之。」（列子力命篇）（兄弟，言相近也。父子言相遠也。）
3. 怕聽陽關第四聲，回首家山千萬程，博着個甚功名，教俺做浮萍淚梗。（喬孟符揚州夢雜劇）
4. 諸葛瑾，弟亮，及從弟誕，並有盛名。各在一國，於時以為蜀得其龍，吳得其虎，魏得其狗。（世說新語賞譽）
5. 菊，花之隱逸者也；牡丹，花之富貴者也；蓮，花之君子者也。（周敦頤愛蓮說）
6. 夫秦虎狼之國也。（戰國策、楚一）

（三）借喻法

借喻較隱喻更進一層。其正文與譬喻之詞，關係尤為密切。且正文可以不寫出來，惟借譬喻之詞

以暗示耳。如

孟子梁惠王上：「以萬乘之國，伐萬乘之國，簞食壺漿，以迎王師，豈有他哉？避水火也。」

以水火比作暴政。在此不言「避暴政」，而言「避水火」者，正是借譬喻之詞，以暗示正文也。

史記伯夷列傳：「伯夷叔齊雖賢，得夫子而名益彰；顏淵雖好學，附驥尾而行益顯。」

以孔子比作驥，列於孔子之門，猶如附驥尾，因以譬喻之詞，暗示正文。

【練　習】 指出下列借喻之詞，並說明其故。

1. 歲寒，然後知松柏之後凋也。（論語子罕篇）
2. 余既不難夫離別兮，傷靈修之數化。（靈修、君也。屈原離騷）
3. 法令者治之具，而非制治淸濁之源也，昔天下之網嘗密矣，然奸僞萌起。（史記酷吏列傳）
4. 博陵崔師立種學積文，以蓄其有。（韓愈藍田縣丞廳壁記）
5. 繰成白雪桑重綠，割盡黃雲稻正靑。（王安石木末詩，白雪喻絲，黃雲喻麥）
6. 昔爲鴛與鴦，今爲參與商。（蘇武詩）
7. 太空時代的潮流，已在呼喚我們了。
8. 門徒渡到那邊去，忘了帶餅。耶穌對他們說：「你們要謹愼，防備法利賽人和撒都該人的酵」，門徒彼此議論說，……耶穌看出來，就說……門徒這才明白他說的，不是叫他們防備餅的酵，乃是防備法利賽人和撒都該人的教訓。（馬太第十六章）

由是歸納譬喻之方法。有三類：即直喻、隱喻、借喻是也。茲列一表，以說明之：

辭格＼內容	正文	中間之詞	譬喻之詞	實例說明
直喻	出現	有「猶、似、如、若」之類或用平行句法代替	出現	先生之德如風。
隱喻	出現	隱	出現	先生之德、風也。
借喻	隱	隱	出現	先生之風。

（四）借代法

借特別之事物，以描述所欲敍述之對象者謂之借代。茲分類說明之：

1. 借事物之特徵相代：如

三國志蜀志馬良傳：「馬氏五常，白眉最良。」

據蜀志：「馬良字季常，……兄弟五人，並有才名。鄉里爲之諺曰：『馬氏五常，白眉最良。』良眉中有白毛，故以稱之。」按：此因馬良有白眉之特徵，故即以白眉稱之也。

杜甫贈韋左丞詩：「紈袴不餓死，儒冠多誤身。」

按：穿紈袴之衣物者，乃富貴子弟之特徵也。戴儒冠者乃文士之特徵也。因以其特徵代替所欲描述之對象。

2. 借事物之所屬相代：如

孟子滕文公下：「四海之內，皆舉首而望之。」

按：四海之內，代「四海之內」之人。

孟子告子上：『萬鍾則不辨禮義而受之；萬鍾於我何加焉。』

按：萬鍾、代萬鍾之俸祿。

儒林外史（第五回）：嚴致和又道：「卻是不可多心，將來要備祭桌，破費錢財，都是我這裏備齊。」

按：祭桌、指祭桌上所屬之祭祀品。

3. 借人地相代：如

曹孟德短歌行：「慨當以慷，憂思難忘。何以解憂，惟有杜康。」

按杜康人名，因其善於造酒，故以其名代酒。伊士珍瑯嬛記中卷言：「杜康造酒，因稱酒爲杜康。」

陸游花時遍遊諸家園：「常恐夜寒花索寞，錦茵銀燭按涼州。」

按：此以涼州代涼州曲。洪邁容齋隨筆十四云：「今樂府所傳大曲，皆出於唐，而以州名者五；伊、涼、熙、石、渭是也。涼州今轉爲梁州，唐人已多誤用，其實從西涼府來也。凡此諸曲，唯伊涼最著。」

山海經海外南經：「南山在其（結匈國）東南，自此山來，蟲爲蛇，蛇號爲魚，……比翼鳥（以鳥代山。張華博物志卷三異鳥：「比翼鳥，一青一赤，在參嵎山。」）在其東，其爲鳥青赤。兩鳥比翼。……羽民國在其東南，其爲人長頭，身生羽。」

按：此以「比翼鳥」代「參嵎山」。

4. 借物質相代

左傳僖公二十三年：（重耳、晉文公）將適齊，謂季隗（廧咎如之女）曰：「待我二十五年，不來而後嫁。」對曰：「我二十五年矣，又如是而嫁，則就木焉。請待子。」處狄十二年而行。

孟子公孫丑下：「木若以美然。」

按：就木，即入棺材也。以木代棺材。

陸游謝徐志父帳幹惠詩編詩：「平生聞若人，筆墨極奇峭。相望二千里，安得接談笑？」

按：此以筆墨代詩文。白居易長恨歌：「回頭一笑百媚生，六宮粉黛無顏色。」按：粉黛代美人。

劉禹錫陋室銘：「無絲竹之亂耳，無案牘之勞形。」

按：此以絲竹代一切之音樂。

5. 借部分代全體

孟子滕文公下：「世衰道微，邪說暴行又作，……孔子懼，作春秋。春秋，天子之事也。」

按春秋：歷史之書也。歷史之書當記整年「春夏秋冬」之事，今以春秋代歷史書之名，借部分代全體也。梁章鉅浪跡續談卷七：「通行之語……謂物爲東西，物產四方而約擧東西，猶史記四時，而約言春秋耳」然則「東西」也，「春秋」也，皆以部分代全體之修辭法也。

詩經采葛：「一日不見，如三秋兮」按：三秋、三年也，此以部份代全體。

溫庭筠望江南詞：「過盡千帆皆不是，斜暉脈脈水悠悠。」

按帆，本船之布篷，而用之以代船，亦以部分代全體也。

6. 借全體代部分：

儀禮既夕禮云：「乃行禱於五祀。」

荀子正論篇：「雍而徹乎五祀」。

按五祀、指其中二祀、門與行耳，乃以全體代部分也。鄭康成注云：「盡孝子之情。五祀、博言之。士二祀，曰門曰行。」是也。其所謂博言之者，卽謂以全部代部分而言耳。俞樾古書疑義擧例卷三云：「五祀、其大名也，曰門曰行，其小名也。祀門行而曰五祀，是以大名代小名也。（卽以全體代部分。）」又云：「又有擧小名以代大名者，（卽以部分代全體也。）詩采葛篇：「一日不見，如三秋兮。」三秋卽三歲也。曆有四時，而獨言秋，是擧小名以代大名也。漢書東方朔傳：「年十二學書，三冬文史足用。」三冬，亦卽三歲也。」

左傳文公十三年：「子無謂秦無人，吾謀適不用也。」

按：無人者，無智士也。亦以全體代部分。

7. 借特定之詞，以代普通之詞：如

禮記檀弓上：孔子曰：「吾聞之，古也墓而不墳。今丘也，東西南北之人也，不可以弗識也。」

按：東西南北，即四方也。以特定代普通。

孟子滕文公下：「在於王所者，長幼卑尊皆薛居州也，王誰與爲不善？在王所者，長幼卑尊皆非薛居州也，王誰與爲善？」按：薛居州專有之名詞也，代替善士。此亦以特定代普通。又漢書蒯通傳：「秦失其鹿，天下共逐之。」按：此以鹿代天下。

8. 以普通代特定：如

儒林外史第二回：「彼此說着閒話，掌上燈燭，管家捧上酒、飯、雞、魚、鴨、肉堆滿春臺，王舉人也不讓周進，自己坐着喫了。」按：此「肉」代「猪肉」。以普通代特定。

9. 以定數代不定數：如

易經說卦：「近利市三倍」

論語微子篇：「焉往而不三黜。」

屈原離騷：「雖九死其猶未悔。」

按：三九乃以定數，代不定之數也。清汪中述學釋三九上云：「生人之措辭，凡一二之所不能盡者，則約之三以見其多；三之所不能盡者，則約之九以見其極多。此言語之虛數也。實數（一定之數）可

稽也，虛數（不定之數）不可執也。何以知其然也。易『近利市三倍』，詩『如賈三倍』，論語：『焉往而不三黜』，春秋傳：『三折肱爲良醫。』（左傳定公十三年）此不必限以三也。論語『季文子三思而後行』，『雌雉……三嗅而作』，孟子陳仲子食李三咽，此不可知其爲三也。論語『子文三仕三已』。史記，管仲三仕三見逐於君、三戰三走，田忌三戰三勝，范蠡三致千金，此不必其果爲三也。故知三者虛數也。楚辭『雖九死其猶未悔』此不能有九也。詩『九十其儀』，漢書（原文作史記）『若九牛亡一毛，腸一日而九迴』。（司馬遷傳、報任少卿書）此不必限以九也。孫子：『善守者藏於九地之下，善攻者動於九天之上。』此不可以言九也。故知九者虛數也。推之十百千萬，固亦如是。」其言皆謂以定數代不定數也。

柳宗元詩：「千山鳥飛絕、萬逕人蹤滅。」

按此亦以定數代不定數也。意指所有之山，所有之路，其數不定，言千言萬，所以狀其多也。

10借具體代抽象：如

王維輞川閒居贈裴迪：「渡頭餘落日，墟里上孤煙。」

按此以落日（實體）代落日之餘光（抽象）。

陸游黃鶴樓詩：「平生最喜聽長笛，裂石穿雲何處吹。」

按此長笛即指長笛之聲。

11借抽象代具體：如

左傳文公十二年：「死傷未收而棄之，不惠也；不待期而薄人於險，無勇也。」

按死傷，代死傷之人。

史記項羽本紀：「被堅執銳、義不如公。」按：堅指堅甲、銳指兵器。孔文舉薦禰衡表：「臣聞洪水橫流，帝思俾乂。」按：俾乂、代賢臣。書：「湯湯洪水方割，有能俾乂。」

杜甫贈韋左丞詩：「白鷗沒浩蕩，萬里誰能馴」。按：浩蕩指煙波。

12 借原因結果以相代：如

易：「君子黃中通理。」又：「顏氏之子，其殆庶幾乎。」傅季友爲宋公修張良廟：「張子房道亞黃中，照鄰殆庶。」借黃中代君子，殆庶代顏淵。

范成大題金牛洞詩：「故鄉吳江多好山，筍輿篋舫相窮年。」筍爲竹之初生者，借筍以代竹。

史記晉世家：「文公曰：『……矢石之難、汗馬之勞，此復受次賞。」按此以「汗馬」代「勞苦作戰」。又傅季友爲宋公修張良廟教（文選）：「參軌伊望，冠德如仁。」如仁代管仲，論語孔子稱管仲：「如其仁，如其仁。」

李白清平調：「名花傾國兩相歡。」白居易長恨歌：「漢皇重色思傾國，御宇多年求不得。」

按：此以傾國代美人也。漢李延年歌：「北方有佳人，絕世而獨立，一顧傾人城，再顧傾人國。寧不知傾城與傾國，佳人難再得。」後人遂以傾城傾國狀美人之貌，此則逕自以代美人。

13 借前代代後代：如

左傳哀公九年云：「利以伐姜，不利子商。伐齊則可，敵宋不吉。」

莊子山木篇：「窮於商周。」

按：姜、齊姓、指齊國。子、商姓，故連之曰子商。宋、乃商之後也。武王封微子於宋。今以商代宋，是以前代代後代也。

【練　習】指出下列借代之辭，並說明其故。

1. 歸來且看一宿覺，未暇遠尋三朵花。（蘇軾三朵花詩其序謂房州有異人，常戴三朵花，莫知其姓名，郡人因以三朵花名之）
2. 我拿了新聞看，長腿裝着無聊的臉，坐在安樂椅子上。（現代日本小說集，沈默之塔。）
3. 大江東去，浪淘盡，千古風流人物。（蘇軾念奴嬌詞）
4. 人懷盈尺、和氏而無貴矣。（曹植與吳質書）
5. 紅兒謾唱伊州遍，認取輕敲玉韻長。（羅虬比紅兒詩）
6. 田園寥落干戈後，骨肉流離道路中。（白居易望月有感）
7. 陸生晝臥腹便便，歎息何時食萬錢。（陸游蔬園雜詠）
8. 十目所視、十手所指。（大學）
9. 因威公之問，擧天下之賢者以自代，則仲雖死，而齊國未爲無仲也。夫何患三子者？（蘇洵管仲論）
10. 百世以俟聖人而不惑。（中庸）

11游子悲故鄉，吾雖都關中，萬歲之後，吾魂魄猶樂思沛。（漢書高帝紀）

12有情潮落西陵浦，無情人向西陵去。去也不教知，怕人留戀伊。憶了千千萬，恨了千千萬，畢竟憶時多，恨時無奈何。（蕭淑蘭菩薩蠻詞）

13無窮山水與天接，不斷海風吹月來。（陸游泊公安縣詩）

14天下有道，小德役大德，小賢役大賢。天下無道，小役大，弱役強。（孟子離婁上）

15昨夜雨疏風驟，濃睡不消殘酒。試問捲簾人，卻道海棠依舊，知否知否？應是綠（葉）肥紅（花）瘦（李清照如夢令詞）

16八口之家，可以無飢矣。（孟子梁惠王上）

17孫叔敖甘寢秉羽，而郢人投兵。（莊子徐無鬼篇）

（按、楚都郢，以郢代楚。猶魏都大梁，而以梁代魏也。）

18狂而以行賞罰，此戴氏之所以絕也。（呂氏春秋卷廿三壅塞篇）

（按俞樾古書疑義舉例卷三云：「此即上文齊滅宋之事，戴氏爲宋公族，……世執國柄，與國同休戚者，宋亡則戴氏絕矣。不曰此宋之所以亡也，而曰此戴氏之所以絕也，亦是以小名代大名之例。）

附：陳騤文則十種譬喻法

一曰直喻：或言猶，或言若，或言如，或言似，灼然可見。孟子曰：「猶緣木而求魚也。」書曰：「若朽索之馭六馬。」論語曰：「譬如北辰。」莊子曰：「淒然似秋。」此類是也。

二曰隱喻：其文雖晦，義則可尋。禮記曰：「諸侯不下漁色。」（國君娶國中，象捕魚然，中網取之，是無所擇）。國語曰：「沒平公軍無秕政。」（秕、穀之不成者，以諭政。）又曰：「雖蝎譖焉避之。」（蝎、木蟲，譖從中起，如蝎食木，木不能避也。）……此類是也。

三曰類喻：取其一類，以次喻之。書曰：「王省惟歲，卿士惟月，師尹惟日。」歲，月、日，一類也。賈誼新書曰：「天子如堂，羣臣如陛，衆庶如地。」堂、陛、地，一類也。此類是也。

四曰詰喻：雖為喻文，似成詰難。論語曰：「虎兕出於柙，龜玉毀於櫝中，是誰之過歟？」左氏傳曰：「人之有牆，以蔽惡也。牆之隙壞，誰之咎也？」此類是也。

五曰對喻：先比後證，上下相符。莊子曰：「魚相忘乎江湖，人相忘乎道術。」荀子曰：「流丸止於甌臾，流言止於智者」此類是也。

六曰博喻：取以為喻，不一而足。書曰：「若金用汝作礪；若濟巨川，用汝作舟楫；若歲大旱，用汝作霖雨。」荀子曰：「猶以指測河也，猶以戈舂黍也，猶以錐飡壺也。」此類是也。

七曰簡喻：其文雖略，其意甚明。左氏傳曰：「名，德之輿也。」揚子曰：「仁、宅也。」此類是也。

八曰詳喻：須假多辭，然後義顯。荀子曰：「夫耀蟬者務在乎明其火，振其樹而已。火不明，雖振其樹，無益也。今人主有能明其德，則天下歸之，若蟬之歸明火也。」此類是也。

九曰引喻：援取前言，以證其事。左氏傳曰：「諺所謂庇焉而縱尋斧焉者也。」禮記曰：「『蛾子時術之』，其此之謂乎。」此類是也。

十曰虛喻：既不指物，亦不指事。論語曰：「其言似不足者。」老子曰：「飂兮似無所止。」此類是也。

本書歸納為四種，凡未包括在此四類者，則述於他處。

（五）較物法

較物者，將自己之感情，化於物中，而因與物比較者也。如

曹植雜詩：願爲西南風，長逝入君懷。

白居易長恨歌：在天願爲比翼鳥，在地願爲連理枝。

李白妾薄命：昔日芙蓉花，今成斷根草。

此爲肯定之較物法，亦有否定之較物法。如李白贈汪倫：桃花潭水深千尺，不及汪倫送我情。

張先一叢花：不如桃杏，猶解嫁東風。

王安石減字木蘭花：徘徊不語，今夜夢魂何處去？不似垂楊，猶解飛花入洞房。

【練　習】 分析下列較物法，並說明之。

1. 眼思夢想，不如雙燕得到蘭房。（晏幾道喜團圓）
2. 恨君不似江樓月，南北東西；南北東西，只有相隨無別離。（呂本中采桑子）
3. 朝有時，暮有時，潮水猶知日兩回，人生長別離；來有時，去有時，燕子猶知社後歸，君行無定期。（劉克莊長相思）
4. 昔爲土中花，行待東風煦，今爲簷下草，遠矣霑秋露。（秦觀夢伯牧文公）
5. 春日宴，綠酒一杯歌一遍。再拜陳三願：一願郎君千歲，二願妾身長健，三願如同梁上燕，歲歲長相見。（馮延己長命女）

（六）比擬法

修辭之妙者，或將外物以擬人，或將人以比外物。詩人玉屑卷九載楊萬里論比擬云：「白樂天女道士詩云：『姑山半峯雪。瑤水一枝蓮。』此以花比美婦人也。按（姑山卽莊子逍遙遊：「藐姑射之山，有神人居焉，肌膚若冰雪，綽約若處子。」）東坡海棠詩云：『朱脣得酒暈生臉，翠袖卷紗紅映肉。』此以美婦人比花也。」由是，比擬可分爲擬人與擬物。擬人者，將外物以擬人也。如李白春夜宴桃李園序：「陽春召我以烟景，大塊假我以文章。」夫陽春，抽象之物也。大塊（大地），具體之物也。而召我，假我，似能動之人矣。此是將外物以擬人也。

陶淵明乞食詩：「飢來驅我去，不知竟何之。」夫飢餓，抽象之詞也。而能似人之驅我，是假物以擬人也。又李白春思：「春風不相識，何事入羅帷。」

朱自清春：「盼望着，盼望着，東風來了，春天的脚步近了。一切都像剛睡醒的樣子，欣欣然張開了眼。山朗潤起來了，水長起來了，太陽的臉紅起來了。小草偷偷地從土裏鑽出來……。」

夫春天也，太陽也，小草也，皆外物也。而能似人之脚步走近，似人之臉紅，似人之悄悄來，皆擬人也。又張泌詩：「多情只有春庭月，猶爲離人照落花。」李淸照詩：「惟有樓前流水，應念我終日凝眸。」

古今詩文中，頗有將外物以擬人者，此種修辭法，易使文句生動，易使文句華美。故古人愛用之，非無故也。尤以童話中多喜將物擬人。擬物者以人比物也。在古今詩文中，亦常有之。如喬孟符揚州夜第三折：「濃粧呵，嬌滴滴擎露山茶；淡粧呵，顫巍巍帶雨梨花。」夫女子嬌滴滴之臉，至純潔可愛者也。如同淸晨嬌麗含露珠之山茶花。至於穿淡粧，楚楚可憐，欲哭下淚之時，猶如梨花之受雨淋。（按梨花帶雨，多形容美人之哭）此乃將美女比作花者也。是謂擬物。漢高祖鴻鵠歌：「鴻鵠高飛，一舉千里。羽翼已成，橫絕四海。橫絕四海，又可奈何！雖有矰繳，尚安所施。」按高帝欲廢太子，立戚夫人子趙王如意。後不果。戚夫人泣涕。帝曰「爲我楚舞，吾爲若楚歌。」所歌即此也。意謂太子（漢惠帝）已得商山四皓爲輔翼，猶如鴻鵠，羽翼已成，足以高飛千里，橫絕四海，而不能動，不能更換矣。是以太子比作鴻鵠。乃擬人於物也。

將人擬物者，詩文中亦常有之。此類文句，多用於抒情。比擬之修辭法，多用以抒發富贍之感情，豐富之靈感，以述及物我交融之境界。其用之善者，往往能化平凡爲綺麗，變粗劣爲高雅，故文士愛用之也。

【練　習】 指出下列比擬之辭格，並說明之，模倣之。

1. 桃臉兒通紅，櫻唇兒靑紫，玉筍纖纖（手指）不住搓。（董西廂）
2. 雄兎脚撲朔，雌兎眼迷離。兩兎傍地走，安能辨我是雄雌？（木蘭詩）
3. 羌笛何須怨楊柳，春風不度玉門關。（王之渙出塞詩）
4. 樹入牆頭，花來鏡裏。（庾信梁東行雨山銘）

5. 清明時節桃李笑，野田荒塚只生愁。（黃庭堅清明）
6. 顛狂柳絮隨風舞，輕薄桃花逐水流。（杜甫漫興）
7. 明日多情應笑我，笑我如今，孤負春心，獨自閒行獨自吟。（納蘭容若采桑子）
8. 溪邊小立苦待月，月知人意偏遲出。（楊萬里釣雪舟中）
9. 波滔滔兮來迎，魚隣隣兮媵予。（楚辭九歌）

（七）諷喻法

諷喻者借故事，或寓言，以寄托諷諫，教導之修辭法也。多用於本意不便直述，或不易敍述者，遂假一故事之形式者，以陳述之。而寄托本意於其中焉。如

戰國策楚策：荊宣王（卽楚宣王）問羣臣曰：「吾聞北方之畏昭奚恤也，果誠何如？」羣臣莫對。江一對曰：「虎求百獸而食之，得狐。孤曰：『子無敢食我也，天帝使我長百獸；今子食我，是逆天帝也。子以我爲不信，吾爲子先行，子隨我後，觀百獸之見我而敢不走乎？』虎以爲然，故遂與之行。獸見之皆走。虎不知獸畏己而走也，以爲畏狐也。今王之地方五千里，帶甲百萬，而專屬之昭奚恤，故北方之畏奚恤也，其實畏王之甲兵也，猶百獸之畏虎也。」

又燕策：趙且伐燕，蘇代爲燕謂（趙）惠王曰：「今者臣來過易水，蚌方出曝，而鷸啄其肉，蚌合而拑其喙。鷸曰：『今日不雨，明日不雨，卽有死蚌！』蚌亦謂曰：『今日不出，明日不出，

即有死鷸！」兩者不肯相讓，漁者得而並禽（擒）之。今趙且伐燕，燕趙久相支，以弊大衆，臣恐強秦之爲漁父也，故願王熟計之也。」惠王曰：「善」，乃止。

以上二則，後者則借「鷸蚌相爭，漁翁得利」之故事，以諷諫，使趙王停止攻燕。前者則借「狐假虎威」之事，以諷喻國君大權之旁落，陳述大臣之所以權重之故。此類小故事，或臨時構成，或度時度景，而後組成以達成諷喻之能事。餘如「畫蛇添足」「土偶與桃梗」皆此類也。復有借寓言之形式，以暗示人生哲理，而達諷喻之效者，此類之寓言，多組織完密，情境交映。如班釀之天路歷程，及衆所周知之「愚公移山」事，茲錄後者以爲一隅之舉：

列子湯問篇：太形王屋二山，方七百里，高萬仞，本在冀州之南，河陽之北。北山愚公者，年且九十，面山而居，懲山北之塞，出入之迂也。聚室而謀曰：「吾與汝畢力平險，指通豫南，達於漢陰可乎？」雜然相許。……寒暑易節，始一返焉。河曲智叟笑而止之曰：「甚矣，汝之不慧！以殘年餘力，曾不能毀山之一毛，其如土石何？」北山愚公長息曰：「汝心之固，固不可徹，曾不若孀妻弱子也。我雖死，有子存焉，子又生孫，孫又生子，子又有子，子又有孫，子子孫孫無窮匱也。而山不加增，何苦而不平？」河曲智叟無以應。操蛇之神聞之，懼其不已也，告之於帝。帝感其誠，命夸娥氏之二子負二山，一厝朔東，一厝雍南。自此冀之南，漢之陰，無隴斷焉。

此寓言乃在教人：「智而畏難，不如愚而努力。只要努力，即能有成。」古書之類此者多矣，不暇一一錄也。學者知其意，明其理，亦可自造故事，以諷喻矣。

【練　習】指出下列諷喻之意。

1.昭陽為楚伐魏，覆軍殺將，得八城，移兵而攻齊。陳軫為齊王使，見昭陽，再拜賀戰勝。起而問楚之法：「覆軍殺將，其官爵何也？」昭陽曰：「官為上柱國，爵為上執珪。」陳軫曰：「異貴於此者何也？」曰：「唯令尹耳。」陳軫曰：「令尹貴矣，王非置兩令尹也。臣竊為公譬可也：楚有祠者，賜其舍人巵酒，舍人相謂曰：「數人飲之不足，一人飲之有餘。請畫地為蛇，先成者飲酒。」一人蛇先成，引酒且飲之。乃左手持巵，右手畫蛇曰：「吾能為之足。」未成，一人之蛇成，奪其巵曰：「蛇固無足，子安能為之足？」遂飲其酒。為蛇足者，終亡其酒。今君相楚而攻魏，破軍殺將得八城，不弱兵，欲攻齊。齊畏公甚，公以是為名足矣；官之上，非可重也，戰無不勝，而不知止者身且死，爵且後歸，猶為蛇足也。」昭陽以為然，解軍而去。（齊策）

2.孟嘗君將入秦，止者千數而弗聽。蘇秦欲止之。孟嘗君曰：「人事者，吾已盡知之矣，吾所未聞者鬼事耳。」蘇秦曰：「臣之來也，固不敢言人事也，固且以鬼事見君。」孟嘗君見之。謂孟嘗君曰：「今者臣來，過於淄上，有土偶人與桃梗相與語，桃梗謂土偶人曰：「子、西岸之土也，挺子以為人，至歲八月，降雨下、淄水至，則汝殘矣。土偶曰：「不然，吾西岸之土也，吾殘，則復西岸耳。今子東國之桃梗也，刻削子以為人。降雨下，淄水至，流子而去，則子漂漂者將何如耳！」今秦四塞之國，譬若虎口，而君入之，則臣不知君所出矣。」孟嘗君乃止。（齊策）

3.齊人有一妻一妾而處室者，其良人出，則必饜酒肉而後反。其妻問所與飲食者，則盡富貴也。……由君子觀之，則人之所以求富貴利達者，其妻妾不羞也，而不相泣者幾希矣。（孟子離婁下）

（八）示現法

用生動之語文，以刻畫描述，將實際不見不聞之事象，描述之，使之狀溢目前，猶如身經親歷而得見得聞者謂之示現。此種修辭法，或追述既往之事象，而刻劃之，使之狀溢目前；或構想將成之事象，豫先陳述之，使人如親身將歷此境，或以極深之意象，懸想心靈之所期，而描述之於此，使人如同實際履歷。如

杜牧阿房宮賦：「六王畢，四海一，蜀山兀，阿房出。……長橋臥波，未雲何龍？複道行空，不霽何虹？高低冥迷，不知西東。歌臺暖響，春光融融。……，明星熒熒，開粧鏡也。綠雲擾擾，梳曉鬟也。渭流漲膩，棄脂水也。烟斜霧橫，焚椒蘭也。……楚人一炬，可憐焦土。」

按：此篇描畫阿房宮之建築、地勢、情景、生活……歷歷如畫，此追述之示現也。

杜甫月夜詩：「今夜鄜州月，閨中只獨看，遙憐小兒女，未解憶長安。香霧雲鬟濕，清輝玉臂寒。何時倚虛幌，雙照淚痕乾？」按此懸想家人月夜之情懷，此懸想之示現也。

吳越春秋：子胥曰：「今王棄忠信之言，以順敵人之欲，臣必見越之破吳，豸鹿遊於姑胥之臺，荊榛蔓於宮闕。」此預言越之破吳，及吳國亡國之情景，乃預言之示現也。

示現之善者，雖千載以下，讀之，神情猶爲飛動。此古今文士多優爲之。如方苞左忠毅公軼事：「公辨其聲，而目不可開，乃奮臂以指撥眥，目光如炬……不速去，無俟姦人構陷，吾今即撲殺汝。因摸

地上刑械，作投擊勢。史噤，不敢發聲。趨而出。」此描寫左公愛史可法而不願其陷身於此，欲其速去之心，歷歷在目。述史可法之忠義，動作，亦歷歷在前，眞足感人肺腑。又如歸有光寒花葬志：「孺人每令婢几傍飯，即飯，目眶冉冉動。」描述其動作，猶如現前，呼之欲出。此皆示現之佳構也。

【練　習】指出下列語句之示現處，並說明之：

1. 朝發軔於蒼梧兮，夕余至乎縣圃。欲少留此靈瑣兮，日忽忽其將暮。吾令羲和弭節兮，望崦嵫而勿迫。路漫漫其修遠兮，吾將上下而求索。飲余馬於咸池兮，總余轡乎扶桑。折若木以拂日兮，聊逍遙以相羊。前望舒使先驅兮，後飛廉使奔屬。鸞鳳爲余先戒兮，雷師告余以未具。吾令鳳凰飛騰兮，繼之以日夜。飄風屯其相離兮，率雲霓而來御。（屈原離騷）

2. 李天王……出師來鬥，大聖也公然不懼……你看，這場混戰，好驚人也。寒風颯颯，鬼霧陰陰。那壁廂旌旗飛彩；這壁廂戈戟生輝。滾滾盔明，層層甲亮。滾滾盔明映太陽，如撞天的銀磬；層層甲亮砌巖崖，似壓地的冰山。（西遊記第五回）

3. 告歸常局促，苦道來不易。江湖多風波，舟楫恐失墜。（杜甫夢李白詩）

4. 他敢不放我過去，你寬心，遠的破開步將鐵棒颩，近的順着手把戒刀釤。有小的，提起來將脚步撞；有大的扳下來把髑髏砍。瞅一瞅，骨都都翻了海波；滉一滉，廝琅琅振動山崖。脚踏得赤力力地軸搖，手攀得忽刺刺天關撼。（西廂記赤警）

5. 遙知兄弟登高處，遍揷茱萸少一人。（王維九月九日憶山東兄弟）

（九）呼告法

於描述情感急劇之處，忽捨開一切，突然直呼語言中之人或事物，以發抒作者之至情者，謂之呼告。此類修辭法，易於扣動讀者之心弦。如

詩經魏風碩鼠篇：「碩鼠！碩鼠！無食我黍，三歲貫女，莫我肯顧。逝將去汝，適彼樂土。樂土樂土！爰得我所。

碩鼠！碩鼠！無食我麥；三歲貫女，莫我肯德。逝將去女，適彼樂國。樂國、樂國；爰得我直。

碩鼠！碩鼠！無食我苗；三歲貫女，莫我肯勞。逝將去女，適彼樂郊。樂郊樂郊！誰之永號。」

又詩經小雅小明篇：「嗟爾君子！無恒安息，靖共（恭也）爾位，好是正直。神之聽之，介爾景福。」

此詩經中之二首。一則疾貧而無厭，重斂於民之暴君，比之如碩鼠。疾惡之心，一篇之中，數致意焉。既疾暴虐之君，而思「樂土、樂國、樂郊」之心，亦頗企盼焉。故用呼告之體（猶呼而告之），曰碩鼠！碩鼠！無食我黍，則疾惡之甚也。曰樂土樂土，則盼望之至也。此以「呼告」之修辭法，描畫之，數千載下，讀之，猶爲其所動，而扣動心弦，此眞詩之至也。其一則直呼君子，勉君子之修德受福，亦頗叮嚀剴切之至。皆以「呼告」法而寫者也。故能動人如是之深，此詩經，與其他載籍中皆甚

多。如

項羽垓下歌：「力拔山兮氣蓋世，時不利兮騅不逝。騅不逝兮可奈何，虞兮！虞兮！奈若何。」

韓愈東方半明詩：「東方半明大星沒，獨有太白配殘月。嗟爾殘月勿相疑，同光共影須臾期，殘月暉暉，太白睒睒，雞三號、更五點。」此亦猶呼殘月而告之曰：嗟爾殘月乎，切勿相疑也。同光共影之期，須臾卽至也。

李陵答蘇武書：「嗟呼子卿！陵獨何心，能不悲哉！」

杜甫乾元中寓同谷縣作歌：「長鑱長鑱！白木柄，我生托子以爲命。」

【練　習】 指出下列呼告之體，並爲之釋。

1. 他日王……鼓琴而歌曰：「美人熒熒兮，顏若苕之榮，命乎！命乎！曾無我嬴。」(史記趙世家)

2. 明月！明月！曾照個人離別。(納蘭性德調笑令)

3. 陽貨欲見孔子，孔子不見。歸孔子豚，孔子時其亡也，而往拜之，遇諸塗；謂孔子曰：「來！予與爾言。」曰「懷其寶而迷其邦，可謂仁乎？」曰「不可。」「好從事而亟失時，可謂知乎？」曰：「不可」「日月逝矣，歲不我與！」……(論語陽貨篇)

4. 子桑戶、孟子反、子琴張，三人相與友曰：「孰能相與於無相，與相爲於無相爲？孰能登天遊霧，撓挑無極，相忘以生，無所終窮。」三人相視而笑，莫逆於心，遂相與友。莫然有間，而子桑戶死，未葬。孔子聞之，使子貢往待事焉。或編曲，或鼓琴，相和而歌曰：「嗟來桑戶乎！嗟來桑戶乎，而（汝也）已反眞，而我猶爲人

猗？」（莊子大宗師）

5. 國事則日形糾紛，人民則日增痛苦；國民！國民！究成何心？不能乎？不行乎？不知乎？（國父心理建設序）

6. 城裏蓬蓬擂大鼓，蒼天蒼天淚如雨！（黃遵憲臺灣行）

7. 月兒！月兒！你團圓，我却如何！

8. 你們如今瞧見他這妹子（寶琴），還有大嫂子的兩個妹子（李紋、李綺），我竟形容不出來了！「老天！老天！你有多少精華靈秀，生出這些人上之人來。」（紅樓夢第四十九回）

9. 梁中書聽了大驚，罵道，「這賊配軍！你是犯罪的囚徒，我一力抬舉你成人，怎敢做這等不仁忘恩的事！我若拿住他時，碎屍萬段！」（水滸傳第十六回）

（十）敷陳法

詩有六義，風雅頌者詩之體裁也；賦比興者，詩之作法也。賦者敷陳其事也。比者托物比意也。興者因物起感也。「比」於本章，「直喻、隱喻、借喻」及「比擬」中敘述之，茲於此述「賦」，下節敘「興」。

賦者敷陳其事也，即直接之敘事法也。凡詩文中直接敘述人事地物之感懷或狀態者皆屬之。如

詩經小星：「嘒彼小星，三五在東。肅肅宵征，夙夜在公。寔命不同。」

又擊鼓：「擊鼓其鏜，踊躍用兵；土國城漕，我獨南行。從孫子仲，平陳與宋。不我與歸，憂心有忡。」

又式微：「式微式微，胡不歸！微君之故，胡爲乎中露。」

又靜女：「靜女其姝，俟我於城隅。愛而不見，搔首踟躕。」

又二子乘舟：「二子乘舟，汎汎其景。願言思子，中心養養。」

又載馳：「載馳載驅，歸唁衞侯。驅馬悠悠，言至於漕。大夫跋涉，我心則憂。」

又出車：「我出我車，於彼牧矣。自天子所，謂我來矣。召彼僕夫，謂之載矣。王事多難，維其棘矣。」

又文王：「文王在上，於昭於天。周雖舊邦，其命維新。有周不顯，帝命不時。文王陟降，在帝左右。」

「賦」見於詩經者極多，見於其他詩文者，更不可勝數。蓋此直接之敍事法，易於深入，易於動人，易於使人領悟，易於引起人之共鳴。故詩文詞曲，諸文學作品中最多也。餘如

杜牧阿房宮賦：「六王畢，四海一；蜀山兀，阿房出。覆壓三百餘里，隔離天日，驪山北搆而西折，直走咸陽；二川溶溶，流入宮牆；五步一樓，十步一閣；廊腰縵廻，簷牙高啄，各抱地勢，鉤心鬥角……。」

屈原離騷：「帝高陽之苗裔兮，朕皇考曰伯庸；攝提貞於孟陬兮，惟庚寅吾以降。皇覽揆余於初度兮，肇錫余以嘉名；名余曰正則兮，字余曰靈均。……」

戰國策樂毅報燕惠王書：「臣不佞，不能奉承先王之敎，以順左右之心；恐抵斧質之罪，以傷先

王之明……。」

史記伯夷列傳：「夫學者載籍極博，猶考信於六藝；詩書雖缺，然虞夏之文可知也。堯將遜位，讓於虞舜……。」

賈誼過秦論：「秦孝公據殽函之固，擁雍州之地，君臣固守，以窺周室。……」

諸葛亮出師表：「臣亮言：先帝創業未半，而中道崩殂。今天下三分，益州疲敝，此誠危急存亡之秋也……。」

劉禹錫蜀先主廟：「天地英雄氣，千秋尙凜然。勢分三足鼎，業復五銖錢。得相能開國，生兒不相賢。淒涼蜀故妓，來舞魏宮前。」

賀知章回鄉偶書詩：「少小離家老大回，鄉音無改鬢毛衰，兒童相見不相識，笑問客從何處來？」

晏殊采桑子詞：「時光只解催人老。不信多情，長恨離亭，淚濕春衫酒易醒。梧桐昨夜秋風急，淡月朧明，好夢頻驚，何處高樓雁一聲。」

馬致遠撥不斷曲：「布衣中，問英雄，王國霸業成何用？禾黍高低六代宮，楸梧近千官塚，一場惡夢。」

敷陳之敍事法，於古今詩文詞曲中最多，學者隨時披閱卽得。至於辭賦之類，幾全用此法。

【練　習】說明下列「敷陳」之辭格。

1. 彼都人士，狐裘黃黃，其容不改，出言有章，行歸於周，萬民所望。（詩經小雅都人士）

2.國子先生，晨入太學，招諸生立館下，誨之曰：「業精於勤，荒於嬉；行成於思，毀於隨。方今聖賢相逢，治具畢張。……欲進其豨苓也。（韓愈進學解）

3.惟西域之靈鳥兮，挺自然之奇姿；體金精之妙質兮，合火德之明輝；性辯慧而能言兮，才聰明以識機。……恃隆恩於既往，庶彌久而不渝。（禰衡鸚鵡賦）

4.棄我去者，昨日之日不可留；亂我心者，今日之日多煩憂。長風萬里送秋雁，對此可以酣高樓。……明朝散髮弄扁舟。（李白宣州謝朓樓餞別校書叔雲）

5.富貴本無心，何事故鄉輕別。空使猿啼鶴怨，誤薜蘿秋月。……欲駕巾車歸去，有豺狼當轍。（胡銓澹庵詞）

6.自送別，心難捨，一點相思幾時絕？凭欄拂袖楊花雪。溪又斜，山又遮，人去也。」（關漢卿四塊玉別情）

（十一）感興法

感興者，因外在之景物，而觸發吾之靈思，遂由此而興起無限之情懷者也。此在詩經中常有之，如：「關關雎鳩，在河之洲；窈窕淑女，君子好逑。」（關雎）此因雎雄有別、情意貞良之雎鳩鳥，在河流之中陸（水中可居曰洲），因而思及彼幽閒貞專、賢良善美之女子，乃君子所好求以爲匹者也。「桃之夭夭，灼灼其華；之子於歸，宜其室家。」（桃夭）此因桃花之明艷，及時繁盛，因而觸及女子之嫁，正恰當其時，宜其室家也。「南有喬木，不可休息；漢有游女，不可求思。」（漢廣）鄭玄云：「木以高其枝葉之故，故人不得就而止息也。興者喻賢女雖出游流水之上，人無欲求犯禮者，亦由貞絜使之然。」「喓喓草蟲，趯趯阜螽；未見君子，憂心忡忡。」（草蟲）此以草蟲之鳴叫，阜

螽之跳躍，思及君子，因而興起未見君子之憂勞也。餘如

鵲巢：「維鵲有巢，維鳩居之；之子于歸，百兩御之。」

摽梅：「摽有梅，其實七兮；求我庶士，迨其吉兮。」

江有汜：「江有汜，之子歸，不我以，不我以，其後也悔。」

柏舟：「汎彼柏舟，亦汎其流。耿耿不寐，如有隱憂。微我無酒，以敖以遊。」

綠衣：「綠兮衣兮，綠衣黃裏；心之憂矣，曷維其已。」

終風：「終風且暴，顧我則笑；謔浪笑敖，中心是悼。」

凱風：「凱風自南，吹彼棘心，棘心夭夭，母氏劬勞。」

匏有苦葉：「匏有苦葉，濟有深涉；深則厲，淺則揭。」

凡此感興之作，在詩經中頗多，此特略舉數例耳。至於後代詩文詞曲，亦多有模倣之者，亦有模倣之而稍變其意者，亦有用景物以暗示心懷者，此類，亦可歸於感興之類。如：

楚辭九歌：「秋蘭兮蘪蕪，羅生兮堂下，綠葉兮素華，芳菲菲兮襲予，夫人自有兮美子。蓀何以兮愁苦。」（三句興一句）

劉安招隱士：「桂樹叢生兮山之幽；偃蹇連卷兮枝相繚，山氣巄嵸兮石嵯峨，谿谷嶄巖兮水曾波，蝯狖羣嘯兮虎豹嘷，攀援桂枝兮聊淹留。王孫遊兮不歸。」（六句興一句）

王勃滕王閣序：「物華天寶，龍光射斗牛之墟；人傑地靈，徐孺下陳蕃之榻。」

荊軻歌：「風蕭蕭兮易水寒，壯士一去兮不復還。」（二句起興）

古詩：「青青河畔草，鬱鬱園中柳，盈盈樓上女，皎皎當牕牖，……」（二句起興）

又：「明月何皎皎，照我羅床幃。憂愁不能寐，攬衣起徘徊。客行雖云樂，不如早旋歸。出門獨彷徨，愁思當告誰？引領還入房，淚下沾裳衣。」（二句起興）

杜甫登高詩：「風急天高猿嘯哀，渚淸沙白鳥飛廻。無邊落木蕭蕭下，不盡長江滾滾來。萬里悲秋常作客，百年多病獨登台。艱難苦恨繁霜鬢，潦倒新停濁酒杯。」

李白夜思：「牀前明月光，疑是地上霜，舉頭望明月，低頭思故鄉。」

李後主浪陶沙詞：「簾外雨潺潺，春意闌珊，羅衾不耐五更寒，夢裏不知身是客，一晌貪歡。獨自莫憑欄，無限江山，別時容易見時難，流水落花春去也，天上人間。」

又相見歡詞：「林花謝了春紅，太忽忽，無奈朝來寒雨晚來風。胭脂淚，相留醉，幾時重？自是人生長恨水長東。」以前半闕興起後半闕。

范仲淹蘇幕遮詞：「碧雲天，紅葉地。秋色連波，波上寒煙翠。山映斜陽天接水，芳草無情，更在斜陽外。黯銷魂，追旅思，夜夜除非，好夢留人睡。明月高樓休獨倚，酒入愁腸，化作相思淚。」

馬致遠天淨沙秋思曲：「枯藤老樹昏鴉，小橋流水平沙（一作人家），古道西風瘦馬。夕陽西下，斷腸人在天涯。」以四句興起一句。

姚燧醉高歌曲：「岸邊烟柳蒼蒼，江上寒波漾漾。陽關舊曲低低唱，只恐行人斷腸。」

以上所載，亦略舉耳。蓋「感興」之辭格，在中國文學中，極爲衆多且豐茂。由上可知詩經之「興」蓋因物起興也，後代之「興」，多由此而演變，甚至有「大半」以景襯托而起「興」者。

【練　習】尋出下列「感興」之辭格，並說明之。

1. 蒹葭蒼蒼，白露爲霜，所謂伊人，在水一方。溯洄從之，道阻且長。溯游從之，宛在水中央。（詩經秦風蒹葭）
2. 彼采葛兮，一日不見，如三月兮。（詩經王風采葛）
3. 常棣之華，鄂不韡韡。凡今之人，莫如兄弟。（小雅常棣）
4. 大風起兮雲飛揚，威加海內兮歸故鄉，安得猛士兮守四方？（漢高祖大風歌）
5. 青青陵上柏，磊磊礀中石，人生天地間，忽如遠行客。斗酒相娛樂，聊厚不爲薄。（古詩十九首）
6. 冉冉孤生竹，結根泰山阿，與君爲新婚，兎絲附女蘿。兎絲生有時，夫婦會有宜。（古詩十九首）
7. 秋蘭兮青青，綠葉兮紫莖，滿堂兮美人，忽獨與余兮目成。（九歌少司命）
8. 西陸蟬聲唱，南冠客思深。不堪玄鬢影，來對白頭吟。露重飛難盡，風多響易沈。無人信高潔，誰爲表予心？（駱賓王在獄詠蟬）
9. 衰草愁烟，亂鴉送日，風沙回旋平野。拂雪金鞭，欺寒茸帽，還記章臺走馬。誰念飄零久，謾贏得幽懷難寫，故人青眄相逢，小窗閑共情話。（姜夔探春慢詞）
10. 落紅小雨蒼苔徑，飛絮東風細柳營，可憐客裏過清明。（張可久喜春來曲）

（十二）拱托法

拱托者借外物之現象，以襯托本文之意旨者也，與「感興」相類，而又有對稱排比之妙，有整齊雅緻之美。善用拱托者可使意境高妙，旨趣明暢。「感興」大部分用於詩詞曲，「拱托」多用於文章之中。如：

孟子離婁篇：「離婁之明，公輸子之巧，不以規矩不能成方圓；師曠之聰，不以六律，不能正五音；堯舜之道，不以仁政，不能平治天下。」

欲說明「堯舜之道，不以仁政，不能平治天下」，不直接敍說，却用「離婁之明」，「師曠之聰」二句拱托出，愈顯得其理趣之千㝵萬傕，意境之波瀾壯濶。餘例如

禮記學記：「雖有嘉肴，弗食，不知其旨也；雖有至道，弗學，不知其善也。」此以一句襯托。

孟子告子上：「魚我所欲也，熊掌亦我所欲也，二者不可得兼，舍魚而取熊掌者也。生亦我所欲也，義亦我所欲也，二者不可得兼，舍生而取義者也。」以一長句拱托。

荀子勸學篇：「不登高山，不知天之高也；不臨深谿，不知地之厚也；不聞先王之遺言，不知學問之大也。」以二句拱托。

又：「積土成山，風雨興焉；積水成淵，蛟龍生焉；積善成德，而神明自得，聖心備焉。」以二句襯托。

史記淮陰侯列傳：「狡兎死，走狗烹；高鳥盡，良弓藏；敵國破，謀臣亡。」以二句拱托。

文心雕龍事類篇：「夫山木爲良匠所度，經書爲文士所擇。木美而定於斧斤，事善而制於刀筆。」

連用兩個「拱托」之句法。

又鎔裁篇：「夫百節成體，共資榮衞；萬趣會文，不離辭情。」

楚辭宋玉對楚王問：「鳳凰上擊九千里，絕雲霓，負蒼天，足亂浮雲，翱翔乎杳冥之上。夫藩籬之鷃，豈能與之料天地之高哉。鯤魚朝發崑崙之墟，暴鬐於碣石。暮宿於孟諸，夫尺澤之鯢，豈能與之量江海之大哉。故非獨鳥有鳳而魚有鯤也，士亦有之。夫聖人瑰意琦行，超然獨處，世俗之民，又安知臣之所爲哉！」此以「鳳凰之絕雲霓。」「鯤魚之發崑崙」二小段，拱襯出聖人之瑰意琦行，超類拔羣，愈見境界之高昂，旨趣之宏遠，乃修辭之極善者也。

【練　習】指出下列拱托之辭格，並說明之。

1. 玉不琢，不成器；人不學，不知道。（禮記學記）
2. 木受繩則直；金就礪則利；君子博學而日三省乎己，則知明而行無過矣。（荀子勸學篇）
3. 肉腐出蟲，魚枯生蠹，怠慢忘身，禍災乃作。（同上）
4. 丹青初炳而後渝，文章歲久而彌光。（文心雕龍指瑕）
5. 夫不截盤根，無以驗利器；不剖文奧，無以辨通才。（文心雕龍總術）
6. 麒麟之於走獸，鳳凰之於飛鳥，泰山之於丘垤，河海之於行潦，類也。聖人之於民，亦類也。出於其類，拔乎其萃。自生民以來，未有盛於孔子也。（孟子公孫丑下）

（十三）銷鎔法

銷鎔者陶鎔古人之詞章，取其精意，或反其旨趣，而另成詞章者也。（此名取於友人張夢機宓白之近體詩發凡）。如：

後漢書肅宗詔曰：「父戰死於前，子死於後，弱女乘於亭障，孤兒號於道路，老母寡妻，設虛祭，飲泣淚，相逢歸魂於沙漠之表，豈不哀哉？」

李華弔古戰場文取其意云：「屍塡巨港之岸，血滿長城之窟……蒼蒼蒸民，誰無父母，……誰無夫婦，如賓如友。……其存其沒，家莫聞知，人或有言，將信將疑，悁悁心目，寢寐見之。布奠傾觴，哭望天涯，天地爲愁，草木悽悲。弔祭不至，精魂何依。」

陳陶隴西行詩，更銷鎔二者之精意以成詩。詩曰：「誓伐匈奴不顧身，五千貂錦喪胡塵。可憐無定河邊骨，猶是深閨夢裏人。」

孟子滕文公上：顏淵曰：「舜何人也，予何人也，有爲者亦若是。」

韓愈原毀陶鑄此文而增益之，曰：「聞古之人有舜者，其爲人也，仁義人也。求其所以爲舜者，責於己曰：『彼人也，予人也，彼能是，而我乃不能是』早夜以思，去其不如舜者；就其如舜者。」

論語微子篇。子曰：「不降其志，不辱其身，伯夷叔齊與！」

梁沈約爲梁武帝與謝朏敕陶鑄，其意遂云：「不降其身，不屈其志。」

藝苑雌黃云：「杜陵（杜甫）謁玄元廟，其一聯云：『五聖聯龍袞，千官列雁行。』蓋紀吳道子廟中所畫者。徽宗（宋）嘗製哲廟挽詞，用此意作一聯云：『北極聯龍袞，西風折雁行。』亦以『雁行』對『龍袞』，然語意中的，其親切過於本詩。」由此知銷鎔之妙矣。按杜詩：五聖者唐高祖、太宗、高宗、睿宗、中宗也。雁行者，如雁之行列也。宋徽宗之詩，雁行者，喻兄弟也。哲宗爲徽宗之兄，宋徽宗之詩陶鑄杜詩而成。餘如

柳宗元江雪詩：「千山鳥飛絕，萬逕人蹤滅。孤舟蓑笠翁，獨釣寒江雪。」

李梅亭雪詩銷鎔之，而云：「不知萬徑人蹤滅，釣得魚來賣與誰？」

杜甫詩：「明年此會知誰健，醉把茱萸仔細看。」

劉浚鎔鑄之，而云：「不用茱萸仔細看，管取明年各強健。」

李白詩：「解道澄江靜如練，令人還憶謝元暉。」

黃庭堅銷而反其意云：「憑誰說與謝元暉，休道澄江靜如練。」

王文海詩云：「鳥鳴山更幽。」

王安石詩鎔其意云：「一鳥不鳴山更幽。」

細究上述數例，可以悟詩文詞曲銷鎔之妙法矣。

【練　習】 **說明下列銷鎔之章句**

1. 王維雜詩：「君自故鄉來，應知故鄉事。來日綺窗前，寒梅着花未。」
王安石即席詩：「曲沼融融泮書澌，暖烟籠瓦碧參差。人情共恨春猶淺，不問寒梅發幾枝。」

2. 劉禹錫烏衣巷詩：「朱雀橋邊野草花，烏衣巷口夕陽斜。舊時王謝堂前燕，飛入尋常百姓家。」
歐陽澗東金陵絕句：「王謝風流事已非，莫將門巷問烏衣。生憎無數春深燕，猶趁樓台高處飛。」

3. 杜牧題烏江驛詩：「勝負兵家事不期，包羞忍辱是男兒。江東子弟多才俊，捲土重來未可知。」
王安石至烏江亭詩：「百戰疲勞壯士哀，中原一敗勢難迴。江東子弟今雖在，肯與君王捲土來？」

4. 杜甫詩：「忽憶往時秋井塌，古人白骨生蒼苔。」
蘇軾詩：「何須更待秋井塌，見人白骨方銜盃。」
案此種詩，古人或謂之翻案。

5. 章碣焚書坑儒之詩云：「竹帛煙銷帝業處，關河容銷祖龍居。坑灰未冷山東亂，劉項原來不讀書。」
陳剛中博浪沙詩：「一擊車中膽氣豪，祖龍社稷已驚搖。如何十二金人外，猶有民間鐵未銷。」
案章詩、描寫秦焚書坑儒以愚百姓，而劉邦項羽不讀書者也，而乃亡秦。
陳詩述張良與力士擊秦始皇博浪沙事，秦統一天下，畏天下之叛，收天下兵器，鑄為十二金人。

6. 魏文帝與吳質書：「酒酣耳熱，仰而賦詩。」
梁簡文帝與劉孝儀令：「酒闌耳熱，言志賦詩。」

（十四）映襯法

用相反之事物，反映事物之眞象，襯托事物之實理者，謂之映襯。如：

後漢書逸文：「舉秀才，不知書；舉孝廉、父別居；寒素淸白濁如泥；高第良將怯如黽。」
漢書五行志：「直如弦，死道邊；曲如鈎，反封侯。」
紅樓夢六十三回襲人笑道：「怪不得人說你無事忙。」
曹松己亥歲詩：「勸君莫話封侯事，一將功成萬骨枯。」

按映襯之辭格，可使描寫逼眞，情趣動人。夫秀才，本應知書者也，而乃不知書；孝廉本應孝順者也，而乃使父別居他方。寒素淸白者，本當廉潔高超者也，而乃濁如泥；高第良將本當猛如虎者也，而乃怯如黽；直如弦者本當享高爵厚祿者也，而乃死於道邊。曲如鈎者本當處之以法，臨之以刑者也，而乃封侯。此反映當時政治之腐敗，是何等深刻。

夫無事當空閒者也，而乃忙碌。將軍之成功，可喜者也，而乃使萬骨枯萎，萬人喪命，又何悲邪？此以映襯之辭格描寫，故描寫生動而感人。

【練　習】 **指出下列映襯之辭格，並說明其佳美處。**

1. 與其有譽於前，孰若無毀於其後；與其有樂於身，孰若無憂於其心。（韓愈送李愿歸盤谷序）
2. 嘉會難再遇，三載爲千秋。臨河濯長纓，念子悵悠悠。（李陵與蘇武詩）
3. 謀事在人，成事在天。
4. 喫素菜彼此相愛，強如喫肥牛彼此相恨。（舊約箴言十五章）
5. 好聽明的糊塗法子。

6. 蕭金鉉道：「今日對名花，聚良朋，不可無詩。我們分韻何如？」杜愼卿道：「先生，這而今詩社裏的故套小弟看來覺得雅的這樣俗，還是淸談爲妙。」（儒林外史二十九回）

7. 我們到那里出兵，只消幾天沒有水喫，便活活的要渴死了。（儒林外史卅九回。）

8. 只許州官放火，不許百姓點燈（諺語）。按老學庵筆記卷五：「田登作郡，自諱其名，觸者必怒。……於是舉州皆謂燈爲火。上元放燈，許人入州治游觀；吏人遂書榜揭於市曰：『本州依例放火（卽點燈也）三日。』」此語蓋本此而來。

9. 北方有佳人，絕世而獨立，一顧傾人城，再顧傾人國。（李延年佳人歌）

10 當年讀書處，古寺擁羣峯。不改歲寒色，可憐門外松。有僧皆老大，待客轉從容。又下白雲去，樓頭敲暮鐘。（文同重過舊學）

（十五）鋪張法

鋪張者誇飾其辭，張揚其意，以述深切之至情，而抒暢發之情意，以求動人者也。此類修辭法，古人皆愛用之。如李白秋浦歌：「白髮三千丈，離愁似個長。不知明鏡裏，何處得秋霜。」夫白髮數寸耳，何有於三千丈邪？云三千丈，所以述愁之多，髮白之甚也。如云白髮數寸，則不能感人矣。故誇飾之，鋪張之，正所以描述作者之至情，而感動讀者之心弦也。又如項羽垓下歌：「力拔山兮氣蓋世，時不利兮騅不逝。……」非云力能拔山，氣足蓋世，則顯不出蓋世之英雄，叱咤風雲，蓋世之氣魄，（此當成功，而反失敗者，乃時運之不利耳。）非誇大其辭，則不足以顯文勢之深厚；非鋪張其

辭，則不足以感人之心弦。又如

杜甫登岳陽樓詩：「吳楚東南坼，乾坤日夜浮。」乾坤者天地也。坼、裂也。寫於岳陽樓中，看到天地日夜在洞庭湖中漂浮。東面之吳（江浙諸省）南面之楚（湖南之地）爲洞庭湖水所分開，氣勢是如此之浩壯。

詩經大雅既醉之詩，云：「君子萬年，介爾景福。」企盼祝福君子之長壽，則云萬年，成萬壽無疆。此曰萬，而不曰千，不曰百，亦誇飾也。

又趙景眞與嵇茂齊書：「若迺顧影中原，憤氣雲踊，哀物悼世，激情風烈，龍睇大野，虎嘯六合，猛氣紛紜，雄心四據，思躡雲梯，橫奮八極，披艱掃穢，蕩海夷岳，蹴崑崙使西倒，踢太山令東覆，平滌九區，恢維宇宙，斯亦吾之鄙願也。」以誇飾之辭，狀雄偉之氣，何其壯也！

史可法復多爾袞書：「師次淮上，凶問遂來，地坼天崩，山枯海泣」寫皇上之崩亡，雖天地亦爲之崩裂，山海亦爲之而枯泣，況海內之人邪？是悲壯之甚也。

以上皆誇飾其大，極言其甚者也。亦有誇飾其小或極言其勢之快者。如詩經衛風河廣：「誰謂河廣，一葦杭（航）之。誰謂宋遠，跂予望之。誰謂河廣，曾不容刀（小船）。誰謂宋遠，曾不崇朝。」意謂：誰謂黃河廣大乎，我一葦足以渡之（鄭玄云：喻狹也）誰謂宋遠乎，我跂足則足以望之（鄭玄云：喻近也）誰謂黃河廣大乎，雖一葦足以渡之，而無須小船也。誰謂宋遠乎，行不終朝，即能至之。蓋作者欲歸宋，志切神思，遂以廣大之黃河以爲狹，遼遠之宋地以爲近也。此誇飾其小，而鋪張其辭者

也。又如

陳琳檄吳將校部曲文：「孫權小子，未辨菽麥，要(腰)領不足以膏齊斧，名字不足以洿簡墨。」

此則極言吳小，以誇飾己大也。

歐陽修瀧岡阡表：「無一瓦之覆，一壠之植，以庇而為生。」此極言其初之貧也。

范仲淹御街行詞：「愁腸已斷無由醉；酒未到，先成淚。」此誇飾其心情之幽怨。雖酒未到，而淚已先流。

由是知作者竭盡鋪張之能事，皆為求抒發其至情，以動人也。而鋪張之法，則隨作者縱橫之才華，生花之筆調，以抒寫天地之心，描述一己之情也。吾等明鋪張之法後，才能欣賞其辭，不致因文害辭，因辭害意也。孟子曰：「說詩者不以文害辭，不以辭害志，以意逆志，是為得之，如以辭而已矣。雲漢之詩曰：『周餘黎民，靡有孑遺。』信斯言也，是周無遺民也。」蓋吾等明鋪張之法，則不致誤解作者之意，而有「解不通」之憾矣。如詩經大雅緜：「周原膴膴，堇荼如飴。」夫堇荼其味至苦者也，而曰如飴之甘美者，所以鋪張暗示周原之肥美，民生之富厚也。故吾等不能不學修辭，學修辭方能由瞭解文學，欣賞文學，而創作文學。清汪中述學釋三九中云：「禮記雜記：『晏平仲祀其先人，豚肩不揜豆。』豚實於俎，不實於豆。（按俎大豆小，皆容器也。）豆徑尺，併豚兩肩，無容不揜，此言乎其儉也。樂記，武王克商，未及下車，而封黃帝、堯舜之後。大封必於廟，因祭策命，不可於車上行之。此言乎以是為先務也。詩：『嵩高維嶽，峻極於天。』此言乎其高也。此辭之形容者也。……

…辭不過其意則不鬯（暢），是以有形容焉。」為求辭之過，意之暢，是以有鋪張之辭，與形容誇飾之語。劉彥和文心雕龍夸飾篇云：「是以言峻則『嵩高極天』（書堯典）；論狹則『河不容刀』；說多則『子孫千億』；稱少則『民靡孑遺』；襄陵舉『滔天』之目；倒戈立『漂杵』之論（書）辭雖已甚，其義無害也，……並意深褒讚，故義成矯飾，大聖所錄，以垂憲章。」是賢人尚求修辭之鋪張，況吾等乎。

【練　習】指出下列鋪張之辭並說明之。

1. 有大人先生，以天地為一朝，萬期為須臾，日月為扃牖，八荒為庭衢。行無轍迹，居無室廬，幕天席地，縱意所如。（劉伶酒德頌）
2. 千祿百福，子孫千億。（詩大雅假樂）
3. 湯湯洪水方割，蕩蕩懷山襄陵，浩浩滔天。（書堯典）
4. 前徒倒戈，攻於後以北，血流漂杵。（書武城）
5. 當斯之時，願舉太山以為肉，傾東海以為酒，伐雲夢之竹以為笛，斬泗濱之梓以為箏；食若塡巨壑，飲若灌漏巵，其樂固難量。（曹植與吳季重書）
6. 元戎啓行，未鼓而破，伏尸千萬，流血漂櫓。（陳琳檄吳將校部曲文）
7. 罄南山之竹，書罪無窮；決東海之波，流惡難盡。（祖君彥為李密數隋煬帝罪檄文）
8. 照水精之眠夢，孤月先愁；寫金粉之飄零，斜陽亦老。（吳錫麟家齒雪秦淮汎圖序）
9. 藜蓨稂莠，化為善草；魑魅魍魎，更成虎士；雖實國家威靈之所加，亦信元帥臨履之所致也。（薛綜與諸葛恪

書）

10雷震虎步，並集虜庭，若舉炎火以焫飛蓬，覆滄海以沃熛炭，有何不滅者哉。（陳琳爲袁紹檄豫州）

11錦江春色來天地，玉壘浮雲變古今。（杜甫登樓詩）

12一風三日吹倒山，白浪高於瓦官閣。（李白橫江詞）

13雖然生了兩三天，日子却不多；把古往今年，沒見過的，沒喫過的，沒聽過的，都經驗了。（紅樓夢四十二回）

14雨村士隱二人歸坐，……二人愈添豪興，酒到杯乾。（紅樓夢第一回）

15臨淄之塗，車轂擊，人肩摩，連衽成帷，擧袂成幕，揮汗成雨。（戰國策、齊策）

（十六）倒反法

倒反法有二，一倒辭，一反語。凡於情深難言之時，或嫌忌不便直說之際，則用與本來意旨相反之辭以明之，此類修辭法，謂之倒辭。如：

三俠五義第七十二回：「一席話說的倪繼祖一言不發，惟有低頭哭泣。李氏心下，猛然想起一計來，須如此如此，這寃家方能回去。想罷說道：『孩兒不要啼哭。我有三件，你要依從，諸事辦妥，爲娘的必隨你去如何？』倪繼祖連忙問道：『那三件？請母親說明』。」按此寃家卽指孩兒也。

西廂記借廂：「你借與我半間兒客舍僧房，與我那可憎才居止處門兒相向」按可憎卽指彼所愛極之人。

夫父母之於孩兒也，愛護之唯恐不勝，而竟曰寃家者，正倒辭以見其愛之至深也。世俗中往往以所愛者爲寃家，職是故也。「可憎」亦同。

凡類似倒辭而語意相反，含有嘲弄諷諫與譏刺之意味者，曰反語。如：

五代史伶官傳：「莊宗好田獵，獵於中牟，踐民田。中牟縣令，當馬切諫爲民請。莊宗怒，叱縣令去。將殺之，伶人敬新磨知其不可。乃率諸伶走追縣令，擒至馬前，責之曰：『汝爲縣令，獨不知我天子好獵邪？奈何縱民稼穡以供賦稅？何不饑汝縣民，而空此地，以備吾天子之馳騁？汝罪當死。』因前請亟行刑，諸伶共唱之，莊宗大笑，縣令乃得免去。」

韓詩外傳：「齊景公出弋昭華之池，顏鄧聚主鳥而亡之。景公怒，欲死之，晏子曰：『聚有死罪四：主鳥而失之一也。使吾君以鳥之故殺人二也。使四國之人皆知吾君重鳥而輕士三也。天子聞之，必將貶黜吾君，危其社稷，絕其宗廟，四也，臣請加誅焉。』」

三俠五義卅七回曰：「前掐死了一個丫鬟，尚未結案，今日又殺了一個家人。所有這些喜慶事情，全出在尊府。」

夫殺人，兇事也，而乃言喜慶事情者，蓋取「反語」以見意，含有譏刺之意也。夫縣令苦諫莊宗之踐民田，乃至正至好之父母官也，而莊宗欲置之於死。敬新磨以反語諷諫，遂得格莊宗之非，而免縣令之死。晏子以反語免顏鄧聚之死。由是觀之，反語之用大矣。故古人文章小說，或言語中往往取反語以見意者此也。有時反語亦可用成語：如袁褧楓窗小讀卷上云：「宣和（徽宗年號）中有反語云：寇萊公——知人則哲；王子明——將順其美；包孝肅——飲人以和；王介甫——不言所利。」此謂寇準之不能知人，王子明之不能將順其美，匡救其惡，而反順其惡也。又云包公嚴謹，不能飲人以和。王安石之不能如「不言所利，大矣哉」而反「從事末利，小矣哉」也。

【練　習】指出下列倒反之詞並說明之

1. 武王曰：「予有亂臣十人」（論語泰伯、書經泰誓篇，按亂者治也。）
2. 勿念爾祖，聿修其德。（詩大雅鄭注、勿念、念也）
3. 楚莊王時，有所愛馬，衣以文繡，置之華屋之下，席以露牀，啗以棗脯，馬病肥死。使羣臣喪之，欲以棺椁大夫禮葬之。左右爭之，以爲不可。王下令曰：「有敢以馬諫者，罪至死！」優孟聞之，入殿門，仰天大哭。王驚而問其故。優孟曰：「馬者王之所愛也。以楚國堂堂之大，何求不得，而以大夫禮葬之？薄！請以人君禮葬之。」王曰：「何如」？對曰：「臣請以彫玉爲棺，文梓爲椁，楩楓豫章爲題湊，發甲卒爲穿壙，老弱負土，齊趙陪位於前，韓魏翼衞其後，廟食太牢，奉以萬戶之邑，諸侯聞之，皆知大王賤人而貴馬也。」王曰：「寡人之過，一至此乎？爲之奈何？」（史記滑稽列傳）
4. 蕭俛段文昌議銷兵之法，每歲百人之中，限八人逃死。笠翁曰：「古來銷兵之法，未有善於蕭俛段文昌之議者也。古人縱馬華山，放牛桃林（武王見書經。）賣劍買牛，賣刀買犢；法雖善矣，而於銷兵二字終無實際。何也？以有縱之放之賣之之人，卽有收之獲之買之之人，一旦有事，則取之如寄。是但有銷兵之名，而未有銷兵之實也。不若蕭段所立之法，限以逃死。逃則去而不返，死則絕而弗生，是以破釜焚舟之計，而倒用之者也。

以此銷兵，始為刈草除根之法，但須再立二法以佐之。一曰、兵士有病，不許服藥，二曰、盜賊有警，不得捕勦。如是，則兵有所歸，而逃者衆；病無所救，而死者夥矣。不然，死生有數，焉能限以必死，歸棲無地，焉能責其必逃乎？（李漁論唐之再失河朔不能復取）

（十七）婉曲法

婉曲之修辭法，乃以委曲含蓄之語文，以襯托暗示傷感惹厭之詞句。此類修辭法，或不直言本事，而以餘事烘托；或用隱約閃爍之語，以說明本事。如：

禮記曲禮上云：「君使士射。不能，則辭以疾。言曰：『某有采薪之憂。』」按孔穎達疏：「不直云疾，而云負薪者，若直云疾，則似傲慢，故陳疾之所由，明非假也」。此不直云疾，而必曰有采薪之憂者，婉曲其辭也。

左傳僖公二十六年云：「齊侯未入竟，展喜從之，曰：『寡君聞君親舉玉趾，將辱於敝邑，使下臣犒執事』。」杜注：「言執事，不敢斥尊。」不敢斥尊，因稱執事者，亦爲婉曲其辭也。

論語：孟武伯問：「子路仁乎？」子曰：「不知也。」又問，子曰：「由也千乘之國，可使治其賦也，不知其仁也。」夫仁、心之全德，事之至理也，孔子不輕易許人以仁，而用隱約之詞，以暗示子路可以治千乘之國之軍事。未見得已至仁之最高境界也。

左傳秦晉韓之戰，秦穆公派公孫枝絕晉，但言「君之未入，寡人懼之。入而未定列，猶吾憂也，苟列定矣，敢不從命。」只以婉曲之辭，責備晉惠公之忘恩負義，因而宣布應戰。蓋惠公得秦穆公之助而得以返國。秦饑穆公請助，而惠公不從。秦有三施於惠公，而惠公忘德。此不直斥之，而微婉道來，意在言外，固已先聲而奪人矣。故惠公因而失敗，且卒以失國。

左傳僖公二年云：「狄人伐衛。衛懿公好鶴，鶴有乘軒者。將戰，國人受甲者皆曰：『使鶴，鶴實有祿位，余焉能戰？』」按乘軒，謂以卿之秩寵之也。亦婉曲其辭。

汪中述學釋三九中云：「鶴無樂乎軒，好鶴者不求其行遠；謂以卿之秩寵之，以卿之祿食之也。故曰：『鶴實有祿位。』然不云視卿，而云乘軒，此辭之曲也。……周人尚文，君子之於言不徑而致也，是以有曲焉。」非特文有婉曲，卽詩詞亦有之。如：

李白春思：「春風不相識，何事入羅幃。」此反怨所思之不來，婉曲其詞，以顯其義。

李清照鳳凰臺上憶吹簫：「新來瘦，非關病酒，不是悲秋。」夫新來之瘦，乃因相思之苦，而不直說。乃云非關病酒而瘦，亦非悲秋而瘦，以隱約其詞，見其婉曲之至。

岑參送張子尉往南海詩：「此鄉多寶玉，愼勿厭清貧。」勿厭清貧，卽勿貪也，婉曲其詞，以見意。

陸游楚城詩：「江上荒城猿鳥悲，隔江便是屈原祠，一千五百年間事，只有灘聲似舊時。」夫其意本在云人事全非之悲，而不直云所有人事景物皆不似舊時，而婉曲其辭，乃曰只有灘聲似舊時。則餘物不似舊時可知矣。

由是知詩詞之所以貴含蓄者，爲婉曲也。司馬光迂叟詩話云：「古人爲詩，貴於意在言外，使人思而得之。近世詩人惟杜子美最得詩人之體，如「國破山河在，城春草木深。感時花濺淚，恨別鳥驚心。」山河在，明無餘物矣；草木深，明無人矣。花鳥，平時可娛之物，見之而泣，聞之而恐，則時可知矣。他皆類此，不可遍舉。」是則詩詞之善者，亦得力於婉曲也。

【練　習】找出下列婉曲之詞而說明之：

1. 恐侍御者之親左右之說，而不察疏遠之行，故敢以書報。（戰國策燕策）
2. 光竊不自外，言足下於太子。（燕策）
3. 見冕者（汪中云：惟卿有玄冕。云冕者，斥其人也，謂上大夫也。）與瞽者，雖狎必以貌。（論語鄉黨）
4. 宋華耦來盟。公與之宴。辭曰：「君之先臣督，得罪於宋殤公。（按華督弑殤公在左傳桓公二年）名在諸侯之策。（書也，史也）臣承其祀，其敢辱君？請承命於亞旅。」魯人以爲敏。（禮：不無故揚其先祖之罪。而華耦揚之。魯人、愚者也。左傳文公十五年。）
5. 齊有得罪於景公者，景公大怒，縛置之殿下，召左右肢解之，敢諫者誅。晏子左手持頭，右手磨刀，仰而問曰：古者明王聖主，其肢解人不審從何肢解也？景公離席曰：「縱之，罪在寡人。」（韓詩外傳）
6. 黯鄉魂，追旅思，夜夜除非好夢留人睡。（范仲淹蘇幕遮詞）

附註：何休公羊傳注：「天子有疾曰不豫，諸侯稱負，大夫稱犬馬（之疾），士稱負薪。」

7. 其後有人上書告勃欲反，下廷尉逮捕勃治之。勃恐、不知置辭；吏稍侵辱之。勃以千金與獄吏，獄吏乃書牘背

示之曰：「以公主爲證。……勃既出，曰：「吾嘗將百萬軍，然安知獄吏之貴乎？」（史記周勃世家）

（十八）諱飾法

凡修辭中遇觸諱犯忌之事物，不直說之，而以其他語文裝飾者曰諱飾。如：

國策秦策：「王之春秋高，一旦山陵崩，太子用事，君危於累卵，而不壽於朝生。」按高誘注：「山陵喩尊高也；崩、死也。」此以君死謂之山陵崩，所以諱飾之也。

史記魏其侯傳：「梁孝王朝，因昆弟燕飲，是時上未立太子。酒酣，從容言曰：『千秋之後傳梁王。』」，按千秋之後，謂死後也。諱言死，故曰千秋之後。

史記張釋之傳：「今盜宗廟器而族之，有如萬分之一，假令愚民取長陵一坏土，陛下何以加其法乎？」一坏土謂盜開長陵之祖墓。亦諱而言之。

又春秋僖公廿八年：「天王狩於河陽。」左傳云：「以臣召君，不可以訓。故書曰狩。」謂晉文公以臣而召周天子不可，故謂之天王巡狩於河陽也。此爲大義而諱言之也。古人讀論語或其他載籍，讀至孔子之名，亦爲之諱，不敢稱其名，而讀曰：「某」。亦不敢直書其名，而必缺一筆寫作「丘」。如「丘（讀某）也幸，苟有過，人必知之。」後代君王，亦多有諱焉。甚至民間風俗亦多有諱，如明陸容菽園雜記云：「民間俗諱，各處有之，而吳中爲甚。如舟行諱住諱翻，以箸爲筷耳，幡布爲抹布；諱離散，以梨爲圓果，傘爲豎笠……。」此亦諱飾之一端也。

【練　習】指出下列諱飾之語，而說明之。

1. 今奉陽君捐館舍（死也），大王乃今然後得與士民相親。（趙策）
2. 今媼尊長安君之位而封以膏腴之地，多予之重器，而不及今有功於國。一旦山陵崩，長安君何以自託於趙。……老臣賤息舒祺，最少、不肖，而臣衰，竊愛憐之，……願及未塡溝壑而託之。（趙策）
3. 今大王列在諸侯，悅一邪臣浮說，犯上禁，橈明法。天子以太后故，不忍致法於王。太后日夜涕泣幸王自改，而大王終不覺寤。有如大后宮車即晏駕（死），大王尚誰攀乎？（史記韓安國傳）
4. 上初即位，富於春秋。（史記魏其侯傳師古曰：「謂年幼也，齒曆方久，故云富於春秋也。」）
5. 衍口未嘗言錢，婦令婢以錢繞牀下。衍晨起，不得出，呼婢曰：「舉却阿堵物。」（晉書王衍傳）

（十九）問答法

問答法即一問一答之修辭法也。凡爲提醒下文，激發本意，以振起文勢者，多用「設問」（問答法）之修辭以爲文。古書中春秋公羊傳爲說明事理故，多用此體；穀梁傳亦有之。此種文體，易於引起讀者之注意，易於表達自己之心意，故自古爲人所樂用。如：

春秋公羊傳隱公元年（春王正月）：「元年者何？君之始年也。春者何？歲之始也。王者孰謂？謂文王也。曷爲先言王，而後言正月？王正月也。何言乎王正月？大一統也。公何以不言即位？成公意也。何成乎公之意？公將平國而反之桓。曷爲反之桓？桓幼而貴，隱長而卑，其爲尊卑也微，國人莫知，隱長又賢，諸大夫扳隱而立之。隱於是焉而辭立，則未知桓之將必得立也。且如桓立，則恐諸大夫之不能相幼君也。故凡隱之立，爲桓立也。隱長又賢，何以不宜立？立適以長不以賢，立子以貴不以長。桓何以貴？母貴也。母貴則子何以貴？子以母貴，母以子貴。」

大戴禮記武王踐阼篇杖銘：「惡乎危？於忿懥。惡乎失道？於嗜欲。惡乎相忘？於富貴。」

是問答法之文體，由來已久。昭明文選中更有「對問」與設論之體。而有宋玉對楚王問，東方曼倩（朔）答客難，揚子雲（雄）解嘲，班孟堅（固）答賓戲諸篇。蓋設問之體，易於起文。人之作文，往往起首難下一字。今說明論述之文，而用「設問」體，則易於起文，而運千鈞之筆力矣。非惟文如此，即詩詞中亦有之。此見於各載籍中，今不具述。

【練　習】　指出下列問答法之辭，並試於心中倣效之。

1. 春秋公羊傳昭公十八年春，王三月。何以書？記異也。何異爾？異其同日而俱災也。外異不書，此何以書？爲天下記異也。
2. 春秋穀梁傳隱公元年春王正月：「雖無事，必舉正月，謹始也。公何以不言卽位？成公志也。焉成之？言君之不取爲公也。君之不取爲公何也？將以讓桓也。讓桓正乎？曰不正。春秋成人之美，不成人之惡。隱不正而成之何也？將以惡桓也。其惡桓何也？隱將讓而桓弒之，則桓惡矣。桓弒而隱讓，則隱善矣。善則其不正焉何也？春秋貴義而不貴惠，信道而不信邪？孝子揚父之美，不揚父之惡。先君之欲與桓，非正也，邪也。

3 又穀梁傳隱元年夏五月鄭伯克段于鄢，克者何？能也。何能也？能殺也。何以不言殺，見段之有徒衆也。段，鄭伯弟也。何以知其爲弟也？殺世子母弟目君，以其目君，知其爲弟也。段、弟也，而弗謂弟。公子也，而弗謂公子，貶之也。段失子弟之道矣。賤段而甚鄭伯也。何甚乎鄭伯？甚鄭伯之處心積慮，成於殺也。于鄢、遠也。猶曰取之其母之懷中而殺之云爾，甚之也。然則爲鄭伯者宜奈何？緩追逸賊，親親之道也。

4. 楚襄王問於宋玉曰：「先生其有遺行與？何士民衆庶不譽之甚也？」宋玉對曰：「唯然，有之。願大王寬其罪，使得畢其辭。客有歌於郢中者……夫世俗之民，又安知臣之所爲哉？」（宋玉對楚王問）

5. 所謂對於一身而知有國家者何也？人之所以貴於他物者，以其能羣耳。……（梁啓超論國家思想）

6. 誰能思不歌？誰能饑不食？日冥當戶倚，惆悵底不憶！（子夜歌）

7. 登彼西山兮采其薇矣！以暴易暴兮，不知其非矣！神農虞夏忽焉滅兮，我安適歸矣？吁嗟徂兮，命之衰矣。（史記伯夷列傳）

8. 客從遠方來，遺我雙鯉魚，呼童烹鯉魚，中有尺素書。長跪讀素書，書中竟何如？上言加餐食，下言常相憶。

9. 步出齊城門，遙望蕩陰里。里中有三墳，壘壘正相似。問是誰家墓？田疆古冶子。力能排南山，文能絕地紀。一朝被讒言，二桃殺三士。誰能爲此謀？國相齊晏子。（梁甫吟）

（二十）設疑法

設疑者提出疑問，而不答。使讀者豫期自答於心中也。此種修辭法，妙在設疑，而引起注意；似與讀者一種說明之資料，使自求索解；因此使讀者有更深一層之感覺，亦有半信半疑之事。以設疑法揭示，使立言之主旨有餘韻。如：

詩經黍離：「知我者，謂我心憂。不知我者，謂我何求。悠悠蒼天，此何人哉!?」

又北門：「出自北門，憂心殷殷，終窶且貧，莫知我艱。已焉哉！天實爲之，謂之何哉？」

論語顏淵篇：「子曰：『克己復禮爲仁。一日克己復禮，天下歸仁焉。爲仁由己，而由人乎哉？』」

屈原離騷：「何所獨無芳草兮，爾何懷乎故宇？」

王翰涼州詞：「葡萄美酒夜光杯，欲飲琵琶馬上催，醉臥沙場君莫笑，古來征戰幾人回？」

【練　　習】 試說明下列設疑法，並模倣之。

1. 王事適我，政事一埤益我。我入自外，室人交徧讁我。已焉哉，天實爲之，謂之何哉？（詩經北門）
2. 相鼠有皮，人而無儀，人而無儀，不死何爲？（詩經相鼠）
3. 風雨如晦，鷄鳴不已，既見君子，云胡不喜？（詩經風雨）
4. 綢繆束薪，三星在天，今夕何夕，見此良人。子兮子兮，如此良人何？（詩經綢繆）
5. 獨行踽踽，豈無他人，不如我同父，嗟行之人，胡不比焉？人無兄弟，胡不佽（助）焉？（詩經杕杜）
6. 有杕之杜，生于道周，彼君子兮，逝肯來遊，中心好之，曷（何也）飲食之？（詩經有杕之杜）
7. 銜觴賦詩以樂其志，無懷氏之民歟？葛天氏之民歟？（陶淵明五柳先生傳）
8. 春豈無一日之寒，而秋豈無一日之熱哉？（楊萬里選法論）

（二十一）感嘆法

遇猛烈之感情，深沈之思想，悲惋之極至，歡欣之至情，輒用感嘆之語，以呼出。而往往有感嘆之詞「嗚呼：於戲（讀如嗚呼。蓋古代同音故假借之），噫！嘻、嗟、哉、夫（白話：啊！呀！）加於其中。如「嗚乎盛哉！」贊其盛也（見韓愈讀儀禮。）「嗚呼哀哉」抒其悲也。凡祭文，或至哀痛處皆有之。而書經詩經中讚美嗟嘆之詞亦頗多焉。歐陽修於五代史中往往用嗚呼！以發抒其讚嘆之至情。宋李耆卿文章精義云：「歐陽修五代史，贊首必有嗚呼二字，固時世變可嘆，亦是此老文字遇感嘆處便精神。」由是知感嘆之辭，亦所以振興文氣，鼓舞文情者也。古今詩文中，以感嘆致巧者，頗多。如：

韓愈原道：「噫！後之人，雖欲聞仁義道德之說，其孰從而求之？甚矣！人之好怪也。……」

杜牧阿房宮賦：「嗚呼！滅六國者，六國也，非秦也；族秦者秦也，非天下也。嗟夫！使六國各愛其人，則足以拒秦。秦復愛六國之人，則遞三世可至萬世而爲君，誰得而族滅也。」

王勃滕王閣序：「嗚呼！時運不齊，命途多舛；馮唐易老，李廣難封。屈賈誼於長沙，非無聖主；竄梁鴻於海曲，豈乏明時。……嗚呼！勝地不常，盛筵難再，蘭亭已矣，梓澤丘墟……。」

李華弔古戰場文：「浩浩乎！平沙無垠，敻不見人。河水縈帶，羣山糾紛……嗚呼噫嘻！時耶命耶？從古如斯，爲之奈何？守在四夷。」

蘇軾、祭歐陽文忠公文：「嗚呼哀哉！公之生於世六十有六年。民有父母，國有著龜；斯文有傳，學者有師……。」

又李白蜀道難詩：「噫！吁！戲！危乎高哉！蜀道之難，難於上青天。……」

梁鴻五噫歌：「陟彼北芒兮，噫！顧瞻帝京兮，噫！宮闕崔巍兮，噫！民之劬勞兮，噫！遼遼未央兮，噫！」

【練習】指出下列感嘆之詞，並以感嘆詞另造一句。

1. 嗚呼！孰知賦斂之毒，有甚是蛇者乎？（柳宗元捕蛇者說）
2. 苛政猛於虎，信哉！（禮記檀弓）
3. 大哉！堯之為君也。巍巍乎！唯天唯大，唯堯則之。蕩蕩乎！民無能名焉。巍巍乎！其有成功也。煥乎！其有文章。（論語泰伯）
4. 噫！微斯人，吾誰與歸。（范仲淹岳陽樓記）
5. 嘻！甚矣憊！雖然，吾猶取此然後歸爾。（公羊傳）
6. 嗚呼！盛衰之理，雖曰天命，豈非人事哉？（歐陽修五代史伶官傳序）
7. 方今太平日無事，柄用儒術崇邱軻，安能以此上論列？願借辯口如懸河。石鼓之歌止於此，嗚呼吾意其蹉跎！（韓愈石鼓歌）
8. 已矣哉！春草暮兮秋風驚，秋風罷兮春草生。（江淹恨賦）
9. 子曰：「羣居終日，言不及義，好行小慧。難矣哉！」（論語衛靈公）

（二十二）深言法

深言者因心中之感傷鬱惱，而推及他物，因借外物以表示其深切之感傷，以激動讀者者也。如：

歐陽修蝶戀花詞：「淚眼問花花不語，亂紅飛過秋千去。」

劉采春囉嗊曲：「不喜秦淮水，生憎江上船。載儂夫婿去，經歲又經年。」

王維雜詩：「愁心視春草，畏向玉階生。」

【練　習】試說明下列之深言法，並模仿之。

1.空流嗚咽聲，聲中疑是言。（釋子蘭飲馬長城窟行）

2.童稚情親四十年，中間消息兩茫然。更爲後會知何地？忽漫相逢是別筵。不分桃花紅似錦，生憎柳絮薄於棉。劍南春色還無賴，觸忤愁人到酒邊。（杜甫送路侍御入朝）

3.怕的是那深夜品簫，怕的是簷前鐵馬噹啷啷的鬧，怕的是一輪明月當空照，怕的是那夜撞金鐘在夢兒裏敲，怕的是孤眠人對孤眠照，孤眠人最怕那離別淒涼調。（白雪遺音選）

4.恨彼明月，偏向別時圓。

（二十三）特敍法

特敍者以特別之事物，敍述特別之心情，以示特殊之事例者也。如：

漢樂府詩上邪：「山無陵，江水爲竭，冬雷震震，夏雨雪，天地合，乃敢與君絕。」夫山之無陵，江水之竭，冬雷之震震，夏日之雨雪，天地之合，此不可能者也。用此不可能之事例，描述深刻之感情，以示其心之永恒不變。如此深刻動人，非用特敍法，則難述其至情矣。

詩經柏舟：「汎彼柏舟，在彼中河。髧彼兩髦，實維我儀。之死矢靡它。母也天只，不諒人只。」之死矢靡它，至死誓無他也。

楚辭離騷：「寧溘死而流亡兮，余不忍爲此態也。」

又九歌：「出不入兮往不反，平原忽兮路超遠，帶長劍兮挾秦弓，首身離兮心不懲。誠既勇兮又以武，終剛強兮不可凌，身既死兮神以靈，子魂魄兮爲鬼雄。」

此皆表示特別絕對之感情，而用特敍法陳述者也。亦有表示特殊之事例。如：

左傳隱公元年：「遂置姜氏於城潁，而誓之曰：『不及黃泉，無相見也。』」

又桓公十六年：「棄父之命，惡用子矣？有無父之國則可也。」

李白對雪獻從兄虞城宰詩：「昨夜梁園雪，弟知兄不知。」

孟浩然夜歸鹿門歌：「鹿門月照開煙樹。」

于武陵贈王隱人詩：「飛來南浦水，半是華山雲。」

此皆以特別之事例表示者也。夫「不及黃泉，無相見」則云，有生之年，亦不再見也。(惟死乃見耳。)有無父之國則可，則表示不可也。天下人孰無父邪？梁園之雪，鹿門之月，南浦之水，華山之雲，皆表示特殊之事物也。

詩經氓：「乘彼垝垣，以望復關。不見復關，泣涕漣漣。既見復關，載笑載言。」復關本地名也。此特用以代表所思之人。

【練　習】說明下列特敘法之詞句。

1. 欲待主人林上月，還思潘令縣中花。（郎士元酬王季友題半日村別墅兼呈李明府）
2. 院靜廚寒睡起遲，秣陵人老看花時，……江帶春潮壞殿基。（孔尙任鷓鴣天）
3. 不見山中人半載，依然松下屋三間。（戴叔倫過故人陳羽山居）
4. 自古執筆爲文者，何可勝言？然而宏麗精華，不過數十篇耳。但使不失體裁，遂稱文士。要須動俗蓋世，亦俟河之清乎？（顏之推文章篇）
5. 天長地久有時盡，此恨綿綿無絕期。（白居易長恨歌）
6. 我與你生同一個衾，死同一個槨。（管仲姬答趙子昂詞）

（二十四）辨言法

辨言者辨清事物之眞諦，發抒主要之意旨，以示人者也。如

詩經伯兮：「自伯之東，首如飛蓬。豈無膏沐，誰適爲容。」

又雞鳴：「雞既鳴矣，朝既盈矣。匪雞則鳴，蒼蠅之聲。」

孟子公孫丑下：「城非不高也，池非不深也，兵革非不堅利也，米粟非不多也；委而去之，是地利不如人和也。」

又梁惠王上：「直不百步耳，是亦走也。」

古詩十九首：「人生非金石，焉能長壽考？」

韓愈送溫處士赴河陽軍序：「吾所謂空，非無馬也，無良馬也。」

是辨言法，多先用否定，或疑問之詞，以陳述，後用肯定以辨清，或以反問爲答也。亦有因聚精會神于一事物，而將當前之事物弄錯者。如

杜甫漫成：「仰面貪看鳥，回頭錯應人。」因凝神於鳥，而錯應人。

孟郊遊子：「萱草生堂階，遊子行天涯。慈母倚門看，不見萱草花。」因凝神於思子，而不見萱草之花。

劉克莊清平樂詞：「貪與蕭郎眉語，不知舞錯伊州。」因凝神眉語而舞錯。

此類辨言法，陳介白修辭學講話謂之凝神法。實則亦屬辨言也。

【練　習】說明下列辨言法之詞句。

1. 氓之蚩蚩，抱布貿絲。匪來貿絲，來即我謀。送子涉期，至于頓丘。匪我愆期，子無良媒。將子無怒，秋以爲期。（詩經氓）
2. 凡說之難，非吾知之有以說之之難也，又非吾辯之能明吾意之難也，又非吾敢橫失而能盡之難也。凡說之難，在知所說之心，而以吾說當之。（韓非子說難）
3. 心非木石豈無感，吞聲躑躅不敢言。（鮑照行路難）

4. 尋君去就之際，非有他故，直以不能內審諸己，外受流言，沈迷猖獗，以至于此。（丘遲與陳伯之書）
5. 相如雖駑，獨畏廉將軍哉？顧吾念之：秦之所以不敢加兵於趙者，徒以吾兩人在也。今兩虎相鬬，其勢不俱生。吾所以爲此者，以先國家之急而後私讎也。（史記廉頗藺相如列傳）
6. 莫怪臨風倍惆悵，欲將書劍學從軍。（溫庭筠過陳琳墓）
7. 豈無山歌與邨笛，嘔啞嘲哳難爲聽。（白居易琵琶行）
8. 采采卷耳，不盈傾筐。嗟我懷人，寘彼周行。（詩經卷耳）
9. 專人辱手書，並示近詩；如獲一笑之樂，數日慰善忘味。（蘇軾與參寥子）
10. 夜以四錢沽酒一壺，無下酒物。快讀唐詩，痛哭流涕，並不知杯中之爲酒爲淚也。（于成龍與荆雪濤書）

（二十五）驚憤法

驚憤者，以驚駭憤激之語，引起人之驚駭憤慨者也。如：

戰國策齊策四：「昔者秦攻齊，令曰：『有敢去柳下季壟五十步而樵采者，死不赦。』令曰：『有能得齊王頭者，封萬戶侯，賜金千鎰。』由是觀之，生王之頭，曾不若死士之壟也。」顏斶以驚駭之語，使齊王懾服。

史記項羽本紀：「項王乃大驚曰：『漢皆已得楚乎？是何楚人之多也！』」表驚駭之狀。

又：「范增曰：『唉！豎子不足與謀，奪項王天下者，必沛公也。』」表憤激之語。

屈原離騷：「思九州之博大兮，豈惟是其有女！」（憤激）

【練　習】指出下列驚憤之詞句。

1. 與之馳騁乎雲夢之中，而不以天下國家爲事。不知夫穰侯方受命乎秦王，塡黽塞之內，而投己乎黽塞之外。（戰國策楚四）
2. 武帝下車泣曰：「嚄！大姊！何藏之深也！」（史記外戚世家）
3. 彼卽肆然而爲帝，過而爲政於天下，則連有蹈東海而死耳，吾不忍爲之民也。（史記魯仲連傳）
4. 夫人臣出萬死不顧一生之計，赴公家之難，斯亦奇矣。今擧事一不當，而全軀保妻子之臣，隨而媒孼其短。僕誠私心痛之。（司馬遷報任少卿書）

（二十六）反情法

感情到達極度時，不覺生出一種反面之情感，因以此反面之情感，說出相反悔恨之語，或諷刺、指摘之語。此謂之反情。如

杜甫羌村：「柴門鳥雀噪，歸客千里至。妻孥怪我在，驚定還拭淚。」

長孫輔別友人：「誰遣同衾又分手，不如行路本無情。」

袁枚祭妹文：「舊事塡膺，思之凄梗，如影歷歷，逼取便逝。悔當時不將嫛婗情狀，羅縷紀存。」

史記滑稽列傳：「二世立，又欲漆其城。優旃曰：「善，主上雖無言，臣固將請之。漆城雖於百姓愁費，然佳哉。漆城蕩蕩，寇來不能上。」」（此與倒反法之反語相似）

又封禪書：「自此之後，方士言祠者彌衆，然其效可睹矣。」喻未有效也。

【練　習】　說明下列反情之修辭法。

1.季氏旅於泰山。子謂冉有曰：「女弗能救與？」對曰：「不能」，子曰：「嗚呼！曾謂泰山不如林放乎？」

2.父名晉肅，子不得舉進士。若父名仁，子不得爲人乎？（韓愈諱辨）

3.始皇嘗議欲大苑囿，東至函谷關，西至雍陳倉。優旃曰：「善！多縱禽獸於其中，寇從東方來，令麋鹿觸之足矣。」（史記滑稽列傳）

4.寥落悲前事，支離笑此身。（戴叔倫除夕夜宿石頭城）

5.無事教渠更相失，不及從來莫作雙。（庾信代人傷往）

6.一場寂寞憑誰訴？算前言，總輕負。早知恁地難拚，悔不當初留住。（柳永晝夜樂）

（二十七）設辭法

設辭者、虛設言辭，借托他意，以事理折服人之修辭法也。蓋遇人不我信之時，情急勢危之際；欲設法說服對方，使從我之意，則非設辭不爲功。猶戰爭遇金城湯池，堅壁深壘，不易攻破之處，設伏誘敵，使敵人盡入我彀中，則易於取勝矣。如：

戰國策燕策：「張丑爲質于燕，燕王欲殺之，走且出境。境吏得丑，丑曰：『燕王所爲將殺我者，人有言我有寶珠也。王欲得之，我已亡之矣。而燕王不我信，今子且致我，我且言子之奪我珠而吞之，燕王必當殺子，而刳子腹及子之腸矣。夫欲得君，不可設以利，吾要且死，子腸亦且寸絕。』吏恐而赦之。」

此張丑在情急勢危將被捉獲之時，虛設「寶珠」之事，以渡過難關，保全生命。向使張丑不設辭，而直語求免于境吏，則必捉獲而送至燕王處，有死無生耳。又如：

韓非子外儲說左上第卅二：「蔡女爲桓公妻。桓公與之乘舟，夫人蕩舟，桓公大懼。禁之不止，怒而出之……，桓公大怒，將伐蔡……，仲父曰：『必不得已，楚之菁茅不貢于天子三年矣。君王不如舉兵爲天子伐楚，楚服，因還襲蔡曰：『余爲天子伐楚，而蔡不以兵聽從，因遂滅之。此義於名而利於實，故必有爲天子誅之名，而有報讎之實。』」此類設辭猶如今之找籍口也。

史記漢高祖本紀：「沛公（劉邦）奉巵酒爲壽，約爲婚姻，曰：『吾入關，秋毫不敢有所近，籍吏民，封府庫，而待將軍（項羽）；所以遣將守關者，備他盜之出入與非常也。日夜望將軍至，豈敢反乎？望伯（項伯）具言臣之不敢倍德也。』」夫劉邦入關所以自利也，而云待項羽。其守關所以拒項羽也，而云備盜防患，此爲避禍而設之虛辭也。

又有比較輕鬆之設辭：如孟子梁惠王下：「孟子謂齊宣王曰：『王之臣有托其妻子於其友而之楚遊者。比其反也，則凍餒其妻子，則如之何？』王曰：『棄之！』曰：『士師不能治士，則如之何？』王曰：『已之！』曰：『四境之內不治，則如之何？』王顧左右而言他。」此孟子先設問，然後層層逼進以至于王身，此乃說話作文之技巧也。又：「王曰：『善哉言乎！』曰：『王如善之，則何爲不行。』王曰：『寡人有疾，寡人好貨。』……」此則設爲好貨之籍口，而拒絕孟子行仁政之建議也。又如論語：「顏淵死，顏路請子之車以爲之椁。子曰：『才不才，亦各言其子也。鯉也死，有棺而無椁。吾不徒行，以爲之椁，以吾從大夫之後也，不可徒行也。』」此則借鯉之有棺無椁，設大夫不可徒行之語，以拒顏路之請。蓋喪禮須視其家之有無，顏路之請，非禮也。孔子不忍斥之，故設辭以拒之。此皆設辭之用也。後代文家作文時，往往用設辭之法，使其意境更高；亦有借設辭之法而用以破題者。如唐李程日五色賦：「德動天地，祥開日華。」

歐陽修縱囚論：「信義行于君子，刑戮施於小人。」蘇軾韓文公廟碑：「匹夫而爲百世師，一言而爲天下法。」此皆設辭以破題者也，可謂設辭之變也。

【練　習】 找出下列之設辭，並說明其意。

1. 衞靈公問陣於孔子，孔子對曰：「俎豆之事，則嘗聞之矣。軍旅之事，未之學也。」（論語）
2. 莊暴見孟子曰：「暴見於王，王語暴以好樂，暴未有以對也」。……他日見于王曰：『王嘗語莊子以好樂，有諸？』王變乎色曰：『寡人非能好先王之樂也，直好世俗之樂耳。』（孟子梁惠王下）
3. 易王母，文后夫人也，與蘇秦私通。燕王知之，而事之加厚。蘇秦恐誅，乃說燕王曰：『臣居燕，不能使燕重，而在齊，則燕必重。』燕王曰：『唯先生之所爲。』於是蘇秦佯爲得罪於燕，而亡走齊，齊宣王以爲客卿。」（史記蘇秦列傳）
4. 則天皇后二年，周興與邱勣通謀，后命來俊臣鞫之。俊臣與興方推事對食，謂興曰：「囚多不承，當爲何法？」興曰：「此甚易耳。取大甕，以炭四圍炙之，令囚入中，何事不承？」俊臣乃索大甕，火圍如興法。因起謂興曰：「有內狀推兄，請兄入此甕！」興惶恐叩頭伏罪。（通鑑）

肆　章句之修辭法

一、反復法

用同一之語句，反復其辭，而表現強烈之情思，以加強文氣之運行者，曰反復。蓋人於事物熱烈深切之感觸時，往往不免一而再，再而三，以反復申說，以表現心中之感懷。如：

司馬遷報任少卿書：「嚮者僕常廁下大夫之列，陪外廷末議；不以此時，引綱維，盡思慮。今已虧形爲掃除之隸，在闒茸之中；乃欲仰首伸眉，論列是非，不亦輕朝廷，羞當世之士邪！嗟呼！嗟呼！如僕，尚何言哉，尚何言哉！」

論語爲政篇：「視其所以，觀其所由，察其所安，人焉廋哉？人焉廋哉！」

又陽貨篇：「子曰：『予欲無言』子貢曰『子如不言，則小子何述焉』子曰：『天何言哉？四時行焉，萬物生焉。天何言哉？』」

又子路篇：「桓公九合諸侯，不以兵車，管仲之力也。如其仁，如其仁。」

又八佾篇：「人而不仁，如禮何？人而不仁，如樂何？」

孟子梁惠王篇：「故王之不王，非挾泰山以超北海之類也，王之不王，是折枝之類也。」俞樾古書疑義舉例云：「兩『王之不王』若省其一，讀之便索然矣。」故行文而反復其辭者，正所以加強語氣也。

【練　習】指出反復之辭，而模倣之以另造一句。

1.子曰：巧言令色足恭，左丘明恥之，丘亦恥之。匿怨而友其人，左丘明恥之，丘亦恥之。（論語公冶長篇）

2.子曰：「賢哉回也！一簞食，一瓢飲，在陋巷，人不堪其憂，回也不改其樂。賢哉回也。」（論語雍也篇）

3.「已而已而，今之從政者殆而」（論語微子篇）

4.「禮云禮云，玉帛云乎哉！樂云樂云，鐘鼓云乎哉！」（陽貨篇）

二、對偶法

凡將兩個相似，或相反之意思，以類似之句法，相等之字數，和諧之音調（平仄之對稱），排成華美之對句者，曰對偶（或稱儷辭）。此類句子，乃駢文與律詩之主要構成因素（律詩中四句即是對句）。此類句子優美，辭彩豐贍，頗能引人入勝。如

易經文言：「水流濕，火就燥；雲從龍，風從虎。」

書經大禹謨：「滿招損，謙受益。」

詩經伐木：「出自幽谷，遷於喬木。」

詩經抑：「誨爾諄諄，聽我藐藐。」

論語泰伯篇：「不在其位，不謀其政。」

莊子胠篋篇：「聖人不死、大盜不止。」

荀子解蔽篇：「生則天下歌、死則天下哭。」

以上皆古籍中對句，出於自然。後世對句，愈演愈美。文如王勃之滕王閣序：「南昌故郡，洪都新府。星分翼軫，地接衡廬。襟三江而帶五湖，控蠻荆而引甌越。物華天寶，龍光射牛斗之墟。人傑地靈，徐孺下陳蕃之榻。雄州霧列，俊彩星馳。臺隍枕夷夏之交，賓主盡東南之美。……山原曠其盈視，川澤盱其駭矚。閭閻撲地，鐘鳴鼎食之家。舸艦迷津，青雀黃龍之軸。虹銷雨霽，彩徹雲衢。落霞與孤鶩齊飛，秋水共長天一色。漁舟唱晚，響窮彭蠡之濱。雁陣驚寒，聲斷衡陽之浦。遙吟俯唱、逸興遄飛。爽籟發而清風生，纖歌凝而白雲遏。睢園綠竹，氣凌彭澤之樽。鄴水朱華，光照臨川之筆。……」無一而非對。詩如杜甫登高：「風急天高猿嘯哀，渚清沙白鳥飛迴。無邊落木蕭蕭下。不盡長江滾滾來。萬里悲秋常作客，百年多病獨登臺。艱難苦恨繁霜鬢，潦倒新停濁酒杯。」中四句爲對。此類華美之對句，在中國文學中處處可見。其聲律之和諧，辭彩之華美，語句之整齊，爲中國文學獨有之特色，此他國文學所不及者也。

至於對句之種類，劉彥和文心雕龍麗辭篇云「麗辭之體，凡有四對。言對爲易。（如司馬相如上林賦：修容乎禮園，翱翔乎書圃。）事對爲難。（如宋玉神女賦：毛嬙鄣袂，不足程式。西施掩面，比之無色。）反對爲優。（如王粲登樓賦：鍾儀幽而楚奏兮，莊舃顯而越吟。）正對爲劣。（張載七哀詩：漢祖想枌榆，光武思白水。）」此後論對者如上官儀、元兢、皎然等漸有增益。今存日僧遍照金剛之文鏡秘府論，言及唐代之對仗，有二十九種。（的名對、隔句對、雙擬對、聯緜對、互成對、異類對、賦體對、雙聲對、疊韻對、迴文對、意對、平對、奇對、同對、字對、聲對、側對、鄰近對、交絡對、當句對、含鏡對、背體對、偏對、雙虛實對、假對、切側對、雙聲側對、疊韻側對、總不對。）此皆就文句之形、音、義而區分者也。實則依句型分類，可歸納為四類：一、當句對：（如王勃滕王閣序：「紫電青霜」與「桂殿蘭宮」、紫電對青霜、桂殿對蘭宮。一句之內，詞與詞相對。）二、單對（王勃滕王閣序：地勢極而南溟深，天柱高而北辰遠。又如杜甫春望：感時花濺淚，恨別鳥驚心。）三、偶對。（如王勃滕王閣序：關山難越，誰悲失路之人。萍水相逢，盡是他鄉之客。）四、長偶對。（如蘇軾乞常州居住表：臣聞聖人之行法也，如雷霆之震草木。威怒雖盛，而歸於欲其生；人主之罪人也，如父母之遺人孫。鞭韃雖嚴，而不忍致之死。）大抵；詩多單對。文則各對多用。「練習」試分析駱賓王為徐敬業討武曌檄之對句。

「偽臨朝武氏者，性非和順，地實寒微。昔充太宗下陳，曾以更衣入侍。洎乎晚節，穢亂春宮；潛隱先帝之私，陰圖後房之嬖。入門見嫉，蛾眉不肯讓人；掩袖工讒，孤媚偏能惑主。踐元后於翬翟，陷吾君於聚麀。加以虺蜴為心，豺狼成性。近狎邪僻，殘害忠良。殺姊屠兄，弒君鴆母。人神之所同嫉，天地之所不容。猶復包藏禍心，窺竊神器；君之愛子，幽之於別宮；賊之宗盟，委之以重任。嗚呼！霍子孟之不作，朱虛侯之已亡。燕啄皇孫，知漢祚之將盡；龍漦帝后，識夏庭之遽衰。敬業皇唐舊臣，公侯冢子。奉先君之成業，荷本朝之厚恩。宋微子之興悲，良有以也，袁君山之流涕，豈徒然哉？是用氣憤風雲，志安社稷。因天下之失望，順宇內之推心。爰舉義旗，以淸妖孽。南連百越，北盡山河；鐵騎成羣，玉軸相接。海陵紅粟，倉儲之積靡窮；江浦黃旗，匡復之功何遠。班聲動而北風起，劍氣充而南斗平。喑嗚則山岳崩頹，叱吒則風雲變色。以此制敵，何敵不摧？以此圖功，何功不克？公等或居漢地，或叶周親；或膺重寄以話言，或受顧命於宣室。言猶在耳，忠豈忘心。一抔之土未乾，六尺之孤何託？倘能轉禍爲福，送往事居；共立勤王之勳，無廢大君之命。凡諸爵賞，同指山河。若其眷戀窮城，徘徊歧路；坐昧先幾之兆，必貽後至之誅。請看今日之域中，竟是誰家之天下。」

三、排比法

性質範圍皆同之事象，以相似之結構表現出者曰排比。此種句法，在引人注意、增加文勢。如孟子公孫丑篇：「無惻隱之心，非人也。無羞惡之心，非人也。無辭讓之心，非人也。無是非之心，非人也。」

中庸：「有弗學、學之弗能、弗措也。有弗問、問之弗知、弗措也。有弗思、思之弗得、弗措也。有弗辨、辨之弗明、弗措也。有弗行、行之弗篤、弗措也。」

大戴禮武王踐阼篇：「王聞書（丹書）之言，惕若恐懼，退而爲戒書；於席之四端爲銘焉、於机爲銘焉、於鑑爲銘焉、於楹爲銘焉、於杖爲銘焉、於帶爲銘焉、於履屨爲銘焉、於觴豆爲銘焉、於戶爲銘焉、於牖爲銘焉、於劍爲銘焉、於弓爲銘焉、於矛爲銘焉。」

中庸：「道之不行也，我知之矣：知者過之，愚者不及也。道之不明也，我知之矣：賢者過也，不肖者不及也。」

春秋穀梁傳成公元年：「季孫行父禿，晉郤克眇，衞孫良夫跛，曹公子手僂。同時而聘於齊，齊使禿者御禿者、使眇者御眇者、使跛者御跛者、使僂者御僂者。」

戰國策齊策：「吾妻之美我者，私我也；妾之美我者，畏我也；客之美我者，欲有求於我也。」

此類句子，用得恰當，可以壯文勢、廣文義。如用不恰當，適足增累耳。

【練　習】指出排比之辭、而模倣之、以另造一句

1. 我有所念人，隔在遠遠鄉，我有所感事，結在深深腸。（白居易夜雨詩）
2. 或生而知之，或學而知之，及其知之一也。或安而行之，或利而行之，或勉強而行之，及其成功一也。（中庸）
3. 伯夷，聖之清者也；伊尹，聖之任者也；柳下惠，聖之和者也；孔子，聖之時者也。（孟子）
4. 挽弓當挽強，用箭當用長，射人先射馬，擒賊先擒王。（杜甫前出塞）
5. 不爲不可成，不求不可得，不處不可久，不行不可復。（管仲牧民篇）
6. 天有情、天亦老，春有意、春須瘦；雲無心、雲也生愁。（喬孟符揚州夢雜劇）

四、層遞法

凡有輕重大小之兩個以上事類，或由淺而深，或從小至大，或自輕至重，或由低而高（亦有由高而低，由大而小者）排比而成語句者，謂之層遞。此種辭格使人一看卽知其義，初覽卽會意於言表。

如

孟子公孫丑下：「天時不如地利。地利不如人和。」

大學：「古之欲明明德於天下者，先治其國。欲治其國者，先齊其家。欲齊其家者，先修其身。欲修其身者，先正其心。欲正其心者，先誠其意。欲誠其意者，先致其知。致知在格物，物格而后知至，知至而后意誠，意誠而后心正，心正而后身修，身修而后家齊，家齊而后國治，國治而后天下平。」

戰國策齊策：「齊王使使者問趙威后，書未發，威后問使者曰：『歲亦無恙耶？民亦無恙耶？王亦無恙耶？』使者不悅曰：『臣奉使使威后。今不問王，而先問歲與民，豈先賤而後尊貴者乎？』威后曰：『不然。苟無歲、何有民？苟無民、何有君？故有問舍本而問末者乎？』乃進而問之曰：『齊有處士曰鍾離子無恙耶？是其爲人也，有糧者亦食，無糧者亦食。有衣者亦衣，無衣者亦衣。是助王養其民也，何以至今不業也。葉陽子無恙乎？是其爲人也，哀鰥寡，卹孤獨，振困窮，補不足，是助王息其民者也。何以至今不業也？北宮之女嬰兒子無恙耶？徹其環瑱，至老不嫁，以養父母。是皆率民而出於孝情者也，胡爲至今不朝也？此二士弗業，一女不朝，何以王齊國，子萬民乎？』」

陳騤文則云：「文有上下相接若繼踵然，其體有三：其一曰敍積小至大，如中庸曰：『能盡其性，則能盡人之性；能盡人之性，則能盡物之性；能盡物之性，則可以贊天地之化育；可以贊天地之化育，則可以與天地參矣。』此類是也。其二曰敍由精及粗，如莊子曰：『古之明大道者，先明天，而道德次之；道德已明，而仁義次之；仁義已明，而分守次之；分守已明，而形名次之；形名已明，而因任次之；因任已明，而原省次之；原省已明，而是非次之；是非已明而賞罰次之。』此類是也。其三曰敍自流極原，如大學曰：『古之欲明明德於天下者，先治其國，欲治其國者先齊其家，……欲誠其意者，先致其知。』此類是也。」其於層遞法，可謂得其要矣。

【練　習】指出下列層遞之句子，並模倣之。

1. 太上不辱先，其次不辱身，其次不辱理色，其次不辱辭令，其次詘體受辱。其次易服受辱，其次關木索被箠楚受辱，其次剔毛髮嬰金鐵受辱，其次毀肌膚斷肢體受辱，最下腐刑極矣。（司馬遷報任少卿書）

2. 凡花一年中只開得一度，四時中只占得一時，一時中占得數日。他熬過了三時的冷淡，纔得這數日的風光。（古今奇觀）

3. 天下之佳人，莫若楚國；楚國之麗者，莫若臣里；臣里之美者，莫若臣東家之子。（宋玉登徒子好色賦）

4. 夫戰勇氣也。一鼓作氣，再而衰，三而竭。彼竭我盈，故克之。（左傳莊公十年）

5. 子貢問曰：「何如斯可謂之士矣？」子曰：「行己有恥，使於四方，不辱君命，可謂士矣。」曰：「敢問其次。」曰：「宗族稱孝焉，鄉黨稱弟焉。」曰：「敢問其次。」曰：「言必信，行必果，硜硜然小人哉，抑亦可以爲次矣。」（論語子路篇）

6. 一家非之，力行而不惑者，寡矣；至於一國一州非之，力行而不惑者，蓋天下一人而已矣；若至於舉世非之，力行而不惑者，即千百年乃一人耳。若伯夷者，窮天地，亙萬世，而不顧者也。昭乎日月不足爲明，萃乎泰山

不足爲高，巍乎天地不足爲容也。（韓愈伯夷頌）

7.左右皆曰賢，未可也；諸大夫皆曰賢，未可也。國人皆曰賢，然後察之；見賢焉，然後用之。（孟子梁惠王下）

五、轉折法

轉折者在文氣將盡之際，忽轉敍一事，縱橫推闡，使文義跌宕，文氣暢通者也。唐彪讀書作文譜云：「文章說到此理已盡，似難再說。拙筆到此技窮矣；巧人一轉彎，便反別是一番境界，可以生出許多議論，理境無窮。若欲更進，未嘗不可再轉也。」故辭賦，駢散諸文，每遇此意將盡時，即用「爾乃」、「至於」「至若」「於是」「若夫」「是以」「或乃」「至如」「乃有」「然而」「或有」「是故」「故」「惟」「雖」「然」「但」「直」「特」……等字以轉折之，以生出一段文義。亦有一句之中用轉折法者。茲分述之：

章節段落之轉折，如

班固西都賦：「華實之毛，則九州之上腴焉。防禦之阻，則天地之隩區焉。是故橫被六合，三成帝畿，周以龍興，秦以虎視。及至大漢受命而都之也。……於是睎秦嶺、挾澧灞，……爾乃盛娛遊之壯觀，奮泰武乎上囿……遂乃風舉雲搖，浮遊溥覽，……十分而未得其一端，故不能偏舉也。」

范仲淹岳陽樓記：慶歷四年春……覽物之情，得無異乎？（第一段完）若夫霪雨霏霏，連月不開。

（第二段承接轉折）……登斯樓也，則有去國懷鄉，憂讒畏譏，滿目蕭然，感極而悲者矣。（第二段完）至若春和景明，波瀾不驚，上下天光，一碧萬頃。（第三段轉折承接）……把酒臨風，其喜洋洋者矣。（第三段完）嗟夫予嘗求古仁人之心。或異二者之爲。（以感嘆轉折）

句語之轉折，如：

詩經叔于田：「叔于田，巷無居人，豈無居人，不如叔也，洵美且仁。」

左傳隱公元年：「無使滋蔓，蔓難圖也。蔓草猶不可除，況君之寵弟乎？」

史記汲黯列傳：「爲治不在多言，顧力行何如耳。」

陶淵明桃花源記：「晉太元中武陵人，捕魚爲業，緣溪行，忘路之遠近，忽逢桃花林。」

大學：「小人之使爲國家，菑害並至。雖有善者，亦無如之何矣。」

【練　習】找出下列轉折之語句，並說明之。

1. 黯然銷魂者，唯別而已矣，況秦吳兮絕國，復燕宋兮千里。或春苔兮始生，乍秋風兮暫起。是以行子腸斷，百感悽惻。……故別雖一緒，事乃萬族。至若龍馬銀鞍，朱軒繡軸……造分手而銜涕，感寂漠而傷神。乃有劍客慚恩，少年報士。……金石震而色變，骨肉悲而心死。或乃邊郡未和，負羽從軍，……攀桃李兮不忍別，送愛子兮霑羅裙。至如一赴絕國，詎相見期，……怨復怨兮遠山曲，去復去兮長河湄。又若君居淄右，妾家河陽。……識錦曲兮泣已盡，迴文詩兮影獨傷。儻有華陰上士，服食還山……。（江淹別賦）
2. 是委肉當餓虎之蹊，禍必不振矣，雖有管晏，不能爲之謀也。（史記刺客列傳）
3. 然而汝已不在人間，則雖年光倒流，兒時可再，而亦無與爲印證者矣。（袁枚祭妹文）

4. 人莫知其處，獨籍知之耳。（史記項羽本紀）
5. 志意何時復類昔日，已成老翁，但未白頭耳。（曹丕與吳質書）
6. 菰蒲深處疑無地，忽有人家笑語聲。（秦觀邗溝）

六、抑揚法

抑揚者對同一事物，以兩樣相反之情感敍述，或先揚而後抑，或先抑而後揚，以達情之推移作用，而生情趣者也。如

論語先進篇，子曰：「由也，升堂矣，未入於室也。」

孟子盡心篇：「不仁而得國者有之矣，不仁而得天下者，未之有也。」

此先揚而後抑也。其重點有在抑者。蓋將欲抑之，必固揚之也。

史記游俠列傳序：「今游俠，其行雖不軌於正義，然其言必信，其行必果，已諾必誠，不愛其軀，赴士之阨困，既已存亡生死矣，而不矜其能，羞伐其德，蓋亦有足多者焉。」

又廉頗藺相如列傳：「方藺相如引璧睨柱，及叱秦王左右，勢不過誅。然士或怯懦而不敢發。相如一奮其氣，威信敵國，退而讓頗，名重泰山。其處智勇，可謂兼之矣。」

此先抑而後揚，其重點多在揚。

【練　習】說明下列抑揚之辭格。

1. 諸子但未及古人，自一時之儁也。（曹丕與吳質書）
2. 僕雖怯懦欲苟活，亦頗識去就之分矣。（司馬遷報任少卿書）
3. 足下哀其愚矇，賜書教督以所不及，慇懃甚厚；然竊恨足下不深惟其終始，而猥隨俗之毀譽也。（楊惲報孫會宗書）
4. 傾海爲酒，……然後極雅意，盡歡情，信公子之壯觀，非鄙人之所庶幾也。（吳質答東阿王書）

七、擴延法

擴延者所以增加章句、擴大文勢，而使文意俊永優美者也。常加上、下、內、外、前、後、中、次、仰、俯、左、右、出、入……諸字，以爲擴張修飾之用，如

孟子梁惠王上：「仰則足以事父母，俯則足以畜妻子。」

孟子盡心上「仰不愧於天，俯不怍於人。」又孟子梁惠王：「入以事其父兄，出以事其長上。」

薛福成觀巴黎油畫記：「仰視天，則明月斜掛，雲霞掩映；俯視地，則綠草如茵，州原無際。」

中庸：「上焉者雖善無徵，無徵不信，不信民弗從。下焉者雖善不尊，不尊不信，不信民弗從。」

司馬遷報任少卿書：「所以自惟：上之不能納忠效信，有奇策材力之譽，自結明主；次之不能拾遺補闕，招賢進能，顯巖穴之士；外之不能備行伍，攻城野戰，有斬將搴旗之功；下之不能積日累勞，取尊官厚祿，以爲宗族交遊光寵；四者無一遂，苟合取容，無所短長之效，可見於此

矣。」

司馬遷（字子長）此文，以「上之，次之，外之，下之」四者推闡文勢，使文氣更見壯濶，如除此，則不成其文矣。故古時作長篇巨論者，多用此「擴延」法，以增加文勢。至於漢賦，更增「其陽、其陰、其中、其遠、其西、其東、其南、其北、其山、其水、其木、其竹、其草、其原野、其蟲、其園囿、其宮室……」之形式，以極力擴延其文勢，增加其章句。如

班固西都賦：「其陽則崇山隱天，幽林穹谷，陸海珍藏，藍田美玉，商洛緣其限，鄠杜濱其足。其陰則冠以九嵕，陪以甘泉，乃有靈宮起乎其中；秦漢之所極觀，淵雲之所頌歎，……下有鄭白之沃，衣食之源，提封五萬，疆埸綺分。……東郊則有通溝大漕，潰渭洞河，汎舟山東，……西郊則有上囿禁苑，林麓藪澤，陂池連乎蜀漢，……其中乃有九真之麟，大宛之馬，黃支之犀，條支之鳥，……其宮室也，體象乎天地，經緯乎陰陽，……內則別風之嶕嶢，眇麗巧而聳擢，張千門而立萬戶。……」

賦能以「擴延」之法，故能成長篇巨作。

【練　習】　試仿下列擴延法造句。（第四題但指出其擴延詞卽可）

1. 仰觀宇宙之大，俯察品類之盛。（王羲之蘭亭集序）
2. 上無道揆也，下無法守也。（孟子離婁上）
3. 左據函谷二崤之阻，表以太華終南之山；右界褒斜隴首之險，帶以洪河涇渭之川。（班固西都賦）

4. 其間則有虎珀丹青，江珠瑕英，金沙銀礫，符采彪炳。……於後則卻背華容，北指崑崙，緣以劍閣，阻以上門。……其樹則有木蘭梫桂，杞櫹椅桐。……熊羆咆其陽，鵰鶚鴥其陰，……於東則左緜巴中，百濮所充。外負銅梁於宕渠，內函要害於膏腴。其中則有巴菽巴戟，靈壽桃枝。……於西則右挾岷山，……其封域之內，則有原隰墳衍，通望彌博。……其園則有林檎枇杷，橙柿梬楟，……亦有甲第，當衢向術。……若其舊俗，終冬始春，吉日良辰，置酒高堂，以御嘉賓，……西踰金隄，東越玉津，……近則江漢炳靈，世載其英，……（左思蜀都賦）

5. 前臨大川之矜帶兮，後峙峻嶒之娉婷。

6. 仰瞻杳杳之星辰兮，俯聞水聲之潯潯。

7. 上望金鏡與銀燦兮，下有綠萸與芳芷。

8. 左界海會萬佛獅岩靈霞之洞，右分舍利開山輔天勸化之宮。（以上作者登望月亭賦）

八、呼應法

呼應者謂一段或整篇之中，雖或間隔其他語句，而其文義仍然能直接連貫，暢達照應也。文有照應，則篇章不亂。為緊固與警醒之故，既立言於前，必有應於後。此修辭之大端也。照應有時顯然，有時隱然。如：

鄒陽獄中上梁王書：「臣聞忠無不報，信不見疑，臣常以為然，徒虛語耳。……則士有伏死堀穴巖藪之中耳，安有盡忠信而趨闕下者哉？」

司馬遷報任少卿書：「曩者辱賜書，教以順於接物，推賢進士爲務，意氣懃懃懇懇，若望僕不相師，而用流俗人之言，僕非敢如此也。……今少卿乃教以推賢進士，無乃與僕私心刺謬乎？」

陶淵明五柳先生傳：「先生不知何許人也，亦不詳其姓字。宅邊有五柳樹，因以爲號焉，……無懷氏之民歟？葛天氏之民歟？」

【練　習】　指出下列文章呼應之文句，並說明之：

1. 士之特立獨行，適於義而已。……若伯夷者特立獨行，窮天地，亘萬世而不顧者也。（韓愈伯夷頌）

2. 或問諫議大夫陽城於愈，可以爲有道之士乎哉？……子告我曰：「陽子可以爲有道之士也。」今雖不能及已，陽子將不得爲善人乎哉？（韓愈諍臣論）

3. 臣聞求木之長者，必固其根本；欲流之遠者，必浚其泉源；思國之安者、必積其德義。源不深而望流之遠，根不固而求木之長，德不厚而思國之安；臣雖下愚，知其不可，而況於明哲乎？（魏徵諫太宗十思疏）

4. 東陵侯既廢，過司馬季主而卜焉。季主曰：「君侯何卜也。」東陵侯曰：「久臥者思起，久蟄者思啓……一冬一春，靡屈不伸；一起一伏，無往不復。僕竊有疑，願受教焉。……是故一晝一夜，花開者謝；一春一秋，物故者新。激湍之下，必有深潭；高邱之下，必有浚谷。君侯亦知之矣，何以卜爲？（劉基司馬季主論卜）

九、用　典　法

劉彥和文心雕龍事類篇云：「事類者蓋文章之外，據事以類義，援古以證今者也。昔文王繇易，剖判爻位。既濟九三，遠引高宗之伐，（既濟䷾九三高宗伐鬼方，三年克之。未濟九四略同。）明夷六五，近書箕子之貞。（明夷䷣六五箕子之明夷，利貞。）斯略舉人事，以徵義者也。至若胤征羲和，陳政典之訓；盤庚誥民，敍遲任之言。此全引成辭，以明理者也。然則明理引乎成辭，徵義舉乎人事，迺聖賢之鴻謨，經籍之通矩也。」按「引乎成辭」者卽引用是也。「舉乎人事」者卽用典是也。引用將言之于下，今論用典。

用典亦稱用事，乃引古事以用於詩文者也。劉氏云「觀夫屈宋（屈原宋玉）屬篇，號依詩人，雖引古事，而莫取舊辭。」此善於用典者也。文章詩詞之有典，益使文義典雅，旨趣豐贍，而辭彩華美。故古今文士皆愛用之。五四後雖有力排之者，然此多矯枉而過其正者也。蓋用典而至於過濫，則文義枯燥，此自當受他人之攻擊。至於用典而當，則辭豐意美，使人得其意於言表，此正最佳之修辭法也。故古今中外之文學家皆樂用不疲也。

用典可分四類，一曰明用，乃明引古代典故，使人一看卽知者也。如庾信謝明皇帝賜絲布啓云：「蓬萊謝恩之雀，白玉四環；漢水報德之蛇，明珠一寸。」此直用干寶搜神記中黃雀與蛇報恩之故事而直敍之，因而借此故事，以陳述自己感謝之深，與報恩之切。餘如：

王勃滕王閣序：「嗚呼！時運不濟，命途多舛。馮唐易老，李廣難封。屈賈誼於長沙，非無聖主；竄梁鴻於海曲，豈乏明時。……孟嘗高潔，空懷報國之心；阮籍猖狂，豈效窮途之哭。無路請纓，等終軍之弱冠；有懷投筆，慕宗愨之長風，……楊意不逢，撫凌雲而自惜；鍾期旣遇，奏流水以何慚。」

李白與韓荊州書：「豈不以周公之風，躬吐握之事，……昔王子師爲豫州，未下車，即辟荀慈明；既下車，又辟孔文擧。山濤作冀州，甄拔三十餘人。或爲侍中尚書，先代所美……庶靑萍（劍多）結緣（玉名）長價於薛（燭）卞（和）之門。」

劉禹錫陋室銘：「南陽諸葛廬，西蜀子雲亭。」

韓愈師說：「孔子師郯子、萇弘、師襄、老聃。」

蘇軾刑賞忠厚之至論：「堯舜禹湯文武成康之際，何其愛民之深，憂民之切，而待天下以君子長者之道也。……當堯之時，皐陶爲士。……鯀方命圮族。」

歐陽修朋黨論：「堯之時，小人共工驩兜等，四人爲一朋，君子八元八愷，十六人爲一朋。（伯奮、仲堪、叔獻、季仲、伯虎、仲熊、叔豹、季貍。）舜佐堯，退四凶小人之朋，而進元愷君子之朋……」

劉琨勸進表：「齊有無知之禍，而小白爲五伯之長；晉有驪姬之難，而重耳主諸侯之盟。……雖有夏之遘夷羿，宗姬之離犬戎，蔑以過之。……昔惠公虜秦，晉國震駭；呂郤之謀，欲立子圉……。」

以上諸文其所用典故皆簡易可曉。且以之入文，一面以爲文章之佐證，使說之有本，聞之足信；一面借典以發抒己情，皆不可多得之佳作也。又如：

駱賓王討武曌檄：「嗚呼！霍子孟之不作，朱虛侯之已亡。燕啄皇孫，知漢祚之將盡，龍漦帝后，識夏庭之遽衰。」

霍子孟卽霍光也，輔幼主以存漢室。朱虛侯卽劉章也，誅諸呂以安劉氏。二者皆西漢之故事。燕啄皇孫，指東漢成帝時，趙飛燕殺宮中之有子者。龍漦帝后，指夏代將衰時，有神龍止於宮中，因取其漦藏之；至周厲王時，發而觀之，漦流於庭，入後宮童妾，遂生褒姒以亡周。此用四典，以暗示朝中無人能如霍光劉章之復興皇室，而武則天實如趙飛燕、褒姒之將亡唐朝也。此稍難耳。惟一經點破，則易知易明，而趣味盎然。詩用典者亦有之，如

杜甫別房太尉墓詩：「近淚無乾土，低空有斷雲；對棋陪謝傳，把劍覓徐君。」

後二句，一用晉書謝安傳：「謝元（玄避諱改）等破符堅。檄書至，安方對客圍棋，了無喜色。」之事，以贊房太尉。一用說苑：「季札聘晉過徐，心知徐君愛其寶劍。及還，徐君已沒，遂解劍繫其冢樹而去」之事，以說明今番憑弔之至情。

又：春日懷李白詩云：「清新庾開府，俊逸鮑參軍。」

用庾信鮑照之事，以表現李白之才華。

二曰暗用，乃暗用典故，而渾然無跡，乍看不覺，必須深切體會研究乃知。如

宋之問陸渾山莊詩：「源水看花入，幽林採藥行。」

初看只覺平常寫景之詩耳。細嚼乃知上句用陶淵明桃花源記之文，下句乃用龐公鹿門採藥之事。

杜甫奉送二十三舅錄事之攝郴州詩：「去春江上別，淚血渭陽情。」渭陽情乃用詩經秦風秦康公送母舅晉文公之事，以表現自己送舅氏之眞情。其詩曰：「我送舅氏，曰至渭陽。何以贈之，路車乘黃。」

劉長卿過賈誼宅詩云：「秋草獨尋人去後，寒林空見日斜時。」乃暗用賈誼鵩鳥賦：「野鳥入室，主人將去。」及「庚子日斜兮，鵩集予舍。」之事。

王勃滕王閣序：「老當益壯，寧知白首之心；窮且益堅，不墜青雲之志。酌貪泉而覺爽，處涸轍以猶歡。北海雖賒，扶搖可接；東隅已逝，桑榆非晚。」

按前數句暗用後漢書馬援傳：「丈夫爲志，窮當益堅，老當益壯。」與皇甫謐高士傳：吾志在青雲之語。貪泉一句出於晉吳隱之事。吳性廉潔；爲廣州刺史，未至二十里，有地名石門，有水曰貪泉。故老云：「飲此水者廉士皆貪。」隱之至泉所，酌而飲之。賦詩曰：「古人言此水，一歃懷千金，試使夷齊飲，終當不易心。」涸轍出莊子外物篇：「車轍中有鮒魚焉。」北海扶搖，出自莊子逍遙遊之「北溟有魚，……摶扶搖而上者九萬里。」東隅句出自後漢書馮異傳：「可謂失之東隅，收之桑榆。」東隅，東方日出之地，云早晨也。桑榆西方日落之所，借爲晚暮之意。此皆暗用典故，推陳出新者也。

三曰活用：活用者，活用古事也。楊仲弘曰：「用事不可着迹，只使影子可也。雖死事亦當活用。」蓋將古人古事靈活而用之，而不現痕迹也。如

孔稚珪北山移文云：「淚翟子之悲，慟朱公之哭。……將欲排巢父，拉許由……務光何足比，涓

子不能儔。籠張趙於往圖，架卓魯於前錄。」

按翟子即墨子（名翟）也。見素絲而泣，爲其可以黃，可以黑也。朱公即楊朱也，見歧路而哭，謂其可以南，可以北也。巢父許由，皆堯時之高士。堯讓天下與之，皆不受。務光夏末人，湯克桀，以天下讓之，不受而逃。涓子、齊人著天人經四十八篇，隱於宕山。張趙、漢張敞趙廣，俱爲京兆尹，有名望。卓魯、漢卓茂魯恭，並爲循吏。此皆活用之，以暗示周生之徘徊官場，虛僞林情，假令前人而在，必引至巢許之悲泣。……此皆活用其典也。

黃庭堅中秋月詩云：「寒藤老木被光景，深山大澤皆龍蛇。」乃用左傳「深山大澤，實生龍蛇之語。」而活用之。

又詠猩猩毛筆：「平生幾兩屐，身後五車書。」此用阮孚語，（猩猩善飲酒，喜着屐，其毛作筆。）及用莊子「惠施多方。其書五車事。」

四曰反用：反用者，反用典故也。蓋謂「反其意」而用之者。如

李商隱賈生詩：「可憐夜半虛前席，不問蒼生問鬼神。」

此已反其意用之矣。又如

劉長卿過賈誼宅：「漢文有道恩猶薄，湘水無情弔豈知。」誼曾弔屈原於湘水，以反筆書之，更現精神。

【練　習】尋出下列用典之詞，並說明之。

1. 羣季俊秀，皆爲惠連（謝惠連）；吾人詠歌，獨慚康樂（謝靈運）。（李白春夜宴桃李園序）

2. 聞古之人有舜者，其爲仁也，仁義人也。……聞古之人有周公者，其爲人也，多才與藝人也。（韓愈原毀）

3. 世有伯樂，然後有千里馬。千里馬常有，而伯樂不常有。（韓愈雜說四）

4. 昔者孟軻好辯，孔道以明，轍環天下，卒老於行。荀卿守正，大論是宏，逃讒於楚，廢死蘭陵。（韓愈進學解）

5. 其在唐虞，咎陶（皐陶）禹，其善鳴者也，而假以鳴，夔弗能以文辭鳴，又自假於韶以鳴。夏之時，五子以其歌鳴：伊尹鳴殷，周公鳴周……孔子之徒鳴之……莊周以其荒唐之辭鳴，……其亡以屈原鳴，臧孫辰、孟軻、荀卿以道鳴者也。楊朱、墨翟、管夷吾、晏嬰、老聃、申不害、韓非……張儀、蘇秦之屬，皆以其術鳴，……唐之有天下，陳子昂、蘇源明、元結、李白、杜甫、李觀，皆以其所能鳴。（韓愈送孟東野序）

6. 季鷹（張翰）之思吳命駕，果爲秋風；伯鸞之適越登山，以求湊水。（梁鴻）（王勃還冀州別洛下知己序）

7. 光陰難再，子卿殷勤於少卿。（李陵蘇武、同上）

8. 宋微子之興悲，良有以也；袁君山之流涕，豈徒然哉。（駱賓王討武曌檄）

9. 匡衡抗疏功名薄，劉向傳經心事違。（杜甫秋興）

10 關門令尹誰得識（關尹子尹喜，老子授以五千言）河上仙翁去不同（漢、河上翁曾以老子授文帝）且欲近尋彭澤宰（陶淵明），陶然共醉菊花杯。（崔曙九月登望仙台呈劉明府）

11 可憐後主還祠廟，日暮聊爲梁父吟。（杜甫登樓）

12 庾信生平最蕭瑟，暮年詩賦動江關。（杜甫詠懷古跡）

按經史子集、詩文詞曲中用典者不可勝數。其欲排斥用典者，是不明文學之眞義，而暗昧無知者也。

惟，用典過於玄虛，使己使人皆不知，則亦不可。

十、引用法

凡詩文中引用前代之成語，或已成之語句者，謂之引用。其明引語句者，謂之明引，如左傳昭公十三年：左史倚相趨過，王曰：「是良史也，子善視之。是能讀三墳、五典，八索、九丘。」（子革）對曰：「臣嘗問焉，昔穆王欲肆其心，周行天下，將皆有車轍馬跡焉。祭公謀父作祈招之詩，以止王心，王是以獲沒於祇宮。臣問其詩而不知也。……其詩曰：『祈招之愔愔，式昭德音。思我王度，式如玉，式如金；形民之力，而無醉飽之心。』」王揖而入，饋不食，寢不寐，數日，不能自克，以及於難。仲尼曰：「古也有志（誌也）：『克己復禮，仁也。』信善哉。楚靈王若能如是，豈其辱於乾谿。」

蘇軾送人守嘉州詩：「峨眉山月半輪秋，影入平羌江水流」謫仙此語誰解道，諸君見月時登樓。」

子革對楚靈王則引祈昭之詩。孔子論楚靈王則引古誌以證。蘇軾作詩，則引李白之詩以入詩句。此種引用法，在古時之經書，諸子，古志，乃至百家之文集，皆處處有之。蓋論說敍述之文，所以引用經史百家，聖哲之遺言（詩文）者，爲借重前言，以資論說也。此所以吾等讀書，每見「易曰、詩曰，書云，記云，傳曰，子曰……」等詞者也。蓋論說敍述之文，述理必有所據，引用聖賢之佳言，則足以載理而述文矣。故古人語文中常有之。

又有引用聖賢遺文，以意引之，而取其辭句之精義者。如

左傳成公二年：「衆之不可已也。……太誓所謂『商兆民離，周十人同』者，衆也。」按此語在書經泰誓中：「受有億兆夷人，離心離德；予有亂臣十人。同心同德。」此僅取其詞句之精意。又如

韓愈爭臣論：「陽子將爲祿仕乎？古之人有云：『仕不爲貧，而有時乎爲貧』，謂祿仕者也。宜乎『辭尊而居卑、辭富而居貧，若抱關擊柝』者可也。……今陽子之秩祿，不爲卑且貧，章章明矣；而如此，其可乎哉？」按此節取孟子萬章下：「仕非爲貧也，而有時乎爲貧。……爲貧者辭尊居卑，辭富居貧。辭尊居卑，辭富居貧，惡乎宜乎？」之精意。

有時，因原文太長，吾人欲引用之。則可以摘取其精意，或節取其詞句之大意，如以上二則是也。又有引用古人詩文之語，而不指言此詩文，是何人所著，是何詩文者，如

白居易與元九書：「設如『北風其涼』，假風以刺威虐也。（見詩經邶風北風篇）『雨雪霏霏』，因雪以愍征役也。（見詩小雅采薇篇）『棠棣之華』，感華（花）以諷兄弟也。（見小雅常棣篇）『采采芣苢』，美草以樂有子也。（見詩周南芣苢篇）皆興發於此，而義歸于彼。反是者可乎哉？然則『餘霞散成綺，澄江淨如練』，（見謝朓登三山還望京邑詩）『歸花先委露，別葉乍辭風』之什，（見鮑照玩月城西門中廨詩）麗則麗矣，吾不知其所諷焉。……杜詩最多……『朱門酒肉臭，路有凍死骨』之句，（杜甫自京赴奉先縣詠五百字詩）亦不過十三四。」

以上作『　』號者，皆用古人詩句，而爲未說出作者，與作品之名也。（作（　）號者乃余所注明者也。）此謂之暗引法。又如

王安石春風詩：「春風過柳綠如繰，晴日蒸紅出小桃。」蒸紅二字乃暗用韓愈桃源圖詩：「種桃處處唯開花，川原遠近蒸紅霞。」之詞語。

故引用法中，尚可不引作者作品之名，而直用其句，並化其句爲吾人詩文之句者。此在古人詩文中亦常有之。祇要留心，即能隨處發現矣。如歐陽修五代史一行傳敍：「嗚呼！吾代之亂極矣；傳所謂「天地閉、賢人隱」（易坤文言）當此之時，臣弒其君、子弒其父（用孟子滕文公下之文而稍變之）……況世變多故，而君子道消（用易經否卦之文）之時乎……五代之際，君不君，臣不臣，父不父，子不子。（用論語孔子答齊景公語）……作一行傳」此文已將引用之語化爲己文矣。又如

周密齊東野語：「當史丞相彌遠用事，選人改官，多出其門。制閫大宴，有優爲衣冠者數輩，皆稱孔門弟子，相與言『吾儕皆選人』。遂各言其姓，曰：『吾爲常從事。（按論語泰伯篇：昔者吾友嘗（常）從事於斯矣）吾爲於從政（按子路篇苟正其身矣，於從政乎何有？）吾爲吾將仕。（按陽貨篇孔子曰諾吾將仕矣）吾爲路文學（按先進篇：政事、冉有季路，文學，子游子夏）』別有二人出，曰：「吾宰予也，夫子曰：『於予與改』（公冶長篇）可謂僥倖」，其一曰：「吾顏回也，夫子曰：『回也不改』，吾爲四科之首而不改，汝何爲獨改？」曰：「吾鑽故改；汝何爲不鑽？」曰：「吾非不鑽，而鑽彌堅耳。」（按子罕篇顏淵喟然嘆曰：仰之彌高，

鑽之彌堅。）曰：「汝之不改宜也，何不鑽彌遠（史彌遠）乎？」（雙關）。

此種引用法，或離析文義，或割截文體，以成其詼諧諷刺焉。至於詩之集句，全篇盡集古人之詩。此始於西晉傅咸。（見趙吉士寄園寄所寄卷四撚鬚寄詩原篇引稗史云：「晉傅咸作集經詩……乃集句之始。」今漢魏六朝百三家集中可見傅氏有集論語、集毛詩、集周易、集左傳之詩）至宋王安石尤喜爲之。至清黃唐堂集九百餘首詩，而成香屑集。亦頗有可觀。集古人文句，而成文者亦有之，如李鼎祚周易集解序多積易經文句以成文。惟此類之文不多見耳。

【練　習】指出下列引用語，並試引用古文數則作論說文一篇。

1. 仲尼曰：「善哉！政寬則民慢，慢則糾之以猛。猛則民殘，殘則施之以寬。寬以濟猛，猛以濟寬。政是以和。詩曰：民亦勞止，汔可小康。惠此中國，以綏四方。施之以寬也。毋從詭隨，以謹無良，式遏寇虐，慘不畏明。糾之以猛也。柔遠能邇，以定我王，平之以和也。又曰：不競不絿，不剛不柔，布政優優，百祿是遒。和之至也。及子產卒，孔子聞之，出涕曰：古之遺愛也。」（春秋左氏傳）
2. 曾子有疾，召門弟子曰：「啓予足，啓予手。詩云戰戰兢兢，如臨深淵，如履薄冰。而今而後，吾知免夫。小子」。（論語、泰伯）
3. 先生光武之故人也。相尚以道。……在蠱之上九（易蠱卦上九曰：不事王侯、高尙其事。）衆方有爲，而獨不事王侯；高尙其事。先生以之。在屯之初九（磐桓、利居貞、利建侯。）陽德方亨，而能以貴下賤；大得民也。光武以之。（范仲淹嚴先生祠堂記）
4. 吾聞君子不欲加諸人，而惡訐以爲直者。（韓愈爭臣論參見論語公冶長陽貨二篇）

十一、擬倣法

凡模仿語文既成之形式，比擬發揮而另作者曰擬倣。擬倣之工者頗佳；初學作文者，亦或有從此入手者。亦有仿擬古時語文，以爲玩笑取樂者。倣擬之詞，或仿其句法，或仿其調。如陸機擬古詩十九中之行行重行行。與青青河畔草。

悠悠行邁遠，戚戚憂思深。此思亦何思，思君徽與音。音徽日夜離，緬邈若飛沉……佇心想萬里沈憂萃我心。攬衣有餘帶，循形不盈衿。去去遺情累，安處撫清琴。（擬行行重行行）

靡靡江離草，熠燿生河側，皎皎彼姝女，阿那當軒織。……空房來悲風，中夜起歎息。（擬青青河畔草）

此則擬其調也。在昭明文選中，特創雜擬一體，足以見古人擬效者頗多也。至於「和詩」亦與此相類。至於擬句者，此在古今語文中，亦頗多：

班固幽通賦：「天造草昧，立性命兮。」乃用易經屯卦：「天造草昧，宜建侯而不寧」以倣擬之。

司馬相如上書諫獵：「蓋聞明者遠見於未萌，而智者避危於无形。」乃倣效自太公金匱：「明者見兆於未萌，智者避危於無形。」

枚乘上書諫吳王：「臣聞得全者昌，失全者亡。……」史記淳于髡說鄒忌子曰：「得全全昌，失全全亡。」類似。蓋亦擬效之類也。（見昭明文選李善注引）

曹植與楊德祖書：「定仁義之衷，成一家之言。……雖未能藏之於名山，將以傳之於同好。」乃倣自司馬遷報任少卿書：「亦欲以究天人之際，通古今之變，成一家之言。……藏之名山，傳之其人。」又史記孟荀列傳：「持方柄欲內圓鑿，其能入乎？」乃仿自宋玉九辯「圜鑿而方柄兮，吾固知其鉏鋙而難入。」

古人之名文，或名詩，皆出之於鍛鍊。而鍛鍊之始，多先揣摩古人之詩文。及學之既久，由熟練而倣擬，而創作。此亦古人創作之一途也。今觀古今詩文中，往往有相似相因者，咸以此故也。至於因詼諧滑稽而擬效古人之詩文，以爲玩笑取樂者，亦所在多有焉。如

王闢之澠水燕談錄：「貢父（劉攽）晚苦風疾，鬢眉皆落，鼻梁且斷。一日與子瞻（蘇軾）數人小酌，各引古人語相戲，子瞻戲貢父云：『大風起兮眉飛颺，安得壯士兮守鼻梁。』座中大噱，貢父恨悵不已。」按：此乃倣效漢高祖大風歌：「大風起兮雲飛揚，威加海內兮歸故鄉，安得猛士兮守四方。」之首尾兩句也。

梁章鉅制義叢話二十四載：「某秀才喜看盲詞。適屆歲考場中命題係「子曰：『赤之適齊也……與之粟九百，辭。』」遂援筆立就，其文曰：「聖人當下開言說，你今在此聽分明。公西此日山東去，裘馬翩翩好送行。自古道：雪中送炭爲君子，錦上添花是小人。豪華公子休提起，再表爲官受祿身。爲官非是別一個，堂堂縣合姓原人。得了俸米九百石，堅辭不要半毫分。」案出，以不遵功令置劣等。」（案此倣「論語雍也篇，子華使於齊章」以爲盲詞也。命彼爲文，

彼竟效盲詞之調，以說書之姿態出現。故其爲劣等也宜。）

又小說中頗多此種體裁。如鏡花緣第八十七回：

春輝道：「我因今日飛鞋這件韻事，久已想要替他描寫。描寫難得有這『巨屨』二字，意欲借此摹倣幾部書，把他表白一番。姊姊可有此雅興？」題花道：「如此極妙，就請姊姊先說一個。」春輝道：「我仿宋玉九辯：獨不見巨屨之高翔兮，乃墮卞氏之圃。」（原文見楚辭集註）題花道：「我仿反離騷：巨屨翔於蓬渚兮，豈凡屨之能捷？」（揚雄反離騷：鳳凰翔於蓬渚兮，豈駕鵝之能捷？）玉芝道：「我仿賈誼賦：巨屨翔於千仞兮，歷青霄而下之。」（賈誼弔屈原賦：鳳凰翔於千仞兮，覽德輝而下之。）小春道：「我仿宋玉對楚王問：巨屨上擊九千里，絕雲霓，入青霄，飛騰乎杳冥之上，夫凡庸之屨，豈能與之料天地之高哉？」（原文：鳳凰上擊九千里，絕雲霓，負蒼天，足亂浮雲，翱翔乎杳冥之上，夫藩離之鷃，豈能與之料天地之高哉？）……此皆倣句也。

又鏡花緣八十三回：紫芝取出一塊醒木道：「妹子大書甚多，如今先將『子路從而後』至『見其二子焉』這段書說給大家聽聽。」於是把醒木朝卓上一拍道：「列位壓靜聽，在下且把此書的兩句題綱念來：『遇窮時師生錯路，情殷處父子留賓。』又把醒木一拍道：「只爲從師濟世，誰知反宿田家，半生碌碌走天涯，到此一齊放下。鷄黍殷勤款洽，主賓情意堪嘉。山中此夕莫嗟訝，師弟睽違永夜。」又把醒木一拍道：「話說那子路在楚蔡地方，被長沮桀溺搶白了一番，心中悶悶不樂。迤邐行來，見那道旁也有耕田的，鋤草的；老的老，少的少。觸動他一片濟世的心腸，脚步兒便步得遲了。抬起頭來，不見了夫子的車輛，正在慌張之際，只見那道旁來了一位老者：頭戴范陽氈帽，身穿藍布道袍，手中拏着拄杖，杖上挂着鋤草的家伙。子路便問道：『老丈，你可見我的夫子麽？』那老者定睛把子路上下一看道。『客官，我看你肩不能挑，手不能提，識不得芝麻，辨不得菉豆，誰是你的夫子？』老者說了幾句，把杖來揷在一邊，取了家伙，自去耘田去了。」又把醒木一拍道：「列位，大凡遇見年高有德的人，須當欽敬……那子路畢竟是聖人的高徒，……那老者耘田起來，對着子路說：『客官，你看天色晚下來了，舍間離此不遠，何不草榻一宵？』子路說：『怎好打攪？』於是老者在前，子路在後，逕至門首，逕至中堂。宰起鷄來，煑起飯來。喚出他兩個兒子，兄先弟後，彬彬有禮，見了子路。唉，可憐子路半世在江湖上行走，受了人許多怠慢。今日餚饌雖然不豐，卻也慇懃款待，十分盡禮。不免飽餐一頓，蒙被而臥。正是『山林惟識天倫樂，廊廟空懷濟世憂』畢竟那老者姓甚名誰，夫子見與不見，下文交代。……」

此段係做「論語微子篇子路從而後章」，以說書之姿態，演述其義，發揮其文。此乃做調也。此在小說，或古代說書者，頗多。佛經變文（參見廿一頁），亦採此種形式。蓋爲說經義，以使未讀書之大衆，亦能了解經義。故多用此調也。歷代通俗演義，亦似此。

【練　習】擬效下列詞句

1. 仰觀宇宙之大，俯察品類之盛。（王羲之蘭亭集序）

2. 落霞與孤鶩齊飛，秋水共長天一色。（王勃滕王閣序）（庾信馬射賦：「落花與芝蓋齊飛，楊柳共春旗一色。」）

3. 哀吾生之須臾，羡長江之無窮；挾飛仙以敖遊，抱明月而長終。（蘇軾赤壁賦）

4. 試擬古詩十九首之庭中有奇樹：「庭中有奇樹，綠葉發華滋。攀條折其榮，將以遺所思。馨香盈懷袖，路遠莫致之。此物何足貢，但感別經時。」

十二、互文法

凡將意思相同之詞面，略爲抽動，使語文前後不同者曰互文。如顧炎武日知錄卷廿四：「易（蠱卦）『幹父之蠱，有子考无咎。』言父，又言考。（考、父也）書（仲虺之誥）：『予恐來世，以台爲口實。』言予，又言台。（台、予也）……皆互辭也。」又如

書經大誥：「我有大事休，朕卜並吉」按朕亦我也。

詩經邶風：「人涉卬否，卬須我友」按卬亦我也。

左傳：「爾用而先人之治命」按，爾而皆汝也。

莊子山木篇：「彼其道幽遠而無人，……吾無糧，我無食，安得而至焉。」吾無糧，我無食，互文。

舊約箴言：「好施捨的，必得豐裕；滋潤人的，必得滋潤。」施捨於人與滋潤人同，豐裕與滋潤

，又同。皆互文也。

禮記祭統：「王后蠶於北郊，以供純服……夫人蠶於北郊，以供冕服。」鄭玄注：「純服亦冕服也。互言之爾。」

禮記表記：「仁有數，義有長短小大。」鄭注：「數與長短小大，互言之耳。」

詩經葛生：「葛生蒙楚，蘞蔓于野。予美亡此，誰與獨處。」孔氏正義云：「此二句互文而同興。」按葛草蔓延而生，蘞亦蔓延而生。此一言蔓，一言生，正互文也。

【練　習】指出下列之互文，並仿之以造句。

1. 「我倉既盈，我庾維億。」（詩小雅楚茨）
2. 「創巨者，其日久；痛甚者，其愈遲。」（創、傷也，荀子禮論篇）
3. 何其處也，必有與也。何其久也，必有以也。（詩邶風旄丘）
4. 吾王不遊，吾何以休。吾王不豫，吾何以助。（豫、亦遊也，孟子梁惠王篇）
5. 趙以七敗之餘，收破軍之弊。（國策趙策）
6. 以戎車待游車之弊，戎士待臣妾之餘。（管子小匡篇）（王念孫經義述聞周禮：「弊亦餘也。」）

十三、錯綜法

將語詞排列之次序，交錯而參差之，以造成詞位之變化，而構成文義之新穎，語氣之崢嶸者，謂之錯綜。如淮南子主術篇：「疾風而波興。木茂而鳥疾。」本應作風疾、木茂；或疾風、茂木。今作疾風、木茂，變更其語次，則讀來語氣更爲峥嶸可悅矣。又如論語鄉黨篇：「凶服者式（軾也、車前橫木，有所敬則俯而憑式，以示敬也）之。式負版者。……迅雷風烈，必變。」上言「凶服者式之。」下不言「負版者式之。」而言「式負版者。」亦在錯綜，以求變化也。「迅雷風烈。」不稱「迅雷烈風」亦在錯綜，以求語氣之變化。餘如

戰國策齊策：「猿獼猴錯木據水則不若魚鼈，歷險乘危則騏驥不如狐狸。」騏驥不在歷險乘危之上，所以求錯綜也。

李商隱贈鄭相井歌姬詩：「裙拖六幅湘江水，鬢聳巫山一段雲。」不言一段巫山雲者，在求蹉對，以成錯綜之勢。

王介甫（安石）晚春詩：「春殘夜密花枝少，睡起茶多酒盞疏。」藝苑雌黃云：「此一聯以密字對疏字，以多字對少字。正交股用之。所謂蹉對法也。」（據漁隱叢話後集二十五所引）

孟子梁惠王上：「王何必曰利，亦有仁義而已矣。……王亦曰仁義而已矣，何必曰利。」此句子之錯綜也。

韓愈羅池神廟碑：「春與猿吟兮，秋鶴與飛。」本應作「秋與鶴飛」而作「秋鶴與飛」者正錯綜以取勢耳。

【練　習】挑出下列錯綜之字句

1. 髡曰：「今者臣從東方來，見道旁有穰田者：操一豚蹄，酒一盂。祝曰……五穀蕃熟，穰穰滿家。」（史記滑稽列傳）

2. 附枝大者賊本心，私家盛者公室危。（漢書蕭望之傳雨雹疏）

3. 吉日兮辰良……蕙肴蒸兮蘭藉。（王逸注：「蕙肴、以蕙草蒸肉也。藉所以藉飯食也。」）奠桂酒兮椒漿。（王注：「桂酒切桂以置酒中也。椒漿，以椒置漿中也。見楚辭九歌東皇太一）

4. 安身功立，無愧於國家可也。（韓愈太原王君墓誌銘）

5. 行宮見月傷心色，夜雨聞鈴腸斷聲。（白居易長恨歌）

十四、參差法

參差者，將長句短語，交相錯雜，以使語文變化者也。如韓愈送孟東野序：「大凡物不得其平則鳴。草木之無聲，風撓之鳴；水之無聲，風蕩之鳴，其躍也或激之，其趨也或梗之，其沸也或炙之。（以上四句，述水而三句，句法變化。）金石之無聲，或擊之鳴。」長句短句參差排列，則語文有變化，而不呆滯。又如墨子非攻：「今有一人，入人園圃，竊其桃李；衆聞則非之，上爲政者得則罰之，此何也？以虧人自利也。至攘人犬豕鷄豚者，其不義又甚入人園圃竊桃李，是何故也？以虧人愈多，其不仁茲甚，罪益厚。至入人欄廄，取人馬牛者，其不義又甚攘人犬豕鷄豚。此何故也？以其虧人愈多，其不仁茲甚，罪益厚。至殺不辜人也……以其虧人愈多。苟虧人愈多，其不仁茲甚矣，罪益厚。

「以虧人愈多，其不仁茲甚，罪益厚。」有三層寫法，而逐層字數增多，卽爲求語句參差以求變化也。「此何也」「此何故也」亦然。至於「此何故也」與「是何故也」則互文也。（是，此也。）餘例如：

禮記禮運：「故人不獨親其親，不獨子其子。使老有所終，壯有所用，幼有所長，矜寡孤獨廢疾者皆有所養。男有分，女有歸。」矜寡孤獨廢疾者，不分開述，而總述之，亦求句法參差變化也。

孟子告子：「是故以堯爲君而有象，以瞽瞍爲父而有舜，以紂爲兄之子且以爲君而有微子啓、王子比干。」第三句增字，以求句子之參差變化。

舊約創世紀：「約瑟是多結果子的樹枝，是泉旁多結果子的樹枝；他的枝條探出牆外。」第二句多泉旁三字，以說明之，且求參差變化也。

【練　習】**指求下列參差之句**

1 夏宜急雨，有瀑布聲；冬宜密雪，有碎玉聲。宜鼓琴，琴調和暢；宜詠詩，詩韻清絕。宜圍棋，子聲丁丁然；宜投壺，矢聲錚錚然。（王禹偁黃岡竹樓記）

2 轍之來此，於山見終南嵩華之高，於水見黃河之大且深，於人見歐陽公。……（蘇轍上樞密韓太尉書）

3. 將學于今，則慮成淺陋；將學于古，則懼不得取名于世。（穆脩答喬適書）

4. 他們如石頭寂然不動，等候你的百姓渡過去，等候你所救贖的百姓渡過去。（舊約、出埃及記）

十五、變更法

變更者，將句法變更也。如上句爲肯定句，下句則用否定句，或感嘆句，或疑問句也。如孟子梁惠王：「孟子見梁惠王。王立於沼上，顧鴻鴈麋鹿，曰：『賢者亦樂此乎？』孟子對曰：『賢者而後樂此，不賢者雖有此不樂也。』」原爲疑問句，後爲肯定句。又「古之人與民偕樂，故能樂也。湯誓曰：『時日害喪？予及汝偕亡。』民欲與之偕亡，雖有臺池鳥獸，豈能獨樂哉？」前爲肯定句。後爲疑問句。餘例如

姚鼐復魯絜非書：「接其人，知爲君子矣；讀其文，非君子不能也。」由肯定句而變爲否定句。

紅樓夢第二十回：「那些老婆子們都老天拔地，伏侍了一天，也該叫他們歇歇。小丫頭也伏侍了一天，這會子還不叫他們玩玩（頑頑）去麼？」由肯定變疑問。

【練　習】以上述四種辭格，分析下篇文章。

（案以上四種辭格——互文、錯綜、參差、變更，陳望道修辭學發凡，則統謂之錯綜。本文爲便於敍述，故分爲四。實則此四者常交互出現於文章之中也。）

鄒忌脩八尺有餘，而形貌昳麗。朝服衣冠，窺鏡。謂其妻曰：「我孰與城北徐公美？」其妻曰：「君美甚，徐公何能及君也！」城北徐公，齊國之美麗者也。忌不自信，而復問其妾曰：「吾孰與徐公美？」妾曰：「徐公何能及君也！」旦日，客從外來，與坐談，問之：「吾與徐公孰美？」客曰：「徐公不若君之美也。」明日，徐公來，熟視之，自以爲不如。窺鏡而自視，又弗如遠甚。暮寢而思之，曰：「吾妻之美我者，私我也。妾之美我者，畏我也。客之美我者，欲有求於我也。」於是入朝，見威王曰：「臣誠不如徐公美，臣之妻私臣，臣之妾畏臣，臣之客欲有求於臣，皆以美於徐公。今齊地方千里，百二十城。宮婦左右莫不私王，朝廷之臣莫不畏王，四

境之內莫不有求於王。由此觀之，王之蔽甚矣。」王曰：「善！」乃下令：「羣臣吏民能面刺寡人者，受上賞。上書諫寡人者受中賞。能謗譏於市朝，聞寡人之耳者，受下賞。」令初下，羣臣進諫，門庭若市。數月之後，時時而閒進；朞年之後，雖欲言無可進者。燕趙韓魏聞之，皆朝於齊，此所謂戰勝於朝廷。（戰國策齊策）

十六、頂眞法

頂眞者以前句之結尾詞，爲後句之起詞（開端詞）者也。此種修辭法，可使前後銜接，語氣蟬聯及文意緊湊。如李白送劉十六歸山之白雲歌：「楚山秦山皆白雲。白雲處處長隨君。長隨君，君入楚山裏，雲亦隨君渡湘水。湘水上，女羅衣，白雲堪臥君早歸。」白雲、長隨君、湘水，皆首尾頂接，其氣一貫。又如戰國策燕策「軻既取圖奉之，發圖，圖窮而匕首見。因左手把秦王之袖，而右手揕抗之。未至身，秦王驚，自引而起，絕袖拔劍。劍長，操其室。時怨急，劍堅，故不可拔。荊軻逐秦王，秦王還柱而走，羣臣驚愕，……是時侍醫夏無且以其所奉藥囊提軻，左右乃曰：「王負劍」。王負劍，遂拔以擊軻，斷其左股。荊軻廢，乃引其匕首提秦王，不中，中柱。……軻自知事不就，倚柱而笑。……」此文中「圖」、「劍」、「秦王」、「王負劍」、「中」此五處皆頂眞也。將荊軻刺秦王之緊張局面，描繪逼眞，宛如親見。以上二例皆句之蟬連也。亦有章與章之蟬連，使章與章之間，語氣聯貫，文義頂接，而描寫逼眞者。如曹植贈白馬王彪詩：

「謁帝承明廬，逝將歸舊疆。清晨發皇邑，日夕過首陽。伊洛廣且深，欲濟川無梁。汎舟越洪濤，怨彼東路長。顧瞻戀城闕，引領情內傷。太谷何寥廓，山樹鬱蒼蒼。霖雨泥我塗，流潦浩縱橫。中逵絕無軌，改轍登高岡。修坂造雲日，我馬玄以黃。

玄黃猶能進，我思鬱以紆。……蒼蠅閒白黑，讒巧令親疏。欲還絕無蹊，攬轡止踟躕。

踟躕欲何留？相思無終極。秋風發微涼，寒蟬鳴我側。……感物傷我懷，撫心長太息。

太息將何為？天命與我違。……人生處一世，去若朝露晞。……自顧非金石，咄唶令心悲。

心悲動我神，棄置莫復陳。丈夫志四海，萬里猶比鄰。……憂思成疾疢，無乃兒女仁。倉卒骨肉情。能不懷苦辛。

苦辛何思慮？天命信可疑。……王其愛玉體，俱享黃髮期。收淚即長路，援筆從此辭。」餘如大雅既醉：「既醉以酒，爾殽既將。君子萬年，介爾昭明。（第二章）昭明有融，高明令終。令終有俶，公尸嘉告。（第三章）其告維何，籩豆靜嘉。朋友攸攝，攝以威儀。（第四章）威儀孔時，君子有孝子。孝子不匱，永錫爾類。（第五章）其類維何……（第六章）其胤維何。（第七章）其僕維何（第八章）」或句與句之間，或章與章之間皆有頂真之辭格。

【練　習】 找出頂真之辭格，能模倣，則模倣之。

1. 力拔山兮氣蓋世，時不利兮騅不逝。騅不逝兮可奈何？虞兮虞兮奈若何。（項羽垓下歌）
2. 天下之佳人，莫如楚國；楚國之麗者，莫若臣里。臣里之美者，莫若臣東家之子。（宋玉登徒子好色賦）
3. 青青河畔草，緜緜思遠道。遠道不可思，宿昔夢見之。夢見在我旁，忽覺在他鄉。他鄉各異縣，展轉不相見。

……長跪讀素書，書中竟何如。上言加餐食，下言長相憶。（蔡邕飲馬長城窟行）

4.三日不能，至五日；五日不能，至七日。七日不能，是終不肯徙也。（韓愈祭鱷魚文）

十七、聯鎖法

以連環相扣，首尾相接之句法，論述事理之眞象，而形成旺盛之語勢者，謂之聯鎖。此類辭格，與頂眞相似。惟此類辭格，多用於推理，句與句間有連環因果之關係。如孟子告子篇：「然則犬之性，猶牛之性。牛之性，猶人之性與？」犬之性，牛之性，人之性，一層一層推演，如環之無端。又如莊子人間世：「夫道不欲雜，雜則多，多則擾，擾則憂，憂而不救。」荀子禮論篇：「人生而有欲。欲而不得，則不能無求；求而無度量分界，則不能不爭。爭則亂，亂則窮。」大學：「故至誠無息，不息則久，久則徵，徵則悠遠，悠遠則博厚，博厚則高明。」皆自上而下，層層闡述，推原竟委。一氣蟬聯。以之而推理，則理明辭達，有筆陣縱橫之妙。

【練　習】找出下列語句中，聯鎖之修辭法，且試倣效之：

1.丘聞之：忠有九知：知忠必知中，知中必知恕，知恕必知外，知外必知德，知德必知政，知政必知官，知官必知事，知事必知患，知患必知備。（大戴禮孔子三朝記）

2.人有福，則富貴至。富貴至，則衣食美。衣食美，則驕心生。驕心生，則行邪僻而動棄理。行邪僻，則身夭死。動棄理，則無成功。（韓非子解老篇）

3. 夫寸生於標，標生於形，形生於景，景生於日，此度之本也。樂生於音，音生於律，律生於風，此聲之宗也。（淮南子主術篇）

4. 夫不好問者，由心之不能虛也。心之不虛，由好學之不誠也。（劉開問說）

5. 吾知其非不能也，不行也；亦非不行也，不知也。（國父心理建設自序）

十八、倒裝法

凡顚倒語文詞句之次序，以加強語氣，美化句法或押韻者，曰倒裝。可分兩類：一曰順文倒裝，如孟子萬章上：「仁人固如是乎？在他人則誅之，在弟則封之。」如不倒裝，仁人固如是乎，當在最後。今倒裝之。則語勢更壯，足以喚起讀聽者之注意矣。

戰國策趙策：「吾將使梁及燕助之，齊楚固助之矣。」如不倒裝，應言齊楚固助之矣，吾將使梁及燕助之。

禮記檀弓上：「伯魚之母死，期而猶哭。夫子聞之曰：『誰與？哭者。』門人曰：『鯉也。』本當作哭者誰與？（與、歟也）倒裝之，則語勢加壯。

左傳閔元年：士蔿曰：「太子不得立矣。分之都城，而位以上卿；先爲之極，又焉得立。不如逃之，無使罪至。爲吳太伯，不亦可乎？猶有令名，與其及也。」楊樹達古書疑義舉例續補云：「此文順言之，『與其及也。』一句，當在『不如逃之。』以上。」今倒裝之，則文勢穩重。

王維觀獵詩：「風勁角弓鳴、將軍獵渭城。」順言當作將軍獵渭城，風勁角弓鳴。今倒裝之，則語氣加重，而詩意決然。

魏徵述懷詩：「古木鳴寒鳥，空山啼夜猿。」本當作古木寒鳥鳴，空山夜猿啼。今倒之，則語氣加重。而詩句變美矣。

二曰變言倒裝。如

左傳昭公十九年：「其一二父兄私族於謀，而立長親。」本當作謀於私族。今倒裝之，則文勢加重矣。

左傳昭公十九年：「諺所謂：『室於怒，市於色。』者，楚之謂矣。」順言當爲：怒於室，色於市。

大雅靈臺：「於論鼓鐘，於樂辟雝。」鼓鐘本當云鐘鼓，而倒裝者，爲與雝押韻也。

小雅常棣：「妻子好合，好鼓瑟琴。兄弟既翕，和樂且湛。」瑟琴，本當云琴瑟，而倒裝之者，爲與「湛」押韻也。

史記樂毅列傳：「薊邱之植，植於汶篁。」本當作汶篁之植，植於薊邱。倒裝之，以喚起讀聽者之注意。

江淹恨賦：「孤臣危涕，孽子墜心。」本當作墜涕危心。倒裝之，則語氣重，而詞句美矣。

杜甫和興詩：「紅豆啄餘鸚鵡粒，碧梧棲老鳳凰枝。」本當作鸚鵡啄餘紅豆粒，鳳凰棲老碧梧枝。倒裝之，則語勢重而詩句美矣。

詩邶風雄雉篇：「雄雉于飛，下上其音。展矣君子，實勞我心。」本當作上下其音。

【練　習】挑出下列倒裝句法。並說明其故。

1. 羣臣失禮而弗誅，是縱過也。有以也夫，平公之不霸也。（淮南子齊俗訓）
2. 桓公外舍而不鼎饋，中婦諸子謂宮人：「盍不出從乎？君將有行。」（管子戒篇）
3. 且虞能親於桓莊乎？其愛之也，桓莊之族何罪，而以為戮，不唯偪乎？親以寵偪，猶尚害之，況以國乎？（左傳僖公五年）
4. 天闕象緯逼，雲臥衣裳冷。（杜甫遊龍門奉先寺詩）
5. 愎諫違卜，固敗是求。（左傳僖公十五年）
6. 使人意奪神駭，心折骨驚。（江淹別賦）
7. 釀泉為酒，泉甘而酒冽。（歐陽修醉翁亭記）
8. 苻堅曰：「吾始今知天下之有法。」（資治通鑑苻堅喜王猛誅豪強事）
9. 留侯本招此四人之力。（史記高祖本紀言四皓定太子事）
10. 反乃爵以通侯。（見權德輿論光武封子寧事）
11. 水火吾見蹈而死者矣，未見蹈仁而死者也。（中庸）
12. 盆成括仕於齊，孟子曰：「死矣！盆成括。」（孟子盡心下）
13. 少頃，東郭牙至。管子曰：「子耶，言伐莒者？」（呂氏春秋重言篇）
14. 亦太甚矣，先生之言也。（史記魯仲連傳）

15是非古之風也，發發者；是非古之車也，揭揭者。（漢書王吉傳）
16蓺麻如之何？衡從其畝；娶妻如之何？必告父母。（詩齊風南山）
17翼翼聖慈，惠我黎蒸。（漢溧陽長潘校官碑）
附註：吳玉搢金石存卷九云：「此倒用蒸黎字以押韻。」

十九、跳脫法

語文或因特殊之情境，或因事象之突出，或爲心思之急轉，而中間脫略文句者，曰跳脫。此類文句雖形式，或有殘缺，語氣似有中斷，然正以表現緊湊之文勢，與急迫之情景也。如

史記漢高祖本紀：「五年，諸侯及將相，相與共尊漢王爲皇帝。漢王三讓，不得已，曰：『諸君必以爲便便國家……。』甲午，乃卽皇帝位汜水之陽。」在「便便國家」下，忽跳脫不言。使讀者自己領悟。（我卽皇帝位。）如此又省筆墨，又能將漢王當時之境況描寫出來，文筆簡練至極。此條楊樹達氏謂之囁嚅。

禮記檀弓：「晉獻公將殺其世子申生，公子重耳謂之曰：『子盍言子之志於公乎？』世子曰：『不可。君安驪姬——是我傷公之心也。』在「君安驪姬。」下，忽然跳脫數句（吾若言吾之志於公，則驪姬必死。驪姬死，則君不安矣。君不安，）而緊接下文。使文句緊湊而有力。

禮記檀弓：「子夏喪其子而喪其明，曾子弔之曰：『吾聞之也，朋友喪明，則哭之。』曾子哭。

子夏亦哭。曰：『天乎，予之無罪也！』曾子怒曰：『商！女何無罪也，吾與女事夫子於洙泗之間，退而老於西河之上；使西河之民，疑女於夫子，爾罪一也。喪爾親，使民未有聞焉，爾罪二也。喪爾子，喪爾明，爾罪三也。而曰：『——。』女何無罪與？」曰以下跳脫「予無罪」一句，益使文筆老練。

左傳莊公二十二年「——敢辱高位？以速官謗。」「敢」字，上跳脫一「豈」字，意即豈敢辱高位，以速官謗邪？跳脫一字，益顯說者之「不敢居高位」。

公羊傳隱公元年：「——如勿與而已矣。」「如」字上跳脫一「不」字。（見俞曲園古書疑義舉例）

【練　習】指出下列跳脫之句。並說明其故。

1. 晉侯賞從亡者。介之推不言祿，祿亦弗及。其母曰：「亦使知之，若何？」對曰：「言，身之文也；身將隱，焉用文之？是求顯也。」（左傳僖公廿四年）

2. 孟之側（卽論語孟之反也）後入，以爲殿，抽矢策其馬曰：「——（以上跳脫一句，參考論語雍也篇）馬不進也。」（左傳哀公十一年）

3. 馮唐者，其大父趙人，父徙代。唐以孝著，爲中郎署長。文帝輦過，問唐曰：「父老何自爲郎？家安在？」唐具以實對。文帝曰：「吾居代時，尙食監高祛數爲我言趙將李齊之賢，戰於鉅鹿下。今吾每飯，意未嘗不在鉅鹿也。父知之乎？」唐對曰：「尙不如廉頗李牧之爲將也。」上旣聞廉頗李牧爲人良，說（悅）而搏髀曰：「嗟乎！吾獨不得廉頗李牧時爲將。——（跳脫一句）吾豈憂匈奴哉！」（史記馮唐傳）

4.竇皇后兄竇長君，弟曰竇廣國。……於是竇后持之而泣，泣涕交橫下。侍御左右皆伏地泣，助皇后悲哀。（文帝）乃厚賜田宅金錢，封公昆弟，家於長安。絳侯（周勃）灌（嬰）將軍等曰：「吾屬不死，命且懸此兩人。兩人所出微，不可不爲擇師傅賓客，——（此上跳脫一句）又復效呂氏大事也。」（按呂后兄弟呂祿等人既貴重，遂有諸呂之亂，此事由周勃等人平定。此事剛完不久，又封外戚。故周等言若此。見史記外戚世家。）

5.故有國者不可以不知春秋，——（跳脫一句）前有讒而弗見，後有賊而不知。爲人臣者不可以不知春秋。——守經事而不知其宜，遭變事而不知其權。（史記太史公自序）

6.自反而不縮，雖褐寬博，吾不惴焉。（孟子公孫丑上）

以上所論皆文章之跳脫。詩詞、樂府、小說亦頗有跳脫者，學者隨時觀察，定能發現。清魏禧於其所書日錄論文中云：「又嘗論古樂府以跳脫斷缺爲古，是已。細求之，語雖不倫，意却相屬。但章法妙，人不覺耳。然竟有各成一段，上下意絕不相屬者；却增減他不得，倒置他不得。此是何故？蓋意雖不屬，而其節之長短起伏，合之自成片段，不可得而亂也。……知此者可與讀文矣。」此言眞可謂得跳脫之眞髓者也。

二十、岔斷法

爲使文氣緊湊，在尙未敘完之時，而突受他事岔斷，遂使上下文似不能連屬者曰岔斷。一曰憂止。（見楊樹達中國修辭學）如

史記項羽本紀：「項王留沛公與飮。項王項伯東嚮坐，亞父南嚮坐。——亞父者，范增也。——沛公北嚮坐。張良西嚮侍。范增數目項王，擧所佩玉玦以示之者三。項王默然不應。」在敘述

筵席位次時，突以「亞父者范增也」一句岔斷，而補充說明之。（按此以自釋而岔斷也）

左傳襄公廿五年：「叔孫宣伯之在齊也，叔孫還納其女於靈公，嬖，生景公。丁丑，崔杼立而相之，慶父爲左相，盟國人於太宮曰：『所不與崔慶者——』晏子仰天嘆曰：『嬰所不唯忠於君，利社稷者是與，有如上帝！』乃歃。」杜預注云：「盟書云：『所不與崔慶者，有如上帝。』讀書未終，晏子抄答易（變更也）其辭，因自歃。」崔杼慶父之盟辭未終，而爲晏子所岔斷。以此語，狀（描寫）晏子忠君之心，昭若日月。眞絕妙好文也。

尚書立政篇：「周公若曰：拜手稽首，告嗣天子王矣。用咸戒於王，曰：『王左右常伯、常任、準人、綴衣、虎賁——』周公曰：『嗚呼！休茲！知恤鮮哉！』」述官名未畢，而周公忽言以岔斷上文而轉下文。

按清閻若璩古文尚書疏證卷一云：王恭簡樵云：「周公以立政之道以人爲本，是以率羣臣將有言於王，而贊之曰：『拜手稽首告嗣天子王矣，』羣臣皆用而進戒曰：『王牧民之臣，有牧民之長曰常伯，有任事之公卿曰常任，有守法之有司曰準人。三事之外，掌服器者曰綴衣。掌禁衞者曰虎賁。——』羣臣之辭未畢，周公歎息言曰：『美矣此官！然知憂得其人者少哉！』」周公與羣臣之言錯互相足，（忽插入周公之語，以岔斷上文，而轉下文）古書無此體，蓋史官在旁親見而記之，所謂堪畫者也。」

左傳襄公四年：魏絳曰：「諸侯新服，陳新來和，將觀於我。我德則睦，否則携貳，勞師於戎，而楚伐陳，必弗能救，是棄陳也。諸華必叛。戎，禽獸也。獲戎失華，無乃不可乎！夏訓有之曰：『有窮后羿——』」公曰：『后羿何如？』對曰：「昔有夏之方衰也，后羿自鉏遷於窮石，因夏民以代夏政。恃其射也，不修民事，而淫於原獸，……而用寒浞，寒浞，伯明氏之讒子弟也。……浞行媚於內而施賂於外，愚弄其民，而虞羿之田，樹之詐慝以取其國家，外內咸服。』」方言「有窮后羿」之事語氣未已，忽爲晉悼公所岔斷，後乃續之。

【練　習】指出下列岔斷之語句，並說明之。

1. 魏武侯謀事而當，羣臣莫能逮，退朝而有喜色。吳起進曰：「亦嘗有以楚莊王之語，聞於左右乎？楚莊王謀事而當，羣臣莫逮，退朝而有憂色。楚莊王以憂，而君以喜。——（吳子兵法圖國篇補一句「臣竊懼矣。」）武侯逡巡再拜曰：「天使夫子振寡人之過也。」（荀子堯問篇）

2. 上（漢武帝）以朔（東方朔）口諧辭給，好作問之，嘗問朔曰：「先生視朕何如主也？」朔對曰：「自唐虞之隆，成康之際，未足以諭當世。臣伏觀陛下功德，陳五帝之上，在三王之右。非若此而已，誠以天下賢士公卿在位，咸得其人矣。譬若以周邵爲丞相，孔丘爲御史大夫，太公爲將軍，畢公高拾遺於後，弁嚴子爲衞尉，皐陶爲大理，后稷爲司農，伊尹爲少府，子貢（贛）使外國，顏閔爲博士，子夏爲太常，益爲右扶風，季路爲執金吾，契爲鴻臚，龍逢爲宗正，伯夷爲京兆，管仲爲馮翊，魯般爲將作，仲山甫爲光祿，中伯爲太僕，延陵季子（季札）爲水衡，百里奚爲典屬國，柳下惠爲太長秋，史魚爲司直，蘧伯玉爲太傅，孔父爲詹事，孫叔敖爲諸侯相，子產爲郡守，王慶忌爲期門，夏育爲鼎官，羿爲旄頭，宋萬爲式道侯，——」（語氣未完，下爲武帝所岔斷）上廼（乃也）大笑。（漢書東方朔傳）

3.智深走到面前，那和尚吃了一驚，跳起來便道：「請師兄坐，同喫一盞。」智深提着禪杖道：「你這兩個如何把寺來廢了？」那和尚道：「師兄請坐，聽小僧——。」智深睜着眼道：「你說、你說。」「——說：在先敝寺十分好個去處，田莊又廣，僧衆極多。只被廊下那幾個老和尚喫酒撒潑……因此把寺來廢了。……小僧却和這個道人新來主持此間，……」金聖嘆讀至聽小僧……說處，嘗嘆曰，「從古未有之奇事」又云「章法奇絕，從古未有。」（水滸傳第五回）

4.到了二更時分，英雄（展昭）換上夜行的衣靠；將燈吹滅，聽了片刻，寓所已無動靜。悄悄開門，回手帶好，仍然放下軟簾。飛上房，離了寓所，來到花園——白晝間已然丈量過了。——約略遠近，在百寶囊中掏出如意縧來，用力往上一拋。——是縧就準頭——便落在牆頭之上，用脚尖登住磚牙，飛身而上。到了牆頭，將身爬伏。（三俠五義第十二回）

二十一、突接法

凡於敍述事物時，一端未已，忽直起突接另一端，而轉敍其他事物者，謂之突接。此類辭格，能使文筆脫略冗雜庸俗，而突兀崢嶸。使人得其意於語言之外，如

史記項羽本紀：噲遂入，披帷西嚮立，瞋目視項王……項王按劍而跽曰：「客何爲者？」張良曰：「沛公之參乘樊噲者也。」項王曰：「壯士賜之巵酒。」則與斗巵酒，噲拜起立而飲之。項王曰：「賜之彘肩。」則與一生彘肩，樊噲覆其盾於地，加彘肩上，拔劍切而啗之。項王曰：「壯士能復飮乎？」樊噲曰：「臣死且不避，巵酒安足辭！——夫秦王有虎狼之心。殺人如不

能擧，刑人如恐不勝，天下皆叛之。懷王與諸將約曰：『先破秦入咸陽者王之。』今沛公先破秦，入咸陽，毫毛不敢有所近，封閉宮室，還軍霸上，以待大王來。……勞苦而功高如此，未有封侯之賞。而聽細說，欲誅有功之人，此亡秦之續耳。竊爲大王不取也。」在「巵酒安足辭」下，突接「夫秦王有虎狼之心」一段論議，顯得詞意突兀，語氣暢茂。

漢書韓安國傳云：「今大王列在諸侯，悅一邪臣浮說，犯上禁，橈明法；天子以太后故，不忍致法於王。太后日夜涕泣，幸大王自改，而大王終不覺寤。——有如太后宮車卽晏駕，大王尙誰攀乎？」在「終不覺寤」下，突接「有如太后宮車卽晏駕。」使聽者乍聽之下，而心驚恐。冀其幡然改圖。眞妙文也。

杜甫北征詩：「生還對童稚，似欲忘饑渴。問事競挽鬚，誰能卽嗔喝。翻思在賊愁，甘受雜亂聒。新歸且慰意，生理焉能說。——至尊尙蒙塵，幾日休練卒。仰觀天色改，旁覺妖氛豁。」在「生理焉能說」下，突接，「至尊尙蒙塵，」頗顯筆力蒼勁，章句緊湊。金聖嘆曰：「陡然轉出至尊，筆勢突兀之至。此解寫得不惟不顧救飢生理，且並不顧挽鬚兒女，陡然念及至尊，陡然仰看天色，妙絕。」沈德潛亦曰：「敍到家後，悲喜交集，詞尙未了，忽又至尊蒙塵，直起突接，他人無此筆力。」

李商隱無題：「相見時難別亦難。——東風無力百花殘。春蠶到死絲方盡，蠟炬成灰淚始乾。曉鏡但愁雲鬢改，夜吟應覺月光寒。蓬萊此去無多路，靑鳥殷勤爲探看。」在第一句「相見時難別亦難」下，突接「東風無力百花殘」。馮已蒼曰：「次句畢世接不出。」蓋以「東風」句突接「相見」句，又轉出「春蠶」句（東風卽春風也）章法緊湊，寄興無窮，妙絕。

【練　習】 指出下列突接之句，並說明之。

1.（秦）卜徒父筮之，吉，涉河，侯車敗。（秦穆公）詰之，對曰：「乃大吉也，三敗，必獲晉君（惠公）。其卦遇蠱曰：『千乘三去，三去之餘，獲其雄狐。』夫狐蠱必其君也。蠱之貞，風也。其悔，山也。歲云秋矣，我落其實而取其材，所以克也。實落材亡，不敗何待？」——三敗及韓。晉侯謂慶鄭曰：「寇深矣，若之何？」（左傳僖公十五年）（方苞曰：「方敘秦筮伐晉，忽就筮辭敗字，突接『三敗及韓』以敘事常法論之，爲急遽而無序，然左氏非漢唐作者所能望正在此。」）

2.楚騎追漢王，漢王急，推墮孝惠，魯元（其二子）車下；滕公常下收載之。如是者三，曰：「雖急不可以驅，奈何棄之。」——於是遂得脫。（史記項羽本紀）

3.棄我去者，昨日之日不可留。亂我心者，今日之日多煩憂。長風萬里送秋雁，對此可以酣高樓。——蓬萊文章建安骨，中間小謝又清發。俱懷逸興壯思飛，欲上青天覽明月。抽刀斷水水更流，舉杯消愁愁更愁。人生在世不稱意，明朝散髮弄扁舟。」（李白宣州謝脁樓餞別校書叔雲）

二十二、合敘法

合敘者合二事而一併敘述之也。如漢書魏豹傳云：「齊楚遣項它田巴將兵隨市救魏。」顏師古注云：「楚遣項它，齊遣田巴。」蓋合而敘之也。如分述之，則云：齊遣田巴、楚遣項它，將兵隨市救

魏。」則筆墨稍繁矣。餘如

史記文帝本紀：「二年九月，初與郡國守相爲銅虎符、竹使符。」此謂郡守，國相也。合而敍之則成「郡國守相。」

周禮地官封人云：「凡祭祀，飾其牛牲，……共其水槀。」鄭注云：「水槀，給殺時洗薦牲。」賈疏云：「其牛將殺，不須飼之。又充人已飼三月，不得將殺，始以水槀飲飼，水所以洗牲，槀所以薦牲，故雙言洗薦牲也。」按雙言者合而敍之也。水所以洗，槀所以薦，合而敍之，故曰：「水槀……洗薦牲。」

漢書淮南王安傳：「王有孽子不害，最長。王不愛；后太子皆不以爲子兄數。」如淳注云：「后不以爲子，太子不以爲兄秩數。」合而敍之，故曰：「后太子皆不以爲子兄數。」

又敍傳云：「鄭寬中張禹朝夕入說尚書論語於金華殿中」。按鄭寬中說尚書，張禹說論語，此合而敍之也。

【練　習】尋出下列合敍之辭句，而說明之。

1. 掾主吏蕭何曹參曰：「君爲秦吏，今欲背之。帥沛子弟，恐不聽。」(漢書高帝紀。顏師古注：曹參爲掾，蕭何爲主吏)
2. 封故楚趙傳相內史前死事者四人子。(漢書景帝紀文穎云：「楚相張尚，太傅趙夷吾，趙相建德，內史王悍，此四人各諫其王(楚王、趙王)無使反，不聽，皆殺之，故(景帝)封其子。)

3.封故御史大夫周苛周昌孫子爲列侯。（漢書景帝紀）

按史記景帝本紀云：「封故御史大夫周苛孫平爲繩侯。故御史大夫周昌子左車爲安陽侯。」

4.夫種蠡無罪，身死亡。（漢書韓王信傳按文種死范蠡隱居）

5.單于閼氏子孫昆弟，及呼遬累單于名王右伊秩訾且渠當戶以下。將衆五萬餘人來降。（漢書宣帝紀）

按王榮商漢書補注云，言單于之子孫，閼氏之昆弟。

6.中二年春二月令：諸侯王薨，列侯初封及之國，大鴻臚奏謚誄策。（漢書景帝紀。楊氏樹達曰：此謂諸侯王薨；大鴻臚（官名）奏謚誄；列侯初封及之國，大鴻臚奏策。」

二十三、自釋法

自釋者亦敍述之法也，凡敍述人事地物時，須補充說明者，即於下補敍之。此今人多加「——」號以表明之，古人未有。吾等讀書，觀其前後文句，即知其自釋之處矣。如國策齊策云：「鄒忌脩八尺有餘，而形貌昳麗。朝服衣冠，窺鏡，謂其妻曰：『我孰與城北徐公美？』其妻曰：『君美甚，徐君何能及君也。』城北徐公者，齊國之美麗者也。……」此文中言及「徐君何能及君也」下，忽接「城北徐公者，齊國之美麗者也。」一句以釋之，此自釋之例也。餘如

史記梁孝王世家云：「自山以東，游說之士，莫不畢至，——齊人羊勝公孫詭之屬——公孫詭多奇計。」一作「——」號者自釋者也。「齊人之屬」句釋遊說之士之至者。

史記田叔傳云：「上遷拜仁爲司直。數歲，坐太子事——時左丞相自將兵，令司直田仁主閉守城門，坐縱太子。——下吏誅死。」「時左丞相……坐縱太子」釋「坐太子事」。

又尉佗傳云：「乃爲佗親冢——在眞定——置守邑，歲時奉祀。」「在眞定」三字在佗之親冢所在之處。

又匈奴傳云：「於是漢悉兵——多步兵，三十二萬——北逐之。」「多步兵，三十二萬」釋「漢悉兵」之兵與數。

【練　習】 **尋出下列自釋之詞句，並說明之。**

1. 於是梁乃求楚懷王孫心——在民間，爲人牧羊——立以爲楚懷王。（漢書項籍傳）
2. 拜宣爲司隸——時哀帝改司隸校尉但爲司隸，官比司直。（漢書鮑宣傳）
3. 高祖竟酒後，呂公曰：「……臣有息（子也）女，願爲季（劉邦）箕帚妾。」呂媼怒。……卒與劉季——呂公女乃呂后也。（史記漢高祖本紀）
4. 及諸侯畔（叛也）秦，無諸搖率越歸鄱陽令吳芮——所謂鄱君者也。（史記東越傳）
5. 莒人求湣王子法章，得之太史嬓之家，——爲人灌園——嬓女憐而善遇之。（史記田單傳）
6. 於是二世令御史案諸生，言反者下吏——非所宜言——諸言盜者皆罷之。（史記叔孫通傳）

二十四、互　備　法

互備者經史敍事之法，所以免重複，而互相參證者也。鄭康成（玄）首先提出，俞曲園楊樹達氏亦以爲言，茲據之而略述之如下：

禮記文王世子篇：「諸父守貴宮貴室，諸子諸孫守下宮下室。」

又云：「諸父諸兄守貴室，子弟守下室，而讓道達矣。」

鄭注云：「上言父子孫；此言兄弟，互相備也。按上言「諸父與諸子諸孫」而未言及兄弟。下言「諸父諸兄及子弟」，而未言及諸孫，是參互以見義也。又下言「貴室、下室。」，而未言「貴宮、下宮」者，以上文以言之，此遂略而不言，亦互相備也。由是觀此二文，則知其意爲「諸父諸兄守貴宮貴室；諸子諸孫諸弟守下宮下室。」也。此是互備之法。餘如

易雜卦傳云：「晉（䷢火地晉），晝也；明夷（䷣地火明夷），誅也。」

兪樾（曲園）古書疑義舉例卷一云：「雜卦傳：『乾剛坤柔，比樂師憂。』皆兩兩相對。他卦雖未必然，而語意必相稱。獨『晉，晝也；明夷，誅也。』其義不倫。愚謂此參互以見義也。知晉之爲晝，則明夷之爲晦可知矣。『明入地中』，（明夷象辭）非晦而何？知明夷之爲誅，則晉之爲賞可知矣。『康侯用錫馬蕃庶』，（晉卦象辭）非賞而何？自來言易者未見及此。」按其所謂參互以見義者，即互備之法也。

漢書宣帝紀云：「封賀所子弟子，侍中中郎將彭祖，爲陽都侯。」

又張安世傳云：「其封賀弟子，侍中關內侯彭祖，爲陽都侯。」

周壽昌漢書注校補卷四云：「宣帝紀無『關內侯』三字；安世傳無『中郎將』三字，所謂互文以徵實

也。

漢書田儋傳云：「榮攻殺濟北王安，自立為王。」又項籍傳云：「田榮自立為齊王，予彭越將軍印，令反梁地，越乃擊殺濟北王田安。」何焯校籍傳云：「田儋傳榮還攻殺安，與異姓諸侯王表同。云越殺，誤也。」趙翼亦謂史記自相歧誤。楊樹達云：「時彭越屬榮，越殺即榮殺也。田儋傳及諸侯年表據其名，項籍傳紀其實耳。何趙說並誤。」按楊氏以為彭越隸屬於田榮，言越殺，又言榮殺者，參互以見意也。蓋謂「彭越殺之，然彭越所以殺之者，乃受田榮之命也」。故或云越殺，或言榮殺，正互備以足文意耳。

【練　習】述明下列互備之例，並說明之。

1.天子……皮弁以日視朝，遂以食，日中而餕。諸侯……朝服以食，特牲三俎祭肺，夕深衣祭牢肉。（禮記玉藻）鄭注云：「天子言日中，諸侯言夕；天子言餕，諸侯言祭牢肉，互相挾。」楊樹達氏曰：「天子諸侯皆日三食，天子雖止言日中，亦有夕食；諸侯雖第（但）言夕，日中亦有食。天子言餕，知諸侯亦餕；諸侯言祭牢肉，知天子亦祭牢肉，故云互相挾也。」

2.雷（震☳為雷）以動之，風（巽☴為風）以散之，雨（坎☵為水）以潤之，日（離☲為日為火）以烜之，艮（艮☶為山）以止之，兌（兌☱為澤）以說（悅）之，乾（乾☰為天）以君之，坤（坤☷為地）以藏之。顧炎武日知錄卷一云：「上四舉象，（震卦有雷之象……）下四舉卦。（艮卦為山，山能止物餘類推）各以其切於用者言之。」楊樹達云：「此參互之以相備耳，顧說非是。」

3.丙吉為廷尉，治巫蠱於郡邸。憐曾孫之無辜，使女徒復作淮陽趙徵卿，渭城胡組更乳養，私給衣食。視遇甚有

恩。（漢書宣帝紀）

吉謂則曰：「汝嘗坐養皇曾孫不謹督笞，汝安得有功！獨渭城胡組，淮陽郭徵卿有恩耳。」（漢書丙吉傳）周壽昌云：「此（郭徵卿、趙徵卿）復作女徒，或傳其家姓，或傳其夫姓，故紀（宣帝本紀）傳（丙吉傳）有異同也。」

4. 漢書杜延年傳云：「左將軍上官桀父子與蓋主燕王謀為逆亂，假稻田使者燕倉知其謀，以告大司農楊敞。」

又：燕王旦傳云：「會蓋主舍人父燕倉知其謀，告之，由是發覺。」楊樹達氏曰：「同一燕倉，一敍其官名，一敍其親屬關係，亦互文也。」

二十五、舉隅法

舉隅者敍事時僅舉一隅以示，欲人因而類推以見其餘者也。其義例最早見於鄭玄之注禮，其後顧炎武俞曲園亦嘗言及。如禮記王制云：「大國之卿不過三命，下卿再命；小國之卿與下大夫一命。」鄭注云：「不著次國之卿者，以大國之下互明之。」孔穎達疏云：「以大國之卿不過三命，則知次國之卿不過再命；大國之卿再命，則知次國下卿一命；故云互明之。」按鄭氏所謂互明之者，即舉「大國之卿」一事，以使人、類推其餘，因而明其意於章句之間也。餘如易說卦傳：「萬物出乎震，震、東方也；齊乎巽，巽、東南也。……離也者明也，萬物皆相見，南方之卦也；……坤也者地也，萬物皆致養焉，故曰致役乎坤；兌、正秋也，萬物之所說也，故曰說言乎兌；戰乎乾，乾西北之卦也，……坎也者水也，正北方之卦也；艮、東北之卦也。

……」

顧炎武日知錄卷一云：「坤不言西南之卦，兌不言西方之卦，舉六方之卦而見之也。」其所謂「舉六方之卦而見之」者，蓋八卦中已敍六卦之方位，其餘二卦之方位，可由此類推而知也。

左傳哀公十三年云：「伯合諸侯，則侯帥子男以見於伯。」

俞樾云：「此伯字杜注謂諸侯長（謂霸也），非五等伯。其曰侯者，蓋兼公而言；其曰子男者，蓋兼伯而言；謂公侯帥伯子男以見於伯（霸）也。古者公侯爲一等，伯子男爲一等；故舉公可以兼侯，舉侯可以兼公，舉子男可以兼伯。舉此以見彼之例也。」按其所謂舉此以見彼者，正謂舉隅也。

漢書賈誼傳云：「賈誼、洛陽人。」

又賈捐之傳云：「賈捐之，字君房，賈誼之曾孫也。」

楊樹達云：「捐之傳不復敍其爲洛陽人，以已見誼傳故也。」按敍賈誼爲洛陽人，賈捐之爲其曾孫、則亦洛陽人可知矣。舉此以見彼，是謂舉隅。

說文云：「木，東方之行也。金，西方之行。火，南北之行。水，北方之行。」

錢大昕十駕齋養新錄卷四云：「言此，則土爲中央之行可知。」按此已敍四行之位，而各以東西南北配之，則其餘之「土」，由此類推，知爲中央之行。

【練　習】挑出下列舉隅之辭格，並說明之。

1. 左傳昭公四年云：「左師獻公合諸侯之禮六，子產獻伯子男會公之禮六。」

俞樾古書疑義舉例卷二云：「其曰公者，蓋兼侯而言。公合諸侯，謂公侯合伯子男也；伯子男會公，謂伯子男會公侯也。」

2.漢書霍去病傳云：「霍去病，大將軍青姊少兒子也。」又霍光傳云：「霍光字子孟，驃騎將軍去病弟也。父中孺河東平陽人也。」

3.說文云：「霸（羽）、水音也。」錢大昕十駕齋養新錄云：「宮商徵角皆不言音。」

4.說文云：「青，東方色也。赤，南方色也。白，西方色也。」錢氏云：「黑不云北方。」按由此推則黃爲中央之色可知矣。

5.說文云：「㴿，正月之音。䈇，十二月之音。」錢氏云：「不言餘月」。

6.說文云：「龍，鱗蟲之長。」錢氏云：「毛羽介蟲之長不言，此舉一二以見例，非有遺漏也。」

二十六、實錄法

實錄者謂敍事之時，保持書（文）中人物之本來面目也。若爲武人，則敍其言時，爲武人之語；若爲粗人，則爲粗語；若爲文士，則爲雅言。如

裴政梁太淸實錄云：「元帝使王琛聯魏，長孫儉謂宇文曰：『王琛眼睛全不轉。』公曰：『瞎奴！使癡人來，豈得怨我』。」

劉知幾雜說中篇云：「此言與王劭宋孝王所載相類，可謂眞宇文之言，無愧於實錄矣。」

舊唐書狄仁傑傳云：「武后謂仁傑曰：『安得一好漢用之！』仁傑曰：『荊州長史張柬之，宰相

才也。」

宋蔡絛鐵圍山叢談卷三云：「王性之銍，博洽士也。嘗語曰：『宋景文（祁）作唐書（新唐書），尙才語，遂多易前人之言，非不佳也。至若張漢陽（柬之）傳，前史（舊唐書）載武后問狄仁傑：「朕欲得一好漢！」是語雖勿文，寧不見當時吐辭英氣耶！景文則易之曰：「安得一奇士用之！」此固雅馴，然失英氣矣』。」按謂保存原來武后之語，爲近於實也。

又李密傳云：「爲左歸侍，在仗下。煬帝謂宇文述曰：『個小兒視瞻異常，勿令宿衞！』」王鳴盛十七史商榷云：「新書（新唐書）改作此兒顧盼不常，無入衞！』此等以仍舊爲佳。通鑑第百八十五卷：『煬帝好效吳語，謂蕭后曰：「外間大有人圖儂。」』胡三省注：『吳人自稱曰儂。』個小兒，亦吳語也。」按言「仍舊爲佳」者，謂保存煬帝當時之口吻爲佳也。此謂保存其原來之語也。蓋煬帝好效吳（江蘇）之方言，因以吳語出之也。

五代史卷十漢高祖紀云：「契丹耶律德光送高祖至潞州。臨訣，指知遠（劉知遠後漢開國君主）曰：『此都軍甚操剌！無大故，勿棄之！』」徐無黨注云：「世俗謂勇猛爲操剌，錄其本語。」亦實錄也。

【練　習】尋出下列實錄之語，並述其故。

1. 五代史王章傳云：「章尤不喜文士，嘗語人曰：『此輩與一把算子，未知顚倒，何益於君國耶！』」
2. 又劉銖傳：「銖嘗切齒於史弘肇楊邠等，已而弘肇等死，銖謂李業等曰：『諸君可謂僂㑩兒矣。』」

宋羅大經鶴林玉露卷五云：「傻儸、俗言狡猾也。歐史（歐陽修五代史）閑書俗語甚奇。」

3.又王彥章傳：「彥章武人，不知書，常爲俚語謂人曰：『豹死留皮，人死留名。』其於忠義，蓋天性也。」

4.馮道傳：「耶律德光嘗問道曰：『天下百姓如何救得？』道爲俳語以對曰：『此時佛出救不得，惟皇帝救得。』人皆以爲契丹不夷滅中國之人者，賴道一言之善也。」

宋陳世崇隨隱漫錄卷一云：「『豹死留皮，人死留名』『朝事梁，暮事晉。』『遺下兎園策子耳』『此輩與一把算子，未知顚倒，何益於君國』『可謂傻儸兒矣！』……『都軍甚操刺』！六一公（歐陽修號六一居士）化俗語爲神奇者也。」

5.晉書王衍傳云：「衍總角嘗造山濤，濤嗟歎良久，既去，目而送之曰：『何物老嫗，生此寧馨兒！』然害天下蒼生者，未必非此人也！」

6.北齊書琅邪王儼傳云：「儼辭曰：『士開昔來實合萬死，謀廢至尊，剃家家（緯兄弟呼嫡母爲家家，猶媽媽也）頭使作阿尼。』」

伍　詞語之修辭法

一、摹狀法

凡摹寫事物之情狀者，謂之摹狀。摹狀之詞，多用疊字。（亦有不用疊字者）如詩經：「伐木丁丁。鳥鳴嚶嚶。」丁丁狀伐木之聲。嚶嚶摹鳥鳴之狀。又若程敏政夜渡兩關記：「適有大星，光煜煜自東西流。」煜煜摹寫星光之狀。此類句法生動靈活；詞句美麗佳妙。故文人多喜用之。又如：杜甫登高詩：「無邊落木蕭蕭下，不盡長江滾滾來。」蕭蕭狀木葉之落聲。滾滾摹江水之流狀。

【練　習】指出下列摹狀之詞，並做「摹狀之詞」以造句。

1. 車轔轔，馬蕭蕭，行人弓箭各在腰。（杜甫兵車行）
2. 漠漠水田飛白鷺，陰陰夏木囀黃鸝。（王維積雨輞川莊上）
3. 黯黯江雲瓜步雨，蕭蕭木葉石城秋。（陸游登賞心亭詩）
4. 猛聽得角門兒呀的一聲，風過處，衣香細生。（西廂記酬韻）
5. 天王營門外，大小天兵，接住了太子，氣哈哈的喘息未定。（西遊記第六回）
6. 那荷葉初枯，擦的船嗤嗤價響；那水鳥被人驚起，格格價飛。（老殘遊記第二回）
7. 不禁頭沈沈而淚潸潸。

蓋摹狀之字易於動人，疊字之詞讀來清爽，故古今文士多愛用不已。吾等稍留心即可隨處發現矣。

二、雙關法

李調元雨村詩話云：「詩有借字寓意之法，廣東謠云：『雨裏蜘蛛還結網，想晴惟有暗中絲。』以晴寓情，以絲寓思。」梁紹壬兩般秋雨盦隨筆亦云：「粵俗好歌……語多雙關。而謝榛四溟詩話亦云：「古詞曰：『黃蘗向春生，苦心隨日長。』又曰：『霧露隱芙蓉(夫容)，見蓮（憐）不分明。』……此皆吳格，指物借意。」由是知雙關之語，由來久矣。蓋雙關語者以一語詞，而同時含有兩種意思，關顧兩種不同事物之修辭法也。在詩歌中最多，文章小說中亦間或有之：如劉禹錫竹枝詞：「楊柳青青江水平，忽聞江上唱歌聲（一作聞郎岸上踏歌聲）。東邊日出西邊雨，道是無晴還有晴。」此晴字一面隱示情，一面關顧日出之晴。如此語意雙關者，謂之雙關。凡是雙關之詞，皆與聲音有關，可分三類。㈠音同。㈡音形皆可通用。㈢音形義皆能關涉者。㈠音同：此類雙關語多以「碑、悲」「題、啼」「蹄、啼」，「啼、隄」「琴、情」，「期、棋」，「離、籬」「梧、吾」，「計、髻」，「由、油」，「星、心」，「芙蓉、夫容」「蓮、憐」「藕、偶」，「絲、思」雙關。如

華山畿：「別後常相思，——頓書千丈闕，題碑無罷時。」

讀曲歌：「聞乖事難懷，況復臨別離；伏龜語石板，方作千歲碑。」

讀曲歌：「奈何不可言，——朝看莫（暮也）牛跡，知是宿蹄痕。」

王金珠子夜夏歌：「垂簾倦煩熱，卷幌乘清陰，風吹合歡帳，直動相思琴。」

子夜歌：「今夕與歡別，會合在何時？明燈照空局，悠然未有期。」

石城樂：「聞歡遠行去，相送方山亭；風吹黃蘗藩，惡聞苦離聲。」

子夜秋歌：「仰頭看桐樹，桐花特可憐；願天無霜雪，梧子結千年。」

讀曲歌：「歡相憐，題心共泣血，梳頭入黃泉，分爲兩死計。」

讀曲歌：「非歡獨慊慊，儂意亦驅驅；雙燈俱時盡，奈許兩無由。」

子夜歌：「高山種芙蓉，復經黃蘗塢；果得一蓮時，流離嬰辛苦。」

讀曲歌：「罷去四五年，相見論故情，殺荷不斷藕，蓮心已復生。」

七日夜女歌：「婉孌不終夕，一別周年期；桑蠶不作繭，晝夜長懸絲。」

音形皆可通用者：如

子夜夏歌：「春傾桑葉盡，夏開蠶務畢；晝夜理機縛，知欲早成匹。」匹雙關「布匹」與「匹偶」。

子夜歌：「郎爲傍人取，負儂非一事，攡門不安橫，無復相關意。」關、雙關「關門」與「關心」。

子夜冬歌：「夜半冒霜來，見我輒怨唱；懷冰闇中倚，已寒不蒙亮。」亮雙關「明亮」與「原亮（諒）」。

子夜春歌：「自從別歡後，歎聲不絕響，黃蘗向春生，苦心隨日長。」苦雙關「黃蘗之苦味」與思人之苦情。

周密齊東野語卷十三：「宣和中，童貫用兵燕薊，敗而竄。一日內宴，教坊進伎爲三四婢，首飾皆不同。……又一人滿頭爲髻如小兒，曰：『童大王家人也。』問其故。……至童氏者曰：『大王方用兵，此三十六髻也』。」按：此以三十六髻，雙關「三十六計，走爲上策。」也。用以諷刺童貫之敗而竄也。

㈢音形義皆能關涉者：此卽俗語所謂之指桑駡槐者也。如

紅樓夢第八回：「這里寶玉又說：『不必燙暖了，我只愛喝冷。』薛姨媽道：『這可使不得，喫了冷酒，寫字手打顫兒。』寶釵笑道：『寶兄弟，虧你每日家雜學旁搜的，難道就不知道酒性最熱？要熱喫下去，發散的就快；要冷喫下去，便凝結在內。拿五臟去暖他，豈不受害？從此還不改了呢？快別喫那冷了。』寶玉聽這話有理，便放下冷的，令人燙來方飲。黛玉磕着瓜子兒，只管抿着嘴兒笑。可巧黛玉的丫鬟雪雁走來，給黛玉送小手爐兒。黛玉因含笑問他說：『誰叫你送來的？難爲他費心，哪里就冷死了我？』雪雁道：『紫鵑姐姐怕姑娘冷，叫我送來的。』黛玉接了抱在懷中，笑道：『也虧你倒聽他的話！我平日和你說的，全當耳旁風；怎麼他說了，你就依的比聖旨還快呢！』」

按此正是林黛玉以指桑駡槐事，責賈寶玉之聽薛寶釵言也。故「寶玉聽這話，便知黛玉借此奚落他。」蓋借「送手爐」之事，以雙關「燙暖酒」之事也。

【練　習】指出下列雙關語，並說明之：

1. 將懊惱，石闕晝夜題，碑淚常不燥。（華山畿）

2. 打壞木棲牀，誰能坐相思？三更書石闕，憶子夜題碑。（讀曲歌）
3. 穀衫兩袖裂，花釵鬢邊低，何處分別歸，西上古餘啼。（讀曲歌）
4. 坐倚無精魂，使我生百慮，方局十七道，期會在何處。（讀曲歌）
5. 執手與歡別，欲去情不忍，餘光照己藩，坐見離日盡。（讀曲歌）
6. 闊面行負情，詐我言端的，畫背作天圖，子將負星歷。（讀曲歌）
7. 鬱蒸仲暑月，長嘯出湖邊，芙蓉始結葉，花豔未成蓮。（子夜夏歌）
8. 掘作九州池，盡是大宅裏，處處種芙蓉，婉轉得蓮子。（子夜秋歌）
9. 江南蓮花開，紅光覆碧水，色同心復同，藕異心無異。（梁武帝子夜夏歌）
10 青荷蓋綠水，芙蓉披紅鮮；下有並根藕，上生並目蓮。（青陽度）
11 前絲斷纏綿，意欲結交情；春蠶易感化，絲子已復生。（子夜歌）
12 僞蠶化作繭，爛熳不成絲；徒勞無所獲，養蠶持底爲。（採桑度）
13 見娘喜容媚，願得結金蘭，空織無經緯，求匹理自難。（子夜歌）
14 始欲識郎時，兩心望如一，理絲入殘機，何悟不成匹。（子夜歌）
15 音信闊弦朔，方悟千里遙；朝露語白日，知我爲歡消。（讀曲歌）
16 自從別郎後，臥宿頭不擧，飛龍落藥店，骨出只爲汝。（讀曲歌）

三、拈連法

凡敍述語句時，其敍述語，本當敍述文句中之一語詞者，而將此敍述語，却加在其他語詞上，謂

之拈連。如

趙令時錦堂春詞：「重門不銷相思夢，隨意遶天涯。」夫銷，本當銷重門者也，今乃加在相思夢上，使詞意幽雅絕麗，此謂之拈連。

辛棄疾滿江紅詞：「敲碎離愁，紗窗外，風搖翠竹。人去後，吹簫聲斷，倚樓人獨。滿眼不堪三月暮，舉頭已覺千山綠。但試把一紙寄來書，從頭讀。」夫風搖翠竹，本當敲碎紗窗者也。而乃拈連於離愁之敲碎。此謂拈連。（敲碎不加在紗窗，而加在離愁上。）

李煜相見歡：「無言獨上西樓，月如鈎，寂寞梧桐深院鎖清秋。」夫鎖當鎖深院者也。今乃不鎖深院，而拈連之，以鎖清秋。

此類修辭法，乃在鍛鍊詞氣，使詞意增美。使意境幽雅。使文情俊婉者也。如言「鎖深院、清秋」「風搖翠竹、敲碎紗窗、人去後、離愁吹簫聲斷。」「銷重門、相思夢。」則句法呆滯，詞意刻版，意境太俗矣。故拈連之修辭法，乃所以使詞意增美，使意境幽雅，使文情俊婉者也。

【練習】指出下列拈連之詞，並說明之。

1. 出門萬里客，中道逢嘉友，未言心先醉，不在接杯酒。（陶淵明擬古詩）
2. 水調數聲持酒聽，午睡醒來愁未醒。送春春去幾時回？臨晚鏡，傷流景，往事後期（一作悠悠）空記省。（張先天仙子詞）
3. 一夜東風，枕邊吹散愁多少？數聲啼鳥，夢轉紗窗曉。（曾允元點絳脣詞）

4. 對蕭蕭暮雨灑江天，一番洗清秋。（柳永八聲甘州）

四、移就法

將欲修飾或描寫某類詞句之修飾語，轉而修飾或描寫其他詞句者，謂之移就。如：

史記廉頗藺相如列傳：「相如視秦王無意償趙城……持璧却立倚柱，怒髮上衝冠。」夫怒本指身心之憤怒者也。而移於髮上，使文氣更盛，氣魄驚人。此類修辭法，卽移就也。又如：

秦觀河傳：「恨眉醉眼，甚輕輕覷着。」夫恨本心恨者也，醉本身醉者也。而移於眼眉之上。則其恨、其醉，比身心之醉恨，尤深一層矣。

陸遊過采石有感：「明日重尋石頭路，醉鞍誰與共聯翩。」夫醉本自身醉者也。今乃移於馬鞍之上，此較「醉身誰與共聯翩」爲尤美尤勝矣。此「移就」法之所以爲善也。

唐書：「道路目語」夫語本口出者也，而乃移於目，以表示人之不敢直語。是移就法之妙用也。

【練習】指出下列移就之詞，並說明之。

1. 學者牽於所聞，見秦在帝位日淺，不察其始終，因而笑之。此與耳食何異？（史記六國表）
2. 風便欲懸帆，忽忽離襟生凍。休送，休送，今夜月寒珍重。（王修微如夢令）
3. 孫悟空在旁聞講，喜得抓耳撓腮，眉花眼笑；忍不住手之舞之，足之蹈之。（西遊記第二回）
4. 明月樓高休獨倚，酒入愁腸，化作相思淚。（范仲淹蘇幕遮詞）

5 鍾情怕到相思路，盼長堤草盡紅心。（朱彝尊慶春澤）

五、片語法

以數字構成一語，而表示一整體之觀念者，謂之片語。（詳見拙著高級國文法第八章）片語爲文句中最美之詞語。多用之，可使文章華美，文氣莊雅。古人文章中，多喜用片語。片語之構成，以「××之××」爲最多。如超卓之奇材，不朽之大業。白話中用「××的××」，如幽雅的外表，瀟灑的風度。其他句型如，吾未見「好德如好色者也」。「好德如好色者也」亦是片語。然以「××之××」爲最多。如：

蘇軾赤壁賦：「壬戌之秋，七月既望。蘇子與客泛舟遊於赤壁之下。清風徐來，水波不興。把酒囑客，誦明月之詩，歌窈窕之章。少焉，月出於東山之上，徘徊於斗牛之間。白露橫江，水光接天。縱一葦之所如，凌萬頃之茫然，……舞幽壑之潛蛟，泣孤舟之嫠婦。……況吾與子漁樵於江渚之上，侶魚蝦而友麋鹿；駕一葉之扁舟，舉匏樽以相屬。寄蜉蝣於天地，渺滄海之一粟；哀吾生之須臾，羨長江之無窮。挾飛仙以敖遊，抱明月而長終……唯江上之清風，與山間之明月，耳得之而爲聲，目遇之而成色；取之無禁，用之不竭。是造物者之無盡藏也，而吾與子之所共適。……不知東方之既白。」

【練　習】將下列片語找出，並模仿之以造句。

禰衡鸚鵡賦：「惟西域之靈鳥兮，挺自然之奇姿。體金精之妙質兮，合火德之明輝。……於是羨芳聲之遠暢，偉靈表之可嘉。……彼賢哲之逢患，猶棲遲以羇旅。矧禽鳥之微物，能馴擾以安處。眷西路而長懷，望故鄉而延佇。忖陋體之腥臊，亦何勞於鼎俎？嗟祿命之衰薄，奚遭時之險巇？豈言語以階亂，將不密以致危。痛母子之永隔，哀伉儷之生離。匪餘年之足惜，愍衆雛之無知。背蠻夷之下國，侍君子之光儀。懼名實之不副，恥才能之無奇。羨西都之沃壤，識苦樂之異宜。懷代越之悠思，故每言而稱斯。……感平生之遊處，若壎篪之相須。何今日之兩絕，若胡越之異區？順籠檻以俯仰，闚戶牖以踟躕。想崐山之高嶽，思鄧林之扶疏。……庶彌久而不渝。」

六、雙聲法

（一）上下句雙聲

雙聲者二字之聲相同也。如詩經卷耳：「陟彼高岡，我馬玄黃。」高岡（ㄍㄠㄍㄤ）其聲皆爲ㄍ，此二字謂之雙聲。蓋每一字皆有聲有韻。（介於聲韻之間者（ㄧㄨㄩ）爲介音，有時亦視作韻）

音	高
聲	ㄍ
韻	ㄠ

如「高」字，ㄍ爲聲，ㄠ爲韻，拼成ㄍㄠ爲音。有些字古音爲雙聲，而今讀非雙聲者，乃因古今音變之故也。如「玄黃」（ㄒㄩㄢˊ ㄏㄨㄤˊ）今ㄒ與ㄏ不同聲，然古代同聲，故乃爲雙聲之字。又如楚辭九章悲回風：「存髣髴而不見兮，心踊躍其若湯。」髣髴（ㄈㄤˇ ㄈㄨˊ）踊躍（ㄩㄥˇ ㄩㄝˋ）皆雙聲也，餘如

「鳳蓋棽麗，龢鑾玲瓏。」（班固東都賦）

「琴麗」、「玲瓏」皆為雙聲。

「馬毛縮如蝟，角弓不可張。」（樂府詩鮑照出自薊北門行）「馬毛」、「角弓」皆為雙聲。

「流連河裏遊，惻愴山陽賦。」（古詩顏延年五君詠向常侍）「流連」、「惻愴」皆為雙聲。

「日銷月鑠就埋沒，六年西顧空吟哦。」（七古、韓愈石鼓歌）「埋沒」、「吟哦」皆為雙聲。

「慷慨倚長劍，高歌一送君。」（五律王維送張判官赴河西）「慷慨」、「高歌」皆為雙聲。

「迢遞山河擁帝京，參差宮殿接雲平。」（七律司空曙長安望寄程補闕）「迢遞」、「參差」皆為雙聲。亦有數句之中，僅二字雙聲者，此只要留意，即可發現。

【練　習】 試仿下列「雙聲」造句

1. 「相逢相笑盡如夢，為雨為雲今不知。」（七絕劉禹錫有所嗟）
「相笑」、「為雲」皆為雙聲。

2. 「只許劉郎，暗傳消息。」（詞趙長卿侍香金童）
「劉郎」、「消息」皆為雙聲。

3. 「草木之生也柔弱，其死也枯槁。」（老子第七十六章）
「柔弱」、「枯槁」皆為雙聲。

4. 「豈期終始參差，倉皇翻覆。」（孔稚珪北山移文）
「參差」、「翻覆」皆為雙聲。

5. 「關機闔開，雷厲風飛。」（韓愈潮州刺史上表）

「關機」、「霜厲」皆爲雙聲。

6. 「使秦晉之民，父子流離，肝腦塗地。」（蘇軾陳州爲張安道論時事書）

「流離」、「塗地」皆爲雙聲。

（二）隔句雙聲錯綜

「何有何亡，黽勉求之；凡民有喪，匍匐救之。」（詩邶風谷風四章）

「黽勉」、「匍匐」皆爲雙聲。

「靚杪秋之遙夜兮，心繚悷而有哀；春秋逴逴而日高兮，然惆悵而自悲。」（楚辭九辯）

「繚悷」、「惆悵」皆爲雙聲。

【練　習】試仿下列雙聲造句。

1. 「隴底望秦川，迢遞隔風烟；蕭條落野樹，幽咽響流泉。」（樂府詩顧野王隴頭水）

「迢遞」、「幽咽」皆爲雙聲。

2. 「愁因薄暮起，興是清秋發；時見歸村人，平沙渡頭歇。」（五古孟浩然秋登萬山寄張五）

「清秋」、「渡頭」皆爲雙聲。

3. 「對瀟瀟暮雨灑江天，一番洗清秋。漸霜風淒緊，關河冷落，殘照當樓。」（詞柳永八聲甘州）

「清秋」、「冷落」皆爲雙聲。

4. 「臣聞白日曬光，幽隱皆照；明月耀夜，蟁蝱宵見。」（漢中山靖王聞樂對）

「幽隱」、「蟋蟀」皆爲雙聲。

5.「夢升顏色憔悴，初不可識，久而握手欷歔，相飲以酒。」（歐陽修黃夢升墓誌銘）

七、疊韻法

（一）上下句疊韻錯綜

疊韻者謂韻相同也，如崑崙（ㄎㄨㄣ ㄌㄨㄣˊ）周流（ㄓㄡ ㄌㄧㄡˊ）逍遙（ㄒㄧㄠ ㄧㄠˊ）皆疊韻也。其有今讀之非疊韻，而古代乃疊韻者，此亦音變之故也。

「邅吾道夫崑崙兮，路脩遠以周流。」（楚辭離騷）

「崑崙」、「周流」皆爲疊韻。

「寤從容以周流兮，聊逍遙以自恃。」（楚辭九章悲回風）

「從容」、「逍遙」皆爲疊韻。

「上林岑以壘嵬，下嶃巖以嵒齬。」（漢賦張衡西京賦）

「林岑」、「嶃巖」皆爲疊韻。

「泱漭塞郊外，蕭條聞哭聲。」（五古王維哭殷遙）

「泱漭」、「蕭條」皆爲疊韻。

「空山何窈窕，三秀日氛氳。」（五古唐李頎送暨道還玉清觀）

「窈窕」、「氛氳」皆爲疊韻。

「寒垣春錯莫，行路老侵尋。」（五律王安石欲歸）

「錯莫」、「侵尋」皆爲疊韻。

【練　習】 試以下列疊韻之字造句。

1. 「悵望千秋一灑淚，蕭條異代不同時。」（七律杜甫詠懷）
「悵望」、「蕭條」皆爲疊韻。

2. 「悵望秋天鳴墜葉，巑岏枯柳宿寒鴟。」（七律李頎題盧五舊居）
「悵望」、「巑岏」皆爲疊韻。

3. 「水光瀲灩晴方好，山色空濛雨亦奇。」（七絕蘇軾飲湖上初晴復雨）
「瀲灩」、「空濛」皆爲疊韻。

4. 「十年夢裏嬋娟，二月花中荳蔻，春風爲誰依舊。」（詞呂渭老撲蝴蝶）
「嬋娟」、「荳蔻」皆爲疊韻。

5. 「萬樹綠低迷，一庭紅撲簌。」（詞無名氏後庭宴）
「低迷」、「撲簌」皆爲疊韻。

6. 「哀哉堪恨你小人儒，嗚呼不識俺男兒漢。」（北曲鄭德輝王粲登樓仙呂宮寄生草）
「哀哉」、「嗚呼」皆爲疊韻。

7. 「愛殺這雙頭旖旎，兩扇團圞。」（南曲洪昇長生殿越調綿搭絮）

「旖旎」、「團圞」皆為疊韻。

8.「彷徨乎无為其側，消遙乎寢臥其下。」（莊子消遙遊）

「彷徨」、「消遙」皆為疊韻。

9.「而先生從容夷猶，治絲不棼。」（清梅曾亮閒園詩序）

「從容」、「治絲」皆為疊韻。

10「御宇三十年，無一日之暇逸，無須臾之不敬。」（曾國藩遵議大禮摺）

「一日」、「須臾」皆為疊韻。

（二）隔句疊韻錯綜

「苟余情其信姱以練要兮，長顑頷亦何傷；擥木根以結茝兮，貫薜荔之落蕊。」（離騷）

「顑頷」、「薜荔」皆為疊韻。

「既懲懼於登望，降周流以彷徨；步甬道以縈紆，又杳窱而不見陽。」（班固西都賦）

「周流」、「杳窱」皆為疊韻。

「川上風雨來，須臾滿城闕；岧嶢青蓮界，蕭條孤興發。」（韋應物同德寺雨後寄元侍御李博士）

「須臾」、「蕭條」皆為疊韻。

「花際徘徊雙蛺蝶，池邊顧步兩鴛鴦；傾國傾城漢武帝，為雲為雨楚襄王。」（七古劉希夷公子行）

「徘徊」、「傾城」皆為疊韻。

「平明乍逐胡風斷，薄暮渾隨塞雨回。繚繞斜谷鐵關樹，氛氳半掩交河戍。」（七古岑參火山雲歌送別）

「平明」、「繚繞」皆為疊韻。

「沉吟東山意，欲去芳歲晚；悵望黃綺心，白雲若在眼。」（五律賈至贈裴九侍御昌江草堂彈琴）

「沉吟」、「悵望」皆為疊韻。

【練　習】以下列疊韻之字造句。

1.「賜冰滿盌沉朱實，法饌盈盤覆碧籠；盡日消遙避煩暑，再三珍重主人翁。」（七律劉禹錫劉駙馬水亭避暑）

「滿盌」、「消遙」皆為疊韻。

2.「行到楚江岸；蒼茫人正迷；祇知秦塞遠，格磔鷓鴣啼。」（五絕錢起江行無題）

「蒼茫」、「格磔」皆為疊韻。

3.「羅綺叢中，笙歌叢裏；眼狂初認輕盈，無花解比，似一鉤新月，雲際初生。」（詞晁補之紫玉簫）

「叢中」、「輕盈」皆為疊韻。

4.「長空萬里，見嬋娟可愛，全無一點纖凝，十二闌干光滿處。」（南曲琵琶記大石調念奴嬌序）

「嬋娟」、「闌干」皆為疊韻。

5.「蓄祿不厚，則民不信；政令不斷，則民不畏。」（墨子尚賢篇）

「蓄祿」、「政令」皆為疊韻。

6.「當時大臣將相，皆得從容終日，歡如平生。」（蘇軾策略五）
「將相」、「平生」皆爲疊韻。

八、雙聲疊韻錯綜法

雙聲疊韻錯綜者爲雙聲疊韻同時出現在上下二句之間也。如：

「帶長鋏之陸離兮，冠切雲之崔嵬。」（楚辭九章涉江）
「陸離」爲雙聲。「崔嵬」爲疊韻。

「廓落兮羇旅而無友生，惆悵兮而私自憐。」（楚辭九辯）
「廓落」爲疊韻。「惆悵」爲雙聲。

「旁薄立四極，穹隆放蒼天。」（樂府詩陸機挽歌）
「旁薄」爲雙聲。「穹隆」爲疊韻。

「隨風更迢遞，縈雲暫徘徊。」（五古劉子翬聞箏作）
「迢遞」爲雙聲。「徘徊」爲疊韻。

「憑誰爲問花消息，有夢遙驚山突兀。」（七古王十朋郡圃無海棠買數根植之）
「消息」爲雙聲。「突兀」爲疊韻。

「寒山轉蒼翠，秋水日潺湲。」（五律王維輞川閑居贈裴秀才迪）

「蒼翠」爲雙聲。「潺湲」爲疊韻。

「功蓋三分國，名成八陣圖。」（五絕杜甫八陣圖）

「功蓋」爲雙聲。「名成」爲疊韻。

「又何必扶桑掛弓，強如劒倚崆峒。」（南曲琵琶記中呂宮山花子第三換頭）

「掛弓」爲雙聲。「崆峒」爲疊韻。

「民人登降移徙，崎嶇而不安。」（司馬相如難蜀父老）

「民人」爲疊韻。「崎嶇」爲雙聲。

「叛陸離其上下兮，遊驚霧之流波；旹曖曃其曭莽兮，召玄武而奔屬。」（楚辭遠遊）

「陸離」爲雙聲。「曖曃」爲疊韻。

【練　習】試仿下列句型造一句含雙聲，另一句含疊韻之長句。

1. 「何青雲之流瀾兮，微霜降之蒙蒙。徐風至而徘徊兮，疾風過之湯湯。」（楚辭七諫怨思）
「流瀾」爲雙聲，「徘徊」爲疊韻。

2. 「窈窕神仙閣，參差雲漢間。九重中禁啓，七日早春還。」（五律宗楚客奉和人日清暉樓宴羣臣遇雪應制）
「參差」爲雙聲。「七日」爲疊韻。

3. 「風鹿荏苒音書絕，關塞蕭條行路難；已忍伶俜十年事，強移棲息一枝安。」（七律杜甫宿府）
「荏苒」爲雙聲。「伶俜」爲疊韻。

4. 「姑蘇城畔千年木，刻作夫差廟裏神；冠蓋寂寥塵滿室，不知簫鼓樂何人。」（七絕陳羽經夫差廟）

「姑蘇」爲疊韻。「冠蓋」爲雙聲。

5. 「嬌艷輕盈香雪膩，細雨黃鸝雙起；東風惆悵欲清明，公子橋邊沉醉。」（詞南唐張泌滿宮花）

「輕盈」爲疊韻。「惆悵」爲雙聲。

6. 「習習東風，賣花聲吹入，小小簾櫳。」（南曲琵琶怨傳奇仙呂入雙調黑蝲序）

「東風」爲疊韻。「簾櫳」爲雙聲。

7. 「宏亮洪業，表相祖宗；贊揚迪喆，備哉粲爛。」（班固典引）

「祖宗」爲雙聲。「粲爛」爲疊韻。

8. 「遁逃復還，愁痛笑歌；逋祖匿役，期月辦理。」（柳宗元零陵三亭記）

「遁逃」爲雙聲。「逋祖」爲疊韻。

9. 「周流委輸，以一部轂綰其口，冠蓋櫛居，不可以武競。」（淸梅曾亮閒園詩序）

「周流」爲疊韻。「冠蓋」爲雙聲。

九、拼字法

拼字，或謂之鑲嵌。爲使語文舒緩、或鄭重，遂加字以拼成之。如左傳昭公廿五年，有鸜鵒來巢，師己引童謠云：「鸜之鵒之，公出辱之。」加二之字，拼成四字，以成童謠。又如漢書敍傳（卷一〇〇，一〇一）：「榮如辱如，有機有樞。」加二如字以拼成一句。何典卷四：「這個其容且易。」多加「其、且」二字，以拼成文句。亦有加虛字，以拼成詞者，如「亂七八糟」，「接二連三」，「四平八穩」，「瞎三話四」。亦有加實字以拼成詞句者，如加「天地」於「歡喜」，則成「歡天喜地」，加「油滑」於「頭腦」，則成「油頭滑腦」，加「詳細」於「情節」則成「詳情細節」，等皆是。

林紓畏廬論文。拼字法云：「古文之拼字與塡詞之拼字，法同而字異。……詞中之拼字法，蓋用尋常經眼之字，一經拼集，便生異觀。如花柳者常用字也，昏暝二字亦然；一拼爲『柳昏花暝』則異矣。玉香者常用字也，嬌怨二字亦然；一拼爲『玉嬌香怨』則異矣。煙雨者常用字也，顰恨二字亦然；一拼爲『恨煙顰雨』則異矣，綺羅者常字也，愁恨二字亦然；一拼爲『愁羅恨綺』則異矣。……」至於古文拼字法則云：如漢書楊雄傳之勤崇垂鴻，崇、高也，鴻、大也。師古注云「勤崇名而垂鴻業也。」又騁耆奔欲，耆卽嗜字，嗜欲人所常用，一拼以奔騁二字，立成異觀。」此詩文之拼字者也。

亦有以數字，拼成詩文者，如

樂府詩集：「江南可采蓮，蓮葉何田田！魚戲蓮葉間：魚戲蓮葉東，魚戲蓮葉西，魚戲蓮葉南，魚戲蓮葉北。」加東西南北四字，以拼句。

【練　習】 尋出下列拼字，並述明其故。

1. 他們不過奉官差遣，打殺他也覺寃哉枉也。（何典卷九）
2. 他也不過是個平者常也的人。
3. 林之洋鬍鬚早已燒得一乾二淨。（鏡花緣第二十六回）
4. 索性給他一不做、二不休罷。（鏡花緣卅五回）

5.「三對六面」，「低三下四」，「七嘴八舌」，「七零八落」。

6.此時與子空歸來，男呻女吟四壁靜。（杜甫乾元中寓居同谷縣作歌。）

7.山重水複疑無路，柳暗花明又一村。（陸遊山西寺）

8.兩個了頭，川流不息地在家前屋後走，叫的太太一片聲響。（儒林外史廿七回）

9.蘆花灘上有扁舟，俊傑黃昏獨自遊。義到盡頭原是命，反躬逃難必無憂。（水滸傳六十回），（每句第一字即盧俊義反）

十、複辭法

複詞卽將同一之字，交錯用之，或謂之交錯之體。陳騤文則卷上丁節云：「文有交錯之體，若糾纏然，主在析理，理盡後已。書曰：『念茲在茲，釋茲在茲，名言茲在茲，允出茲在茲。』（大禹謨。連用茲，在）莊子曰：『有始也者，有未始有始也者，有未始有夫未始有始也者。』（齊物論。有始交錯用之。）又曰：『以指喻指之非指，不若以非指喻指之非指也。』荀子曰：『不利而利之，不如利而後利之之利也；利而後利之，不如利而不利者之利也。』（富國篇）國語曰：『成人在始與善。始與善，善進善，不善蔑由至矣；始與不善，不善進不善，善亦蔑由至矣。』（見晉語六）穀梁曰：『人之所以為人者言也；人而不能言，何以為人？言之所以為言者信也；言而不信，何以為言？信之所以為信者道也；信而不道，何以為信？』此類多矣，不可悉舉。」其所謂交錯之體，卽複辭也，將同一之字，前後交複錯雜於各詞句之中。

【練　習】 找出下列之複辭。

1. 有無也者，有未始有無也者，有未始有夫未始有無也者。俄而有無矣，而未知有無之果孰有孰無也？今我則已有謂矣，而未知吾所謂之其果有謂乎？其果無謂乎？（莊子齊物論）

2. 可乎可，不可乎不可。道行之而成，物謂之而然。惡乎然，然於然。惡乎不然，不然於不然。物固有所然，物固有所可；無物不然，無物不可。（同上）

3. 有生不生，有化不化；不生者能生生，不化者能化化；生者不能不生，化者不能不化；故常生常化，常生常化者，无時不生，无時不化。（列子天瑞篇）

4. 湯固問，革曰：「无則无極，有則有盡。朕何以知之？然无極之外，復无无極；无盡之中，復无无盡。无極復无无極，无盡復无无盡。朕以是知其无極无盡也，而不知其有極有盡也。」（列子湯問篇。无、無也。）

5. 知之爲知之，不知爲不知，是知也。（論語爲政篇）

6. 老吾老以及人之老，幼吾幼以及人之幼。（孟子梁惠王上）

7. 齊景公問政於孔子，孔子對曰：「君君，臣臣，父父，子子。」公曰：「善哉！信如君不君，臣不臣，父不父，子不子；雖有粟，吾得而食諸？」（論語顏淵篇）

8. 故有生者，有生生者；有形者，有形形者；有聲者，有聲聲者；有色者，有色色者；有味者，有味味者。（列子天瑞篇）

9. 相見時難別亦難，東風無力百花殘。（李商隱無題詩）

10 春心莫共花爭發，一寸相思一寸灰。（同上）

11 昨夜星辰昨夜風，畫樓西畔桂堂東。（同上）
12 荷葉生時春恨生，荷葉枯時秋恨成。深知身在情長在，悵望江頭江水聲。（李商隱暮秋獨遊曲江詩）
13 此生此夜不長好，明月明年何處看。（蘇東坡中秋月）
14 古人重到今人愛，萬局都無一局同。（歐陽炯棋詩）
15 終日看山山不厭，買山終待老山間。山花落盡山長在，山水空流山自閒。（王安石遊鍾山詩）
16 裏湖、外湖，無處是無春處。眞山眞水眞畫圖。（徐再思朝天子西湖曲）

十一、類字法

類字者，在文句中，用同一類之字，以表達文意，發抒其思想也。陳騤文則云：「文有數句用一類字，所以壯文勢，廣文義也。」如

詩經蓼莪：「父兮生我，母兮鞠我、拊我、畜我、長我、育我、顧我、出入腹我。」

孟子盡心篇：「人不可以無恥，無恥之恥，無恥矣。」

又：「可欲之謂善，有諸己之謂信，充實之謂美，充實而有光輝之謂大，大而化之之謂聖，聖而不可知之謂神。」

宋祁浪陶沙詞：「到如今，始惜月滿、花滿、酒滿。」

王沂孫醉蓬萊詞：「一室秋燈，一庭秋雨，更一聲秋雁。」

以上皆類字也。自古論類字較佳者爲陳騤文則，玆錄其法於此，以供參研。

之法：孟子曰：「勞之，來之，匡之，直之，輔之，翼之。」易經說卦：「雷以動之，風以散之，雨以潤之，日以烜之，艮以止之，兌以說之，乾以君之、坤以藏之。」老子：「故道生之，畜之，長之，育之，成之，熟之，養之，覆之。」此「之」之二法。

爲法：易說卦曰「乾爲天，爲圜，爲君，爲父，爲玉，爲金，爲寒，爲冰……」莊子曰：「形就而入且爲顚，爲滅，爲崩，爲蹶。心和而出且爲聲，爲名，爲妖，爲孽。」此又一法也。

必法：考工記：「容轂必直，陳篆必正，施膠必厚，施筋必數。」月令曰：「秫稻必齊、……水泉必香，陶器必良，火齊必得。」

無法：左氏傳：「無始亂，無怙富，無恃寵，無違同，無敖禮，無驕能，無復怨，無謀非德，無犯非義。」

其法：易繫辭：「其稱名也小，其取類也大，其旨遠，其辭文，其言曲而中，其事肆而隱。」樂記曰：「其哀心感者，其聲噍以殺；其樂心感者，其聲嘽以緩。其喜心感者，其聲發以散；其怒心感者，其聲粗以厲。其敬心感者，其聲直以廉；其愛心感者，其聲和以柔。」

或法：詩北山曰：「或燕燕居息，或盡瘁事國，或息偃在牀，或不已于行，或不知叫號，或慘慘劬勞，或栖遲偃仰，或王事鞅掌，或湛樂飲酒，或慘慘畏咎，或出入風議，或靡事不爲。」退之南山詩云：「或連若相從，或蹙若相鬬，或妥若弭伏，或竦若驚雛，或散若瓦解，或赴若輻輳，或翩若船游，或快若馬驟。」皆廣北山或字法而用之也。老子曰：「故物或行，或隨，或呴，或吹，或強，或羸，或載，或隳。」又一法也。

者法：考工記曰：「脂者，膏者，羽者，鱗者。」又曰：「以脰鳴者，以注鳴者，以旁鳴者，以翼鳴者，以股鳴者，以胸鳴者。」莊子曰：「激者，謞者，比者，吸者，叫者，譹者，實者，咬者。」韓退之畫記云：「行者，牽者，奔者，涉者，陸者，翹者，顧者，鳴者，寢者，訛者，立者，齕者，飲者，溲者，陟者，降者。」凡此用者字，其原出於考工記及莊子法也。

焉法：祭統：「見事鬼神之道焉，見君臣之義焉，見父子之倫焉，見貴賤之等焉，見親疏之殺焉，見爵賞之施焉，見夫婦之別焉，見政事之均焉，見長幼之序焉，見上下之際焉。」學記：「藏焉，修焉，息焉，游焉。」三年問：「翔回焉，鳴號焉，蹢躅焉，踟躕焉。」又一法也。

可法：考工記：「故可規，……可縣，可量，可權。」表記：「事君可貴，可賤，可富，可貧，可生，可殺。」

實法：「實方，實苞，實種，實褎，實發，實秀，實堅，實好，實穎，實栗。」

侯法：詩曰：「侯王，侯伯，侯亞，侯旅，侯彊，侯以。」

斯法：檀弓：「人喜則斯陶，陶斯咏，咏斯猶，猶斯舞，舞斯慍，慍斯戚，戚斯嘆，嘆斯辟，辟斯踊矣。」

有法：禮器曰：「有直而行也，有曲而殺也，有經而等也，有順而討也，有摲而播也，有推而進也，有放而文也，有放而不至也，有順而撫也。」左氏傳：「名有五，有信，有義，有象，有假，有類。」又一法也。孟子：「父子有親，君臣有義，夫婦有別，長幼有序，朋友有信。」此又一法也。

兮法：荀子：「井井兮其有條理也，嚴嚴兮其能敬己也。分分兮其有終始也，……隱隱兮其恐人不當也。」按兮字用於句尾助詞，在辭賦中最多：如王粲登樓賦：「登茲樓以四望兮，聊暇日以消憂。」（參見拙著高級國文法）

則法：中庸曰：「誠則形，形則著，著則明，明則動，動則變，變則化。」

然法：荀子曰：「儼然，壯然，祺然，蕼然，恢恢然，廣廣然，昭昭然，蕩蕩然。」

奚法：莊子曰：「奚爲？奚據？奚避？奚處？奚就？奚去？奚樂？奚惡？」

而法：莊子曰：「而容崖然，而目衝然，而顙頯然，而口闞然，而狀義然。」考工記曰：「清其灰而……而揮之，而沃之，……而塗之，而宿之。」

乃法：詩曰：「乃慰，乃止，乃左，乃右，乃疆，乃理，乃宣，乃畝。」

似法：莊子：「似鼻，似口，似耳，似櫝，似圈，似臼，似洼者，似污者。」

乎法：莊子：「與乎其觚而不堅也，張乎其虛而不華也，邴邴乎其似喜乎，崔乎，其不得已乎。滀乎進我色也，與乎止我德也，厲乎其以世乎，謷乎其未可制也，連乎其似好閉也，悗乎忘其言也。」祭義：「洞洞乎其敬也，屬屬乎其忠也。勿勿乎其欲其饗之也。」

也法：中庸曰：「修身也，尊賢也，親親也，敬大臣也，體羣臣也，子庶民也，來百工也，柔遠人也，懷諸侯也。」

以法：大司樂（周禮）：「以致鬼神，以和邦國，以諧萬民，以安賓客，以說遠人，以作動物。」

曰法：洪範（書經）：「一曰水，二曰火，三曰木，四曰金，五曰土。」周禮小胥：「曰風，曰賦，曰比，曰興，曰雅，曰頌。」大宗伯：「春見曰朝，夏見曰宗，秋見曰覲，冬見曰遇，時見曰會，殷見曰同。」

矣法：詩曰：「辭之輯矣，民之洽矣，辭之懌矣，民之莫矣。」六月詩序：「鹿鳴廢，則和樂缺矣。皇皇皇者華廢，則忠信缺矣。棠棣廢，則兄弟缺矣。」

之謂：易繫辭：「富有之謂大業，日新之謂盛德，生生之謂易，成象之謂乾，效法之謂坤，極數知來之謂占，通變之謂事，陰陽不測之謂神。」

謂之：易繫辭：「闔戶謂之坤，闢戶謂之乾，一闔一闢謂之變，往來不窮謂之通，見乃謂之象，形乃謂之器，制而用之謂之法，利用出入，民咸用之謂之神。」

可以：論語：「詩可以興，可以觀，可以羣，可以怨。」莊子：「可以保身，可以全生，可以養親，可以盡年。」

不以：左氏傳：「不以國，不以官，不以山川，不以隱疾，不以畜牲，不以器幣。」

而不：左氏傳：「直而不倨，曲而不流，邇而不偪，遠而不攜，遷而不淫，復而不厭，哀而不愁，樂而不荒，用而不匱，廣而不宣，施而不費，取而不貪，處而不底，行而不流。」

于時：詩曰：「于時處處，于時廬旅，于時言言，于時語語。」鄭康成注：「時、是也。」按于、於也。

曾是：詩曰：「曾是強禦，曾是掊克，曾是在位，曾是在服。」

有若：書曰：「有若虢叔，有若閎夭，有若散宜生，有若泰顛，有若南宮括。」

未嘗：孔子家語：「未嘗知哀，未嘗知憂，未嘗知勞，未嘗知懼，未嘗知危。」

方且：莊子：「方且本身而異形，方且尊知而失馳，方且爲緒使，方且爲物絃，方且四顧而物應，方且應衆宜，方且與物化。」

以之：仲尼燕居（禮記）：「以之居處有禮，故長幼辨也；以之閨門之內有禮，故三族和也；以之朝廷有禮，故官爵序也；以之田獵有禮，故戎事閑也；以之軍旅有禮，故武功成也。」

足以：易曰：「體仁足以長人，嘉會足以合禮，利物足以和義，貞固足以幹事。」中庸曰：「聰明睿智，足以有臨也；寬裕溫柔，足以有容也；發強剛毅，足以有執也；齊莊中正，足以有敬也；文理密察，足以有別也。」此一法也。

得其：仲尼燕居：「宮室得其度量，鼎得其象，味得其時，樂得其節，居得其式，鬼神得其饗，喪紀得其哀，辯說得其黨，官得其體，政事得其施。」

之以：禮記：「慮之以大，愛之以敬，行之以禮，修之以孝養，紀之以義，終之以仁。」

所以：禮運：「祭帝於郊，所以定天位也；祀社於國，所以列地利也；祖廟所以本仁也，山川所以儐鬼神也，五祀所以本事也。」

存乎：易繫辭：「列貴賤者存乎位；齊小大者，存乎卦；辯吉凶者，存乎辭；憂悔吝者，存乎介；震无咎者，存乎悔。」

於是乎：國語曰：「上帝之粢盛於是乎出，民之蕃庶於是乎生，事之供給於是乎在，和協輯睦於是乎興，財用蕃殖於是乎始，敦龐純固於是乎成。」

莫大乎：易繫辭：「法象莫大乎天地，變通莫大乎四時，懸象著明莫大乎日月，崇高莫大乎富貴。備物致用，立成器以爲天下利，莫大乎聖人。」

知所以：中庸曰：「知斯三者，則知所以修身；知所以修身，則知所以治人；知所以治人，則知所以治天下國家矣。」

餘陳氏未例者，尚有許多，如「思」「不可以不」，中庸：「君子不可以不修身。思修身，不可以不事親。思事親，不可以不知人。思知人，不可以不知天。」……總之類字法，用於廣文義、增旨趣、壯文聲、美文采。古人多愛用之，學者隨時留意，定可發現。

【練　習】 以下列之語，倣類字之法，造句。

1.有。2.或。3.以。4.而。5.於。

6.可以。7.之謂。8.莫大於（於、乎，同）。9.莫高矣。

10以之。11未嘗。12所以。

十二、疊字法

疊字者謂二字或二字以上之字，重疊使用也。此在古時詩文詞曲中最常出現。詩經中如：「關關雎鳩」，「維葉萋萋」，「其鳴喈喈」，「維葉莫莫」，「采采卷耳」「詵詵兮宜爾子孫振振兮……」「桃之夭夭，灼灼其華。」「其葉蓁蓁」，「肅肅兔罝，椓之丁丁。」「赳赳武夫」「翹翹錯薪」，「振振公子……」，「被之僮僮」「喓喓草蟲，趯趯阜螽，未見君子，憂心忡忡。」……皆以疊字組成。詩經用疊字者甚多。清王筠曾將詩經之疊字，類聚之，成毛詩重言一書，蓋詩用疊字，益能使聲調鏗鏘，神韻新奇，意境清新，讀之能加深印像，復能助人記憶，故古今文士皆愛用之也。

顧炎武日知錄廿一云：「詩用疊字最難，衛詩：『河水洋洋，北流活活，施罛濊濊，鱣鮪發發，葭菼揭揭，庶姜孽孽。』連用六疊字，可謂複而不厭，賾而不亂矣。古詩：『青青河畔草，鬱鬱園中柳，盈盈樓上女，皎皎當窗牖，娥娥紅粉妝，纖纖出素手。』連用六疊字，亦極自然。下此無人能繼。（以下論辭賦之疊字）屈原九章悲回風：「紛容容之無經兮，罔芒芒之無紀。軋洋洋之無從兮，馳委移之焉止。漂翻翻其上下兮，翼遙遙其左右。氾潏潏其前後兮，伴張弛之信期。』連用六疊字。宋玉九辯：「乘精氣之摶摶兮，鶩諸神之湛湛。驂白霓之習習兮，歷羣靈之豐豐。左朱雀之茇茇兮，右蒼龍之躍躍。屬雷師之闐闐兮，通飛廉之衙衙。前輕輬之鏘鏘兮，後輜乘之從從。載雲旗之委蛇兮，扈屯騎之容容。』連用十一疊字，後人辭賦，亦罕及之者。」

此蓋以連用疊字至六，至十一爲難也。至於用一二疊字者則甚多也。後世之詩、詞、曲皆常見之：如

左思詠史詩：「濟濟京城內，赫赫王侯居。……悠悠百世後，英名擅八區。」又：「峨峨高門內，藹藹皆王侯。」又：「習習籠中鳥，擧翮觸四隅。落落窮巷士，抱影守空廬。」

崔顥黃鶴樓詩：「昔人已乘黃鶴去，此地空餘黃鶴樓。黃鶴一去不復返，白雲千載空悠悠。晴川歷歷漢陽樹，芳草萋萋鸚鵡洲。日暮鄉關何處是，烟波江上使人愁。」

馬致遠惜春曲：「齊臻臻珠圍翠繞，冷清清綠暗紅疏。但合眼夢裏尋春去；春光堪畫，春景堪圖；春心狂蕩，春夢何如？……感春情來來往往蜂媒，動春意哀哀怨怨杜宇，亂春心嬌嬌怯怯鶯雛……。」

至於疊字之組成，僅將一字重疊之卽可，亦有重疊二字爲四字者，如馬氏惜春曲將來往，嬌怯，哀怨，皆重疊爲四字。餘如蓊鬱、高興、客氣、轉彎、吃力、寫意、迷糊、隨便，重疊之卽成。蓊蓊鬱鬱，高高興興，客客氣氣，轉轉彎彎，吃吃力力，寫寫意意，迷迷糊糊，隨隨便便，此種類至多。梁紹壬曰：「有一句疊三字者，吳融秋樹詩：『槭槭淒淒葉葉同』是也。有一句連三字者，劉駕詩：『樹樹樹梢啼曉鶯，夜夜夜深聞子規』是也。有兩句連三字者，白樂天詩：『新詩三十軸，軸軸金玉聲』是也。有一句疊四字者，古詩：『行行重行行』，木蘭詩：『喞喞復喞喞』是也。有兩句互疊字者，

王冑詩：「年年歲歲花常發，歲歲年年人不同」是也。有三聯疊字者，古詩靑靑河畔草是也。有七聯疊字者，昌黎南山詩延延離，又屬十四句是也。至李易安詞：『尋尋覓覓，冷冷淸淸，淒淒慘慘戚戚』連上十四疊字，出奇制勝，眞匪夷所思矣。」是疊字之組成，種類至多也，其變化運用之妙，惟存乎一己之構思耳。（按此與摹狀不同者，以此用法較廣，不限於摹狀也。）

至於疊字於句中之排列，可用於句首，或句尾，句中皆可。楊升菴曾就杜甫詩析其例云：「詩中疊字最難下，唯少陵用之獨工。今按七律中，有用之句首者，如『娟娟戲蝶過閒幔，片片輕鷗下急湍。』『短短桃花臨水岸，輕輕柳絮點人衣。』『靑靑竹筍迎船出，白白江魚入饌來』是也。有用之句尾者，如『信宿漁人還泛泛，淸秋燕子故飛飛。』『小院回廊春寂寂，浴鳧飛鷺晚悠悠。』『客子入門月皎皎，離家擣練風淒淒。』是也。有用之上腰者，如『宮草霏霏承委佩，爐烟細細駐遊絲。』『江天漠漠鳥雙去，風雨時時龍一吟。』『雲石熒熒高葉晚，風江颯颯亂帆秋。』『山木蒼蒼落日曛，竹竿裊裊細泉分』是也。有用之下腰者，如『穿花蛺蝶深深見，點水蜻蜓款款飛。』『風含翠篠娟娟淨，雨裛紅蕖冉冉香。』『無邊落木蕭蕭下，不盡長江滾滾來。』『碧窗宿霧濛濛濕，朱拱浮雲細細輕。』是也。聲諧義恰，句句帶仙靈之氣，眞不可及矣。」由此可見，只要用之妥當，則疊字在任何位置皆可。善用疊字，益能使聲諧義恰，詞句有仙靈之氣。

文章中用疊字者，亦時有之，如

史記屈原列傳：「人又誰能以身之察察，受物之汶汶者乎？寧赴長流葬乎江魚腹中耳。又安能以浩浩之白，而蒙世之溫蠖乎？」

貨殖列傳：「故曰『天下熙熙，皆爲利來；天下壤壤，皆爲利往。』」

司馬遷報任少卿書：「是以腸一日而九迴，居則忽忽若有所亡。」

陶淵明五柳先生傳：「不戚戚於貧賤，不汲汲於富貴。」

李華弔古戰場文：「鳥無聲兮山寂寂，夜正長兮風淅淅，魂魄結兮天沈沈，鬼神聚兮雲冪冪……悁悁心目，寢寐見之。」

韓愈原道：「彼以煦煦爲仁，孑孑爲義。」

韓愈爭臣論：「自古聖人賢士……孜孜矻矻，死而後已。」

【練　習】找出疊字之辭格，並模倣之以造句。

1. 王臣蹇蹇，匪（非也）躬之故。（易經蹇卦）
2. 巍巍乎，唯天爲大。（論語泰伯篇）
3. 余固知謇謇之爲患兮，忍而不能舍也。（屈原離騷）
4. 所以臨難慷慨，而不能恨恨者，惟此而已。（陸機謝平原內史表）
5. 木欣欣以向榮，泉涓涓而始流。（陶淵明歸去來辭）
6. 歌臺暖響，春光融融，舞殿冷袖，風雨淒淒。（杜牧阿房宮賦）
7. 憂心忡忡，待旦而入……私心慆慆，假寐而坐。（王禹偁待漏院記）

8. 岸芷汀蘭，郁郁青青……把酒臨風，其喜洋洋者矣。(范仲淹岳陽樓記)

9. 稍稍雨侵竹，翻翻鵲驚叢。(柳宗元初秋夜坐)

10 湖上微風入檻涼，翻翻菱荇滿迴塘。(溫庭筠南湖詩)

11 夜聽疏疏還密密，曉看整整復斜斜。(黃庭堅詠雪詩)

12 斷雨殘雲無意緒，寂寞朝朝暮暮。(毛滂惜分飛詞)

13 側着耳朵兒聽，躡着脚步兒行，悄悄冥冥潛潛等等。(西廂記酬韻)

14 我則見黯黯慘慘天涯雲布，萬萬點點瀟湘夜雨。正値著窄窄狹狹溝溝塹塹路崎嶇，黑黑黯黯彤雲布，……正値著颼颼摔摔風，淋淋渌渌雨。(佚名氏貨郎旦雜劇)

15 惟見有塊烏雲微微上升……只聽得四面呼呼亂響，……這纔略略小些……那知此山處處都是仙境。……唐敖正游的高興，雖然轉身，仍是戀戀不捨，四處觀望。(鏡花緣卅九—四十回)

16 「灼灼」狀桃花之鮮，「依依」盡楊柳之貌，「杲杲」爲出日之容，「瀌瀌」擬雨雪之狀，「喈喈」逐黃鳥之聲，「喓喓」學草蟲之韻。(劉彥和文心雕龍物色篇論詩經之疊字。周南「桃之夭夭，灼灼其華。」小雅「昔我往矣，楊柳依依。」衛風：「其雨其雨，杲杲出日。」小雅：「雨雪瀌瀌，見晛曰消。」周南「黃鳥于飛，集于灌木，其鳴喈喈。」召南：「喓喓草蟲。」)

十三、配字法

配字者，以無相關之字，配實義之字，以構成偶詞(二字、四字而成一詞者)者也。如易經繫辭傳

：「潤之以風雨。」夫風所以吹萬物，橈動萬物者也，雨所以潤澤萬物者也。而曰「潤之以風雨」，不曰「潤之以雨」者，蓋以風配之，而連言風雨耳。（不然，則宜言橈潤之以風雨）是風字配雨字，以構成一詞，以與上句「鼓之以雷霆」對。又如禮記曲禮：「猩猩能言，不離禽獸。」猩猩者走獸也，非飛禽也，而連言之以配成「禽獸」一詞。此「風」也「禽」也，謂之配字。黃季剛先生云：「古人文多用配字，如出師表：『危急存亡之秋』，存字係配字。游俠傳序（史記）：『緩急人所時有』，緩字係配字。」蓋言「危急亡之秋」，或言「危急滅亡之秋」皆不如言「危急存亡之秋」爲善，言「急人所時有」不如言「緩急人所時有」之善。加一字以配之，則詞能成雙，勢轉餘裕。而文章亦因而順達矣。故顧炎武日知錄云：「古人之辭，寬緩不迫。得失、失也。（按此以得爲配字）史記刺客傳：『多人不能無生得失。』利害、害也。（按此以利爲配字，以下類推）史記吳王濞傳：『擅兵而別，多他利害。』緩急、急也。史記倉公傳：『緩急無可使者。』，游俠傳：『緩急，人所時有也。』成敗、敗也。後漢書何進傳：『先帝嘗與太后不快，幾至成敗。』同異、異也。吳志孫皓傳注：『蕩異同如反掌。』晉書王彬傳：『江州當人強盛時，能立異同。』贏縮、縮也，吳志孫皓傳：『一朝贏縮，人情萬端。』禍福、禍也。晉歐陽建臨終詩：『潛圖密已構，成此禍福端。』」此皆以相反之字爲配字。又論語：「禹稷耕稼而有天下。」禹是配字，孟子：「禹稷當平世，三過其門而不入。」稷是配字。此皆以人名爲配字。

【練　習】找出下列之配字。

1. 大夫不得造車馬。（禮記玉藻）
2. 威天下不以兵革之利。（孟子公孫丑下）
3. 夫藩籬之鷃，豈能與之料天地之高哉？（宋玉對楚王問）
4. 夫擊甕叩缻，彈箏搏髀，而歌呼嗚嗚快耳目者，眞秦之聲也。（李斯諫逐客書）
5. 拔其鬚眉爲宦者。（史記魯仲連鄒陽列傳）

附註：崔適史記探源云：「案宦者無鬚，非無眉也。此云拔其鬚眉者，非並其眉拔之也。特以修辭之例，因鬚及眉也。」

十四、縮合法

縮合者，縮二字之音爲一字，因而將一字代替二字者也。如「何不」縮爲盍，上字取其聲ㄏ，下字取韻ㄜ，（不、方言古音都有ㄜ音。如客語、閩語、不要之不，皆是ㄜ音。又不通假作否，，可證不之古音有ㄜ文）合爲盍。論語公冶長篇：「盍各言爾志？」盍卽「何不」之合音也。禮記檀弓：「子蓋（盍也）言子之志於公乎？」，亦何不之縮合也。此謂之縮合。餘例如：不可縮爲叵，如居心叵測；上字取聲ㄆ（ㄅㄆ古有通用者）下字取其韻（ㄜ）合之爲叵。奈何合爲那，勿曾合爲朆（音粉），不用縮爲甭，勿要縮成嫑，二十縮爲廿，（音念、俞樾茶香室叢鈔云：「廿音聶，轉音爲念，」）三十合成卅（音撒），四十合成卌（音錫），諸爲「之乎」「之於」之合音，於、古音嗚、取「之」之聲ㄓ，與乎（於），之韻ㄨ。故之於、之乎，皆合音爲諸。

【練　習】找出下列縮合之字，並分析其爲何字之縮合。

1. 子曰：「射有似乎君子，失諸正鵠，反求諸其身。」（中庸）
2. 君子之道，本諸身，徵諸庶民，考諸三王而不繆，建諸天地而不悖，質諸鬼神而無疑。（中庸）
3. 子張書諸紳。（論語衛靈公篇）
4. 湯放桀，武王伐紂，有諸？（孟子梁惠王下）
5. 布目備曰：「大耳兒最叵信」。（後漢書呂布傳）
6. 牛則有皮，犀兕尚多，棄甲則那。（左傳宣公二年）
7. 嘦爺飯，着娘衣，嬒嘦哥哥稟裏米，嬒着嫂嫂嫁時衣。（吳歌甲集）

十五、節稱法

節稱亦稱節短，爲語文之整齊美，或簡捷化，而將姓名、書名、字號、官名諡號等名詞節短其稱呼者謂之節稱。錢大昕養新錄云：「漢魏以降，文尚駢儷，詩嚴聲病；所引用古人姓名，任意割省，當時不以爲非。如皇甫謐釋勸：『榮期以三樂感尼父』，庾信詩：『唯有丘明恥，無復榮期樂』，白樂天詩：『天教榮啓樂，人恕接輿狂。』謂榮啓期也。（榮啓期或節短成榮啓，或榮期）費鳳別碑：『司馬慕藺相，南容復白圭。』謂藺相如也。」此司馬相如節短爲司馬、藺相如節短爲藺相。其所舉凡有數十則、非但漢魏以降如此，即漢魏以前亦有；特漢魏，或漢魏以後較多耳。如春秋定公六年云：「季孫斯仲孫忌帥師圍鄆。」按仲孫何忌節短成仲孫忌。

春秋左氏傳定公四年云：「晉文公爲踐土之盟，衛成公不在……王若曰：『晉重、魯申、衛武、蔡甲午、鄭捷、齊潘、宋王臣、莒期。』藏在周府，可覆視也。」按重耳節短成重。

又昭公元年，君子曰：「莒展之不立，棄人也夫！」按展輿節稱展。

穀梁傳昭廿一年「蔡侯東出奔楚，」東者東國也。

王逸九思云：「管束縛兮桎梏，百貿易兮傳賣。」管仲百里奚皆節短。

晉書王濬傳云：「世祖旌賢，建葛亮之嗣。」諸葛亮節短。

李商隱詩云：「玉桃偷得憐方朔。」東方朔節短。

文心雕龍序志篇：「仲洽流別，宏範翰林，各照隅隙，鮮觀衢路。」按摯虞字仲洽，作文章流別論，李充字宏度，作翰林論。此作宏範，玉海引翰林論亦云宏範，或別有所據。此二書名皆節短，以相對稱。

太史公自序及報任少卿書：「不韋遷蜀，世傳呂覽。」按呂氏春秋內含六論，八覽、十二紀，而節稱呂覽。

漢書王莽傳：「成命於巴宕。」注云巴郡宕渠縣，此地名之節短也。

晉書陳壽傳：「杜預復薦之於帝，宜補黃散。」按黃門侍郎，散騎常侍，節短爲黃散，此官名之節短也。

李商隱詩：「梓潼不見馬相如。」謂司馬相如也。

班固幽通賦云：「巨滔天而泯夏。」按王莽字巨君，稱巨者，此字之節短也。

蜀志秦宓傳云：「仲尼嚴平，會聚衆書以成春秋，指歸之文。」按嚴遵字君平，稱嚴平者節短也。

劉知幾史通雜說篇云：「馬卿自序。」按司馬相如字長卿，此姓與字皆節短也。

陸厥詩云：「如姬臥寢內，班婕坐同車。」班婕者班婕妤之省稱也。

諡號亦有省稱者，顧炎武日知錄卷廿三云：「古人諡有二字三字，而後人相沿止稱一字者，衛之叡聖武公止稱武公，魯惠文子止稱公叔文子，晉趙獻文子止稱文子，魏惠成王止稱惠王，楚頃襄王止稱襄王，秦惠文王止稱惠王，悼武王止稱武王，昭襄王止稱昭王，莊襄王止稱莊王，韓昭釐侯止稱昭侯，宣惠王止稱宣王，趙悼襄王止稱襄王，漢諸葛忠武侯止稱武侯。」甚至年號亦有節短者，宋神宗熙寧元豐年間，省作熙豐之間，宋徽宗政和宣和省作政宣是也。蓋節短其名字，所以求文句之整齊與簡捷也。故古人多節短之。

【練　習】尋出下列節短之詞，並解釋之。

1. 呼韓來享。（張衡東京賦。呼韓邪單于，降漢）
2. 夫燕亦勃碣之間一都會也。（史記貨殖傳。勃海碣石）
3. 所論事大，乖之萬葉。宜並集「中秘」羣儒，人人別議。（魏書禮志。中書秘書省作中秘。）

4. 方朔乃豎子，驕不加禁訶。（韓愈讀東方朔雜事詩）
5. 馬遷撰史記，終於今上。（劉知幾史通六家篇）
6. 楊意不逢，撫凌雲而自惜；鍾期既遇，奏流水以何慚。（王勃滕王閣序。楊得意、鍾子期）
7. 施績范慎以威重顯，丁奉離斐以武毅稱。（陸機辨亡論。鍾離斐）
8. 公孫蠆不修厥政，叔鐸之祀忽諸。（史記管蔡世家。叔振鐸）
9. 或問屈原相如之賦。子曰：「原也過以浮，如也過以虛。」（揚雄法言）
10 鄭眞躬耕以致譽。（鄭子眞見晉皇甫謐釋勸）
11 盧忌置碑，僻據山阜。（盧無忌見穆子容重立太公廟碑）
12 不聞蘧玉學知非。（楊巨源詩。蘧伯玉行年五十而知四十九之非）
13 齊萬哮闞，震驚台司。（齊萬年見潘岳馬汧督誄）
14 秦西以過厚見親。（葛洪抱朴子。秦西巴）
15 竊慕墨翟申包之教。（晉書孫惠傳。申包胥）

十六、省略法

省略者何？省略句中之語句也。何爲省略句中之語句？爲免重複求簡捷故省略之也。省略有二，或承上文而省略，或沿下文而省略，如

論語述而篇：「多聞擇其善者而從之，多見（擇其善者）而識之。」在（　）括號內之字乃省略

之詞，下同。

孟子公孫丑上：「王不在大，湯以七十里（王），文王以百里（王）。」

孟子萬章上：「予天民之先覺者也，予將以斯道覺斯民。非予覺之而誰（覺之）也？」

左傳定公四年：「楚人爲食，吳人及之。（楚人）奔，（吳人）食而從之。」

晏子春秋云：「景公問於晏子：『治國何患？』曰：『患夫社鼠，夫國亦有（社鼠）焉。人主左右是也。』」

禮記玉藻篇云：「君羔幦虎植，大夫齊車；（君）鹿幦豹植，（大夫）朝車。」俞樾云：「此言人君羔幦虎植之車，爲大夫之齊車；人君鹿幦豹植之車，爲大夫之朝車也。」鹿幦上亦當有「君」字，朝車上亦當有「大夫」字，承上而省也。

左傳襄公十二年：凡諸侯之喪，異姓，臨於外；同姓，（臨）於宗廟；同宗，（臨）於祖廟；同族，（臨）於禰廟。

呂氏春秋舉難篇：「人傷堯以不慈之名，（傷）舜以卑父之名，（傷）禹以貪位之意，（傷）湯武以放弒之謀，（傷）五伯以侵奪之事。」

國策衞策云：「衞嗣君時，胥靡逃之魏。衞贖之百金不與，乃請以左氏（贖之）。」

以上括號內之字，皆承上省略之詞也。省略之詞，或爲名詞、或爲動詞、或爲止詞、受詞、或爲述詞、皆視其在句中位置而定。沿下而省略之詞亦同，如詩經豳風：「七月（蟋蟀）在野，八月（蟋蟀）在宇，九月（蟋蟀）在戶，十月蟋蟀入我牀下。」胡仔漁隱叢話前集卷一載張文潛之言云：「詩三百篇……要之非深於文章者不能作。如『七月在野』至『入我牀下』，於『七月』以下皆不道破，直至『十月』方言『蟋蟀』，非深於文章者，能爲之邪？」

孟子滕文公上云：「夏后氏五十（畝）而貢，殷人七十（畝）而助，周人百畝而徹。」

史記天官書云：「其南爲丈夫（喪），北爲女子喪。」

列子云：「楊子之鄰亡羊，既率其黨（追之），又請楊子之豎追之。」

以上括號內之字，皆沿下而省略之詞。亦有省略動詞，或名詞者，與上同。此皆詞之省略也。亦有省略句子者。如

易經隨卦六二曰：「係小子，失丈夫。」象曰：「係小子，弗兼與也。」王引之云：「省『失丈夫』之文。」六三曰：「係丈夫，失小子。隨有求得，利居貞。」象曰：「係丈夫，志舍下也。」此省「失小子，隨有求得，利居貞。」三句。

泰卦九三曰：「无平不陂，无往不復，艱貞、无咎。」象曰：「无往不復，天地際也。」

按此省「无平不陂、艱貞、无咎。」三句。

中孚六三曰：「得敵，或鼓，或罷，或泣，或歌。」象曰：「或鼓或罷，位不當也。」

按此省「得敵，或泣，或歌」三句。

左傳僖公四年：「姬謂太子曰：『君夢齊姜（太子申生之母），必速祭之。』太子祭於曲沃，歸胙于公。公田，姬置諸宮。六日，公至，毒而獻之。公祭之地，地賁；與犬，犬斃；與小臣，小臣亦斃。姬泣曰：『賊由太子。』太子奔新城（曲沃），公殺其傅杜原款。或謂太子：『子辭，君必辨焉。』太子曰：『君非姬氏居不安，食不飽；我辭，姬必有罪。君老矣，吾又不樂。』曰：『子其行乎？』太子曰：『君實不察其罪，被此名也以出，人誰納我？』」

穀梁傳僖公十年：「麗姬又曰：『吾夜者夢夫人趨而來，』曰；『吾苦飢』；世子之宮已成，則何爲不使祠也？』故獻公謂世子曰：『其祠！』世子祠。已祠，致福於君，君田而不在。麗姬以酖爲酒，藥脯以毒，獻公田來，麗姬曰：『世子已祠，故致福於君。』君將食，麗姬跪曰：『食自外來者，不可不試也。』覆酒於地而地賁；以脯與犬，犬死。麗姬下堂而呼嗁曰：『天乎天乎！國，子之國也；子何遲於爲君！』君喟然歎曰：『吾與汝未有過切，是何與我之深也！』使人謂世子曰：『爾其圖之！』世子之傅里克謂世子曰：『入自明！入自明則可以生，不入自明則不可以生。』世子曰：『吾君已老矣，已昏矣。吾若此而入自明，則麗姬必死。麗姬死則吾君不安，所以使吾君不安者，吾不若自死；吾寧自殺以安吾君。』」

國語晉語，史記晉世家，說苑立節篇與此二段皆記載同一事者也，而繁省不同。左傳於驪姬請獻公試胙一節，省而不書，卽省事法也。此非承上省略或沿下省略之例。必如涵芬樓文談省文篇吳曾祺所謂「於上文所有者，以一二語結之」乃可謂省句法。唐彪讀書作文譜云：「有省文省句之不同：如『其他仿此』，『餘可類推』，乃省文法也；『舜亦以命禹』『河東凶亦然』省句法也。」按「舜亦以命禹」見於論語堯曰篇：堯曰：咨爾舜。天之曆數在爾躬，允執其中，四海困窮，天祿永終。舜亦以命禹。以「舜亦以命禹」一句省去「咨爾禹」至「天祿永終」數句。「河東凶亦然」，見於孟子梁惠王上：梁惠王曰：「寡人之於國也，盡心焉耳矣。河內凶，則移其民於河東，移其粟於河內；河東凶亦然。以「河東凶亦然」一句省去「則移其民於河內，移其粟於河東」二句。

由是省略法，以其方法言之，有承上省略，與沿下省略。以其種類言之，有「省詞」「省句」「省事」「省文」之分。皆省略文詞，以求簡捷，而免重複者也。此讀書作文者不可不知也。

【練　習】 挑出下列省略之詞，並說明其故。

1. 左傳隱元年云：「大都不過三國之一；中，五之一；小，九之一。」
2. 剽姚校尉（霍）去病……斬單于大父行籍若侯產，生捕季父羅姑比。（史記衛青傳。大父、祖父也，季父、叔父也）
3. 善、不善，本於義，不於愛。（呂氏春秋聽言篇）
4. 詩言契生（於）卵，后稷（生於）人迹者，欲見其有天命精誠之意耳。（史記三代世表序）
5. 具以春秋對，毋以蘇秦縱橫（對）。（漢書嚴助傳）
6. 上醫醫國，其次疾，固醫官也。（國語晉語）
7. 視天下悅而歸己，猶草芥也。（孟子離婁上）
8. 周封伯禽康叔於魯衛，地各四百里，太公於齊，兼五侯地。（史記漢興以來年表序）

9.咸最先進，年十八，爲左曹；（　）二十餘，（　）御史中丞。（漢書蕭育傳）

10故有得神以興，亦有以亡。（左傳莊三十二年）

11躬自厚（責）而薄責於人，則遠怨矣。（論語衛靈公篇）

12方進雖受穀梁，然好左氏傳天文星歷。其左氏（傳）則國師劉歆（師），（天文）星歷則長安令田終術師也。（漢書翟方進傳）

13扜彌南與渠勒，東北與龜茲（　），西北與姑墨接。（漢書西域傳）

14易經蒙卦初六曰：「發蒙，利用刑人，用說（脫）桎梏以往吝。」象曰：「利用刑人，以正法也。」

15隨卦上六曰：「拘係之，乃從維之，王用亨于西山。」象曰：「拘係之，上窮也。」

16舍利子，色不異空，空不異色；色卽是空，空卽是色。受、想、行、識，亦復如是。（心經。按色、受、想、行、識謂之五蘊。亦復如是者，「受想行識」四者亦如色也。卽受不異空，空不異受，受卽是空，空卽是受。想、行、識、同此。）

十七、警策法

警策者意簡言精，而含意無窮者也。凡文詞中之警世名言，聖哲之嘉言懿訓，文章中之要旨精意，而能以一二句表現者皆是警策也。如論語衛靈公篇：子曰：「道不同，不相爲謀。」左傳宣公十五年：「雖鞭之長，不及馬腹。」是也。餘例如

孟子盡心篇：「無恥之恥，無恥矣。」良藥苦口利於病，忠言逆耳利於行。屈原卜居：「尺有所

短，寸有所長。」管子君臣篇：「牆有耳，伏寇在側。」文子符言：「善游者溺，善騎者墮。」韓愈原道篇：「不塞不流，不止不行。」兒女英雄傳卅七回：「打是疼，罵是愛。」論語述而篇：子曰：「仁遠乎哉？我欲仁，斯仁至矣。」禮記大學：「誠於中，形於外。」禮記中庸：「萬物並育而不相害，道並行而不相悖。」

至於詩文中之警策，非但是其最精彩之部分，亦且含意無窮，動人至切。其辭彩秀麗者如：丘遲與陳伯之書：「暮春三月，江南草長，雜花生樹，羣鶯亂飛。見故國之旗鼓，感生平于疇日，撫弦登陴，豈不愴悢？」王勃滕王閣序：「落霞與孤鶩齊飛，秋水共長天一色。」詩如米元章望海樓詩：「雲間鐵甕近青天，縹緲飛樓百尺連，三峽江聲流筆底，六朝帆影落樽前。幾番畫角催紅日，無事滄州起白煙，忽憶賞心何處是？春風秋月兩茫然。」其能表現全文之要旨者，如魏徵諫太宗十思疏之警策是：「欲國之治者，必積其德義。」李密陳情表之要旨在：「臣無祖母，無以至今日；祖母無臣，無以終餘年。」至如駱賓王討武曌檄：「班聲動而北風起，劍氣充而南斗平。」陶淵明歸去來辭：「聊乘化以歸盡，樂夫天命復奚疑。」劉輝堯舜性仁賦：「靜而延年，獨高五帝之壽，動而有勇，形爲四罪之誅。」詩如趙彥若剪彩花：「花隨紅意發，葉就綠情新。」亦皆詩文中之精彩部份也。詩文中具有警策，譬猶畫龍點睛，變鐵成金也，故學者不可不注意。

【練　習】 模倣下列詞句，造句數則。

1. 滿招損，謙受益。（書經）

2. 積善之家，必有餘慶；積不善之家，必有餘殃。（易經坤文言）
3. 同聲相應，同氣相求。（易經乾文言）
4. 雖有智慧，不如乘勢；雖有鎡基，不如待時。（孟子公孫丑上）
5. 事者難成而易敗，名者難立而易廢。（文子）
6. 君子自難而易彼，衆人自易而難彼。（墨子）
7. 牆壞於有隙，木毀於有節。（鬼谷子）
8. 君子以心導耳目，小人以耳目導心。（子思子）
9. 六合之外，聖人存而不論；六合之內，聖人論而不議。（莊子齊物論）
10. 曲木惡直繩，重罰惡明證。（王符潛夫論）

十八、折繞法

不直說所欲言之語，却繞過一層，以間接襯托所欲言之修辭法，謂之折繞。如左傳哀公十一年：吳王夫差賜子胥死，子胥將死曰：「樹吾墓檟，檟可材也，吳其亡乎？」不直言子胥死後吳不久將要滅亡，而繞過一圈云：種檟樹於吾墓旁，待檟樹成材時，吳國其亦將滅亡乎」。此謂之折繞，蓋詩文皆主含蓄，故不便直說處，則折繞以言。餘例如

論語八佾篇：「子入太廟，每事問。或曰：『孰謂鄹人之子知禮乎？入太廟，每事問。』」按此不直說孔子，而繞過一個彎，稱「鄹人之子」以諷刺之，亦折繞之類也。

左傳僖公三十二年：「（秦穆公）召孟明、西乞、白乙，使出師於東門之外，蹇叔哭之曰：『孟子，吾見師之出，而不見其入也。』公使謂之曰：『爾何知？中壽，爾墓之木拱矣！』」此不直斥蹇叔之老耄昏庸而無用，而繞過一圈云：「汝有何智慧乎？使汝僅活至中年而死，則至今汝墳墓旁之樹，已經有兩人兩手合抱之大矣。」

【練　習】 找出下列折繞之辭，並爲之釋。

1. 「畫餅」即吾等之午餐。（畫餅充飢）
2. （楚）子玉使鬬勃請戰，曰：「請與君之士戲。君（晉文公）馮軾而觀之，得臣（子玉）與寓目焉。」（左傳僖公廿八年。晉楚之戰）
3. （秦師將偷襲鄭國，秦師有三將戍守鄭國，欲應之，庶裏應外合，一舉而滅鄭，鄭人知之。）使皇武子辭焉（辭退戍守鄭國之秦師）曰：「吾子淹久於敝邑，唯是脯資餼牽竭矣，（言糧食、肉類、皆已竭盡）爲吾子（對方之尊稱，猶言先生。）之將行也。鄭之有原圃，（鄭養禽獸，供肉食之所）猶秦之有具囿也。（秦養獸供肉食之所）吾子取其麋鹿（指具囿之動物）以閒敝邑，（以使我有閒暇以養原圃之動物，不至全部空乏）若何？（左傳僖公三十三年。按此鄭欲秦師走，而不直言）。
4. 太公吩咐道，「夜間如外面有熱鬧，不可出來窺望。」（魯）智深道：「敢問貴莊今夜有甚事？」太公道：「非是你出家人閒管的事。」太公道：「……小女招夫，以此煩惱。」……太公道：「師父不知，這頭親事，不是情願的。」（水滸傳）

十九、轉詞法

轉詞者，即文法中「詞類之活用」是也。蓋中國之文字運用靈活，一詞固可作名詞用，亦可作其他諸詞如動詞、形容詞、副詞用，惟看其在句中之位置而定。如吳王名詞也，在左傳定公十年：公若曰：「爾欲吳王我乎？」則成動詞矣，意即謂「使我爲吳王也。」又如說苑貴德篇：「春風風人，夏雨雨人。」春風之「風」，則名詞也。風人之「風」，動詞也。意即吹人也。如春風之吹人，溫和可知。夏雨之雨，名詞也，雨人之「雨」，動詞也，意即潤澤人也。當夏日悶熱之時，忽有恰好之雨以潤澤人，使人涼快，是舒暢之至也。餘例如

孟子離婁下：「吾將瞯良人之（的也、介詞）所之（往也、動詞）。」

論語公冶長篇：「魯無君子者，斯（此人）焉（何也）取斯（此德）？」朱子注云：「上斯（名斯（動詞，指也）此人，下斯斯此德。」

莊子秋水篇：「惠子相梁，莊子往見之（代名詞他，指惠子）或謂惠子曰：『莊子來，欲代子相。』於是惠子恐，搜於國中，三日三夜。莊子往見之曰：『南方有鳥，其名鵷鶵，子知之乎？夫鵷鶵發於南海，而飛於北海。非梧桐不止，非練實不食，非醴泉不飲；於是鴟得腐鼠，鵷鶵過之，仰而視之曰：「嚇！」（歎詞）今子欲以子之梁國嚇（動詞）我乎？』」

【練　習】分析下列之轉詞。

1. 彼長（名）而我長（動）之，非有長於我也。猶彼白而我白之，從其白於外也。（孟子告子上）

2. 君子之仕也，行其義也。道之不行，已知之矣。（論語微子）

3. 解衣衣我，推食食我。（史記淮陰侯列傳）

4. 蚤起，施（迤也）從良人之所之。（孟子離婁下）

5. 子思不悅曰：「今而後知君之犬馬畜伋也。」（離婁上）

6. 晉王戎妻語戎爲卿。戎謂曰：「婦那得卿壻？」答曰：「我親卿愛卿，是以卿（動）卿（名）；我不卿卿，誰當卿卿？」（太平廣記二四五引啓顏錄：「作動詞之卿，有叫、愛之意。作名詞之卿，即以卿爲其名之代稱。」蓋親近愛慕之意。）

二十、迴文法

廻文亦作回文，蓋句中語詞反復用之，而有首尾廻環之妙者也。如老子：「善人者不善人之師，不善人者善人之資。」善人與不善人反復用之，遂有廻環反復之趣，意境既高，又使人易於記憶，此謂之廻文。餘如「知者不言，言者不知。」「知者不博，博者不知。」（皆出老子）李密陳情表：「臣無祖母，無以至今日，祖母無臣，無以終餘年。」臣與祖母，往復廻環。王羲之蘭亭集序：「後之視今，亦猶今之視昔。」江淹恨賦：「春草暮兮秋風驚，秋風罷兮春草生。」司馬光訓儉示康：「由儉入奢易，由奢入儉難。」乃至於衆所熟知之「時代考驗青年，青年創造時代。」皆廻文之應用於文章者也。詩苑類格載唐上官儀之言，謂詩有八對，其七曰回文對；「情新因意得，意得逐情新」是也。是詩中亦有廻文之對句也。此皆最平常之廻文也。至於廻文詩之所始，究始於何，今不可考矣。劉彥和文心雕龍明詩篇云：「回文所興，道原爲始。」而清朱存孝回文類聚序則以爲始於盤中詩。其言云：「詩體不一，而回文尤異。自蘇伯玉妻盤中詩爲肇端，竇滔妻作璇璣圖而大備。」是朱氏以回文詩始於蘇伯玉妻也。惟蘇氏是否爲漢代人，已不可考矣。盤中詩之本事云：「伯玉被使在蜀，久而不歸；其妻居長安，思念之，因作此詩。」其詩「從中央周四角」排列，如下圖，其詩曰：「山樹高，鳥鳴悲。泉水深，鯉魚肥。空蒼雀，常苦飢。吏人婦，會夫稀。出門望見白衣，謂當是，而更非。還入門，中心悲。北上堂，西入階。急機絞，杼聲催。長嘆息，當語誰。君有行，妾念之。出有日，還無期。結巾帶，長相思。君忘妾，未知之。妾忘君，罪當治。妾有行，宜知之。黃者金，白者玉。高者山，下者谷。姓者蘇，字伯玉。人才多，智謀足。家居長安身在蜀，何惜馬蹄歸不數。羊肉千金酒百斛，令君馬肥麥與粟。今時人，知四足。與其書，不能讀。當從中央周四角。」由此知盤中詩特從

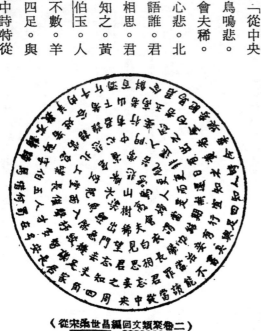

（從宋桑世昌編回文類聚卷二）

「中央周四角」含宛轉回環之意耳，非正式之回文詩也。雜體詩序云：「晉傅咸有廻文反覆詩二首，反覆其文，以示憂心展轉也。然則回文詩在晉已有矣。至竇滔之璇璣圖始發展至極。晉書列女傳云：「滔被徙流沙，蘇氏思之，織錦爲廻文旋圖詩以贈滔，宛轉循環以讀之，詩甚悽惋。」而武則天璇璣圖序則云：「前秦苻堅時扶風竇滔妻蘇氏名蕙，字若蘭。滔鎮襄陽，絕蘇氏音問。蘇氏因織錦爲廻文，五彩相宣，縱廣八寸，題詩二百餘首，縱橫反覆，皆爲文章。」二說未知孰是，惟言回文者多主後者。按其回文詩共八百四十一字，排成縱橫各爲廿九字之方圖廻環反復讀之，可得三千七百五十二首詩，可謂空前矣。今舉一例以明之：「仁智懷德聖虞唐，眞志篤終誓穹蒼，欲所感想忘淫荒，心憂增慕懷慘傷。」反讀之則「傷慘懷慕增憂心，……唐虞聖德懷智仁。」

後之文士，遂相與模仿而作廻文詩者日多，王安石有五言回文詩五首，如「碧蕪平野曠，黃菊晚村深，客倦留甘飲，身閑累苦吟。」倒讀之則成「吟苦累閑身，……曠野平蕪碧。」而文士亦喜用之爲對聯、如「晴波碧柳春歸燕，細雨紅窗晚落花。」倒讀之則成「花落晚窗紅雨細，燕歸春柳碧波晴。」正反皆對得頗爲工穩。至清同治御窰製茶壺上書有循環之圓形詩一首：「落雪飛芳樹，幽紅雨淡霞，薄日迷香霧，流風舞艷花。」此二十字五言絕句，倒讀之亦可，順讀之亦可……以正面而讀則可有二十首詩，倒讀之亦然。共能組成詩四十首，亦璇璣圖之應用也。廻文發展至此，已至最高峯矣。詞曲亦有廻文，舉詩爲例，則餘可知矣。

【練　習】 找出下列回文之詩文，並說明之。

1.信言不美，美言不信。（老子）（俞樾以爲當作：信者不美，美者不信。）

2.善者不辯，辯者不善。（老子）

3.濃露菊裳沾，勁風荷蓋動，鐘疎雜苦吟，漏永隨長夢。（王安石回文詩）

4.落月寒窗梅映雪，清波遠岸柳生煙。

二十一、神智體

神智體之詩，蓋合圖而使人會意，務心領神會者始能知其意。如蘇軾晚眺神智體詩一首，其詩文是：「長亭短景無人畫，老大橫拖瘦竹筇，回首斷雲斜日暮，曲江倒蘸側山峯。」而寫作

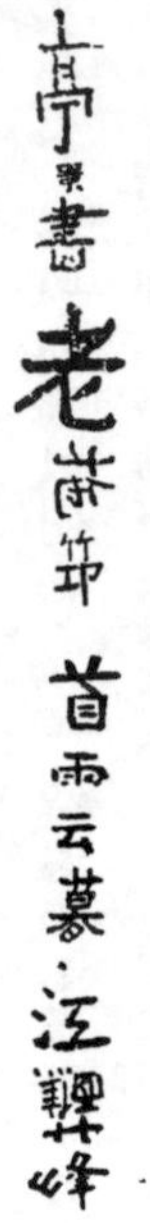

據宋桑世昌回文類聚卷三云：「神宗熙寧間，北朝使至，每以能詩自矜，以詰翰林諸儒。上命東坡館伴之，北使乃以詩詰東坡。東坡曰：『賦詩，亦易事也；觀詩稍難耳。』遂作晚眺詩以示之。北使惶愧莫知所云，自後不復言詩矣。」此種神智體之詩，民間偶有流傳，特爲爲難人而示巧耳，惟今不多見矣。學者但知有是體卽可矣。

二十二、藏詞法

藏詞者，將衆所熟知之古人詩文，藏去其所欲說之部分，而顯現其餘部分，以代表者謂之藏詞。如論語爲政篇：子曰：「吾十有五而志於學，三十而立。四十而不惑，五十而知天命，六十而耳順，七十而從心所欲不踰矩。」此衆所熟知之語文也。古人或以「志學」代表十五歲，「而立」代表三十歲，「不惑」代表四十歲，「知天命」代表五十歲，「耳順」代表六十歲。如謂「予志學之年。」或云：「某人年踰不惑。」則謂「予十五歲之時，」「某人年踰四十」也。凡此類之語：謂之藏詞。凡藏去前語者，古人謂之藏頭語；藏去後詞者，古人謂之歇後語。餘例如

陶淵明庚子歲從都還詩：「一欣侍溫顏，再喜見友于。」

韓愈符讀書城南詩：「豈不念旦夕，爲爾惜居諸。」

徐夤招隱詩：「鬼神只瞰高明室，倚伏不干棲隱家。」

按「友于」者兄弟也，見於書經君陳篇：「孝乎惟孝友於兄弟。」此藏去「兄弟」，而以「友于」代替之；「居諸」者日月也，見於詩經柏舟篇：「日居月諸，胡迭而微。」又日月篇：「日居月諸，照臨下土。……日居月諸，出自東方。」此藏去「日月」，而以居諸代替之。「倚伏」者，禍福也。見於老子：「禍兮福所倚，福兮禍所伏。」與鶡冠子：「禍乎福之所倚，福乎禍之所伏。」此藏去「禍福」二字，而以倚伏代替之。以上所述皆藏詞也。至於俗語之藏詞，如「牛頭馬」（面），「下馬威」（風）則藏去後詞（歇後語）者也。至於「豬頭三」則代表「生」人。蓋以「豬頭三牲」之牲，諧音生，因以「生」爲「牲」，而藏去「牲」，遂以「豬頭三」代表生人。滬蘇方言紀要云：「此爲稱初

至滬者之名詞。牲生諧音，言初來之人，到處不熟也。」又有以「胡裏胡」代替「賭」者，蓋以「賭」與「塗」諧音之故也。又有以譬語詞作藏詞者，此可視者藏詞之應用，如

「圍棋盤裏下象棋」——謂「不對路數」也。

「猪八戒的脊梁」——「悟能之背」意即「無能之輩」也。

「脫下褲子放屁。」——多此一舉。

【練　習】找出下列之藏詞，並解釋之：

1. 惵惵周餘，竟沈淪於塗炭。（晉書六十四論贊）

（參見詩經雲漢篇：「周餘黎民，靡有孑遺。」）

2. 溉孫蓋早聰慧。溉每和御（帝）詩，上輒手詔戲溉曰：「得無貽厥之力乎？」（南史到溉傳）

（參見詩經文王有聲：「豐水有芑，武王豈不仕，詒厥孫謀，以燕翼子。武王蒸哉。」）

3. 侍者方當而立歲。（蘇軾詩）

4. 余弱冠讀書，至今二十有五年矣。

（參記禮記曲禮：「人生十年曰幼學。二十曰弱冠。三十曰壯，有室。四十曰強，而仕。五十曰艾，服官政。六十曰耆，指使。七十曰老，而傳。八十九十曰耄。七年曰悼。」）

二十三、飛　白　法

飛白者於行文中，雖明知其錯，猶依然不改，而仍舊照用者。或原屬無心，而致誤者。此一面用

以敍述原來之動作形態，一面用以描寫當時之確實形態。此類句法，雖表面上有錯，實則描寫生動，能將當時之情境一一表現於字裏行間也。如

漢書周昌傳：「高祖欲廢太子而立戚姬子如意。昌廷爭之彊，上問其故。昌爲人口吃，又盛怒，曰：『臣口不能言，然臣期期知其不可，陛下欲廢太子，臣期期不奉詔。』」

按顏師古云：「以口吃故，每重言期期。」劉攽曰：「讀如荀子曰『綦色之綦』，楚人謂極爲綦。」此「臣期期知其不可」「臣期期不奉詔」者意即「臣極知其不可」「臣極不（願）奉詔」也。以口吃又在盛怒之下，因誤「極」爲「期」也。記史者爲存其眞，以見當時周昌口吃及盛怒之言詞，故明知「期期」之誤，而猶不改也。此謂之飛白。又書經顧命篇：「奠麗陳教則肄肄不違，用克達殷集大命。」江聲尚書集注音疏云：「肄、習也，重言之者，病甚氣喘而語吃也。」此亦飛白之類。又如

聊齋志異嘉平公子篇中記嘉平公子不通文義云：「一日，公子有諭僕帖，置案上，中多錯誤。椒訛作菽，薑訛作江，可恨訛可浪。」女見之，書其後云：「何事可浪，花菽生江；有壻如此，不如爲倡。」

按其意即「何事可恨，花椒生薑，有壻（婿）如此。不如爲倡（娼）。」以其白字，還嘲之也。

【練　習】 **找出下列飛白之字，並述其故。**

1. 始諫議大夫知蘇州魏庠，侍御史知越州王柄，不善於政，而喜怒縱入。庠介舊恩以進，柄喜持上。公到，劾之，以聞。上驚曰：「曾某乃敢治魏庠克畏也。」（克畏、可畏也，語轉之故。王安石戶部郎中贈諫議大夫曾公墓

誌銘）

2. 有人送枇杷於沈石田，誤寫琵琶。石田答書曰：「承惠琵琶。開匳視之，聽之無聲，食之有味。乃知司馬揮淚於江上，明妃寫怨於塞上，皆爲一啖之需耳。嗣後覓之，當於楊柳曉風、梧桐夜雨之際也。（堅瓠集）

3. 景泰中，有一蔭生，作蘇州監郡，不甚曉文義。一日呼翁仲爲仲翁。或作倒字詩誚之曰：「翁仲將來作仲翁，也緣書讀少工夫。馬金堂玉如何入，只好蘇州作判通。（堅瓠七集）

4. 寶玉黛玉二人正說着，只見湘雲走來笑道：「愛哥哥，林姊姊，你們天天一處玩，我好容易來了，也不理我一理兒。」黛玉笑道：「偏你咬舌及愛說話，連個二哥哥也叫不上來，只是愛哥哥，愛哥哥的……」湘雲笑道：「我只保佑着，明兒得一個咬舌兒林姊夫，時時刻刻，你可聽愛呀厄的去？」（紅樓夢第二十回）

二十四、形隱法

析字之修辭法，乃就一字之形音義，或離合之，或增損之，或借代之，或推闡之，以求與另一字相合相連，因而遂用此字以代替推衍之。此古人謂之廋辭，一曰隱語，或稱廋語；顧炎武謂之析字。首見於國語晉語：范文子退朝晚，其父（武子）問之。文子曰：「有秦客廋辭於朝，大夫莫之能對也，吾知三焉。」韋昭注云：「廋，隱也。謂以隱伏譎詭之言問於朝也。」漢書東方朔傳：「上（漢武帝）問朔：『何故詆之？』對曰：『臣非敢詆之，廼與爲隱耳。』（師古曰：「隱謂隱語。」）……舍人不服，因曰：『臣願復問朔隱語。』」宋孫覿詩：「廋語尙傳黃絹婦，（世說新語捷悟篇，黃絹幼婦外孫韲臼）多情好在紫髯翁。」然則廋辭也，隱語也。廋辭也，析字也。其義一也。

顧炎武日知錄卷廿七云：「太白詩有古朗月行，又云：『今人不見古時月』（把酒問月）王伯厚（應麟著困學紀聞）引抱朴子曰：『俗士多云：今日不及古日之熱，今月不及古月之朗』（抱朴子外篇卷三尙博篇）是則然矣。而又云：『狂風吹古月，竊弄章華臺』（司馬將軍歌）又曰：『海動山傾古月摧』（永王東循歌）所謂『古月』則明是『胡』字。（古月合成胡）不得曲爲之解也。……或曰：析字之體，只當著之讖文，豈可以入詩乎？『稾砧今何在，山上復有山。何當大刀頭，破鏡飛上天。』古詩固有之矣。按宋王觀國學林新編卷八云：「稾砧者，鈇也；稾砧今何在者，問夫何在也。山上復有山者，出也。言夫已出也。大刀頭者，鐶也。何當大刀頭者，何日當還也。破鏡者，月半也，破鏡飛上天者，言月半當還也。」據此可知稾砧先衍義爲鈇，諧音作夫。山上復有山，是「出」之化形。「大刀頭」爲鐶、鐶諧音「還」。破鏡乃月半之義。由是歸納析字之修辭法有三。一曰形隱法。二曰音隱法。三曰義隱法。茲分述之。

形隱法亦稱化形析字，乃變化字形之析字也。可分三種，即離合，增損，借形是也。離合者將字形拆開，如謝爲言身寸。劉爲卯金刀，許爲言午。兵爲丘八，張爲弓長，裴、爲非衣之類是也。古籍中，多有之，在童謠、讖文、測字、酒令中亦可見之，如

後漢書五行志童謠：「千里草，何青青，十日卜，不得生。」按：千里草爲董。十日卜爲卓。謂董卓雖盛一時，終不得生也。

漁隱叢話前集卷廿一載唐人酒令云：「鉏麑觸槐，死作木邊之鬼。豫讓吞炭，終爲山下之灰。」

按槐爲「木鬼」二字之合形，故借鉏麑觸槐而死之事以爲談。炭爲「山灰」二字之合形，因借豫讓吞炭報仇，不果而死之事以爲言。皆以析字爲用也。

石林詩話卷中（陔餘叢考卷廿二）載孔融郡姓名詩（依宋葉夢得解）「漁父屈節，水潛匿方。（漁去水卽魚）與時進止，出寺弛張（時去寺卽日）。（以上四句合魯。）呂公磯釣，闔口渭旁：（口）九域有聖，無土不王。（域去土卽或也。以上四句合國。）好是正直，女固子臧。（好去女卽子）海外有截，隼逝鷹揚（截去隼而如鷹之揚，卽乚以上四句合孔。）六翮將奮，羽儀未彰（翮去羽卽鬲）龍蛇之蟄，俾它可忘（蛇去它卽蟲，以上四句合融。）玟璇隱曜，美玉韜光。（玟去玉卽文。）無名無譽，放言深藏。（譽去言卽與）按轡安行，誰謂路長（按去安卽才，以上四句合舉）。

增損者，將字畫增加或減少也。如北齊書徐之才傳：「徐之才聰辯強識，有兼人之敏。尤好劇談謔語，公私言聚，多相嘲戲。嘲王昕姓云：『有言則訌，近犬則狂。加頸足則爲馬，施角尾則爲羊。』盧元明因戲之才云：『卿姓是未入人，名是字之誤。』卽答云：『卿姓在亡爲虐，在丘爲虛。生男則爲虜，養馬則爲驢。』」

借形者借其他語句詞字，以闡述其語意者也：如浮生六記閑情記趣：「蘇城有南園北園，菜發黃時，苦無酒家小飲；……衆議未定。芸笑曰：『明日但各出杖頭錢，我自擔爐火來。』衆笑曰：『諾』，……是日風和日麗，偏地黃金，青衫紅袖，越阡度陌，蝶蜂亂飛，令人不飲自醉。既而酒肴俱熟，坐地大嚼，杯盤狼藉，各已陶然。或坐或臥，或歌或嘯，紅日將頹！芸問曰：『今日之遊樂乎？』衆曰：『非夫人之力不及此。』大笑而散。」按「今日之遊樂乎？」乃蘇軾後赤壁賦之文句，「非夫人之力不及此」乃左傳僖公三十年，晉文公之語，意謂非此人（秦穆公）之力不能返國而爲君也。今借用之，意謂非作者夫人（芸）之力不能如此之樂也。二句皆借用古人文句。而後句借其文句之形，而意稍變。

【練　習】指出下列之形隱字，並釋之。

1. 張俊民曰：「鬍子老官，這事憑你作法便了；做成了，少不得言身寸。」（儒林外史卅二回）
2. 權翼夜私遣壯丁邀垂（慕容垂）於河橋南空舍中，繫之。垂是夜夢行路，路窮；顧見孔子墓傍穴有八。覺而惡之，召占夢者占之，曰：「行路窮，道盡不可行也。孔子名丘，八以配丘，此兵字也，路必有伏。」（十六國春秋慕容垂傳）
3. 有一家姓王，求人替起名字，並求替起綽號。所起名字，還要形象不離本姓。一日，有人替他起道，第一個名換王主，綽號叫做硬出頭的王大。第二個名換王玉，綽號叫做偷酒壺的王二。第三個名叫王三，綽號叫做沒良心的王三。第四個名叫王丰，綽號叫做扛鐵槍的王四。第五個就叫王五，綽號叫做做硬拐彎的王五。第六個，名喚王壬，綽號叫做歪腦袋的王六。第七個名喚王毛，綽號叫做彎尾巴的王七。第八個名喚王全，這個全字，本歸入部，並非人字，所以綽號叫做不成人的王八。（鏡花緣八十六回）
4. 有人將虞永興手寫尚書典錢，李尚書選曰：「經書那可典？」其人曰：「前已是堯典舜典。」（按堯典舜典書經編名。朱揆諧噱錄）

二十五、音隱法

音隱法亦稱諧音析字或借其音，或利用反切。反切者古時之注音也，上字取其聲，下字取其韻。如東、德紅切。德（ㄉㄜ）取ㄉ，紅（ㄏㄨㄥ）取ㄨㄥ。故東之音為ㄉㄨㄥ。惟古音至今已略有變動，蓋古音乃中原古音也，今各地方言本之。國語（北京話）其前身為清朝官話，乃融和漢音、蒙古音、滿州話而組成者也。故今所看之反切，拼起來，未必正確，此由於古今因變之故也。今先言借音。

史記張耳陳餘列傳：「漢八年，上（劉邦）從東垣還。過趙，貫高等乃壁人柏人，要之置。上過欲宿，心動，問曰：「縣名為何？」，曰：「柏人。」柏人者迫於人也。不宿而去。」按柏與迫諧音。又

太平廣記二百四十八引啓顏錄云：隋侯白，州舉秀才，至京畿，辯捷時莫與之比。嘗與僕射越國公楊素並馬言語。路傍有槐樹顦顇死，素乃曰：「侯秀才理道過人，能令此樹活否？」曰：「能。」素云：「何計得活？」曰：「取槐樹子於樹枝上懸著，即當自活。」素云：「因何得活？」答曰：「不聞論語云：『子在，回何敢死？』」素大笑。按此槐與回諧音也。

孟浩然裴司士見訪詩：「廚人具鷄黍，稚子摘楊梅。」按羊與楊音同，借羊與鷄對。（律詩須對杖工整）此嚴羽滄浪詩話謂之借對，或謂之假對。（胡仔漁隱叢語。）

至於反切之析字，洪邁於其容齋三筆則謂之切脚語，俞文豹唾玉集則謂之「切脚字」。皆是利用反切

字也。如呼「孔」爲窟籠卽是利用其反切，取窟（ㄎㄨ）之聲ㄎ，與籠（ㄌㄨㄥ）之韻ㄨㄥ，拚成孔（ㄎㄨㄥ）容齋三筆云：「世人語音，有以切脚而稱者，亦間見之於書史中。如以蓬爲勃籠（ㄅㄆ古音同）槃爲勃闌，鐸爲突落，團爲突欒，鉦爲丁寧，頂爲滴𩕳，角爲矻落，蒲爲勃盧，精爲卽零，螳爲突郎，旁爲步廊，茨爲蒺藜，圈爲屈攣，錮爲骨露，窠爲窟駝是也。」又如左傳宣公四年：「伯棼射王，汏輈及鼓跗，着於丁寧。」按杜預注：「丁寧鉦也。」取丁之聲ㄉ（古無舌上音，故ㄉㄊ之聲與ㄓㄔ之聲同）取寧之ㄥ。拚成ㄉㄥ（此古音也），今音ㄓㄥ。此古今音變之故也。

鏡花緣（十七回）多九公道：「才女纔說學士大夫論及反切尚且瞪目無語，何況我們不過略知皮毛，豈敢亂說，貽笑大方。」紫衣女子聽了，望着紅衣女子輕輕笑道：『若以本題而論，豈非是吳郡（ㄨㄣ）大老（ㄌㄠ）倚閭（ㄩ）滿盈（ㄇㄥ）？』紅衣女子點頭笑了一笑。唐敖聽之，甚覺不解。」按卽問道於盲也。（解見同書十九回）盈、廣韻在清韻，（以成切）。盲、廣韻在庚韻（武庚切）。古代庚韻、耕韻、清韻，通用。韻同。詩韻集成盲、盈皆在庚韻。足見其相通。盲、國語讀ㄇㄤ，乃古今音變之故也。

亦有以二字而切兩音者；如東侯爲德紅。東，德紅切；侯，紅德切。此謂之雙反。蓋前字之反切爲德紅，後字之反切爲紅德，前字之反字爲順。今廣西省鬱林、北流二縣常用之。古時亦有用之者，如南史鬱林王紀：「先是文惠太子立樓館於鍾山下，號曰東田。東田、反語爲顚童。武帝又於青溪立宮，號曰舊宮；反之窮廐也。至是鬱林果以輕狷而至於窮。」按東田切（ㄉㄧㄢ）爲顚，田東切爲童。故東田之雙反爲顚童。舊宮切爲窮，（ㄐㄑ古聲同）宮舊切爲廐（ㄐㄧㄡ古ㄍㄐ同音）。

【練　習】尋出下列音隱字，並說明其故。

1. 談笑有鴻儒，往來無白丁。（劉禹錫陋室銘鴻與紅諧音）
2. 南京的風俗，但凡新媳婦進門，三天就要到廚下，收拾一樣菜，發個利市；這菜一定是魚，取富貴有餘。（儒林外史廿七回）
3. 正憂坐客寒無席，遺我新蒲入突欒。（後二字取反切。王廷珪寧公端惠蒲團詩）
4. 或言後主爲叔寶；反語爲少福，亦敗亡之徵云。（南史陳後主紀）

二十六、義隱法

推演字義之析字法，曰義隱法，亦曰衍義析字。可分三種，一曰代換，謂以簡而易知之字，代難字，或以難字代易字也。二曰牽附，牽涉不關本文之意者曰牽附。三曰演化，推演其義，以相關連者謂之演化。如

書經堯典：「昔在帝堯，聰明文思……曰放勳，欽明文思……克明俊德，以親九族；九族既睦，

平章百姓；百姓昭明，協合萬邦。……允釐百工（百工卽百官），庶績咸熙。帝曰『疇（誰也）咨，若（順也）時登庸？』放齊曰：『胤子朱啓明。』帝曰：『吁！嚚訟，可乎？』」

史記五帝本紀：「帝堯者放勳……能明馴德，以親九族；九族旣睦，便章百姓；百姓昭明，合和萬國……信飭百官，衆功皆興，堯曰『誰可順此事？』放齊曰：『嗣子丹朱、開明，』堯曰：『吁！頑凶，不用。』

按史記以意義相同之簡易字，代替書經古奧之字。又如

兒女英雄傳卅三回：「你兩個切不可拘定了左傳上的「稟命則不威，專命則不孝」的話。……舅太太聽了半日，問着他姊妹道：『這個話，你們姊兒倆竟會明白了？難道這個左傳，右傳，也會轉清楚了麼？』」

按此由左傳。而牽附右傳。又如

左傳哀公十三年：「吳申叔儀（吳大夫）乞糧於公孫有山氏（魯大夫，二人故交）曰：『佩玉縈兮，余無所繫之。（縈然、服飾備也，己獨無以繫佩，言吳王不恤下。）旨酒盛兮，余與褐之父睨之。』（一盛猶一壺也，睨，視也，褐之父、寒賤之人也。言但得見酒，不能得而飲之。）對曰：『粱則無矣，（粱、稻粱。）麤則有之，若登首山以呼曰：「庚癸乎」則諾。』」

按此左傳載吳大夫乞糧於魯，不敢直言。蓋軍中，不得私自出糧，故爲私隱。庚辛、主西方，爲金，以喻穀、有金則有穀矣。壬癸主北方、爲水。呼庚癸者，將於糧食、酒、水、供應之也。

又左傳宣公十二年：楚子伐蕭。……還無社（蕭大夫）與司馬卯言，號申叔展。（二人皆楚大夫。請司馬卯呼申叔展也）叔展曰：「有麥麴乎？」曰：「無。」「有山鞠窮乎？」，曰：「無。」「河魚腹疾奈何？」曰：「目於眢井而拯之」「若爲茅絰，哭井則已。」明日，蕭潰，申叔展視其井，則茅絰存焉，號而出之。

按此敍楚國攻蕭，蕭將亡。其大夫還無社與楚大夫申叔展有舊；乃請司馬卯呼而前，欲申之救己，使不致爲亂兵所殺也。申，以隱語云有麥麴乎、有山鞠窮乎。蓋此二物皆所以禦濕，欲其逃於低濕之地，泥水之中，然後申得找尋而救還出險也。軍中不得正言，故以隱語示之。還二者既無，則不能禦濕矣。故申言，河魚腹疾奈何？意謂無禦濕之物，藏於低濕泥水之地將病也。曰：「目於眢井而拯之。」還欲申視（目、視也）於虛井（廢井）而救之。謂己藏於廢井之中，欲申視廢井所出而救己也。若爲茅絰哭井則已者，申言汝若加茅草於井上，而作哭聲，則能發現汝，而救汝矣。蕭既崩潰，申遂視廢井有茅者，而救還無社出險。

亦有綜合化形、諧音、衍義而構成之析字：如世說新語捷悟篇載：魏武嘗與楊修過曹娥碑下，見碑有「黃絹幼婦外孫齏臼」八字。魏武謂修曰：「解不？」答曰：「解。」魏武曰：「卿未可言，待我思之。」行三十里，魏武乃曰：「吾已得。」令修別記所知，修曰：「黃絹，色絲也，於字爲絕；幼婦、少女也，於字爲妙；外孫、女子也，於字爲好；齏臼，受辛也，於字爲辭。所謂『絕妙好辭也。』」魏武亦記之，與修同。乃嘆曰：「我才不及卿。乃覺三十里。」

按：三國演義七十一回亦有。黃絹：黃是色，絹是絲；色糸、爲絕。餘類推。

【練　習】指出下列之衍義字，並爲之說明。

1.虞子匡一日遞一詩示余曰：「請商之，何如？」余三誦而不知何題，虞曰：「吾效時人換字之法，戲改岳武穆送張紫崖北伐詩也。」其詩曰：「誓律飆雷速，神威震坎隅。遐征逾趙地，力戰越秦墟。驥蹂匈奴頂，戈殲韃靼軀。旋師謝彤闕，再造故皇都。」岳云：「號令風霆迅，天聲動北陬。長驅渡河洛，直擣向燕幽。馬蹀閼氏血，旗梟克汗頭。歸來報明主，恢復舊神州。」不過逐字換之。遂撫掌相笑。（郎瑛七修類藁四十九）

2.寶玉道：「等我回去，問了是誰，教訓教訓他就好了。」黛玉道：「你的那些姑娘們，也該教訓教訓。只是論理，我不該說。今兒得罪了我的事小，倘或明兒寶姑娘來，甚麼貝姑娘來，也得罪了，事情豈不大了？」（紅樓夢二十八回）

3.開皇（隋）中，有人姓出名六斤，欲參（楊）素。齎名紙至省門，遇（侯）白，請爲題其姓，乃書曰：「六斤半。」素召其人，問曰：「卿姓六斤半？」答曰：「是出六斤。」曰：「何爲六斤半？」曰：「向請侯秀才題之，當是錯矣。」即召白至，謂曰：「卿何爲錯題人姓名？」對云：「不錯。」素曰：「若不錯，何因姓出名六斤，請卿題之，乃言六斤半。」對曰：「白在省門，倉卒無處覓稱，既聞道是出六斤，斟酌只應是六斤半。」素大笑之。（太平廣記二四八引啓顏錄）

4.時有幸倡郭舍人。……上（漢武帝）令倡監榜（擊打也）舍人。舍人不勝痛呼暴（音報，痛聲也。）朔，（東方朔）笑之曰：「咄！口無毛，聲謷謷，尻益高。」舍人恚（怒）曰：「朔擅詆欺天子從官，當棄市。」，上問朔：「何故詆之？」對曰：「非敢詆之，廼與爲隱耳。」上曰：「隱云何？」朔曰：「夫口無毛者狗竇也。聲謷謷者，鳥哺鷇也。尻益高者鶴俛啄也。」舍人不服，因曰：「臣願復問朔隱語，不知亦當榜，即妄爲諧語。」（師古曰諧者合韻之意也）

二十七、同義法

同義法者，謂同一意義之詞，同時出現於同一詞句之中也。古人爲字數之整齊對稱，往往連用兩個同一之字於一詞句之中，以求對稱整齊之美。如

韓愈上宰相書：「枯槁沈溺魁閎寬通之士，必且洋洋焉動其心。」枯與槁、沈與溺、魁與閎皆同義之字也，而用於同一詞句之中。又如

禮記檀弓篇：「人喜則斯陶。」斯、亦則也，二字同義。

屈原離騷：「覽相觀於四極兮」覽、相、觀，皆看也，義皆同。

孟子公孫丑篇：「管仲且猶不可召，而況不爲管仲者乎？」且、猶二字同義，爲加強語氣，故連用之。

莊子大宗師篇：「汝將何以遊乎搖蕩恣睢轉徙之塗乎」搖蕩、恣睢，轉徙，義皆同，所以用於同一詞語中者，爲整齊駢偶美也。又如

左傳成公十三年：「晉侯使呂相絕秦曰……申之以盟誓，重之以昏姻，……文公躬擐甲冑，跋履山川，踰越險阻，征東之諸侯，……蔑我死君，寡我襄公，迭我殽地，奸絕我好，伐我保城，

殄滅我費滑，散離我兄弟，撓擾我同盟，傾覆我國家，……康公我之自出，又欲闕翦我公室，傾覆我社稷，帥我蝥賊，以來蕩搖我邊疆。……芟夷我農功，虔劉我邊垂，……君又不祥，背棄盟誓，白狄及君同州，君之仇讎，而我之昏姻也。」連用許多同義之字，以構成整齊對稱之美。使文勢更盛，語氣加強，而直奪對方之心魂，成爲千古之名文。其辭令之善，實有得之同義字焉。

【練　習】找出下列同義之字，並仿之以造句。

1. 上自太原至長安，詔曰：「濟北王背德反上，詿誤吏民。」（漢書文帝紀）
2. 張武等受賂金錢。覺，更加賞賜，以愧其心。（漢書文帝紀）
3. 今之否隔，友于同憂。（曹子速求通親表。）（按廣雅：否，隔也。）
4. 借問此何誰，云是鬼谷子。（郭璞遊仙詩）
5. 尙猶詢茲黃髮。（書經泰誓）
6. 率由典常（書經微子之命）（按典、常也。）
7. 豈渠得免夫累乎。（荀子王制篇）（按渠、詎也，與豈同。）

陸　辭趣之修辭

積極修辭於辭趣則務求利用語言文字之意義、聲音、與形體，以增高語文之情趣與神韻。故論辭趣，可分三方面，即意義聲音與形體是也。

一、辭之意味

(一) 意之刻劃

意之刻劃可使語文生動有力，而不流于空洞玄虛。所用之辭，務能切中情境。將空間之形像，宇宙之萬有，與所描寫之對象，以情彩刻劃出靈和鮮新之意味。使人一讀即不忍釋手，再讀而意義彌深。能將眼之所視，心之所感，所想，一一襯托於字裏行間。使人一讀之下，即有「先得我心」之感；則意義之刻劃，可謂成功矣。如李白春夜宴桃李園序：「夫天地者萬物之逆旅。光陰者百代之過客。而浮生若夢，爲歡幾何。古人秉燭夜遊，良有以也。況陽春召我以煙景，大塊假我以文章。會桃李之芳園，序天倫之樂事。羣季俊秀，皆爲惠連。吾人詠歌，獨慚康樂。幽賞未已，高談轉淸。開瓊筵以坐花，飛羽觴而醉月。不有佳作，何伸雅懷？如詩不成，罰依金谷酒數。」其意義之刻劃是如此之深入。其情趣之高遠，又如此之爽朗。而文字精練，意義隨體會而愈深。

又如李陵答蘇武書。

「昔先帝授陵步卒五千，出征絕域。五將失道，陵獨遇戰。而裹萬里之糧，帥徒步之師，出天漢之外，入強胡之域。以五千之衆，對十萬之軍，策疲乏之兵，當新羈之馬。然猶斬將搴旗，追奔逐北。滅跡掃塵，斬其梟帥……匈奴既敗，舉國興師，更練精兵，強踰十萬。單于臨陣，親自合圍……疲兵再戰，一以當千。然猶扶乘創痛，決命爭首。死傷積野，餘不滿百，而皆扶病，不任干戈。然陵振臂一呼，創病皆起。舉刀指虜，胡馬奔走，兵盡矢窮，人無尺鐵。猶復徒首奮呼，爭爲先登。當此時也，天地爲陵震怒，戰士爲陵飲血。」又如國父黃花岡烈士事略序：

「然是役也，碧血橫飛，浩氣四塞。草木爲之含悲，風雲因而變色。全國久蟄之人心，乃大興奮。怨憤所積，如怒濤排壑，不可遏抑。不半載而武昌之大革命以成。則斯役之價值，直可驚天地，泣鬼神，與武昌革命之役並壽。」

其辭句之靈和，語文之生動，意義之深入，直欲呼天地而動之，驅風雲于筆下。而其悲壯之氣，雄邁之風，更感人淚下。其意義更不難于言下領悟。意義之刻劃，能如此俊永。實爲上乘之作。此由於情境之背景經歷，而命之於辭者也，故意境自然高。

又小說之類，小品之文，或借方言以寄意，或以俚語而出之，或用古語之雅言，或取術語之專語，其於意境上，皆各適其風味，以引致其情趣者也。

(二) 意之變化

又語言文字之意義，有時隨上下文之意味而變。如「中庸。」二字在論語雍也篇「中庸之爲德也，其至矣乎，民鮮久矣」，在禮記中庸：「中庸其至矣乎，民鮮能久矣。」此謂中庸皆不偏不易之至德也。而賈誼過秦論：然而陳涉（勝）甕牖繩樞之子，甿隸之人而遷徙之徒也，材能不及中庸。非有仲尼墨翟之賢。」此句之中庸，則指中等，平常之人矣。又論語泰伯篇「大哉堯之爲君也！蕩蕩乎民無能名焉。」蕩蕩乃指廣大廣遠之意。在干寶晉紀總論：「民風國勢如此，雖以中庸之才（此中庸亦中等之意），守文之主治之。辛有必見之於祭祀，季札必得之於聲樂，范燮必爲之請死，賈誼必爲之痛哭，又況惠帝以蕩蕩之德臨之哉？」此處之「蕩蕩之德」則指蠢然無知矣。故同一辭也，用於不同之文，而有不同之意。此不可不知也。

如是辭之意味，可利用背景，情境，風味與感情豐富，色彩鮮明之辭句，及上下文之關係，以調整適應之，而求得意味之豐贍。

（三）意之引申

意有本義，有引申義，此在中外文字皆有之。於古代一字本只有一意，後漸近文明，字意遂由一意而引申孳乳以增多。爾雅說文解字所載，多爲其本意。其後玉篇，廣雅、廣韻、集韻、韻會、正韻諸書所載，多有引申意。如

況：說文云：「寒水也。」寒水其本意也。由寒水之意，引申作「矧」，「譬」之意，即今「何

況」「況且」之意；又引申有「益」之意，如國語、晉語：「衆況（益）厚之。」是也；又引申有「茲」之意，如詩經小雅：「況也永嘆」是也；又引申有「滋」之意，如詩大雅：「亂況斯削」是也。又引申有「賜」之意，如漢書武帝紀：「遭天地況施著見景象。」是也；又引申有「來訪」之意，如司馬相如子虛賦：「足下不遠千里來況齊國」是也。又爲人之姓，三國志蜀志有況長寧。又爲琴名。廣韻：「修況、琴名」。

征：爾雅釋言：「行也」。如詩經小雅：「之子于征」是也。又由「行」之意，引申作「征伐，討伐」，韻會曰：「征、伐也。」如易經離卦：「王用出征」是也；又引申作「取」，正韻曰：「征、取也」，如禮記王制篇：「關譏而不征」，孟子：「關市譏而不征」是也；又姓，漢書司馬相如傳有征伯僑之名。

由是知字意有本意，有引申義，吾等修辭讀說時宜注意。

（四）意之反訓

意有正反之意，此在往昔經典中常有之，如「亂」之爲治，「臭」之爲香等。茲舉數例以證之。

亂：書經泰誓中：「予有亂臣十人，同心同德。」

論語泰伯篇：「武王曰：『予有亂臣十人』。」

馬氏曰：「亂、治也。十人謂周公旦，召公奭、太公望、畢公、榮公、太顛、閎夭、散宜生、南宮適、其一人謂文母。」

案亂，說文：「從乙治之也。」爾雅釋詁：「亂、治也。」玉篇：「理也」書經皐陶謨：「亂而敬。」孔安國傳（注）：「有治而能敬謹。」又書經盤庚：「亂越我家」；梓材：「厥亂爲民」；洛誥：「四方迪亂，亂爲四輔」；立政：「丕乃俾亂」之類，皆作「治」解。又有不治之意，爾雅釋訓：「夢夢訰訰、亂也」。如書經周官：「制治於未亂」周禮秋官：「司虣（暴）掌憲布之敬令，禁其鬬囂、與其虣亂。」是亂既解作「治」又解作「不治」。今之言亂多作擾亂解矣。然古時固有正反二意。

苦：揚子方言：「快也。楚曰苦、秦曰了。」郭璞曰：「苦而爲快，猶以臭爲香，治爲亂，反覆用之。」苦訓作快，其意相反。

詩經唐風采苓：「其苦其苦，首陽之下。」。毛傳：「苦、苦菜也。」陸機曰：「生田及山澤中，得霜甜脆而美。」據此則苦菜，爲甜菜矣。

說文：「大苦、苓也。」爾雅釋草：「大苦、蘦。」郭璞云「甘草也。」孫炎曰：「今甘草也。」據此，苦又有甘意矣。（段氏說文解字注言其非是。）由是苦之解作「快」「甜」「甘」，皆反訓也。

臭：說文：「禽有臭而知其迹者犬也。」故臭有「臭覺」之意。如詩：「上天之載，無聲無臭」是也，後有「臭惡」「臭敗」之意，正韻云：「對香而言，則爲惡氣。」，亦反解作「香」

，如易經繫辭：「其臭如蘭」詩大雅：「胡臭亶時」是也；禮記內則：「纓衿佩容臭」，鄭注：「容臭、香物也。」孔穎達疏：「庾氏曰：『以臭物可以修飾形容，故謂之容臭。』」又有加一否定詞，而乃爲肯定之意者，如詩經大雅文王：「有周不顯、帝命不時。」毛傳：「不顯，顯也；顯光也。不時，時也；時是也。」夫「顯」「時」，解作「光」「是」，依然爲肯定也；而加一「不」字：「不顯」「不時」，亦猶解作「顯」「時」者，是以反見義也，此亦反訓之故也。故鄭玄箋云：「周之德、不光明乎？光明矣；天命之不是乎，又是矣。」餘例如：同篇：「凡周之士，不顯亦世。」鄭箋云：「凡周之士，謂臣有光明之德者，亦得世世在位，重其功也。」又「王之藎臣，無念爾祖。」「無念爾祖，聿修其德。」鄭箋云：「無念、念也。王之進用臣，當念女祖爲之法。」此「不顯」解作「顯」；「無念」解作念。是亦反訓之例也。由是知，古書之修辭有反訓之例，學者不可不注意也。

二、辭之聲韻

利用語言文字之聲音，以增飾語文之情趣，使讀之順口，聽之入耳；琳瑯滿目，美不勝收。此自古文人及辯士，多頗注意。聲之平上去入，與音之開合洪細，則作詩賦駢文，韻文近體詩（絕句律詩）與詞曲者早已注意且應用，而爲文學帶來優美之情趣矣。調之高低抑揚，亦早爲縱橫家，辯士，演說家所注意。此乃語言之瑰寶，文學之美篇也。蓋語文非聲調不揚，非意義不顯。如意義精微，聲

韻清朗。則動人必深，自可傳世不朽矣。今略論之。（其詳則屬於聲韻學，非本篇所宜述也）

（一）模聲之語調

模聲之語調：可分模音、模形、模情三種。如「呦呦」似鹿鳴之聲，「澌澌」狀水流緩漫之聲，「澎湃」似大水之聲。此皆模其音以成聲者也。「依依」狀楊柳飄動之貌，「夭夭」似桃花艷麗之容，「曖曖」如日光之暗淡。此皆模其形以成語者也。「慘慘」抒不快之情，「融融」寫快樂之感，「冷冷清清」狀寂寞之懷。此皆模其情以爲聲者也。此字辭之模聲也。至於詩文之章句段落，亦可模聲。如

白居易琵琶行：「輕攏慢撚抹復挑，初爲霓裳後六么。大弦嘈嘈如急雨，小弦切切如私語；嘈嘈切切錯雜彈，大珠小珠落玉盤。水泉冷弦澀欲絕，凝絕不通聲暫歇。」

此節模成琵琶音調之變化，乃詩篇之模音也。

岑參走馬川行送封大夫出師西征：「君不見走馬川行雲海邊，平沙莽莽黃入天。輪臺九月風夜吼，一川碎石大如斗，隨風滿地石亂走。匈奴草黃馬正肥，金山西見煙塵飛。漢家大將今出師，將軍金甲夜不脫。半夜軍行戈相撥，風頭如刀面如割。馬毛帶雪汗氣蒸，五花連錢族作冰，暮中草檄水硯凝。虜騎聞之心膽懾，料知短兵不敢接，車師西門佇獻捷。」

以聲調模出西征之苦狀，乃詩篇模形之語調也。

韓愈祭十二郎文：「嗚呼！其信然邪？其夢邪？其傳之非其眞邪？信也，吾兄之盛德而夭其嗣乎？汝之純明，而不克蒙其澤乎？……嗚呼！其信然矣！吾兄之盛德而夭其嗣矣，……吾自今年來，蒼蒼者或化而爲白矣！動搖者或脫而落矣……。」以聲調模出哀痛之情，乃文章模情之語調也。餘類推。

（二）象徵之聲調

象徵之聲調，多同語言文字之內函相順應，可以輔助語文之意味與情趣。陳澧東塾讀書記謂：「大字之聲大，小字之聲小，長字之聲長，短字之聲短。說酸字則口如食酸之形，說苦字則口如食苦之形，說辛字則口如食辛之形，說甘字則口如食甘之形，說鹹字則口如食鹹之形。」而滴字之聲則同雨下注階之音，擊字之音猶如持物擊物之音，流字之音同於急水下注之聲，湫字之音似池水之聲，瀑字之音如瀑布之聲（參看劉師培中國文學教科書第一冊）。此類之音，可以與字義互相融合，而使語文貼切有味，此乃中國文字之特長，而爲修辭家所注意者也。

又唐鉞有「隱態繪聲」論，曾引韓愈薦士詩云：「敷柔肆紆餘，奮猛卷海潦。」以爲上句字音與字義相應，下句奮猛，與卷海潦之聲相似。此屬於音趣，在古人詩文中多頗講究。如李白渡荊門送別，「山隨平野盡，江入大荒流」與送友人之詩：「揮手自茲去，蕭蕭班馬鳴」其中江入大荒流，江水之流態與流水彷彿現前。而蕭蕭正是班馬鳴叫之聲。又杜甫之兵車行：「車轔轔，馬蕭蕭，行人弓箭各在腰。」，轔轔蕭蕭，正狀車馬之形態聲音。

以字音而言，長音有寬裕，紆緩，沈靜，閒逸，廣大，敬虔等情趣。短音有急促，激劇，煩擾，繁多，狹小，喜泣等情趣。淸音則有少小，明恢，優美，強壯，賢善，虛靜，輕易，銳盛之感。濁音則有多大，慢暗，老弱，愚醜，惡劣，重實，動難，遲鈍之感。此善於修飾，自可隨情驅策。勿勞繁言也。

（三）四聲與平仄之分

聲調之裝飾，可使語文適口悅耳。如詩詞聲律諧合，更是古時文人所講究者。今先述四聲與平仄，後論駢文辭賦詩詞與曲之聲調。

吾國古時聲調，惟有長言短言之分耳。至佛經輸入，始有四聲之產生。南史陸厥傳（南北朝）云：「時盛爲文章，吳興沈約，……汝南周顒善識聲韻，約等文皆用宮商，將平上去入四聲，以此制韻。」自是中國文學無論詩、詞、曲、駢文、辭賦之屬，皆深受其影響。廣韻據之而分二百零六韻，其四聲相配如：（學者多讀數次，入聲最好以方言讀之，即可分辨四聲）

平上去入	平上去入	平上去入	平上去入
東董送屋	鍾腫用燭	江講絳覺	眞軫震質
諄準稕術	文吻問物	元阮願月	寒旱翰曷

陽養漾藥　唐蕩宕鐸　庚梗映陌　耕耿諍麥

蒸拯證職　登等嶝德　侵寑沁緝　凡范梵乏

大抵平聲平和，即今國語之第一第二聲也。上聲上揚，即今第三聲也。去聲遠大，即今第四聲。入聲急促，今國語已不能發出入聲字。蓋國語之前身乃淸朝官話，深受女眞，蒙古等北方音之影響，故無入聲。入聲各地方言大半可分辨出，如「菊」「國」「竹」「屋」「六」「質」「角」「獨」……皆入聲也，而國語或作一聲、二聲、三聲、四聲矣。昔人有四聲之歌曰：「平聲平道莫低昂，上聲高呼用力強，去聲分明哀遠墮，入聲短促急收藏。」是四聲之最好說明。又平上去三聲，亦有與今異者，乃聲變之故也。近體詩（律詩、絕句）與駢文詞曲，多講究聲調，合平上去入爲平仄二聲，「上去入」合爲仄聲。曲中亦或分平聲爲陰平（國語第一聲）與陽平（第二聲。）

（四）駢文之聲調

駢文在六朝時已漸注意於平仄之相間相對，至唐代以後駢文尤注意平仄之排列。茲舉王勃滕王閣序，以見其聲調之大概。平聲作「—」記號，仄聲作「|」記號，應平而作仄，或應仄而作平，或平仄可通用者則作「十」記號。

南昌故郡，洪都新府。星分翼軫，地接衡廬。襟三江而帶五湖，控蠻荊而引甌越。物華天寶，龍光射牛斗之墟；人傑地靈，徐孺下陳蕃之榻。雄州霧列，俊彩星馳；臺隍枕夷夏之交，賓主盡東南之美。都督閻公之雅望，棨戟遙臨；宇文新州之懿範，襜幃暫住。十旬休假，勝友如雲；千里逢迎，高朋滿座。騰蛟起鳳，孟學士之詞宗；紫電青霜，王將軍之武庫。家君作宰，路出名區；童子何知，躬逢勝餞。時維九月，序屬三秋；潦水盡而寒潭清，煙光凝而暮山紫。儼驂騑於上路，訪風景於崇阿。臨帝子之長洲，得仙人之舊館。層巒聳翠，上出重霄；飛閣流丹，下臨無地；鶴汀鳧渚，窮島嶼之縈迴；桂殿蘭宮，列岡巒之體勢。披繡闥，俯雕甍；山原曠其盈視，川澤盱其駭矚。閭閻撲地，鐘鳴鼎食之家；舸艦迷津，青雀黃龍之軸。虹銷雨霽，彩徹雲衢；落霞與孤鶩齊飛，秋水共長天一色。漁舟唱晚，響窮彭蠡之濱；雁陣驚寒，聲斷衡陽之浦。……嗚呼！勝地不常，盛筵難再；蘭亭已矣，梓澤丘墟；臨別贈言，幸承恩於偉餞；登高作賦，是所望於羣公。敢竭鄙誠，恭疏短引；一言均賦，四韻俱成。滕王高閣臨江渚，佩玉鳴鸞罷歌舞。畫棟朝飛南浦雲，珠簾暮捲西山雨。閒雲潭影日悠悠，物換星移幾度秋。閣中帝子今何在，檻外長江空自流。

由上可知駢文之聲調多在平仄交錯相對。大抵四字句之平仄，須注意第二、第四二字。六、七字之平仄，多注意二、四、六三字。（或三五、三六。看句中虛字「之」「於」「而」之位置而定）至於其平仄之相間以四言而論，多採「一|，|一；|一，一|。一|，|一；|一，一|。……」之形式。六言、七言、與四言之交雜，從此類推。

（五）辭賦之聲調

賦淵源於楚辭，至漢而大盛，歷六朝唐宋元明清而不衰。楚辭漢賦多不講平仄，六朝唐宋之賦，則有注意平仄者，其平仄之運用與駢文同。至於散文體之賦，可以不論平仄。唯亦注意聲調耳，惟以其注意聲調，則平仄，亦宜略注意矣。蓋句句皆用仄聲或平聲，則聲調不美，須平仄交錯，乃可有美麗之賦。

（六）詩之聲調

詩以近體詩（卽絕句，律詩）較講究平仄排列之格式。至於古詩，多不講究。（柏梁體之七言古詩、有三平落底者）今錄五言律詩與七言律詩之格式於左：

五律仄起式（第二字爲仄聲，謂之仄起式。）

仄仄平平仄，平平仄仄平。平平平仄仄，仄仄仄平平。

仄仄平平仄，平平仄仄平。平平平仄仄，仄仄仄平平。

其第二句，第四句，第六句，第八句係押平聲韻。第一句可以押，亦可不押，不押則最後一字須仄聲，第一句如押韻其句型則爲仄仄仄平平。

五律平起式（第二字平聲謂之平起）

平平平仄仄，仄仄仄平平。仄仄平平仄，平平仄仄平。平平平仄仄，仄仄仄平平。仄仄平平仄，平平仄仄平。

第一句押韻則爲平平仄仄平。此律詩之汎例也，至於絕句則取其前半或後半皆可。排律，則依五律規則延長。

七律仄起式（第一句不押韻則爲仄仄平平平仄仄）

仄仄平平仄仄平，平平仄仄仄平平。平平仄仄平平仄，仄仄平平仄仄平。仄仄平平平仄仄，平平仄仄仄平平。平平仄仄平平仄，仄仄平平仄仄平。

七律平起式（第一句不押韻則爲平平仄仄平平仄）

平平仄仄仄平平，仄仄平平仄仄平。仄仄平平平仄仄，平平仄仄仄平平。平平仄仄平平仄，仄仄平平仄仄平。仄仄平平平仄仄，平平仄仄仄平平。

此七言律詩之汎例也，七言絕句則取前四句，或後四句。七言排律，則順七言律詩之格式延長。以上皆最嚴謹之規律，至於時人之作，如下亦可。

詩之平仄，俗有「一三五不論，二四六分明」之語，此只可爲初學習作之方便，實則「二四六分明」之外，第一字可以不論，第三、第五字則須注意。第三字如平聲，則第五字可平可仄。三如仄聲，則五須平聲。此七言詩平仄之通例也。至於五言則「二四分明，一三可以不論。」此五言詩之通例也。至於不合此者，則謂之拗句。前人之作，亦時有所聞。今五七言律詩各舉一首，以爲示範。

送友人

李白（五律平起式，首句不押韻）

青山橫北郭，白水繞東城。此地一爲別，孤蓬萬里征。浮雲游子意，落日故人情。揮手自茲去，蕭蕭班馬鳴。

蜀相

杜甫（七律仄起式，首句押韻）

丞相祠堂何處尋。錦官城外柏森森。映階碧草自春色，隔葉黃鸝空好音。三顧頻煩天下計，兩朝開濟老臣心。出師未捷身先死，長使英雄淚滿襟。

其聲律之諧合，一面注意押韻，一面注意於詩之聲調，與平仄之安排。詩遂因聲律之美，而達到文學之黃金時代。觀此可悟詩之平仄矣。

（七）詞之聲調

詞有詞牌，即調譜也，今謂之曲。每一詞，皆有固定之調譜。調譜中，字句之平仄，字數，押韻皆有一定，可依調林正韻。茲舉數例明之。

憶秦娥　秋思

舊傳李白作

簫聲咽韵　秦娥夢斷秦樓月叶　秦樓月疊三字　年年柳色句　灞陵傷別叶　樂遊原上清秋節叶　咸陽古道音塵絕

叶音塵絕疊三字西風殘照句漢家陵闕叶

本調四十六字。「秦樓月」「音塵絕」二句皆重疊，「灞」「漢」二字必用仄聲；而名家尤多用去聲，音調始暢。第一句爲平平仄，次句爲轆轤體。第一字必須用平，否則兩秦字不能轆轤。第三疊句卽上句之末三字。第四五句均四字，爲平平仄仄，仄平平仄。後半改首句爲七字，句法與菩薩蠻首句同。餘與前半無異。（第一句第二字，第二句第三字，第四句第一、三字均平仄不拘）

虞美人 感舊　李後主

春花秋月何時了韵往事知多少叶小樓昨夜又東風換平故國不堪回首月明中叶平雕闌玉砌應猶在三換仄只是朱顏改叶三仄問君能有幾多愁四換平恰似一江春水向東流叶四平

本調五十六字，前後闋亦完全相同。凡四用韵，兩平兩仄。第一句七言句，平起仄韻。第二句五言句，仄起仄韵。第三句七言句，平起平收。第四句九字，叶平；按語氣，似可於第四字略作頓豆，然終以一氣貫注爲妙。

水調歌頭 中秋　蘇軾

明月幾時有句把酒問靑天韵不知天上宮闕今夕是何年叶我欲乘風歸去句又恐瓊樓玉宇句高處不勝

寒叶 起舞弄淸影句 何似在人間叶 轉朱閣句 低綺戶句 照無眠叶 不應有恨，何事常向別時圓叶 人有悲歡離合句 月有陰晴圓缺句 此事古難全叶 但願人長久句 千里共嬋娟叶

本調九十四字，重在拗句。首句五字，下三字爲仄平仄，定格也。次句五字，爲通常之五言句。此兩句各惟第一字平仄不拘，餘無可勉強。第三句十一字，句法上六下五，或上四下七均可；此詞則作上六下五。第一三七字俱平仄不拘。詞律於第六字亦注可平，殊不盡然。蓋惟作上四下七句法，第六字間或可平，而上六下五之句法，則萬無作平之理也。第四句六字不用韵；第五句亦六字，有時可與上句對偶；而第五字平仄均各不拘。第六句五字，與第二句同。第七八句亦均五字，與首次二句同。後闋轉頭。起首爲三字三句，與相見歡後闋起首三句同。詞律注第一句三字平仄不拘，第二句上兩字亦可平可仄，殊非是。且第三句定須作仄平平，蓋此調凡叶平韵之句，尾三字皆作仄平平，乃定格也。第四句以下與前闋無異。

雨霖鈴 秋別

柳永

寒蟬凄切韵 對長亭晚豆 驟雨初歇叶 都門帳飮無緒句 方留戀處豆 蘭舟催發叶 執手相看豆 淚眼，竟無語凝噎叶 念去去豆 千里煙波句 暮靄沈沈楚天闊叶 多情自古傷離別叶 更那堪豆 冷落淸秋節叶 今宵酒醒何處句 楊柳岸豆 曉風殘月叶 此去經年句 應是良辰好景虛設叶 便縱有豆 千種風情句 更與何人說叶

本調一百三字，拗句至多，歷來作者，平仄率依此詞爲準，不敢稍有出入。

首句四字，上三字平，下一字仄，起韻。次句八字，第四字略頓，作逗。上四字句法，爲上一下三，務用仄平平仄；下四字叶韻，而第二字可作平聲。第三句六字，不用韻，作平平仄仄平仄。第四句八字，句法與第二句同，而平仄則異。第五句十一字，上四下七，於第四字略逗，有作上六下五者誤也。又下七字第三字係襯字，更須注意，切不可作爲七言詩句。第六句七字，上三字一豆，務作仄仄仄，乃定格也。結句七字，仄仄平平仄平仄，多作上四下三句法。

後闋起首，即爲平常之七言仄句，應作上四下三句法；有作上三下四者，則音節遠遜矣。次句八字，上三下五，於第三字略逗。第三句第六字，與前闋第三句同，第四句七字，上三下四，於第三字略逗。第五句四字，爲仄仄平平。第六句八字，上二下六，其下六字句法與前闋第三句同。第七句上三下四，亦與前第六句相同。結句五字，上二下三，爲仄仄平平仄，亦有於第三字作仄者，音節遠遜，不足法也。（豆者逗也，即句讀之讀。）

（八）曲之聲調

曲之聲調與詞略同，（其押韻則依中原音韻元周德清著），茲錄數首爲例

枯藤老樹昏鴉，小橋流水人家。古道西風瘦馬，夕陽西下，斷腸人在天涯。（馬致遠天淨沙秋思）

——｜｜—— ——++—— +｜——｜+ ——+｜ ｜+—｜——
春山日暖和風，闌干樓臺簾櫳，楊柳秋千院中，啼鶯舞燕，小橋流水飛紅。（白樸天淨煞春）

此天淨煞（或作沙）之曲也。蓋曲由詞演變而成者，北曲中有八、九十首，南曲有一百九十多首，皆有詞之形式。惟曲有時押去聲韻；則上聲韻不得混入。有時曲句中仄聲亦須分去聲與上聲，平聲亦須分陽平（第二聲）與陰平（第一聲），其聲調似較詞爲嚴，如

八聲甘州 鮮于伯機散套

平平去上 去上去平平平去平平 平平平上 去去上上平平 平平上上平去去 上上平平平去平
江天暮雪 最可愛青帘搖曳長杠 生涯閑散 占斷水國魚邦 烟浮草屋梅近砌 水遶柴扉山對窓

平上上平平 上去平平 平平上上 去上上平平平平平 平平去去 平平去上平平
時復竹籬傍 犬吠汪汪、（么向淌目） 夕陽影裏 晃遠浦歸舟帆力風 山城欲閉 時聽戍鼓諠諠

平平去上去上 平去平平平去平 去去上平平 去去平平
羣鴉噪千萬點 寒鴈書空三四行 畫向小屏間 夜夜停缸

點絳唇 喬夢符金錢記頭折

平去平平 上平平去 平平上 平上平平 上上平平上
書劍生涯 幾年窗下、學班馬 吾豈匏瓜待 一舉登科甲

此曲用詞牌爲調者也。八聲甘州，點絳唇，原爲詞牌名，曲繫用之。「么」者謂前半闋巳完也。

神仗兒 王伯成天寶遺事套內

平平去上 平平去上 去去平平 平平去上 去平平去 平平去上 去平平去平平上 上去去平
塵清洞府 風生桂窟 夢斷瑤池 魂離洛浦 鴈行鴛序 鶯雛燕乳 待晨粧翠圍紅簇 恐要侍兒

平　平上去上平平
扶　宜寫在懶粧圖。（窟、洛、簇，本入聲，北曲無入聲，故派上平上去三聲。）

者剌古　楊景輝小令

上平平平去平　去上去平平　上平平去上平　平上去平平　平平平去上　上去平平去　平平平平
揀山林深處居　蓋草舍茅廬　引岩泉八圃渠　澆野菜山蔬　窮生涯自足　遠是非榮辱　鑿石栽松

平上平　去去平
無所拘　樂自如。（入、足、辱、鑿、石、竹、樂，此數字本入聲。）

有時上去可通用，不必如此細分，惟須視曲調而異。

醉花陰　丹丘先生散套

平上平平去平上　去上平平十上　上平去去平平　去去平平　上去平平去上
無始之先道何祖　太極初分上古　兩儀判混元舒　四象方居　一氣為天地母。（極、一本入聲，此作上聲用）

丹丘先生此曲，主述理。述理以說明為主，故不若前二首之美。前二首主抒情，抒情以雅緻俊美為主，故易以動人。

四塊玉　鍾繼先

上去平　平平去　上平上平去平平　去平平去去平去　去上(去)平　平上十　平去平
曉夢雲　殘妝粉　一點芳心怨王孫　十年不寄平安信　綠水濱　碧草春　紅杏村。（殘為陽平，妝、陰平。）

任訥散曲概論云：「周氏嘗于席間聞歌四塊玉起句者曰：『彩扇歌、青樓飲。』周氏之友，羅宗信非之，而瑣非復，初爲改作『買笑金，纏頭錦。』周氏乃皆與賞識，以爲知音。蓋四塊玉次句首字應用陽平聲，作青則必唱作晴矣。不若纏字正屬陽平，唱來可得本音也。」

據此則四塊玉之起句，後半句須分陰平，與陽平也。周氏德淸，精於曲律，嘗編中原音韻，爲北曲押韻之標準。又嘗論述曲之作法，此言必可信也。蓋元以蒙古入主中原，其音先受遼金女眞族語音之影響，加上原有之音，再浸潤於中國正統之音，遂產生中原音。此音已無入聲字，而將入聲字，分入平上去三音。蓋北方口音不適於發入聲音也。至於陰平陽平之分，廣韻已肇其端矣。今國語之四聲，卽導源於中原音韻。

（九）辭之押韻法

夫文辭以有韻而更雅暢，詩詞以有韻而更華美。自經史古書，往往自然合於押韻之律則。如易書禮皆有押韻之文也。詩經楚辭漢賦古詩皆押韻，其韻多用古韻，（凡詩韻集成，詩韻合璧，廣韻集韻等書，云某同用者，皆可通用也。）至於近體詩（律絕）則押韻較嚴。（可參詩韻集成諸書，如有佩文韻府更佳），詞之押韻，則依詞林正韻（廣文書局，世界書局皆有。）。曲之押韻則依中原音韻。（廣文書局）歸納押韻之種類有六，今擧例述之：

（一）每句押韻

詩經邶風：「終風且暴，顧我則笑。謔浪笑敖，中心是悼。」

小雅車攻：「我車既攻，我馬既同。四牡龐龐，駕言徂東。」

楚辭九歌東君：「青雲衣兮白霓裳，舉長矢兮射天狼。操余弧兮反淪降，援北斗兮酌桂漿。撰余轡兮高駝翔，杳冥冥兮以東行。」

王融三月三日曲水詩序：「莫不如圭如璋（陽），令聞令望（陽），朱芾斯皇（唐），室家君王（陽）者也。」

馮延巳謁金門詞：「風乍起（止韻），吹縐一池春水（脂）。閑引鴛鴦香徑裏（止），手挼紅杏蕊（旨）。鬭鴨闌干獨椅（紙），碧玉搔頭斜墜（至）。終日望君君不至（至），舉頭聞鵲喜（止）。」（唐陽韻通，止脂紙至韻通）

蘇軾後赤壁賦：「凜乎其不可留也，反而登舟，放乎中流（尤），聽其所止而休焉。」

劉基司馬季主論卜：「蓄極則洩（薛），閟極則達（曷）。熱極則風（東），雍極則通（東）。一冬一春（諄），靡屈不伸（眞）。一起一伏（屋），無往不復（屋）。」

姚鼐袁隨園君墓誌銘：「銘曰：粵有耆龐（江），才博以豐（東）。出不可窮（東），匪雕而工（東）。文士是宗（冬），名越海邦（江）。藹如其沖（東），其產越中（東）。載官倚江（江），

以老以終。（東）。兩世阡同。（東），銘是幽宮。（東）。」（東冬江韻通）

（二）隔句押韻

詩柏舟：「我心匪鑒，不可以茹。亦有兄弟，不可以據。薄言往愬，逢彼之怒。」

小雅鴻雁：「鴻雁于飛，肅肅其羽。之子于征，劬勞于野。爰及矜人，哀此鰥寡。」

離騷：「鸞皇爲余先戒兮，雷師告余以未具。吾令鳳鳥飛騰兮，繼之以日夜。飄風屯其相離兮，帥雲霓而來御。紛總總其離合兮，班陸離其上下。吾令帝閽開關兮，倚閶闔而望予。時曖曖其將罷兮，結幽蘭而延佇。世溷濁而不分兮，好蔽美而嫉妒。朝吾將濟於白水兮，登閬風而緤馬。忽反顧以流涕兮，哀高丘之無女。」

班固西都賦：「於是既庶且富，娛樂無疆。都人士女，殊異乎五方。遊士擬於公侯，列肆侈於姬姜。」

陶淵明雜詩：「秋菊有佳色，裛露掇其英（庚韻）。汎此忘憂物，遠我達世情（清韻）。一觴雖獨進，杯盡壺自傾（清）。日入羣動息，歸鳥趨林鳴（庚）。嘯傲東軒下，聊復得此生。」（庚清韻通）

杜甫野望詩：「西山白雪三城戍，南浦清江萬里橋（宵韻）。海內風塵諸弟隔，天涯涕淚一身遙（宵）。惟將遲暮供多病，未有涓埃答聖朝（宵）。跨馬出郊時極目，不堪人事日蕭條（蕭）。」

（七律）。（蕭宵二韻，可以通押，餘仿此。）

王安石秣陵道中詩：「經世才難就，田園路欲迷（齊韻）。慇懃將白髮，下馬照青溪（齊）。」（五絕）

皇甫冉答張繼詩：「悵望南徐登北固，迢遙西塞阻東關（刪韻）。落日臨川問音信，寒潮惟帶夕陽還（刪）。」（七絕）

韓愈進學解：「先生口不絕吟於六藝之文，手不停披於百家之編（先韻）。紀書者必提其要，纂言者必鉤其玄（先）。貪多務得，細大不捐（仙）。焚膏油以繼晷，恒兀兀以窮年（先）。」

蘇軾赤壁賦：「況吾與子漁樵於江渚之上，侶魚蝦而友麋鹿（屋韻）。駕一葉之扁舟，舉匏樽以相屬（燭）。寄蜉蝣於天地，渺滄海之一粟（燭）。哀吾生之須臾，羨長江之無窮（東）。挾飛仙以遨遊，抱明月而長終（東），知不可乎驟得，託遺響於悲風（東）。」

（三）首句用韻隔句押韻

詩經擊鼓：「擊鼓其鏜，踊躍用兵。土國城漕，我獨南行。」

九歌雲中君：「浴蘭湯兮沐芳，華采衣兮若英。靈連蜷兮既留，爛昭昭兮未央。蹇將憺兮壽宮，與日月兮齊光。龍駕兮帝服，聊翶遊兮周章。靈皇皇兮既降，猋遠舉兮雲中。覽冀州兮有餘，橫四海兮焉窮。思夫君兮太息，極勞心兮忡忡。」

張衡思玄賦：「廬建木於廣都兮，摭若華而躊躇。超軒轅於四海兮，跨江氏之龍魚。聞此國之千歲兮，曾焉足以娛余。思九土之殊風兮，從蓐收而遂徂。」

陸機短歌行：「置酒高堂（唐），悲歌臨觴（陽）。人壽幾何，逝如朝霜（陽）。時無重至，華不再陽（陽）。蘋以春暉，蘭以秋芳（陽）。來日苦短，去日苦長（陽）。今我不樂，蟋蟀在房（陽）。樂以會興，悲以別章（陽）。豈曰無感，憂爲子忘（陽）。我酒既旨，我肴既臧（唐）。短歌有詠，長夜無荒（唐）。」

樂府張九齡感遇古詩：「魚遊樂深池（支），鳥棲欲高枝（支）。嗟爾蜉蝣羽，薨薨亦何爲（文）。有生豈不化，所感奚若斯（支）。神理日微滅，吾心安得知（支）。浩歎楊朱子，徒然泣路歧（支）。」

杜審言詩：「獨有宦遊人（眞），偏驚物候新（眞）。雲霞出海曙，梅柳渡江春（諄）。淑氣催黃鳥，晴光轉綠蘋（眞）。忽聞歌古調，歸思欲沾巾（眞）。」（五律）

李頎題盧五舊居：「物在人亡無見期（之），閒庭繫馬不勝悲（脂）。窗前綠竹生空地，門外青山依舊時（之）。悵望秋天鳴墜葉，巑岏枯柳宿寒鴟（脂）。憶君淚落東流水，歲歲花開知是誰（脂）。」（七律）

蘇頲汾上驚秋：「北風吹白雲（文），萬里渡河汾（文）。心緒逢搖落，秋聲不可聞（文）。」（五絕）

王昌齡殿前曲：「昨夜風開露井桃（豪），未央前殿月輪高（豪）。平陽歌舞新承寵，簾外春寒賜錦袍（豪）。」（七絕）

馮廷已拋球樂詞：「酒罷歌餘興未闌（寒），小橋流水共盤桓（桓）。波搖梅蕊當心白，風入羅衣貼體寒（寒）。且莫思歸去，須盡笙歌此夕歡（桓）。」

貫雲石曲：「寃家早是沒膽量（陽），遭逢着很毒的爺孃（陽）。赤緊的家私十分快，生紐做水遠山長（陽）。」（北曲散套雙調間金四塊玉）

老子：「故有無相生，難易相成，長短相較，高下相傾。」

孔稚珪北山移文：「鍾山之英（庚），草堂之靈（青）。馳煙驛路，勒移山庭（青）。」

（四）交互押韻

詩野有死麕：「野有死麕，白茅包之。有女懷春，吉士誘之。」

楚辭離騷：「爲余駕飛龍兮，雜瑤象以爲車。何離心之可同兮，吾將遠逝以自疏。」

張衡思玄賦：「惟天地之無窮兮，何遭遇之無常。不抑操而苟容兮，譬臨河而無航。」

古詩十九首：「思君令人老（皓），歲月忽已晚（阮）。棄捐勿復道（皓），努力加餐飯（阮）。」

顧況憶舊遊：「悠悠南國思（之韻），夜間江南泊（鐸韻）。楚客斷腸時（之），月明楓子落。」

（鐸）。」（五絕）

張祜宮詞：「故國三千里（止），深宮二十年（先）。一聲何滿子（止），雙淚落君前（先）。」（五絕）

老子：「塞其（兌），閉其〔門〕。挫其（銳），解其〔分〕。」

（五）三句押韻

詩經草蟲：「喓喓草蟲，趯趯阜螽。未見君子，憂心忡忡。亦既見止，亦既覯止，我心則降。」

張衡東京賦：「登封降禪，則齊德乎黃軒。爲無爲，事無事，永有民以空安。」（漢賦）

白居易性習相近遠賦：「原夫性相近者，豈不以有教無類，其歸於一揆（旨）。習相遠者，豈不以殊途異致，乃差於千里（止）。」

（六）四句押韻

王勃寒梧棲鳳賦：「理符有契，誰言則孤（模）。游必有方，駭南飛之驚鵲；音能中呂，嗟入夜之啼鳥（模）。」

蘇軾赤壁賦：「縱一葦之所如，淩萬頃之茫然（仙韻）。浩浩乎如馮虛御風，而不知其止；飄飄乎如遺世獨立，羽化而登仙。」

(十) 句讀之聲調

至於文章聲調之緩急，古時有句讀之法以濟之。句讀猶今之標點也。凡語意已完者曰句，語意未完而可以暫停者曰讀。如孟子梁惠王篇：「未有仁，而遺其親者也；未有義，而後其君者也。」在未有仁，未有義中，讀之稍停一同，以便換氣，然後再讀，則較有力且順口。有時因句子太長而將其分作兩句以便讀之順口，如孟子梁惠王篇「吾聞之也，君子不以其所以養人者害人。」本應作「吾聞君子不以其所以養人者害人。」因此句太長，故在吾聞下加「之」字，以代替下文，又加也字，以促成音節之舒展，則更為佳美矣。任昉文章流別云：「詩之流也，有三言、四言、五言、六言、七言、九言，古詩率以四言為體，而時有一句二句，雜在四言之間。」劉氏文心云：「四字密而不促，六字裕而非緩，或變之以三五，蓋應機之權節也。」蓋長篇之詩文，如皆用四字、六字……之文句，則無句讀變化參差之美，今交用之，所以求音調之美也。又有變動字句者，如孟子公孫丑上：「我於辭命，則不能也。」萬章下則云：「吾於子思，則師之矣。」句法本相同。而師字下則有止詞。又如孔稚珪北山移文：「夫以耿介拔俗之標，瀟灑出塵之想，度白雲以方潔，干青雲而直上。」後兩句不用如白雲之方潔。如青雲之直上；最後句不用干青雲以直上者，皆為變動句法，使文句靈活，而讀之較美也。

至於聲調之修飾，古時文士多頗講究文氣。而文氣貫通之道則多從讀入手。故姚鼐與陳碩士書云：「大抵學古文者，必要放聲疾讀又緩讀，久之自悟。若但能默看，卽終身作外行也。」蓋常吟讀古文，則自能領悟文氣之運行。大凡於古文有造詣者，一見他人之文，吟讀之下，即能指出何者語氣不順，何者聲調不美，何者宜改定。而古時文士之養身，亦從吟讀中得其三昧。蓋讀書亦所以練習深呼吸、練習氣功也。

（十一） 沈約八病說

南史陸厥傳云：「約等文皆用宮商，將平上去入四聲，以此制韻。有平頭、上尾、蜂腰、鶴膝；五字之中，輕重悉異；兩句之內，角徵不同；不可增減。世呼為永明體。」沈氏八病說，對中國文學之影響極深，今其說已不存。茲據日僧徧照金剛之文鏡秘府論說明之。

一、**平頭**：或曰：「沈氏云：『第一第二字，不宜與第六第七同聲，若能參差用之則可矣。』謂第一與第七，第二與第六同聲，如秋月白雲之類，即高晏詩曰：『秋月照綠波，白雲隱星漢』，此即於理無嫌也。」按秘府論釋平頭病云：「五言詩，第一字不得與第六字同聲，第二字不得與第七字同聲。」

二、**上尾**：沈氏亦云：「上尾者，文章之尤病。自開闢迄今，多慎（羅根澤引作「懼」）不免。悲夫！若第五與第十故為同韻者，不拘此限。即古詩云：『四座俱莫諠，願聽歌一言』，此其常也，不為病累。其手筆第二句末，犯第一句末，最須避之。如孔文舉與族弟書云：『同源派流，人易世疏，越在異域，情愛分隔』是也。」按秘府論釋上尾云：「五言詩中，第五字不得與第十字同聲，名為上尾。」

三、**蜂腰**：沈氏云：「五言詩之中，分爲兩句，上二下三。凡至句末，並須要殺，即其義也。」

按秘府論釋蜂腰云：「五言詩一句之中，第二字不得與第五字同聲。言兩頭麤、中央細，似蜂腰也。」

按：秘府論鶴膝及蜂腰：沈氏云：「人或謂鶴膝爲蜂腰，蜂腰爲鶴膝，疑未辨。」

四、**小紐**：秘府論釋傍紐云：「五言詩一句之中，有『月』字，不得安『魚』『元』『阮』『願』等字。此即雙聲；雙聲即犯傍紐。」又云：「凡安雙聲、唯不得隔字；若踟躕、躑躅、蕭瑟、流連之輩，兩字一處於理即通，不在此限。沈氏謂此爲小紐。」

五、**大紐**：秘府論釋正紐云：「五言詩，『壬』『衽』『任』『入』四字爲一紐。一句之中，以有『壬』字，更不得安『衽』『任』『入』等字。」又云：「如王彪之登治城樓詩云：『俯觀陋室，宇宙六合，譬如四壁』，即『譬』與『壁』是也。沈氏亦云以此條爲大紐。」八病中秘府論引沈氏說惟五病耳，茲據秘府論補之。

六、**鶴膝**：「鶴膝詩者，五言詩，第五字不得與第十五字同聲。言兩頭細，中央麤，似鶴膝也。以其詩中央有病。詩曰：

『撥棹金陵渚，遵流背城闕，浪戚（山田永年文筆眼心抄作「蹙」）飛舷影，山卦垂輪月。』」

「渚」「影」皆上聲，犯鶴膝病。

七、**大韻**：「或名觸地病。大韻詩者，五言詩，若以『新』爲韻，上九字中，更不得安『人』

『津』『鄰』『身』『陳』等字，既同其類，名犯大韻。詩曰：
「紫翮拂花樹，黃鸝閒綠枝；思君一歎息，啼淚應言垂。」」「枝」「鸝」同在支韻，乃犯大韻病。

八、小韻：「或名傷音病。小韻詩，除韻以外，而有迭相犯者，名爲犯小韻病也。詩曰：
「搴簾出戶望，霜花朝瀁日；晨鶯傍野飛，早燕排軒出。」」
秘府論釋曰：「此卽犯小韻病，就前九字中而論小韻，若第九字是『瀁』字，則上第五字不得復用『望』字等。」以望瀁二字，同屬「漾」韻也。

（十二）文鏡秘府論之七種韻與廿八種病

文鏡秘府論，日僧遍照金剛（釋號空海）所作者也。其序云：「總有一十五種類，謂聲譜、調聲、八種韻（注：「八」，「七」之譌。按天卷中實七種），四聲論、十七勢、十四例、六義、十體、八階、六志、二十九種對、文三十種病累（注：「三十」、「二十八」之譌，按西卷作「文二十八種病」）、十種疾、論文意、論對屬等是也。配卷軸於六合，懸不朽於兩曜。名曰文鏡秘府論。」今述其七種韻。（此取之於王忠林博士中國文學聲律研究）

「凡詩有連韻、疊韻、轉韻、疊連韻、擲韻、重字韻、同音韻。」

甲、連韻：「連韻者，第五與第十字同音（「音」當爲「韻」之誤），故曰連韻。」

如湘東王詩曰：「嶰谷管新抽，淇園竹復脩，作龍還葛水，爲馬向幷州。」「此上第五字是『抽』，第十字是『脩』，此爲佳也。」

乙、疊韻：「疊韻者，詩曰：『看河水漠瀝，望野草蒼黃。露停君子樹，霜宿女姓（當爲「娃」之誤）薑。』此爲美矣。」按「蒼黃」爲疊韻也。

丙、轉韻：「轉韻者，詩曰：『蘭生不當門，別是閑田草，風着霜露欺，紅榮已先老。謬接搖花枝，結根君王池。顧無馨香美，叨沬清風吹。餘芳若可佩，卒歲長相隨。』」按「草」「老」爲皓韻「枝」「池」「吹」「隨」又別爲支韻也。

丁、疊連韻：「疊連韻者，第四第五，與第九第十字同韻，故曰疊連韻。」詩曰：「羇客無盤桓，流淚下闌干。雖對琴觴樂，煩情仍未歡。」按「盤桓」、「闌干」各爲疊韻；而「桓」與「干」又同韻相連也。

戊、擲韻：「擲韻者，詩云：『不知羞不敢留，但好去莫相慮。孤客驚百愁生，飯蔬簞食樂道，忘饑陋巷不疲。』此之謂也。」按此詩前三句，皆第三字與第六字爲韻，即「羞」「留」、「去」「慮」、「驚」「生」，各自爲韻也。又曰：「不知羞不肯留，集麗城夜啼聲，出長安過上蘭，指楊都越江湖，念邯鄲忘朝飡，但好去莫相慮。」則各句均第三字與第六字爲韻也。

己、重字韻：「重字韻者，詩云：『望野草青青，臨河水活活。斜峰纜行舟，曲浦浮積沬。』此爲善也。」按「靑靑」與「活活」皆爲重字，而「活」字爲韻，「活」與「沬」同爲「末」韻也。

庚、同音韻：「同音韻者，所謂同音而字別也。」詩曰：

「今朝是何夕，良人誰難覿。中心實怜愛，夜寐不安席。」按「夕」「覿」「席」爲韻，而「夕」與「席」同音也。

次述其廿八種病。

秘府論西卷論病云：「夫文章之興，與自然起；宮商之律，共二儀生。是故奎星主其文書，日月渙乎其章。天籟自諧，地籟冥韻。……，故能九夏奏而陰陽和，六樂陳而天地順。和人理，通神明；風移俗易，鳥翔獸舞，自非雅詩雅樂，誰能致此感通乎。……洎八體、十病、六犯，三疾，或文異義同，或名通理隔；卷軸滿機，乍閱難辨。遂使披閱者懷疑，搜寫者多倦。予今載刀之繁，載筆之簡，總有二十八種病。」前八種已論之矣。今不復論。

九、水渾：「謂第一與第六之犯也。」假作春詩云：「沼萍遍水纈，榆莢滿枝錢。」又曰：「斜雲朝列陳，廻娥夜抱弦。」釋云：「『沼』文處一，宜用平聲。（宜改『池』好）。『廻』字在六，時須『宮』語。（宜改『趁』）。一爲上言之首，六是下句之初，同建水渾，以彰第一。」按此爲第一與第六字之病。其與平頭異者，即平頭必第一、二與第六、七兩字皆同聲，始爲病也。

十、火滅：「謂第二與第七之犯也。」假作閨怨詩曰「塵暗離後鏡，帶永別前腰。」又曰：「怨心千過絕，啼眼百廻垂。」釋曰：「『暗』文處二，宜用埋生之言；眼字居七，特貴眸行之語。離當陰位，命二南方；周字致尤，故云離位，命滅因以名焉。」按此爲第二與第七之病，亦與平頭病異。

十一、不枯：「謂第三與第八之犯也。」假作秋詩曰：「金風晨泛菊，玉露宵沾蘭。」又曰：「玉輪夜進轍，金車晝滅途。」釋曰：「『宵』爲第八，言『夜』已精。『夜』處第三，須『宵』乃妙。百餘優劣，改變皆然。」

十二、金映：「謂第四與第九之犯也。」假作寒詩曰：「獸炭陵晨送，魚燈徹宵燃。」又曰：「狐裘朝除冷，褻褥夜排寒。」釋曰：「『宵』文處九，言『夜』便佳。『除』字在四，云『却』爲妙。自餘致病，例成此規。」

十三、闕偶：「謂八對皆無言靡配屬，由言匹偶，因以名焉。」此即缺偶病。義病也，茲不詳述。

十四、繁說：「謂一文再論，繁詞寡義，或名相類，或曰疣贅。」此卽今之重復，亦義病也。

十五、齟齬：「齟齬病者，一句之內，除第一及第五字，其中三字有二字相連，同上去入是也。」「若犯上聲，其病重於鶴膝，此例文人以爲秘密，莫肯傳授。」如曹子建詩：「公子敬愛客。」釋云：「『敬』與『愛』是。其中三字，其二字相連同去聲是也。」

十六、叢聚：「如上句有『雲』，下句有『霞』，抑是常。其次句復有『風』，下句復有『月』。『雲』『霞』『風』『月』，俱是氣象，相次叢聚，是爲病也。」亦義病也。

十七、忌諱：「其中意義有涉於國家之忌是也。」此亦義病也。

十八、形迹：「於其義相形，嫌疑而成。」此亦義病也。

十九、傍突：「句中意旨，傍有突觸。」此亦義病也。

二十、翻語：「正言是佳詞，反語則深累，是也。如鮑明遠詩云：『雞鳴關吏起，伐鼓早通晨。』『伐鼓』正言是佳詞，反語則不祥，是其病也。」按「伐鼓」切爲「腐」，「鼓伐」切爲「骨」，「腐骨」是不祥之語也。

二十一、長擷腰：「每句第三字擷上下兩字，故曰擷腰。若無解鐙相間，則是長擷腰病也。」此亦義之病也。

二十二、長解鐙：「第一第二字意相連，第三第四字意相連，第五單一字成其意，是解鐙。不與擷腰相間，是長解鐙病也。」此亦義病也

二十三、支離：「不犯詩曰：『春人對春酒，新樹間新花。』犯詩曰：『人人皆偃息，唯我獨從戎。』」詩中密旨釋云：「五字之法，切須對也，不可偏枯。」此亦言義病也。

二十四、相濫：「謂一首詩中，再度用事；一對之內，反覆重論，文繁意疊，故名相濫。」此亦義病也。

二十五、落節：「凡詩詠春卽取春之物色，詠秋卽須序秋之事情；或詠今人，或賦古帝。至於雜篇詠皆須得其深趣，不可失義意。假令黃華未吐，已詠芬芳；靑葉莫抽，逆言蓊鬱。或專心詠月，翻寄琴聲；或意論秋，雜陳春事；或無酒而言有酒，無音而道有意，並是落節。」此亦義病也。

二十六、雜亂：「凡詩發首誠難，落句不易；或有制者，應作詩頭，勒爲詩尾；應可施後，翻使

居前，故曰雜亂。」此亦義病也。

二十七、文贅：「或名涉俗病，凡五言詩，一字文贅，則衆巧皆除；片語落嫌，則人競褒貶。」此亦義病也。

二十八、相反：「謂詞理別舉是也。」此亦義病也。

二十九、相重：「謂意義重疊是也。」此亦義病也。

三十、駢拇：「所謂兩句中道物無差，名曰駢拇。」亦義病也。

按秘府論題爲廿八種病，今有三十，殆以「水渾」「火滅」皆由「平頭」出，故去之，而合爲廿八也。廿八病中，與義有關者十有六焉，與聲有關者唯十二耳。如加「水渾」「火滅」，則與聲有關者十有四焉。

三、辭之形貌

(一) 字體之自然美

字體之點鉤橫直，筆畫之整齊方整，皆有自然之美存焉。尤以名家之書法中，更能覺其骨力之崢嶸，字形之美妙，神韻之雅緻，氣魄之雄渾。故康有爲於其廣藝舟雙楫中，云字有十美：「一曰魄力雄強，二曰氣象渾穆，三曰筆法跳越，四曰點畫峻厚，五曰意態奇逸，六曰精神飛動，七曰興趣酣足，八曰骨法洞達，九曰結構天成，十曰血肉豐美。」爲詩爲文，卽聚字而成，如語意一貫，非特可有自然之美，亦有練達之美。

(二) 字體之形貌美

劉彥和文心雕龍練字篇云：「綴字屬篇，必須練擇。一避詭異。二省聯邊。三權重出。四調單複。」此四者皆與辭之形貌有關。詭異者字體怪異也。如曹攄詩：「豈不願斯遊。褊心惡哅呶。」劉氏以爲哅呶二字詭異。大疵美篇。聯邊者，字體之偏旁相同也。劉氏認爲一句之內，三個偏旁相同。尙無大礙。如多于此，則同字典矣。黃叔琳文心雕龍注引張協雜詩：「洪潦浩方割」與沈約和謝宣城詩：「刷羽汎清源」二句中三字皆水旁，尙無礙詩體。如一句之內，偏旁相同者太多，則似字典而不雅觀矣。重出者，指一字重複出現於文句內也。在以意義爲重，或虛字之類重出，則可。如非此類而一再重複，則文義文氣文體皆不雅矣。單複者言字形之肥瘦也。瘦字（少筆畫之字）太多，則文字纖疎而行劣矣。肥字（多筆畫之字）太多，則文句黯黕而篇闇矣。最好參伍錯綜，始能磊磊如珠。而得修辭之美矣。

近代國外之藝術家。有主張在一頁中，以三四種顏色，二十種字模以印刷以刺激人們之感官，達到文章繪畫化之功效者。近代之廣告美術字，亦皆利用字體以極度修飾。

（三）字體之整齊美

夫詩之字數，或三字，或四字，或五字，或六字，或七字，而排比於一篇之中，其每一句之字數相同。（亦有五字，七字共在一篇者）以形式言之，則有整齊之美，如

曹丕燕歌行：「秋風蕭瑟天氣涼（陽韻），草木搖落露爲霜。羣燕辭歸鴈南翔，念君客遊思斷腸。慊慊思歸戀故鄉，何爲俺留寄佗方。賤妾煢煢守空房，憂來思君不敢忘，不覺淚下霑衣裳。援琴鳴絃發清商，短歌微吟不能長。明月皎皎照我牀，星漢西流夜未央。牽牛織女遙相望，爾獨何辜限河梁。」此首詩（樂府詩）每句皆七字，皆押韻。讀來有整齊和諧之美。其餘四言詩，五言詩，或雜體詩，除聲韻外，亦皆有整齊之美。至於辭賦駢文韻文一篇之中，多同時有許多四字句，六字句，七字句，以構成整齊交錯之美。如前所引王勃滕王閣序是也。至於楚辭，則多六字句與七字句。詞曲亦有部份字數相等之句子，以構成辭句之整齊美。此美學家所謂均整、調和、變化、對照之美也。

（四）字體之正俗

字有正俗之分，如敍、正體字也，叙則其俗體字也。疊、正體字也，叠則其俗體字也。參、正體字也。叅、則其俗體字也。廚、正體字也，厨、則其俗體字也。廛、正體字也，厘、爲其俗體。廳正體字也。廰爲其俗體。歷、正體字也，歴爲其俗體。廝、正體字也，厮爲其俗體。凶、正體字也，㐫

爲其俗體。此類字爲正俗字。又阮元周禮注疏卷卅五校勘記：「『邦國朞』按期者正字，朞者俗字。」

（五）字體之古今

古今字者，今雖不同，而古時可通用之字也。如採，古作采，如古詩十九首：「過時而不采，將隨秋草萎。」是也。捨、古作舍，如孟子告子上：「操則存，舍則亡」是也。返、古作反，如古詩十九首：「浮雲蔽白日，遊子不顧反」是也。阮元周禮注疏卷卅五校勘記云：「『協日刑殺。』按協古今字。」餘如辟之爲僻避譬闢。叚之爲假，均之爲韻，厤之爲曆，刱之爲創，彊之爲強，𢼸之爲微，皆此類也。

（六）字體之或體

𢓡、說文：「行、平易也。」段玉裁曰：「今則夷行而𢓡廢矣。」然則𢓡者夷之或體字也。㣙、說文：「行㣙㣙也。」玉篇云：「與宙同。」然則㣙者宙之或體字也。㣤、說文：「迹也。」段氏按踐同㣤，然則㣤則踐之或體字也（以上所引見說文二篇下，彳部。）餘如群羣之類皆是……舉此一隅，學者可以類推矣。又凡音義皆同者，非古今字，則或體字也。按正俗字，古今字，或體字，皆相類之字也。此在經籍中常有，學者欲探其詳，可研陸德明經典釋文。阮元十三經注疏校勘記。段玉裁說文解字注。李富孫易經異文釋。李鍌昭明文選通假文字考。陳新雄春秋異文考……等書。

（七）字體之通假

夫聲義同源，故同聲之字，義多類似。此所以形聲字多兼會意也。究乎假借之法，始於「本無其字，依聲托事」之假借，及至後代「本有其字」亦假借。甚者後代之錯別字，亦以集非成是之故，而成假借字矣。此假借之三變也。假借之構成，多以聲音相同、相近、相似、或雙聲，或疊韻而假借，茲舉數例以明之。

孟子離婁下：「禹思天下有溺者，由己溺之也；稷思天下有饑者，由己饑之也。」朱子注：「由與猶同。」按本應作「猶」者也，在此假由為之。蓋由猶同音可以通假也。公孫丑上：「人之有四端也，猶其有四體也。」則用其本字，不用通假字。

論語微子篇：「且而與其從辟人之士也，豈若從辟世之士哉？」按，而，爾也，你也。以而、爾你三字古音同（古、娘日歸泥、同聲），故通假也。辟、避也，聲同故通假。

大學：「知止而后有定，定而后能靜，靜而后能安……」按后，本為君也。（見爾雅釋詁）今假借為前後之後，是以聲音同而相假借也。

詩經周頌列文：「於乎！前王不忘」，大學引作「於戲！前王不忘。」按，古ㄨㄩ，同聲，於乎、於戲、皆讀作嗚呼！蓋以音同而通假也。

按、古書中，通假之字甚多，學者可以聲韻求之，卽得。此不具述，欲詳探精研之，則宜研究文字學與聲韻學。

（八） 字數奇偶參差之美

奇偶法者，卽由字句奇偶相間，以構成音調參差變化之美者也。蓋純用四字句，或六字句，則較無變化。故駢文辭賦中，常有「爾乃」「至於」「於是」「若夫」……等聯接詞，以聯接之。或交用三字句、七字句、八字句以交錯用之，欲其整齊中有奇偶參差之美也。至於散文，亦間有四字句，六字句……等整齊美麗之句子，此亦欲求奇偶參差之美者也。駢文辭賦已述於上，今舉散文爲例，如子夏詩大序：「先王以是經夫婦、成孝敬、厚人倫、美教化、移風俗。故詩有六義焉。……上以風化下，下以風刺上；主文而譎諫，言之者無罪，聞之者足以戒，故曰風。」

韓愈上兵部侍郎書：「凡自唐虞以來，編簡所存，大之爲河海，高之爲山嶽，明之爲日月，幽之爲鬼神，纖之爲珠璣華貴，變之爲雷霆風雨，奇辭奧旨，靡不通達。」

故語文中有奇偶相間或交錯之句法，則於形式上，可以產生參差變化之美。

柒　文章之撰述及修辭法

夫修辭者修飾文辭語辭也。以上五章所述，皆修辭之方法也；特分而論之耳。然學者能循是而學，舉一以反三，則於言語、演說、作文、撰述閱讀之際，必能得修飾之要，知修飾之方矣。惟宜如何作文？如何寫演講稿？如何將章句，詞語，薈而成文？如何布局定勢？如何使綱領昭暢？欲知此術，請閱讀本文。

一、修辭之準備

（一）積學以儲寶：凡欲作美好之文，講巧妙之辭，必先勤學以多識前言往行，以儲學問之瑰寶；方能於言語行文之際，有得心應手之妙。故舉凡古今中外，有益之書，皆可為吾修辭之寶藏。是以劉彥和文心雕龍云：

「是以屬意立文，心與筆謀；才為盟主，學為輔佐；主佐合德，文采必霸；才學褊狹，雖美小功。」又云：

「夫經典沉深，載籍浩瀚；實羣言之奧區，而才思之神皋也。楊班以下，莫不取資。任力耕耨，縱意漁獵，操刀能割，必裂膏腴；是以將贍才力，務在博見。」又云：

「夫山木為良匠所度，經書為文士所擇。木美而定於斧斤，事美而制於刀筆。研思之士，無慚匠石矣。」

故多積學，可以增進修辭之能力，而尤於經典子史爲然，蓋積學之久，非特能儲其實，且能另創新意。是以劉氏云：

「若夫鎔鑄經典之範，翔集子史之術，洞曉情變，曲昭文體，然後能孚甲新意，雕畫奇辭。」而柳宗元亦云：

「本之書詩禮易以取其道，參之穀梁、孟、老、莊、國語、離騷、太史以爲之文。」是爲文，宜先積學以儲實。

(二) 熟讀古今名文與演說詞：凡古今中外有名之文章與演說詞，皆宜多加朗讀。蓋朗讀者，讀出聲也。讀出聲是口到也，讀出聲而聽之於耳，是耳到也。而又用眼視焉，是眼到也。若能專心精讀，是心到也。讀書四到不外是矣。且多讀之，可使吾人作文或演說時，能使氣勢一貫，聲彩鏗鏘而有力。且能由熟讀而悟作文之方，演說之法。古人嘗云：

「能成文章者，一氣者也。欲得其氣，必求之於古人。周秦漢及唐宋人文，其佳者皆成誦乃可。夫觀書者，用目之一官而已。誦之而入於耳，益一官矣。且出於口，成於聲，而暢於氣。夫氣者吾身之至精者也。以吾身之至精，御古人之至精，是故渾合而無有間也。」

而曾國藩答許仙屏書亦云：

「國藩以爲欲著字之古，宜研究爾雅說文小學訓詁之書。故嘗好觀近人王氏段氏之說。欲造句之古，宜倣效漢書文選，而後可砭俗而裁僞。欲分段之古，宜熟讀班馬韓歐之作，審其行氣之短長，自然之節奏。欲謀篇之古，則羣經諸子，以至近世名家，莫不各有匠心，以成章法。如人之有股體，室之有結構，衣之有要領，大抵以力去陳言，戛戛獨造爲始事，以聲調鏗鏘，包蘊不盡爲終事。」

張裕釗氏亦謂：「必讀之深且久，使吾之聲氣與古人訢合於無間，然後能深契自然之妙，而究極其能事。」能如此，則作文演說不難矣。

(三) **修辭方法之練習**：將上述五章勤學深思，神而明之，自能深得修辭之技巧，而知修辭之要。

(四) **收聚資料**：平日閱讀時，有關各種「歷史、學術、教育、哲學、文學、政治、經濟、心理、物理、軍事、風景、地理……」之資料，收聚而整理分類之，如此則吾人於撰述或演說時，有充足之資料，可資參考。

(五) **靈感之捕捉**：靈感乃稍縱卽逝者，吾人平日當備有一雜記本，方靈感來時，卽抒寫之。以備日後之應用。此法、唐代詩人，李賀常用之。

(六) **平日之體驗觀察**：古人謂讀萬卷書，行萬里路，是體驗與學力並重之意。故古人之名文，名人之演說，得力於閱歷體驗者甚多。

二、題目題旨之切中與發揮

凡作文演講務先切題，如文不對題，則雖美，亦無當於用矣。故題目旣定，則宜先：1認清題目，2探究題意，3研判題意之重心，4發揮題意。如此方能免於文不對題，或文未切題之患。如五十八年大專聯考國文作文題目是「自由與守分」有部分緊張急躁之士，未看清題目，即下筆作文，因而誤寫成「自由與守法」，「自由與法治」。因而喪失一半以上之分數。此皆緊張急躁，而未認淸題目之害也。故首在認淸題目。

題目旣已認淸，猶不能立卽揮筆撰述，尙宜探究題目之意義，如「自由與守分」乃論「自由與守本份」也，分卽份也。必先於心中先探究其意，方能免於錯誤。有不少考生，未能經「探究題意」之步驟，卽揮筆作文，因而將「守分」誤作「守時」誤作「珍貴一分一秒之時間」，遂遺笑於閱卷先生，因而分數亦被大扣特扣，此未「探究題意」之弊也。

題意旣已探究，猶不能立卽發揮，尙須研判題意之重心。如「如何發揚中國文化？」「如何恢復中國固有道德？」題目之重心在「如何」二字，如將「發揚中國文化之重要」「恢復固有道德之重要」或「文化之重要」……說寫過多，則成「文未切題」「頭重脚輕」而文旨未宏，文義隱晦矣。故必就「如何」二字發揮，始能切題，始能把握題意之重心。

旣已認淸題目，探究題意，研判題意之重心，然後始可發揮題意欲發揮題意，撰述佳美之辭，務先寧靜專心以思考。孔子曰：「用志不分，乃凝於神。」（見莊子或列子）古人亦云：「思之思之，鬼神通之。」夫思慮之極，且能通鬼神之所不知，況以之而為文邪？劉彥和云：

三、深思以籌篇

「陶鈞文思，貴在虛靜。疏瀹五藏，澡雪精神，……然後使元解之宰，尋聲律而定墨；獨照之匠，窺意象而運斤。此蓋馭文之首術，謀篇之大端。」又曰：

「夫神思方運，萬塗競萌；規矩虛位，刻鏤無形；登山則情滿於山，觀海則意溢於海。我才之多少，將與風雲而並驅矣。」

既能如此深思專慮，則可驅風雲於筆下，寫萬象於筆端矣。

深思之法，可從正面，反面，前後，上下，旁邊左右，一層一層深思之。並將深思之所得，一一記於稿紙上。於深思中，如有靈感飛來，即刻記於紙上。並將有關題旨之歷史事實，賢哲名言，或自己所知、所履歷皆一一寫於紙上，以備文章之證明，或取採之資料。

四、整理分段

將深思所得之資料，一一整理編排之，並將題目之重心，敍述敷陳之，以立下本文之主要旨趣。

遂將深思所得之資料，分段闡述之，務使思路廣開，綱領昭暢。劉彥和文心雕龍云：

規範本體謂之鎔，剪裁浮詞謂之裁；裁則蕪穢不生，鎔則綱領昭暢。

必將全文如此整理配置，剪裁浮辭，陶鎔文意；使得蕪穢不生，而綱領昭暢；立意分段，始算完成。蓋文章無論爲議論，爲敍事，必有歸宿之處（題意之重心）既有歸宿之處，則首尾一線，處處切題而支離宂贅不生矣。

五、布局定勢

全文之重心既立，段落既分，而各段皆能切中題旨，綱領昭暢，則宜注意於全文之聯貫編排，此即布局定勢也。古人對布局定勢有「三準」「四法」「六法」之說。茲分述之。

三 準

三準則劉氏文心創之，其說云：

「凡思緒初發，辭采苦雜；心非權衡，勢必輕重；是以草創鴻筆，先標三準：履端於始，則設情以位體；舉正於中，則酌事以取類；歸餘於終，則撮辭以舉要，然後舒華布實，獻替節文；繩墨以外，美材既斷，故能首尾圓合，條貫統序。若術不素定，而委心逐辭，異端叢至，駢贅必多。」

是三準者，始於設情以位體，卽立意破題然後分段陳述也。中於酌事以取類，卽取事實史事，賢哲嘉言，或自己之感受以爲佐證，以輔相文義也。終於撮辭以舉要，則結論是也。三準旣立，然後可以舒華布實，廣徵博引；拓衢路，置關鍵；從容按節，長轡遠馭；負氣以適變，馮情以會通；極修辭之能事，盡生花之妙筆。故劉氏云：

「夫才最學文，宜正體製。必以情志爲神明，事義爲骨髓，辭采爲肌膚，宮商爲聲氣；然後品藻元黃，摛振金玉，獻可替否，以裁厥中，斯綴思之恒數也。」又云：

「是以規略文統，宜宏大體。先博覽以精閱，總綱紀而攝契；然後拓衢路，置關鍵；長轡遠馭，從容按節；憑情以會通，負氣以適變；采如宛虹之奮鬐，光若長離之振翼；迺穎脫之文矣。若乃齷齪於偏解，矜激乎一致，此庭間之廻驟，豈萬里之逸步哉？」

是立意分段以後，猶須經一愼密之「布局定勢」，務使首尾周密，文意一貫，文情俊永，有千巖萬壑，重巒複嶂之變化。如此始可謂善於布局定勢者也。茲歸納古人「三準」之作法，如下：

（一）起始法

凡文之撰述，起筆爲難，故設情位體，以履端於始爲難。起筆旣立，則文有本矣，茲將起始法分類述之。

1. 破題法：文一起筆，卽將題意點破。此類詩文最多，是衆作之有滋味者也。如江淹別賦：「黯然消魂者，唯別而已矣。況秦吳兮絕國，復燕宋兮千里。或春苔兮始生，乍秋風兮暫起。是以行子腸斷，百感淒惻。」

王粲登樓賦：「登茲樓以四望兮，聊暇日以消憂。覽斯宇之所處兮，實顯敞而寡仇。」

2.解題法：一起筆，即解釋題意，如

韓愈師說：「古之學者必有師，師者所以傳道授業解惑也。人非生而知之者，孰能無惑？惑而不從師，其爲惑也，終不解矣。」

張華鷦鷯賦並序：「鷦鷯、小鳥也；生於蒿萊之間，長於藩籬之下，翔集尋常之內，而生生之理足矣。色淺體陋，不爲人用；形微處卑，物莫之害……。」

3.引用法：引用他人之語，以起文。此司馬遷極善用之，如酷吏、游俠、滑稽、貨殖諸列傳之序皆引孔子、老子、韓子之言以發議論。餘如

方苞左忠毅公軼事：「先君子嘗言：『鄉先輩左忠毅公視學京畿。一日，風雪嚴寒，從數騎出，微行，入古寺。……』」

顧炎武廉恥：「五代史馮道傳論曰：『禮義廉恥，國之四維；四維不張，國乃滅亡。』善乎管生之能言也！禮義治人之大法，廉恥立人之大節。……』」此引歐陽修五代史馮道傳論之言，而歐陽修之言，又引之管子。此再引法也。

4.問答法：一起始即以一問一答以起文，此公羊穀梁最善用此文，（見意境修辭法，設問節）宋玉對

楚王問亦用此體。餘如：

彭端淑爲學一首示子侄：「天下事有難易乎？爲之，則難者亦易矣；不爲，則易者亦難矣。人之爲學有難易乎？學之，則難者亦易矣；不學，則易者亦難矣。」

拙著師範解：「師者何？所以授業解惑也。範者何？所以示人以模範也。不僅言師，不僅言範，而並云師範者何也？蓋誠能爲人師爲人範者，必學識高超，足以授業解惑；德行深厚，足以爲人所取法也。」

5. **借聞法**：爲表謙虛，或不敢自信，而假所聞以起筆者曰借聞法，如

漢書高帝求賢詔：「蓋聞王者莫高於周文，伯者莫高於齊桓，皆待賢人而成名。」

孔融薦禰衡表：「臣聞洪水橫流，帝思俾乂，旁求四方，以招賢俊。昔世宗繼統，將弘祖業，疇士熙載，羣士響臻。」

6. **感嘆法**：以感嘆爲起，昔歐陽修最善用此法。如

歐陽修五代史伶官傳序：「嗚呼！盛衰之理，雖曰天命，豈非人事哉！原莊宗之所以得天下，……」

袁枚祭妹文：「嗚呼！汝生於浙而葬於斯，離吾鄉七百里矣……」

蘇軾祭歐陽文忠公文：「嗚呼哀哉！公生於世六十又六年。民有父母，國有蓍龜，斯文有傳，學者有師；君子有所持而不恐，小人有所畏而不爲……」

7.說明法：多用於傳記，或說明文，如

史記屈原列傳：「屈原者名平，楚之同姓也，爲楚懷王左徒。博聞彊志，明於治亂，嫻於辭令……」

韓愈原道：「博愛之謂仁，行而宜之之謂義，足乎己無待於外之謂德，由是而之焉之謂道。仁與義爲定名，道與德爲虛位……、」

8.反駁法：反駁他人之意見，因而起文者，如

王安石讀孟嘗君傳：「世皆稱孟嘗君能得士，士以故歸之，而卒賴其力，以脫於虎豹之秦。嗟乎！孟嘗君特鷄鳴狗盜之雄耳，豈足以言得士。……」

王士禎藺相如完璧歸趙論：「藺相如之完璧，人皆稱之，予未敢以爲信也。」

9.敍時法：先敍時間以起本文，如

王羲之蘭亭集序：「永和九年，歲在癸丑。暮春之初，會於會稽山陰之蘭亭，修禊事也。羣賢畢至，少長咸集……」

范仲淹岳陽樓記：「慶曆四年春，滕子京謫守巴陵郡。越明年，政通人和，百廢具興；乃重修岳陽樓……」蘇軾赤壁賦亦用此法。

10歷史法：述歷史之故實以起文，如

賈誼過秦論：「秦孝公據郩函之固，擁雍州之地，君臣固守，以窺周室……。」

路溫舒尚德緩刑書：「齊有無知之禍，而桓公以興；晉有驪姬之難，而文公用伯。近世趙王不終，諸呂作亂，而孝文爲太宗。由是觀之，禍亂之作，將以開聖人也。……」

11議論法：篇首即發自己之見解，如

賈誼治安策：「夫樹國固必相疑之勢，下數被其殃，上數爽其憂，甚非所以安上而全下也。今或親弟謀爲東帝，親兄之子，西鄉而擊……」

晁錯論貴粟疏：「聖王在上，而民不凍饑者，非能耕而食之，織而衣之，爲開其資財之道也。故堯禹有九年之水，湯有七年之旱。……」

12揭示重心法，**13譬喻法**，**14擬人法**，**15直敍法**，**16感興法**，**17拱托法**，**18映襯法**……凡前所載諸修辭法，多可利用之以起句。此特略舉其例耳。

（二）正文敷敍法

正文之承轉，亦可用上述「起始法」所列以承轉之。或從正反左右前後各面輾轉闡述之。至於正文之敷敍，則兼包起始法而言。其法，略可分爲：

1.演繹法：先破題，然後揭示題旨之大義，層層推演，以至最後之結論，此法謂之演繹法。如

江淹別賦：「黯然銷魂者唯，別而已矣。（破題）況秦吳兮絕國，復燕宋兮千里?!或春苔兮始生，乍秋風兮暫起。（總提之範疇。）是以行子腸斷，（行子之別情）百感悽惻。風蕭蕭而異響，

雲漫漫而奇色。舟凝滯於水濱，車逶遲於山側。櫂容與而詎前，馬寒鳴而不息。掩金觴而誰御，橫玉柱而霑軾。（總提行子離別之情。）居人愁臥，怳若有亡。……知離夢之躑躅，意別魂之飛揚。（總提居人別離之情）故別離一緒，事乃萬族。」以上既破題後復總說別離之意，及別離之情態。下分敍貴人之別，劍客之別，從軍之別，奉使絕國之別，出仕之別，道士仙人之別，男女幽約之別，最後歸結於縱有高才，別情難描。

2. **歸納法**：先以起始法行文，後分別闡述各項佐證之事，然後作結論。如李斯諫逐客書：「臣聞吏議逐客，竊以為過矣。（以借聞法起，然後破題。）昔穆公求士，西取由余於戎，東得百里奚於宛，迎蹇叔於宋，求丕豹公孫支於晉。此五子者，不產於秦，穆公用之，并國三十，遂霸西戎。（一證述客之功以反證逐客之非。）孝公用商鞅之法……至今治彊。（二證）惠王用張儀之計……功施到今。（三證）昭王得范雎……使秦成帝業（四證）。此四君者皆以客之功……（總上四證，反證逐客之非）。今陛下致昆山之玉，有隨和之寶，垂明月之珠，服太阿之劍。……此數寶者秦不生一焉。（述秦之用外物，外物之不賓斥，以證人亦不得賓斥）……」以下述不逐各地之美女而反用之以充後宮，用西蜀之丹青，聽異國之樂。最後結論表示客不可逐，逐客則國危之意。

3. **層層逼進法**：如戰國策楚策莊辛論辛臣。

莊辛論幸臣（國策）

臣聞。鄙言曰。見兎而顧犬。未爲晚也。亡羊而補牢。未爲遲也。臣聞。昔湯武以百里昌。桀紂以天下亡。今楚國雖小。絕長續短。猶以數千里。豈特百里哉。王獨不見夫蜻蛉乎。六足四翼。飛翔乎天地之閒。俛啄蚊虻而食之。仰承甘露而飲之。自以爲無患。與人無爭也。不知夫五尺童子。方將調飴膠絲。加己乎四仞之上。而下爲螻蟻食也。夫蜻蛉其小者也。黃雀因是以俯噣白粒。仰栖茂樹。鼓翅奮翼。自以爲無患。與人無爭也。不知夫公子王孫。左挾彈。右攝丸。將加己乎十仞之上。以其類爲招。晝遊乎茂樹。夕調乎酸鹹。倏忽之閒。墜于公子之手。夫雀其小者也。黃鵠因是以游乎江海。淹乎大沼。俯噣鱔鯉。仰嚙蔆衡。奮其六翮而凌清風。飄搖乎高翔。自以爲無患。與人無爭也。不知夫射者方將修其碆盧。治其矰繳。將加己乎百仞之上。被劙磻。引微繳。折清風而抎矣。故晝游乎江湖。夕調乎鼎鼐。夫黃鵠其小者也。蔡靈侯之事。因是以南游乎高陂。北陵乎巫山。飲茹溪之流。食湘波之魚。左抱幼妾。右擁嬖女。與之馳騁乎高蔡之中。而不以國家爲事。不知夫子發方受命乎靈王。繫己以朱絲而見之也。蔡靈侯之事其小者也。君王之事。因是以左州侯。右夏侯。輦從鄢陵君與壽陵君。飯封祿之粟。而載方府之金。與之馳騁乎雲夢之中。而不以天下國家爲事。而不知夫穰侯方受命乎秦王。塡黽塞之內。而投己乎黽塞之外。

4.層層遞至法：如國語敬姜論勞逸。

「昔聖王之處民也，擇瘠土而處之，勞其民而用之，故長王天下，……是故天子大采朝日，與三公九卿，……諸侯朝修天子之業命，晝考其國職，夕省其典刑，夜儆百工。……卿大夫朝考其職，……士朝而受業，晝而講貫，夕而習復。自庶人以下，明而動，晦而休。……王后親織玄紞。公侯之夫人，加之以紘綖。卿之內子爲大帶；命婦成祭服；列士之妻，加之以朝服；自庶士以下皆衣其夫，……君子勞心，小人勞力，先王之訓也。自上以下，誰敢淫心舍力？」

5.伏筆法：首先不將主題說出，至最後，始點出者，謂之伏筆法。如

賈誼過秦論：「秦孝公據殽函之固。……」直至最後始點出「然後以六合爲家，殽函爲宮。一夫作難，而七廟隳，身死人手，爲天下笑者何也？仁義不施，而攻守之勢異也。」

6.雙敘法：以兩句兩句敘論者，駢文多如此。又如：

景帝令二千石修職詔

雕文刻鏤。傷農事者也。錦繡纂組。害女紅者也。農事傷。則飢之本也。女紅害。則寒之原也。夫飢寒並至。而能無爲非者。寡矣。朕親耕。后親桑。以奉宗廟粢盛祭服。爲天下先。不受獻。減太官。省繇賦。欲天下務農蠶。素有畜積。以備災害。彊毋攘弱。衆毋暴寡。老耆以壽終。幼孤得遂長。今歲或不登。民食頗寡。其咎安在。或詐僞爲吏。吏以貨賂爲市。漁奪百姓。

侵牟萬民。縣丞。長吏也。姦法與盜盜。甚無謂也。其令二千石各修其職。不事官職耗亂者。丞相以聞。請其罪。布告天下。使明知朕意。

7. 直敍法：隨時間接觸之先後，而分段直接描寫者。如柳宗元永州八記、史記項羽本紀皆是。

8. 追敍法：先敍目前之事，以漸及於前者，如王拯媭砧課誦圖記是也。

9. 正敍法：先述明事物之原委，後言其結果者，歷史所記載之事，泰半用此法。如國語越語句踐復仇始末是也。

10 倒敍法：先述其結果，後言其原委者。諸史所記，皆有此體。文如包公毅亞美利加之幼童亦是。

11 鳥瞰法：攝取事物之精要而略述之。

12 剪影法：選事物最精彩或最有價值之處以敍之。

13 步移式：步步抒寫，大小兼包。

14 插敍法：將似乎無關文義者插敍之，以成驚奇之態者是。

15 螺旋法：輾轉描寫，有條而不紊者是。

16 堆疊式：堆疊許多景物或新奇之感、奇異之事者是。

17 吞咽法：含凄茹悲，憂戚以行文者是。

18 問答法：……文之爲法不一，須視文情而靈活應用之。亦可自創新法，以抒寫之。

㈢結尾法

結尾法，亦可用前所述之法，唯宜靈活運用之，務使文氣一貫，能前後一致。蓋結尾與起始同樣重要。玆略舉數例以明之：

1.引用法：引用賢哲名言而發揮之，以爲全文之結論。如

左傳子產壞晉館垣：「叔向曰：『辭之不可以已也，如是夫？子產有辭，諸侯賴之，若之何其釋辭也。詩曰：「辭之輯矣，民之洽矣，辭之懌矣，民之莫矣。」其知之矣。』」引叔向之言以作結，而叔向復引詩經，作其結語。

蘇軾刑賞忠厚之至論：「詩曰：『君子如祉，亂庶遄已。君子如怒，亂庶遄沮』。夫君子之已亂，豈有異術哉？時其喜怒，無失乎仁而已矣。春秋之義，立法貴嚴，而責人貴寬，因其褒貶之義，以制刑賞，亦忠厚之至也。」

2.自贊法：左傳於敍述事理之後，往往以「君子曰……」之法，以評論事理。其後司馬遷、班固等作史者，皆弗違斯例，後世文家亦用之。如

左傳鄭莊公戒飭守臣：「君子謂鄭莊公於是乎有禮。夫禮經國家，定社稷，序民人，利後嗣者也；許無刑而罰之，服而舍之，度德而處之，量力而行之，相時而動，無累後人，可謂知禮矣。」

范仲淹嚴先生祠堂記：「雲山蒼蒼，江水泱泱，先生之風，山高水長。」

拙作來知德新傳：「贊曰：『孟子有言，若夫豪傑之士，雖無文王猶興』。其先生之謂乎？先生生於孔子後二千餘年，而易象失傳，易義晦暗。雖以程子之明，朱子之博，奮起於中，亦無如之何。而先生起自布衣，無有師保，覃研精思，以二十九年之力，錯綜悟象。遂承聖人之絕學，使易道大明於天下。自清儒以下，後人知學易須玩象，而能探原於漢學者，皆先生啓之也。……其瓌瑋爽達，遠心曠度……其脫履塵蹤……徇當世之高士，命世之大儒，而萬代之大賢也。爰為之頌曰：「明月朗朗，泰山高廣，先生德音，億載宗仰。」

3. 補敘法：凡語意已完，而又覺為文之動機，尚未闡述，因而補敘者，用此法。如

韓愈師說：「李氏子蟠，年十七，好古文，六藝經傳皆通習之。不拘於時，請學於余。余嘉其能行古道，作師說以貽之。」

方苞左忠毅公軼事：「余宗老塗山，左公甥也，與先君子善，謂獄中語，乃親得之於史公云。」

4. 教誨法：如司馬光訓儉示康：「其餘以儉立名，以侈自敗者多矣，不可徧數，聊舉數人以訓汝。汝非徒身當服行，當以訓汝子孫。」

5. 疑問法：結尾用疑問式者可發人深省，古人之文至多。如

范仲淹岳陽樓記：「噫！微斯人，吾誰與歸？」

6. 感嘆法：如袁枚祭妹文：「嗚呼！身前既不可想，身後又不可知；哭汝既不聞汝言，奠汝又不見汝食。紙灰飛揚，朔風野大，阿兄歸矣！猶屢屢回頭望汝也。嗚呼哀哉！嗚呼哀哉！」

餘如7.前後呼應法，8.揭示重心法，9.道出因果法，10暗示法，11結尾破題法……。讀者可以類反矣

四法六法

四法即「起、承、轉、合」也，范梈詩法云：「詩有四法，起要平直，承要春容，轉要變化，合要淵永。」雖言詩法，文亦宜然。六法者「起、承、鋪、敍、過、結。」是也，首見於陳繹曾文筌，陳氏云：「或用其二，或用其三，四，可以隨宜增減。」而通常皆用起、承、轉，合之四法焉。起者文章之起筆也。起筆之法，已述於前矣（見三準起始法。）。承者，承起始之文句，而闡述之也。轉者，繼「承」之後，又轉一境界以闡發之也。闡發之法，或舉史實，或引名言，或從相對相反之立場，以立言。合者，結論也。至於「鋪」者（六法），順「承」之後，以鋪張陳述之也。或從前後左右以鋪張之，或順文勢以描述之。此可並於「承」中，「敍」亦然。過可並於「轉」中。故文章之作法，簡練之，唯「起、承、轉、合」耳。茲舉二文，以說明之。

（一）薛福成用機器殖財養民說

凡人用物，靳其質良價廉，此情之所必趨，勢之所必至；非峻法嚴刑之所能禁也，非令名美譽之所能勸也，非善政溫辭之所能導也。（起，以議論法起文）

西洋各國，工藝日精，製造日宏，其術在使人獲質良價廉之益，而自享貨流財聚之效，彼此交便，理無不順；所以能致此者，恃機器爲之用也。有機器，則人力不能造者，機器能造之；十人百人之力所僅能造者，一人之力能造之。夫以一人兼百人之工，則所成之物必多矣。然以一人所能百人之工，減作十人之工之價，則四方必爭購之矣。再減作二三人之工之價，則四方尤爭購之矣。然則論所成之物，一人可兼十百；論所獲之價，一人可兼二三；加以四方之爭購其物，視如減十減百之便利；而謂商務有不殷盛，民生有不富厚，國勢有不勃興者哉？（承，以西洋各國之用機器殖財養民承之。）

中國人民之衆，十倍西洋諸國。議者謂廣用機器，不啻奪貧民生計，俾不能自食其力。西洋以善用機器爲養民之法，中國以屛除機器爲養民之法。然使行是說也，必有人所能造之物，而我不能造者。且以一人所爲之工，必收一人之工之價，則其物之爲人所爭購，必不能與西人之物相抗也明矣。自是中國之貨，非但不能售於各國，並不能售於本國；自是中國之民，非但不能成貨，以與西人爭利，且爭購彼貨以自供其用，而厚殖西人之利；然則商務有不衰歇，民生有不凋敝，國勢有不陵替者哉？（轉，以吾國之屛除機器之不當轉之。）

是故守不用機器，調劑貧民之說者，皆飢寒斯民、困阨斯民者也。此從前閉關獨治之說，非所施於今日也。必也研精機器以集西人之長，兼盡人力以收中國之用，斟酌變通，務使物質益良，物價益廉，如近年日本之奪西人利者；則以中國之大，何圖不濟？余觀西洋用機器之各廠，皆能養貧民數千人或數萬人。蓋用機器以造物，則利歸富商；不用機器以造物，則利歸西人。利歸富商，則利猶在中國，尚可分其餘潤以養我貧民。利歸西人，則如水漸涸而禾自萎，如膏漸銷而火自滅，後患有不可言者矣！（合，結論，足發人深省）

（二）范仲淹岳陽樓記

慶曆四年春，滕子京謫守巴陵郡。越明年，政通人和，百廢具興；乃重修岳陽樓，增其舊制，刻唐賢今人詩賦於其上；屬予作文以記之。（起、以敘時法起文，並述其作文之故）

予觀夫巴陵勝狀，在洞庭一湖。銜遠山，吞長江，浩浩湯湯，橫無際涯；朝暉夕陰，氣象萬千：此則岳陽樓之大觀也，前人之述備矣。然則北通巫峽，南極瀟湘，遷客騷人，多會於此；覽物之情，得無異乎？（承、述岳陽樓之大觀，以承上文）

若夫霪雨霏霏，連月不開；陰風怒號，濁浪排空；日星隱耀，山岳潛形；商旅不行，檣傾楫摧；薄暮冥冥，虎嘯猿啼；登斯樓也，則有去國懷鄉，憂讒畏譏，滿目蕭然，感極而悲者矣。（轉一、霪雨觸悲）

至若春和景明，波瀾不驚；上下天光，一碧萬頃；沙鷗翔集，錦鱗游泳；岸芷汀蘭，郁郁青青。而或長煙一空，皓月千里；浮光耀金，靜影沈璧；漁歌互答，此樂何極！登斯樓也，則有心曠神怡，寵辱偕忘，把酒臨風，其喜洋洋者矣。（轉二、春和動怡）

嗟夫！予嘗求古仁人之心，或異二者之爲，何哉？不以物喜，不以己悲。居廟堂之高，則憂其民；處江湖之遠，則憂其君。是進亦憂，退亦憂。然則何時而樂耶？其必曰：先天下之憂而憂，後天下之樂而樂乎！噫！微斯人，吾誰與歸？（合、以警句、感嘆、疑問振興文勢）

能如此布局定勢，則撰文不難矣。詩、詞、演講稿亦然。惟演講稿須盡量口語化。

六、全文之貫通

佈局定勢既已完成，然後宜注意於全篇文氣之貫通，辭章之暢達，文義之精穎。務使首尾周密，表裏一體。然後文稿始成。初學作文者，務須經此六項功夫；及其久也，可以不用文稿，而「下筆萬言，倚馬可待」矣。

欲使文氣貫通，全文暢達，務須使統緒有宗，綱領昭暢，文氣俊永，而無疵病方可。劉氏文心云：

「附辭會義，務總綱領，驅萬塗於同歸，貞百慮於一致；使衆理雖繁，而無倒置之乖，羣言雖多，而無棼絲之亂。」又云：

「若統緒失宗，辭味必亂；義脈不流，則文體偏枯。」又云：

「是以將閱文情，先標六觀：一觀位體，二觀置辭，三觀通變，四觀奇正，五觀事義，六觀宮商。斯術既形，則優劣見矣。」

夫爲文而能使位體莊雅，置辭通暢；通變多方，奇正相生相映，取證事義，聲律調和，則文氣必通，全文定佳矣。

七、義　法

此以下皆汎論爲文所宜注意者，前文未暇錄及，今補錄於此，茲先論義法。

夫文學之綱領，以義法爲首。桐城派之古文，以雅潔爲首要；而古人之文，或重綱領之昭暢，或重氣勢之豪邁，或重文氣之貫通，其極至，務如范武子之論春秋。

按：范武子論春秋云：「一字之褒，榮於華袞之贈；片言之貶，辱過市朝之撻。」孔子世家所以云筆則筆、削則削，而游夏之徒不能贊一辭也。」

蓋義法之講究，由來久矣。易曰：「言有序」，「出言有章」，子曰：「辭達而已矣」又：左傳：「言之不文，行而不遠。」皆有關爲文之義法也。古人講義法者頗多，如

姚鼐古文辭類纂序云：「凡文之體類十三，而所以爲文者八，曰神理氣味，格律聲色。神理氣味者，文之精也；格律聲色者，文之粗也；然苟舍其粗，則精者亦胡以寓焉。」

姚鼐與陳碩士書云：「夫文章之事，所以爲美之道非一端；命意立格，行氣遣辭，理充於中，聲振於外，數者一有不足，則文病矣。」

方植之昭昧詹言云：「詩文以氣脈爲上。氣，所以行也。脈，絡章法而隱焉者也。章法，形骸也，脈所以細束形骸者也。章法在外可見，脈不可見，氣脈之精妙是爲神。」

能重義法如斯，則可以與於文之道矣。

八、文　氣

古人爲文，最重文氣之一貫，蓋惟文氣一貫，始能首尾周密，而文章條暢。自孟子有養氣之說，王充論衡自紀篇亦言之。惟以氣論文，則始於魏文帝。

魏文帝典論，云：「文以氣爲主，氣之清濁有體，不可力強而致。譬諸音樂，曲度雖均，節奏同檢，至於引氣不齊，巧拙有素，雖在父兄，不能以移子弟。」是其氣得之天生與學養也。

顏氏家訓文章篇云：「凡爲文章，猶人乘騏驥，雖有逸氣，當以銜勒制之，勿使流亂軌躅，放意塡坑塹也。」此則欲人斂才就範，蓋文有逸氣，本不易得，若以銜勒制之，則遒矣。

韓愈答李翊書云：「氣、水也。言、浮物也。水大而物之浮者，大小畢浮。氣之與言猶是也。氣盛則言之短長，與聲之高下皆宜。」

蘇子由，亦以爲文者氣之所形。是氣對文之關係至爲密切。

曾文正日記云：「『古文之法，全在氣字上用工夫。』又云：『爲文全在氣盛，欲氣盛全在段落淸。』每段分束之際，似斷不斷，似咽非咽，似吞非吞，似吐非吐。」

是文氣者文章之骨髓，爲文者不可不講求也。

九、神理氣味與格律聲色

神理氣味，格律聲色，乃姚惜抱論文之法也。詳觀姚氏之意，實本之劉彥和之文心雕龍。劉氏嘗云：

「立文之道，其理有三：一曰形文，五色是也；二曰聲文，五音是也；三曰情文，五性是也。五色雜而成黼黻，五音比而成韶夏，五情發而爲辭章，神理之數也。」劉氏之意，蓋以神理統包聲律，字句，與乎情采也。此處取其前二者。

論文偶記云：神氣者文之最精處也，音節者文之稍粗處也，字句者文之最粗者也。然予謂論文而至於字句，則文之能事盡矣。蓋音節者神氣之跡也，字句者音節之矩也。神氣不可見，於音節見之；音節無可準，以字句準之。又云：音節高則神氣必高，音節下則神氣必下；故音節爲神氣之跡。一句之中，或多一字，或少一字，一字之中或用平聲或用仄聲，用一平字仄字，或用陰平、陽平、上聲去聲，入聲則音節迥異，故字句爲音節之矩。又云積字成句，積句成章，積章成篇。合而讀之，音節見矣；歌而詠之，神氣出矣。

其論神氣音節，字句格律，殊爲詳明。至於味者，文章之佳妙，必使人嚼之不忍釋手斯爲有味。蓋有味乃含咀靡盡，文章無氣無以行之，無味無以永之。有味則義理彰矣。曾國藩云：「至於文章之有味，其本原有二，一在積理，一在閱事。苟積理富，閱事多，自然醰醰有味，而輔助亦在聲色。」色者，文章之外表也，與聲味同樣重要。色也者所以助文之光采，而與聲相輔而行者也，其要有三，一曰鍊字，二曰造句，三曰隸事。此可參研本書前數章。至於聲律，自沈約創四聲八病之說後，論至極精。

沈休文宋書謝靈運傳論云：「夫五色相宣，八音協暢，由乎玄黃律呂，各適物宜。欲使宮羽相變，低昂舛節，若前有浮聲，則後須切響；一簡之內，音韻盡殊；兩句之中，輕重悉異；妙達此旨，始可言文。」然鍾嶸則以爲本之自然，使清濁流通，口吻調利卽可矣。其言曰：

「四聲之論，自王元長創其首，謝朓沈約揚其波，於是士流景慕，務爲精密，襞積細微，專相淩架；故使文多拘忌，傷其眞美。余謂文制本須諷誦，不可蹇礙；但令清濁流通，口吻調利，斯爲足矣。至平上去入，則余病未能，蜂腰鶴膝，閭里已具。」

惟論聲韻最佳者，當屬於劉氏文心雕龍，其言曰：

「聲畫姸蚩，寄在吟詠；吟詠滋味，流於字句。氣力窮於和韻。異音相從謂之和，同聲相應謂之韻。韻氣一定，故餘聲易遣；和體抑揚，故遺響難契。屬筆易巧，選和至難，綴文難精，而作韻甚易。」又云：

「古之佩玉，左宮右徵，以節其步；聲不失序，音以律文，其可忘哉！夫裁文匠筆，篇有大小；離章合句，調有緩急；隨變適會，莫見定準。」又云：

「若乃改韻從調，所以節文辭氣。賈誼枚乘，兩韻輒易；劉歆桓譚，百句不遷，亦各有其志也。」又云：

「兩韻輒易，則聲韻微躁；百句不遷，則脣吻告勞。妙才激揚，雖觸思利貞；曷若折之中和，庶保无咎。」

蓋文章之精妙，不出字句聲色之間，舍此便無可窺尋。故古人爲文，多重視於此。曾國藩亦云：「漢魏人作賦，一貴訓詁精確，一貴聲調鏗鏘。」又云：「凡作詩，最宜講究聲調，須熟讀古人佳篇，先之以高聲朗誦，以昌其氣；繼之以密詠恬吟，以玩其味；二者並進，使古人之聲調，拂拂然若與我喉舌相習，則下筆時必有句調奔赴腕下；詩成自讀之，亦自覺琅琅可誦，引出一種興會來。」

神理氣味，格律聲色之要如此，學者宜略爲注意。

十、情　采

夫神理氣味，格律聲色，行文之法也。然徒具其法，而無其情，則爲無附之文。蓋文者所以抒情言志者也，故主乎眞情之發，眞情既露，雖文無定法，亦能動人，故情爲主。彩者，文章之華彩也，眞情之發，或率直而無含蓄之美，或木質而無美麗之彩，則動人不深；故眞情之外，以彩濟之，文章之要斯得矣。自古論情彩最佳者，莫過於劉彥和之文心。其言云：

「夫鉛黛所以飾容，而盼倩生於淑姿；文采所以飾言，而辯麗本於情性。故情者，文之經也，辭者，理之緯也，經正而後緯成，理定而後辭暢，此立文之本源也。」

是故情爲立文之本，眞情之發，本於自然。故曰：

「心生而言立，言立而文明，自然之道也。」

眞情既發，然後可以因情立體，卽體成勢，而文章成矣。

「夫情致異區，文變殊術，莫不因情立體，卽體成勢也。勢者，乘利而爲制也；如機發矢直，澗曲湍回，自然之趣也。圓者規體，其勢也自轉；方者矩形，其勢也自安。文章體勢，如斯而已。」

情既抒發，求眞外，尤宜俊永超卓，使能動人而有味；而更須注意於辭彩之俊美，然後可以理圓事密，賁然成華，其言曰：

「氣無奇類，文乏異采，碌碌麗辭，則昏睡耳目；必使理圓事密，聯璧其章，迭用奇偶，節以雜佩，乃其貴耳。類此而思，理自見也。」

情而有彩，斯能成郁郁之文，而流傳千古矣。

十一、風骨

情彩既定，宜有風骨。風者所以感化人之心絃，而使人有共鳴之感者也。詩序云：「風、風也，所以風天下而正夫婦也。」夫文至於感動天下之人，端正天下男女老幼之德，則可以並天地而久長矣。昔司馬相如作大人賦，以描繪仙氣，漢武帝讀之而飄飄然有淩雲氣，而遊天地之慨。則其風力（感人之力）遒勁也。骨者文章之骨髓，事理之精要也。自古論風骨最佳者，亦莫過於劉彥和之文心雕龍，其言曰：

「是以怊悵述情，必始乎風，沈吟鋪辭，莫先於骨。故辭之待骨，如體之樹骸；情之含風，猶形之包氣。結言端直，則文骨成焉；意氣駿爽，則文風淸焉。」又云：

「綴慮裁篇，務盈守氣，剛健旣實，輝光乃新；其爲文用，譬征鳥之使翼也。故練於骨者，析辭必精，深乎風者，述情必顯；捶字堅而難移，結響凝而不滯，此風骨之力也。」又云：

「若瘠義肥辭，繁雜失統，則無骨之徵也；思不環周，索莫乏氣，則無風之驗也。」

然惟有風骨，而無情彩亦不可，必風骨與情彩雙融，方爲佳美。故劉氏云：

「若風骨乏采，則鷙集翰林；采乏風骨，則雉竄文囿。唯藻耀而高翔，固文筆之鳴鳳也。」

十二、隱　秀

隱者，絃外之義，能使人回味無窮者也。語文字句之外，其文義猶能動人，使人味之無窮者，方爲美文。秀者，文之警策也，全文中之秀句美辭，意境卓絕者也。

是故隱秀者亦爲文之大端也。劉氏云：

「隱也者，文外之重旨者也；秀也者，篇中之獨拔者也；隱以複意爲工，秀以卓絕爲巧，斯乃舊章之懿績，才情之嘉會也。」又云：

「夫隱之爲體，義主文外，秘響旁通，伏采潛發。譬爻象之變互體，川瀆之韞珠玉也。……始正而末寄，內明而外潤，使翫之者無窮，味之者不厭矣。」

此深於隱者也。又云：

「夫立意之士，務欲造奇，每馳心於元墨之表；工辭之人，必欲臻美，恒溺思於佳麗之鄉。嘔心吐膽，不足語窮；煅歲煉年，奚能喻苦。故能藏穎詞閒，昏迷於庸目；露鋒文外，驚絕乎妙心；使醞藉者蓄隱而意愉，英銳者抱秀而心悅。譬諸裁雲製霞，不讓乎天工；斲卉刻葩，有洞乎神將矣。」

此美於秀者也。又云：

「若篇中乏隱，等宿儒之無學，或一叩而語窮。句間鮮秀，如巨室之少珍，若百詰而色沮。斯並不足於才思，而亦有媿於文辭矣。」

故必隱秀兼容，斯能成美文。

十三、比　興

夫比興之說，在「修辭法」各章中，言之詳矣，茲再引劉氏之說，以足之：劉彥和文心雕龍、比興篇云：

「『比』者，附也；『興』者，起也。附理者，切類以指事；起情者，依微以擬義。起情故興體以立，附理故比例以生；比則畜憤以斥言，興則環譬以記諷。」又云：

「觀夫『興』之託諭，婉而成章，稱名也小，取類也大。關雎有別，故后妃方德；尸鳩貞一，故夫人象義。義取其貞，無從於夷禽；德貴其別，不嫌於鷙鳥。」又云：

夫比之爲義，取類不常。或喻於聲，或方於貌，或擬於心，或譬於事。宋玉高唐云：「纖條悲鳴，聲似竽籟」此比聲之類也。枚乘菟園云：「猋猋紛紛，若塵埃之間白雲」，此則比貌之類也。賈生鵩賦云：「禍之與福，何異糾纆」，此以物比理者也。王褒洞簫云：「優柔溫潤，如慈父之畜子也」，此以聲比心者也。馬融長笛云：「繁縟絡繹，范蔡之說也」，此以響比辯者也。張衡南都云：「起鄭舞，繭曳緒」此以容比物者也。

十四、模仿

夫模仿之法，已具於前擬效之辭格中矣，爰再引劉氏有關模仿之說，以足之。劉氏云：

「觀乎屈，宋屬篇，號依詩人；雖引古事，而莫取舊辭；唯賈誼鵩賦，始用鶡冠之說；相如上林，撮引李斯之書，此萬分之一會也。及揚雄百官箴，頗酌於詩、書；劉歆遂初賦，歷敍於紀傳，漸漸綜採矣。至於崔、班、張、蔡，遂捃摭經史，華實布濩，因書立功，皆後人之範式也。」此言模仿之始，及其演變，終至於取經史諸子章句，以蘊藉其文，足爲取法也。又云：

「暨楚之騷文，矩式周人；漢之賦、頌，影寫楚世；魏之策制，顧慕漢風；晉之辭章，瞻望魏采。」此言體式之模仿也。又云：

「夫誇張聲貌，則漢初已極，自茲厥後，循環相因，雖軒翥出轍而終入籠內。枚乘七發云：「通望兮東海，虹洞兮蒼天」；相如上林云：「視之無端，察之無涯，日出東沼，月出西陂」；馬融廣成云：「天地虹洞，固無端涯，大明出東，月生西陂」；揚雄校獵云：「出入日月，天與地沓」張衡西京云：「日月於是乎出入，象扶桑於濛汜」此並廣寓極狀，而五家如一。諸如此類，莫不相循，參伍因革，通變之數也。」此言字句之模仿也。蓋模仿經史諸子百家之名句，及前人詩文之佳彩，自漢已然。故後人作詩作文，有從模仿入手者，此亦不失爲捷徑也。誠能仿文苑之佳作，挹古人之精華，抒自己之所得，以鑄成美篇，組成佳構，亦能傳世不朽也。

十五、避免謬誤

左太沖三都賦序云：「相如賦上林，引盧橘夏熟；楊雄賦甘泉，陳玉樹青葱；班固賦西都，歎以出比目；張衡賦西京，述以游海若；考之草木，生非其壤；校之神物，出非其所；於辭則易爲藻飾，於義則虛而無徵。」

劉彥和文心雕龍事類篇云：「陳思報孔璋書言：『葛天氏之樂，千人唱，萬人和。』聽者因以蔑韶夏矣。此引事之實謬也。案葛天氏之歌，唱和三人而已。相如上林云：『奏陶唐之舞，聽葛天之歌，千人唱，萬人和。』唱和千萬人，乃相如推之，然而濫侈。葛天，推三成萬者，信賦妄書，致斯謬也。」

吾等作文演說宜避免錯誤，務求眞確，方免貽笑大方之家，而爲後人所評議；且猶有甚者，若不愼謬誤，而後人遂據以爲眞，遂使人誤入歧途，則罪惡大矣。蓋語文之影響力，最爲深刻長遠；若思想不正確，則「邪說誣民」遺害至大，萬載之下，猶有惡名也。可不愼哉！可不愼哉！

捌　文體論

一、文體之分類

論文體之分類，以陳介白氏修辭學講話爲最佳，陳望道修辭學發凡亦略論及，而顧藎丞氏文體指南對古代文體亦能得其要。至於劉彥和文心雕龍，唐彪讀書作文譜，徐師曾文體明辨、詩體明辨，王應麟辭學指南，吳訥文章辨體，皆嘗論及文體者也。茲據以上諸書而論文體，其中取材較多者爲陳氏介白之說。

文體爲修辭現象之歸趣。換言之，卽吾人用文字詞藻表現之思想，最後統一而具有完整之形者也。

歷來中外論文體者多矣，茲略言之。

中國文體之分類，始於詩經，詩經分詩體曰「風，雅，頌。」此後，漢劉歆著七略，其詩賦略分爲屈原賦，荀卿賦，陸賈賦，雜賦，詩歌五類。魏曹丕典論論文分爲奏議，書論，銘誄，詩賦四科。晉陸機文賦分爲詩，賦，碑，誄，銘，箴，頌，論，奏，說十項。晉之摯虞文章流別及李充翰林論亦爲名作，惜已不全。梁任昉文章緣起分爲三言詩，四言詩，五言詩，六言詩，七言詩，九言詩，賦，歌，離騷，詔，策文，表，讓表，上書，書，對策，上疏，啓，奏記，牋，謝恩，令，奏，駮，論，議，反騷，彈文，薦，教，封事，白事，移書，銘，箴，封禪書，讚，頌，序，引，志錄，記，碑，碣，誥，誓，露布，檄，明文，樂府，對問，傳，上章，解嘲，訓，辭，旨，勸進，喻難，誡，弔文，告，傳贊，謁文，祈文，祝文，行狀，哀策，哀頌，墓誌，誄，悲文，祭文，哀詞，挽詞，七發，離合詩，連珠，篇，歌詩，遺命，圖，勢，約。凡八十四體。梁蕭統文選分爲賦，詩，騷，七，詔，冊，令，教，文（策）表，上書，啓，彈事，牋，奏記，書，移，檄，難，對問，設論，辭，序，頌，贊，符命，史論，史述贊，論，連珠，箴，銘，誄，哀，碑文，墓誌，行狀，弔文，祭文，凡三十九類。梁劉勰文心雕龍十卷，五十篇，而前二十五篇，大抵皆論文體，曰：「原道，徵聖，宗經，正緯，辯騷，明詩，樂府，銓賦，頌讚，祝盟，銘箴，誄碑，哀弔，雜文，諧讔，史傳，諸子，論說，詔策，檄移，封禪，章表，奏啓，議對，書記。」其體性篇謂：「夫情動而言形，理發而文見，蓋沿隱以至顯，因內而符外者也。然才有庸儁，氣有剛柔，學有淺深，習有雅鄭，並情性所鑠，陶染所凝。是以筆區雲譎，文苑波詭者矣。故辭理庸儁，莫能翻其才；風趣剛柔，寧或改其氣。事義淺深，未聞乖其學；體式雅鄭，鮮有反其習，各師成心；其異如面。若總其歸塗，則數窮八體：一曰典雅，二曰遠奧，三曰精約，四曰顯附，五曰繁縟，六曰壯麗，七曰新奇，八曰輕靡。」宋姚鉉唐文粹分爲古賦，古調，頌，贊，表奏書疏，狀，檄，露布，制策，文，論，議，古文，碑，銘，記，箴，誡，銘（物銘），書，序，傳錄記事，凡二十二類。宋呂祖謙宋文鑑分爲五十類。元蘇天爵元文類分四十三類。明程敏政明文衡分爲三十八類。大抵皆類似姚氏，不必細具。清姚鼐古文辭類纂分爲論辨類，序跋類，奏議類，書說類，贈序類，詔令類，傳狀類，碑誌類，雜記類，箴銘類，頌贊類，辭賦類，哀祭類，凡十三類。清吳曾祺涵芬樓文鈔從姚鼐分類，而更於每類中附以子目，計有二百一十三種之多。清曾國藩經史百家雜鈔分爲三門十一類，（一）著述門（內分論著類，詞賦類，序跋類。）（二）告語門（內分詔令類，奏議類，書牘類，哀祭類。）（三）記載門（內分傳誌類，敘記類，典志類，雜記類。）

此中國古代文體分類之大概也。而其中分類有近於瑣碎者，且不曾將詞曲小說等視爲文學，其中姚鼐，曾國藩二人較簡當，若以體性而言，則以劉勰八體較爲切要。

至於外國學者對於文體之分類，西洋修辭學家往往大別之爲韻文（Verse）與散文（Prose）二類。而韻文中又分爲敍事詩（Epic verse）抒情詩（Lyric verse）劇詩（Dramatic verse）。散文中又分爲記敍的（Narrative），描寫的（Descriptive），辯論的（Argumentative），解釋的（Expository）。其他尙有分爲乾燥體（Dry style）平明體（Plain style）淡泊體（Neat style）文雅體（Elegant style）華麗體（Florid style）素樸體（Simple style）巧緻體（Labored style）簡潔體（Concise style）蔓衍體（Diffuse style）雄健體（Nervous style）優柔體（Feeble style）佶倔體（Abrupt style）流暢體（Flowing style）軟柔體（Loose style）句讀體（Periodic style）俗句體（Idiomatic style）學者體（Scholastic style）論理體（Logical style）等。

此西洋修辭學者對於文體分類之大概也。日本佐佐政一修辭法講話則分爲：

- 記事文——
  - 敘景詩
  - 敘事詩（廣義的敘事詩　客觀詩）
- 敘事文——
  - 樂　劇（抒情的敘事詩　主觀的客觀詩）
  - 劇　詩（主觀的客觀詩）
- 抒情文——
- 勸誘文——
  - 抒情詩（主觀詩）
- 說明文
- 議論文

五十嵐力新文章講話則依兩分法：

- 依言語之排列
  - 散文
  - 律文
- 依思想之性質
  - 知解文——歷史哲學之文
  - 情感文——詩歌戲曲之文

島村瀧太郎新美辭學對於文體討論甚詳，歸納之如下：

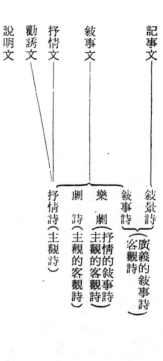

- 文體
  - 主觀之文體
    - 由外形而見之文體
      - 簡潔體與蔓衍體
      - 剛健體與優柔體
      - 乾燥體與華麗體（其間又分爲平板體淡泊體文雅體）
    - 由人物著書而見之文體
      - 文——左氏體孟子體等
      - 詩——楚辭體相如體等
    - 由時代而見之文體——建安體黃初體等
  - 客觀之文體
    - 基於思想之文體
      - 實用文體
        - 記錄文
        - 說明文
      - 美文體
        - 詩歌
        - 小說
        - 戲文
      - 實用之美文
        - 議論文
        - 勸誡文
        - 慶弔文
    - 基於言語之文體
      - 國土之特徵體
        - 漢文體
        - 日文體
        - 西洋文體
      - 時代之特徵體
        - 古語文體
        - 今語文體
      - 階級之特徵體
        - 雅文體與俗文體
        - 雅俗折衷體
        - 言文一致體
        - 候文體

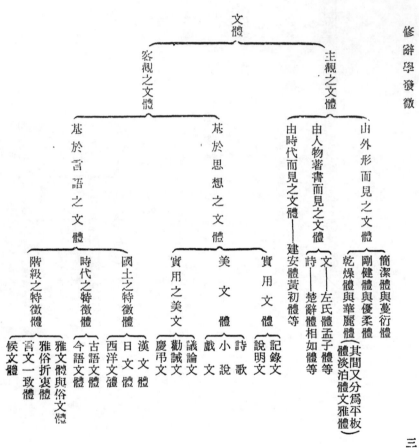

陳氏介白修辭學講話，則分之如下：

- 文體
  - 主觀
    - 由作者風格分：簡約體與繁縟體。雄健體與沈靜體。平淡體與華麗體。
    - 由作者與會分：快樂體與憂鬱體。激昂體與沈靜體。神妙體與詼諧體。
  - 客觀
    - 由思想之性質分
      - 知的：記事文、敍事文、說明文、議論文。
      - 情的：詩歌、戲劇、小說。
    - 由言語之特徵分
      - 時間的：古文體、今文體。
      - 性質的：雅文體、俗文體。

陳氏望道分爲八類，茲再補一類，（依性質分）分之如下：

隨其體式性質之不同通常可分九類。（陳氏修辭學發凡分爲八種。）

(一)依時代而分：如滄浪詩話有建安體，黃初體，正始體，太康體，元嘉體，永明體……之分。(二)依地域分類，可分漢文體，韓文體，和文體……之類。(三)依對象方式之分類：可分詩、賦、頌、銘、箴、論、書、誄、檄、移、表、銘……等（參見昭明文選，文心雕龍，古文辭類纂……諸書）。(四)依心理與目的之分類：或分實用與藝術兩類或分知、情、意三類。(五)依語文之特徵分類：可分文言體，白話體，語錄體，變文體，歐化體。(六)依聲律分類：詩、賦、散文、韻文、詞、曲。(七)依表現分類：可分典雅、遠奧、精約、顯附、繁縟、壯麗、新奇、輕靡。(八)依性質分類：陽剛陰柔。(九)依個人而分類：滄浪詩話，分爲蘇李體，曹劉體，陶體，謝體，徐庾體……韓昌黎體，柳子厚體……。

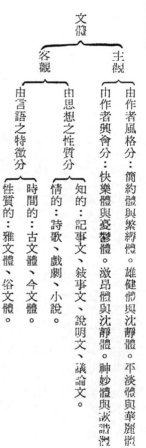

今略分論之如下：

二、劉彥和之八體

劉彥和文心雕龍體性篇分爲八體，蓋依語文表現之特點而分類者也。

典雅者，鎔式經誥，方軌儒門者也。遠奧者，馥采典文，經理元宗者也。精約者，覈字省句，剖析毫釐者也。顯附者，辭直義暢，切理厭心者也。繁縟者，博喻醲采，煒燁枝派者也。壯麗者，高論宏裁，卓爍異采者也。新奇者，擯古競今，危側趣詭者也。輕靡者，浮文弱植，縹緲附俗者也。故雅與奇反，奧與顯殊，繁與約舛，壯與輕乖，文辭根葉，苑囿其中矣。

（一）典雅新奇

典雅者陶鎔經史之域，取法儒門之端者也。凡六經之文，賢士解經之傳述，如韓愈師說，夢解之類皆歸典雅。劉舍人云：「模經爲式者皆歸典雅之懿」是也。

新奇者，創新以立體，造奇以製勝，因事制宜，因文明道者也。雖或不師法典籍，然猶有可觀。如柳宗元賀進士失火書，夫失火而可賀，立意亦奇矣。又孔德璋北山移文亦屬此類。

（二）遠奧顯附

遠奧者謹擇典雅之文句，蘊藉道術玄理之精微，使意境高遠，文辭奧妙者也。如張平子（衡）之思玄賦，阮嗣宗（籍）之詠懷詩是也。求遠奧故，其體近於謹嚴。

顯附者直述心之所思，務求文義通暢，說理明朗；使人一見卽可會心於言表，乍觀卽知其意之所在。如文選班叔皮北征賦，李蕭遠運命論，及小說之體皆此類也。其體近於疏放。

（三）繁縟精約

繁縟者，以博文佳句衍說詞義者也。精意者，以精意小辭以闡發事理者也。古人對此類文體討論極多，歸納之，約有三說。

1. 主精約：陸機文賦云：「要辭達而理舉，故無取乎冗長。」

方苞與程若韓書云：「夫文未有繁而能工者，如煎金錫，粗礦去，然後黑濁之氣竭而光潤生。」

2. 重繁縟：王充論衡（自紀篇）云：「爲世用者，百篇無害；不爲世用者，一章無補。如皆有用，則多者爲上，少者爲下。」

3. 精繁並重論：顧炎武日知錄（十九）云：「辭主乎達，不論其爲繁與簡也；繁簡之論興，而文亡矣。」如

書經：「爾惟風，下民唯草。」此精約體也。

論語云：「君子之德風、小人之德草，草上之風必偃。」十六字爲繁體。

說苑（卷一）：「夫上之化下，猶風靡草，東風則草靡而西，西風則草靡而東，在風所由，而草為之靡。」卅二字為繁體。

（四）壯麗輕靡

壯麗者辭氣壯茂，文采飛揚，如文選趙景眞與稽茂齊書是也。

輕靡者辭氣輕靡，文華隨俗，如文選揚子幼報孫會宗書是也。

（五）八體總論

文體隨作者個性，學養而不同。桓譚云：「文家各有所慕，或好浮華而不知實覈，或美衆多而不見其約。」曹植云：「世之作者，或好煩文博採，深沈其旨者；或好離言辨白，分毫析釐者；所習不同，所務各異。」故文體隨作者之個性，學養，而有不同也。深於典籍，謨經為式者，必有典雅之美。愛於辭賦，擬之成文者，定有繁縟之華。辨深名理，綜意精切者，自有精約之思。辭華壯茂，個性豪邁者，多有壯麗之彩。喜好新詞，譎詭立文者，殆歸新奇之域。隨俗浮靡，莫有所定者，或有輕靡之偏。是以劉彥和云：「若夫八體屢遷，功以學成，才力居中，肇自血氣，氣以實志，志以定言，吐納英華，莫非情性」是也。

至於初學之士，宜先從典雅入手。及其學飽識豐，則會通八體之藪，凝練辭章之要；得其環中，知其大體，則自成郁郁之文矣。故劉氏云：

「夫才有天資，學愼始習，斲梓染絲，功在初化；器成綵定，難可翻移。故童子雕琢，必先雅製，沿根討葉，思轉自圓。八體雖殊，會通合數，得其環中，則輻輳相成。故宜摹體以定習，因性以練才，文之司南，用此道也。」

又各體之文，亦隨各種體製而異，曹丕典論論文云：「奏議宜雅，書論宜理，銘誄尚實，詩賦欲麗。」蕭統文選序云：「論則析理精微，銘則敍事清潤。」陸機文賦云：「詩緣情而綺靡，賦體物而瀏亮（壯麗），碑披文以相質（精約），誄纏綿而悽愴，銘博約而溫潤，箴頓挫而清壯，頌優游以彬蔚（顯附），論精微而朗暢，奏平徹以閑雅，說煒燁而譎狂。」

而劉舍人則云：「章、表、奏、議，則準的乎典雅；賦、頌、歌、詩，則羽儀乎淸麗；符、檄、書、移，則楷式於明斷；史論、序、注，則師範於覈要；箴、銘、碑、誄，則體制於宏深；連珠、七辭，則從事於巧豔。此循體而成勢，隨變而立功者也。」是以各體之文，各有所尙，此學者不可不知也。

三、陽剛陰柔之分

陽剛陰柔之分，隨語文之性質而異。此自清儒姚鼐始分，曾國藩更分爲四類，後又有分爲八類，乃至二十類者，其大體皆本之陽剛陰柔而來。今唯述陽剛陰柔之分。蓋陽剛有剛健雄偉之美。陰柔有柔和微婉之美。自古論之最詳者，莫過於姚鼐。其復魯絜非書云：

「鼐聞天地之道，陰陽剛柔而已。文者天地之精英，而陰陽剛柔之發。惟聖人之言，統二氣之會而弗偏。然而易詩書論語所載，亦間有可以剛柔分矣；値其人其時，告語之體，各有宜也。自諸子而降，其爲文無弗有偏者。其得於陽與剛之美者，則其文如霆，如電，如長風之出谷，如崇山峻巖，如決大川，如奔騏驥。其光也如杲日，如火，如金鏐鐵。其於人也，如馮高視遠，如君而朝萬衆，如鼓萬勇士而戰之。其得於陰與柔之美者，則其文如升初日，如淸風，如雲，如霞，如幽林曲澗，如淪，如漾，如珠玉之輝，如鴻鵠之鳴而入寥郭。其於人也，漻乎其如歎，邈乎其如有思，暖乎其如喜，愀乎其如悲。觀其文諷其音，則爲文者性情形狀舉以殊焉。且夫陰陽剛柔，其本二端。造物者糅而氣有多寡進絀，則品次億萬，以至於不可窮，萬物生焉。故曰：『一陰一陽之謂道』（易經繫辭傳）。夫文之多變，亦若是已。糅而偏勝可也。偏勝之極，一有一絕無，與夫剛不足爲剛，柔不足爲柔，皆不可以言文。」

其說陽剛陰柔之美，至矣盡矣，幾不可加矣。大抵陽剛之氣勢浩瀚，陰柔之韻味深美。陽剛便於描述雄偉之壯蹟，陰柔易於抒寫秀美之情態。至於糅合二者，其變化可至億萬，然其本則惟此二者而已。其或剛中有柔，柔中有剛，亦各適其性而已。至於入極端之域，姚惜抱以爲不可以言文。其後曾國藩本此而分爲太陽太陰，少陽少陰四象，以氣勢爲太陽之類，趣味爲少陽之類，識度爲太陰之類，情韻爲少陰之類。

謂：「陽剛者氣勢浩瀚，陰柔者韻味深美，浩瀚者噴薄而出之，深美者呑吐而出之。論者詞賦奏議哀祭傳誌敍記宜噴薄，序跋詔令書牘典志雜記宜吞吐。」

其論文境之妙則云：「陽剛之美，莫要於雄直怪麗四字，陰柔之美，莫要於茹遠絜適四字。」

其論古今文家得陽剛之美者曰莊子，曰楊雄，曰韓愈，曰柳宗元；得陰柔之美者曰司馬遷，曰劉向，曰歐陽修，曰曾鞏。

後有分爲八類，乃至二十類者，或順八體而增演，非謹依其性質之剛柔而分者也，故不論。

四、古代文體之綜合分類

文體之分類，劉彥和文心雕龍，蕭統昭明文選最爲詳盡，都數十種之多。清姚鼐古文辭類纂合之爲十三類。曾國藩經史百家雜鈔，合之爲十一類。近人顧藎丞文體指南合姚氏序跋贈序爲一類，而分爲十二類。茲據其分類，而略述之。

（一）辭賦類

辭賦類包括楚辭、賦、對問、七、連珠等類。楚辭有離騷九歌九章漁父等，每句多爲六字、七字，語尾多用兮些爲助詞，而多有押韻。賦、有四言、三言、六言、七言交雜者。有散文賦，有駢文賦。皆須押韻。對問，如宋玉對楚王問，亦楚辭之體也。「七」，本於楚辭七諫，其後枚乘七發，曹子建七啓，張景陽七命（皆見於文選）……皆是此條。其文有八首，而問對有七。故曰七。連珠者與於漢章帝之世，其文體，辭麗而言約；不指說事情，必假喻以達其旨，而使賢者微悟，合乎古詩勸興之義；欲使麗麗如貫珠，易覩而可悅，故謂之連珠也。（見傅玄連珠序）昭明文選有陸機演連珠。蓋辭賦者詩經之變體，所以敷陳其事，推闡其文，而直述之者也。其文豔麗哀惋，古今文士皆愛之而不忍釋，使人愈讀而愈有味，侚千古之美文也。

（二）論辨類

論辨類包括經義、設論、史論、論、議、駁議、說、解、釋、辨、難、設難。劉氏文心雕龍論說篇云：「聖哲彝訓曰經，述經敍理曰論。……詳觀論體，條流多品；陳政則與議說合契，釋經則與傳注參體，辨史則與贊評齊行，……故議者宜言，說者說語，傳者轉師，注者主解，贊者明意，評者平理。……論也者彌綸羣言，而研精一理者也。……原夫論之為體，所以辨正然否，窮于有數，追于無行；迹堅求通，鉤深取極，乃百慮之筌蹄，萬事之權衡也。故其義貴圓通，辭忌枝碎，心使心與理合，彌縫莫見其隙；辭共心密，敵人不知所乘，斯其要也。……凡說之樞要，必使時利而義貞（貞者正也），進有契於成務，退無阻於榮身。」徐師曾文體明辨云：「議體之文，以辨潔為能，不以繁縟為巧。事以明覈為美，不以深隱為奇；此其大要也。」大抵論辨之文，務求其義之圓通，務注意理論之闡揚。典論云：「書論宜理」蕭統云：「論則析理精微」是也（此類全是論說文。）。觀徐劉二家之論，可得其樞要矣。

（三）序跋類

序跋類包括序、引、題辭、跋、書讀，書後，贈序。吳訥文章辨體云：「爾雅云：『序，緒也。』字亦作敍，言其善敍事理，次第有緒，若絲之緒也。又謂之『大序』，則對『小序』而言也。其為體有二：一曰議論，二曰敍事。又有正變二體，至唐柳氏，又有序略之名，則其題稍變，而其文益簡矣。」是序跋類有書之序，如詩大序、書序，左傳序是也。有贈序：如韓愈送孟東野序，送李愿歸盤谷序，送楊少尹序是也。其體則可以作論說文，亦可以作記敍文。

文體明辨云：「題跋者，簡編之後語也。凡經傳、子史、詩文、圖書之類，前有『序引』，後有『後序』，可謂盡矣。其後覽者，或因人之請求，或感而有得，則復撰詞以綴於末簡，而總謂之題跋。至綜其實，則有四焉：一曰題，二曰跋，三曰書某，四曰讀某。夫題者諦也，審諦其義也。跋者本也，因文而見本也。書者書其語也。讀者因於讀也。題讀始於唐，跋書起於宋，題跋者舉類以該之也。其詞考古證今，釋疑訂謬焉；以簡勁為主，……又有題辭，所以題號其書之本末指義，文辭之表也。然題跋書於後，而題辭冠於前者，此又其辨也。」其於序跋類之起源，修辭義法、體製，論之最詳。觀其文卽可知序跋類之詳情矣。

（四）奏議類

奏議類包括奏啓、奏疏、奏狀、奏劄、封事、彈事、白事、讓表、謝恩、議對、章表、笏記、致辭、訓、勸進、策、策問、射策、制策、誡策、進策。徐師曾文體明辨謂：「奏疏者羣臣論諫之總名也。七國以前，皆稱上書，秦初改書曰奏。漢定禮儀，則有四品：一曰章以謝恩，二曰奏以按劾，三曰表以陳情，四曰議以執異。至孝文廣開言路，於是賈山言治亂之道，名曰『至言』。魏晉以下啓獨盛行，唐用表狀，亦稱書疏，宋人有劄、狀、書、表、封事。及論其文，則皆以明允篤誠爲本，辨析疏通爲要，酌古御今，治繁總要，此其大體也。奏啓入規而忌侈文，彈事明憲而戒善罵，此又學者所當知也。」

劉彥和文心云：「射策者探事而獻說也。對策者應詔而陳政也。」文中子云：「廣仁益智，莫善於問，乘事演道，莫善於對。」

魏文帝典論論文云：「奏議宜雅。」大抵奏議之類，多爲論說文，亦有記事者，皆人臣對君上之言。書經之大禹、益稷、臯陶諸謨，伊訓、無逸諸篇，賈誼陳政事疏，董仲舒舉賢良策、陸贄奏御，或陳政事之得失，或明王者之大道，皆此類之最佳者也。

（五）書說類

書說類包括書、上書、書記、竿牘、牋、牒、簡札。姚姬傳古文辭類纂序云：「書說類者，昔周公之告召公，有君奭之篇。春秋之世，列國士大夫，或面相告語，或爲書相遺，其義一也。」劉氏文心云：「詳總書體，本在盡言，言以散鬱陶，託風采；故宜條暢以任氣，優柔以懌懷，文明從容，亦心聲之獻酬也。」梁佐丹鉛總錄云：「竿牘即簡牘也。以竹曰竿，又曰簡；以木曰牘，又曰札。說文：『牘、書版也。』古者與朋儕往來，以版代書帖，故從片曰牋，曰牒，皆此意也。說文作箋，作識書也。後轉作牋，亦是用竹爲箋，用木爲牋也。紙亦曰箋紙，不忘其本也。牒說文曰：『牒、札也。』徐鉉曰：『議政未定，短札諮謀，曰牒。』增韻：『官府移文曰牒。』說文：『札、牒也。』」按書說類，或上書，或朋友之書信，皆此類也。今人或謂之應用文。

（六）詔令類

詔令類包括詔策、命、令、遺命、遺令、制誥、冊書、敕書、敎、戒、璽書、赦文、德音、檄、移、關、牒、符、露布、批判、文卷、明文、鐵卷文、契約。文心詔策篇曰：「昔軒轅、唐、虞，同稱爲命。命之爲義，制性之本也。其在三代，事兼誥誓。誓以訓戎，誥以敷政。命喻自天，降及七國，並稱曰令；令者使也。秦幷天下，改命曰制。漢初定儀則，則命有四品：一曰策書，二曰制書，三曰詔書，四曰戒敕。敕戒州部，詔誥百官，制施赦命，策封王侯。」又曰：「戒者愼也，漢高祖之敕太子，東方朔之戒子，亦顧命之作也。及馬援以下，各貽家戒；班姬女戒（班昭、固之妹），足稱母師，敎者效也，言出而民效也。契敷五敎，故王者稱敎。」此論命令詔策敎戒等。近代咨函皆此類也。

又檄移篇云：「檄者皦也，宣露於外，皦然明白也。或稱露布，播諸視聽也。（軍中文書曰檄）……奉辭伐罪，非唯致果爲毅，亦且厲辭爲武。移者易也；移風易俗，令往而民隨者也。相如之難蜀老，文曉而喻博，有移檄之骨焉。及劉歆之移太常，辭剛而義辨，文移之首也。」此言檄、移、露布等。

文體明辨云：「古者君臣，都俞吁咈，皆口陳面命之詞。後世乃有書疏，而答之者遂用制詞，若漢人答報璽書（有印信者）是已。至唐始有批答之名，以爲天子手批而答之也。」此論書疏、璽書、批答等。

文心雕龍云：「卷者束也，明白約束，以備情僞。契者結也；上古純質，結繩執契。」近代契約、婚書、簿據、合同、條約……皆此類也。此亦屬應用文。

（七）傳狀類

傳狀類包括傳、行狀、軼事。徐師曾文體明辨云「按字書云：『傳者傳也。』自漢司馬遷作史記，創爲列傳；而後世史家，卒莫能易。或有隱德而弗彰，或有細人而可法，則皆爲之作傳。寓其意而馳騁文墨者，間以滑稽之術雜焉，皆傳體也。其品有四，一曰史傳，二曰家傳，三曰記傳，四曰假傳。」吳訥文章辨體云：「按行狀者，門生故舊，狀死者行業，上於史官，或求銘誌於作者之辭也。文章緣起（任昉作）云：『始自漢丞相倉曹傳，胡幹作楊原伯行狀。』」軼事者，記不爲人所知，史官所未記之奇聞軼事也，如方苞左忠毅公軼事是也。

（八）碑誌類

碑誌類包括碑、墓碑、神道碑、墓誌銘、墓碣、墓表、阡表。儀禮士昏禮云：「入門當碑揖。」註云：「宮室有碑、以識日影、知早晚也。」禮記祭義云：「牲入麗于碑。」註云：「古宗廟立碑繫牲。」由是知宮室宗廟皆有碑也。後人因紀功德於其上，遂有碑文之產生。凡山川城池，宮室寺廟，橋道壇井，古迹土風，功德災祥，墓道託物皆有碑。」文體明辨云：「銘實碑文，其序則傳，其文則銘，此碑之體也。又碑之體，主於敍事，其後漸以議論雜之則非矣。」

文體明辨云：「按誌者記也，銘者名也。古之人有德善功烈，可名於世，沒則後人爲之鑄器，以銘。而碑傳於無窮，若蔡中郎集所載朱公叔鼎叔是已，至漢杜子夏勒文理墓側，遂有墓誌，後人因之。蓋於葬時述其人世系、名字、爵里、行治、壽年、卒葬日月，與其子孫之大略，勒石加蓋，埋於壙前三尺之地，以爲異時陵谷變遷之防，而謂之誌銘。……墓誌銘，有誌有銘者是也。曰墓誌銘並序，有誌有銘，而先有序者是也。然云誌銘，或有誌無銘，有銘無誌者則別體也。曰墓誌，則有誌而無銘。曰墓銘則有銘而無誌。」

（九）雜記類

雜記類包括記、志、錄三者。王應麟辭學指南云：「記者記事之文也。西山先生曰：『禹貢、武成、金縢、顧命，記之屬似之。』文選止有『奏記』，而無此體。古文苑載後漢樊毅修西嶽廟記，其末有銘，亦碑文之類。至唐始盛，獨孤及風后八陣圖記，今之擬題倣此。」按水經注：「河圖，帝王之階圖，載江河山川州界之分野。後堯壇於河，受龍圖，作握河記，逮虞舜夏商，咸亦受焉。」然則記之文體，其原尚矣。蓋記者敍事之文也，如韓愈畫記，柳宗元之遊諸山記。亦有敍事而兼有議論者，如韓愈燕喜亭記，柳宗元記新堂鐵爐步，范仲淹嚴先生祠堂記，歐陽修晝錦堂記，蘇軾山房藏書記，朱熹婺源書閣記是也。

任昉文章緣起注云：「志、識也。錄、頌也。書曰：『書用識哉』，謂錄其過惡，以識於冊。古史世本，編以簡冊，領其名數，故曰錄也。」蓋志者誌也，記事之書也。左傳仲尼云「志有之」者，謂古記事記史之書載之也。錄亦記也，所以記錄事實者也。

（十）箴銘類

箴銘類包括箴、規、銘三者。劉彥和文心雕龍云：「夫箴誦於官，銘題於器。名目雖異，而警戒實同。箴全禦過，故文資確切；銘兼褒讚，故體貴弘潤。其取事也，必覈以辨；其摛文也，必簡而深：此其大要也。」其述箴銘之體例異同，可謂詳矣。

徐炬事物原始云：「箴，戒也。張蘊古作大寶箴。揚雄作酒箴，戒成帝。唐李德裕以敬宗昏荒，上丹扆六箴。謂宵衣、正服、罷獻、納誨、辨邪、防微。朱晦菴有視聽言動四箴（按見論語集註、顏淵篇顏淵問仁章）。按文心曰：「軒轅刻輿几，以弼不逮，即為箴之始。」文心又云：「夏商二箴，餘句猶存。」夏箴見於周書文傳篇，商箴見於呂氏春秋名類篇。（據王應麟辭學指南言）淸曾國藩立志箴可為初學取法。規、亦箴之類也，唐元結作五規。

文體明辨云：「銘者名也。劉勰云：『觀器而正名也』。故曰：『作器能銘，可以為大夫矣。』考諸夏商鼎彝尊卣盤匜之屬，莫不有銘，而文多殘缺，猶湯盤見於大學，而大戴禮備載武王諸銘。其後作者寖繁，凡山川、宮室、門井之類，皆有銘詞，蓋不但施之器物而已。然要其體，不過有二：一曰警戒，二曰祝頌。陸機曰：『銘貴博文而溫潤』，斯言得之矣。」銘之較佳者，當推張載西銘。

（十一）頌贊類

頌贊類包括頌、封禪、贊、評諸類。劉氏文心云：「原夫頌惟典雅，詞必清鑠，敷寫似賦，而不入華侈之區。敬慎如銘，而異乎規戒之域。揄揚以發藻，汪洋以樹義，惟纖曲巧致，與情而變。其大體所底，如斯而已。」姚姬傳云：「頌贊論者，亦詩頌之流，而不必施之金石者也。」詩大序云：「頌者美盛德之形容，以其成功告於神明者也。」今詩經頌有三：周頌、商頌、魯頌是也。莊子天運篇謂黃帝張咸池之樂，猋氏為頌。」然則頌之起源，遠矣。至漢王褒作聖主得賢臣頌，揚雄作趙充國頌，史岑出師頌，晉劉伶酒德頌，（見文選）……蓋彬彬乎盛矣。

史記封禪書云：「始皇東行郡縣，上鄒嶧山立名，與魯諸生議刻石頌秦德。議封禪望祭山川之事。……登之罘，立石封祠祀，立石頌秦德焉，而去。兩登瑯邪，作瑯邪臺，立石刻，頌秦德。」後倣之而作者，有司馬相如封禪文，班固典引，皆此類也。又或謂之玉牒文。

文章辨體云：「贊者贊美之詞。文章緣起曰：『漢司馬相如作荊軻贊。』，世已不傳。厥後班孟堅漢史以論爲贊。至宋范曄，更以韻語。唐建中中進士以『箴論』『表贊』，代詩賦。迨後復置博學宏詞科，則贊頌二題皆出矣。西山云：『贊頌體例，貴乎瞻麗宏肆，而有雍容俯仰頓挫起伏之態，乃爲佳作。』大抵贊有二體，若作散文，當祖班氏史評；若作韻語，當宗東方朔畫象贊。」其論贊之緣起，體製，可謂詳矣。

（十二）哀祭類

哀祭類包括哀辭、哀策、哀頌、挽辭、挽聯、弔文、誄、祝文、盟誓祭文等，文心云：「原夫哀辭大體，情主於痛傷，而辭窮乎愛惜。幼未成德，故譽止於察惠；弱不勝務，故悼加乎膚色。……必使情往會悲，文來引泣，乃其貴耳。」又曰：「或驕貴而殞生，或狷忿而乖道，或有志而無時，或美才而兼累，後世追而慰之，並名曰弔。」如賈誼弔屈原文。按任昉文章緣起云：「漢班固始作梁氏哀辭。」此後文士多有爲之者。哀辭，亦或稱哀策、哀頌。挽辭、亦或稱挽歌，亦悼往哀苦之辭。始於田橫門人之作薤露。蒿里亦挽歌之類也。近世咸以挽聯代之。挽聯者，辭句兩兩相對之對句也。

文體明辨云：「按誄者累也；累列其德行而稱之也。周禮太祝作六辭，其六曰誄。魯莊公誄縣賁父，士之有誄始此。今考其時，賤不誄貴，幼不誄長。……魯哀公誄孔子曰：『旻天不弔？不憖遺一老，俾屏予一人以在位，煢煢予在疚！嗚呼哀哉！尼父！』……又按劉勰云：『柳妻誄惠子，辭哀而韻長。』則今私誄之所由起也。……其體先述世系行業，而末寓哀傷之意，所謂『傳體而頌文，榮始而哀終』者也。」其論誄之緣起體製詳矣。

祝文者饗神祭祀之辭也。文體明辨云：「昔伊祈始蠟，以祭八神。其辭曰：『土反其宅，水歸其壑，昆蟲毋作，草木歸其澤。』周禮設太祝之職，掌六祝之辭。……考其大旨，實有六焉：一曰告，二曰修，三曰祈，四曰報，五曰辟，六曰謁，用以饗天地山川，社稷宗廟，五祀羣神，而總謂之祝文，其有散文儷語之別也。」

盟誓之文，所以明詞語，結誠信，祈神靈以其鑒，求上天以爲證者也。文心云：「在昔三王，詛盟不及，時有要誓（如書經甘誓、泰誓、牧誓），結言而退。周衰屢盟，以及要契，始之以曹沫，終之以毛遂。及秦昭盟夷，設黃龍之詛，漢祖建侯，定山河之誓。」

至於祭文，則祭死者之文也。或用散文，如蘇軾祭歐陽文忠公文。或用四言之韻文，如劉令嫻祭夫徐敬業文，顏延年祭屈原文是也。亦有用「六言」「駢體」「辭賦體」者。悲文始於蔡邕之悲溫舒文（據任昉文章緣起。）。悲文者傷痛之文也。

五、主觀之文體

陳氏介白分文體爲主觀與客觀，茲據其說而略述之。主觀之文體，乃由作者之風格與興會，而表現於修辭現象者也。作者之風格，乃其精神生活之具體表現；觀人之詞，卽可知其人之思想。叔本華風格論云：「風格爲意念之面貌，而且爲品性之表示物。」興會乃由作者之感觸而生，往往因環境時代，思潮之差異而變遷。今略言之如下：

（一）由作者風格表現之文體

劉氏文心分風格爲八，此已述之於上矣；陳氏歸納風格爲簡約體，蔓衍體，雄健體，優柔體，乾燥體，與華麗體等六類。今逐一說明之。

一簡約體　簡約體以語句簡約爲主，往往一辭多意，文約而意豐。劉知幾史通敍事謂：「章句之言，有顯有晦。顯也者繁詞縟說，理盡於篇中；晦也者，省字約文，事溢於句外。然則晦之將顯，優劣可知矣。夫能略小存大，舉重明輕；一言而巨細咸該，片語而洪纖靡漏，此皆用晦之道也。」姚鼐與陳碩士書有云：「作文須見古人簡質惜墨如金處。」可見簡約之重要。論語左傳文最近於簡約之美者。今略舉數文以示之：

長沮桀溺耦而耕，孔子過之，使子路問津焉。長沮曰：「夫執輿者爲誰？」子路曰：「爲孔丘。」

曰：「是魯孔丘與？」曰：「是也。」曰：「是知津矣！」問於桀溺。桀溺曰：「子爲誰？」曰「爲仲由。」曰：「是魯孔丘之徒與？」對曰：「然。」曰：「滔滔者天下皆是也！而誰以易之？且而與其從辟人之士也，豈若從辟世之士哉？」耰而不輟。子路行以告，夫子憮然曰：「鳥獸，不可與同羣；吾非斯人之徒與而誰與？天下有道，丘不與易也。」（論語微子第十八）

孔子過泰山側，有婦人哭於墓者而哀。夫子式而聽之，使子路問之曰：「子之哭也，壹似重有憂者。」對曰：「然。昔者吾舅死於虎，吾夫又死焉，今吾子又死焉。」夫子曰：「何爲不去也？」曰：「無苛政。」夫子曰：「小子識之，苛政猛於虎也。」（禮記檀弓下）

晉侯賞從亡者，介之推不言祿，祿亦弗及。推曰：「獻公之子九人，唯君在矣。惠懷無親，外內棄之。天未絕晉，必將有主。主晉祀者，非君而誰？天實置之，而二三子以爲己力，不亦誣乎？竊人之財，猶謂之盜。況貪天之功，以爲己力乎？下義其罪，上賞其姦；上下相蒙，難與處矣。」其母曰：「盍以求之？以死，誰懟？」對曰：「尤而效之，罪又甚焉；且出怨言。不食其食。」其母曰：「亦使知之，若何？」對曰：「言，身之文也；身將隱，焉用文之？是求顯也。」其母曰：「能如是乎？與女偕隱。」遂隱而死。晉侯求之，不獲。以綿上爲之田，曰：「以志吾過，且旌善人。」（左傳介之推不言祿）

上文，皆極簡約，然頗能盡意。蓋作簡約之文，須轉處多；轉處多則曲折而變化入神矣。然亦不可過於簡約，使本意流於暗昧。

二繁縟體　繁縟體與簡約體相反，往往不厭語句之繁，千言萬語亦不覺其累。要以感想甚強之故，而自使其文字入於繁縟。王構修辭鑑衡曰：「文有以繁爲貴者：若檀弓石祁子沐浴佩玉，莊子之大塊噫氣用者字，韓子送孟東野用鳴字，上宰相書至今稱周公之德，其下又有不褎二字，凡此類則以繁爲貴也。」又曰：「若不出於自然，而有意於繁簡，則失之矣。」今觀薛福成巴黎觀油畫記一文，其所用或字者字也字耶字之類繁多，可見繁縟體之大概。

余遊巴黎蠟人館，見所製悉仿生人：形體態度，髮膚顏色，長短豐瘠，無不畢肖。自王公卿相，以至工藝雜流；凡有名者，往往留像於館。或立，或臥，或坐，或俯，或笑，或哭；驟視之，無不驚爲生人者。余亟嘆其技術之奇妙！譯者稱西人絕技，尤莫逾油畫，盍馳往油畫院，一觀「普法交戰」圖乎？其院爲一大圜室，周懸巨幅，由屋頂放光入室；人在室中，極目四望，則見城堡岡巒，溪澗樹林，森然布列；兩軍人馬雜遝：馳者，伏者，奔者，追者，開鎗者，燃礮者，搴大旗者，挽礮車者，絡繹相屬。每一巨彈墮地，則火光迸裂，煙焰迷漫；其被轟擊者，則斷壁危樓，或黔其廬，或赭其垣，而軍士之折臂斷足，血流殷地，偃仰僵仆者，令人目不忍視。仰視天，則明月斜掛，雲霞掩映；俯視地，則綠草如茵，川原無際。幾自疑置身戰場，而忘其在一室中者。其實則壁也，畫也，皆幻也。余聞法人好勝，何以自繪敗狀，令人喪氣若此？譯者曰：「所以昭炯戒，激衆憤，圖報復也。」則其意深長矣！夫普法之戰，迄今雖爲陳迹，而其事信而有徵；然則此畫果眞耶？幻耶？幻者而同於眞耶？眞者而託於幻耶？斯二者蓋

皆有之。（薛福成巴黎觀油畫記）

三雄健體　雄健體以氣象雄壯爲勝，其文字之格調，剛強而激越，其聲音強拗而重濁，其思想偉大，其情感熱烈，其詞藻雄健。蓋中國語言爲一語一音，極富於短促而強壯之音，故雄壯語極易構成。或基於文辭之莊嚴，或基於偉大之事業，或基於高尚之想像，或基於困苦之情狀，或基於雄圖大志，或基於極端憤怒，或基於感覺宇宙之偉大，或基於神秘之作用，凡此皆能有奔放雄健之文體。今舉數例於下：

蓋有非常之功，必待非常之人；故馬或奔踶而致千里，士或有負俗之累而立功名。夫泛駕之馬，跅弛之士，亦在御之而已。其令州郡察吏民有茂材異等，可爲將相，及使絕國者！（武帝求茂材異等詔）

大風起兮雲飛揚，威加海內兮歸故鄉。安得猛士兮守四方。（劉邦大風歌）

力拔山兮氣蓋世！時不利兮騅不逝。騅不逝兮可奈何！虞兮！虞兮！奈若何。（項羽垓下歌）

前不見古人，後不見來者。念天地之悠悠，獨愴然而涕下。（陳子昂登幽州臺歌）

大江東去，浪淘盡千古風流人物。故壘西邊，人道是三國周郎赤壁。亂石崩雲，驚濤裂岸，捲起千堆雪。江山如畫，一時多少豪傑。遙想公瑾當年，小喬初嫁了，雄姿英發。羽扇綸巾，談笑間，檣櫓灰飛烟滅。故國神遊，多情應笑我早生華髮。人生如夢，一尊還酹江月。（蘇軾念奴嬌）天地有正氣，雜然賦流形；下則爲河嶽，上則爲日星。於人曰浩然，沛乎塞蒼冥。皇路當清夷，含和吐明庭；時窮節乃見，一一垂丹青；在齊太史簡，在晉董狐筆，在秦張良椎，在漢蘇武節。爲嚴將軍頭，爲嵇侍中血；爲張睢陽齒，爲顏常山舌。或爲遼東帽，清操厲冰雪；或爲出師表，鬼神泣壯烈；或爲渡江楫，慷慨吞胡羯；或爲擊賊笏，逆豎頭破裂。是氣所旁礴，凜烈萬古存；當其貫日月，生死安足論？地維賴以立，天柱賴以尊，三綱實繫命，道義爲之根。（文天祥正氣歌）

怒髮衝冠，憑欄處，瀟瀟雨歇。擡望眼，仰天長嘯，壯懷激烈。三十功名塵與土，八千里路雲和月。莫等閒白了少年頭，空悲切。靖康恥，猶未雪；臣子恨，何時滅。駕長車，踏破賀蘭山缺。壯志飢餐胡虜肉，笑談渴飲匈奴血。待從頭，收拾舊山河，朝天闕。（岳飛滿江紅）

四優柔體　優柔體以柔和爲主，其格調優美而安閒，柔軟而憐憫，清平而舒緩。使讀者就其文句之調適，音節之和諧，而能感出一種美趣。有時情思含蓄蘊藉，有時曲折流露。其吐辭爲文，皆表出其思想性情之柔和。今舉優柔體之文例於下：

陽春二三月，楊柳齊作花；春風一夜入閨闥，楊花飄蕩落南家。含情出戶脚無力，拾得楊花淚沾臆。春去秋來雙燕子！願銜楊花入窠裏。（北魏胡太后楊白花）

予觀夫巴陵勝狀，在洞庭一湖：銜遠山，吞長江，浩浩蕩蕩，橫無際涯；朝暉夕陰，氣象萬千，此則岳陽樓之大觀也，前人之述備矣。然則北通巫峽，南極瀟湘，遷客騷人，多會於此，覽物之情得無異乎？若夫霪雨霏霏，連月不開；陰風怒號，濁浪排空；日星隱曜，山岳潛形；商旅不行，檣傾楫摧；薄暮冥冥，虎嘯猿啼；登斯樓也，則有去國懷鄉，憂讒畏譏，滿目蕭然，感極而悲者矣！至若春和景明，波瀾不驚；上下天光，一碧萬頃；沙鷗翔集，錦鱗游泳；岸芷汀蘭，郁郁青青；而或長煙一空，皓月千里；浮光耀金，靜影沉璧；漁歌互答，此樂何極！登斯樓也，則有心曠神怡，寵辱皆忘，把酒臨風，其喜洋洋者矣！（范仲淹岳陽樓記）

五平淡體　平淡體少用修飾，排斥艷麗之修飾，而以理解爲目的。以適度之音調，悅人之耳目，其文詞歸於穩當與平正。此類文體，最易於說理，大抵有經驗之思想家於說理時，不喜用誇張使氣之文字，而用極平實清楚之文字以表現。蘇軾謂：「凡文字少小時須令氣象崢嶸，采氣絢爛。漸老漸熟，乃造平淡。其實不是平淡，乃絢爛之極也。」於是可見平淡文體，極不易作到，非有充分理解與學識豐富者，不易寫出適當平淡之文體。茲舉平淡體之文字如下。

告儼，俟，份，佚，佟：天地賦命，生必有死；自古賢聖，誰能獨免？子夏有言：「死生有命，富貴在天。」四友之人，親受音旨。發斯談者，將非窮達不可妄求，壽夭永無外請故耶？吾年過五十，少而窮苦；每以家敝，東西遊走。性剛才拙，與物多忤，自量爲己，必貽俗患。僶俛辭世，使汝等幼而飢寒。余嘗感孺仲賢妻之言：「敗絮自擁，何慚兒子。」此既一事矣。但恨鄰靡二仲，室無萊婦，抱茲苦心，良獨內愧。少學琴書，偶愛閑靜。開卷有得，便欣然忘食。見樹木交蔭，時鳥變聲，亦復歡然有喜。常言五六月中，北窗下臥，遇涼風暫至，自謂是羲皇上人。意淺識罕，謂斯言可保。日月遂往，機巧好疏，緬求在昔，眇然如何。病患以來漸就衰損；親舊不遺，每以藥石見救，自恐大分將有限也。汝輩稚小家貧，每役柴水之勞，何時可免？念之在心，若何可言！然汝等雖不同生，當思四海皆兄弟之義。鮑叔管仲，分財無猜；歸生伍舉，班荆道舊。遂能以敗為成，因喪立功。他人尚爾，況同父之人哉！潁川韓元長，漢末名士，身處卿佐，八十而終，兄弟同居，至於沒齒。濟北氾稚春，晉時操行人也，七世同財，家人無怨色。詩曰：「高山仰止，景行行止。」雖不能爾，至心尚之。汝其慎哉，吾復何言。（陶潛與子儼等書）

路有飢婦人，抱子棄草間。顧聞號泣聲，揮涕獨不還。未知身死處，何能兩相完。驅馬棄之去，不忍聽此言。（王粲七哀詩）

簾外雨潺潺，春意闌珊，羅衾不耐五更寒；夢裏不知身是客，一晌貪歡，獨自莫憑闌，無限江山，別時容易見時難。流水落花春去也，天上人間。（李煜浪淘沙）

六華麗體　華麗體乃以豐富之詞藻以修飾文辭者也。其文字和諧而鏗鏘，有具體之想像，有新穎之詞藻，有高尚之感覺，有飽滿之情緒。以情感為主，務使情思豐富，才藻充溢，比事屬辭，光彩奪目。韓愈所謂沈浸濃郁，含英咀華者是也。

山名行雨，地異陽臺。佳人無數，神女看來。翠幔朝開，新妝旦起。樹入牀頭，花來鏡裏。草綠衫同，花紅面似。開年寒盡，正月游春。俱除錦帔，併脫紅綸。天絲劇藕，蜨粉生塵。橫藤礙路，弱柳低人。誰云洛浦，一個河神。（庾信梁東宮行雨山銘）

六王畢，四海一。蜀山兀，阿房出。覆壓三百餘里，隔離天日。驪山北構而西折，直走咸陽。二川溶溶，流入宮牆。五步一樓，十步一閣。廊腰縵迴，簷牙高啄。各抱地勢，鈎心鬬角。盤盤焉，囷囷焉，蜂房水渦，矗不知其幾千萬落！長橋臥波，未雲何龍？複道行空，不霽何虹？高低冥迷，不知西東。歌臺暖響，春光融融；舞殿冷袖，風雨淒淒。一日之內，一宮之間，而氣候不齊。妃嬪媵嬙，王子皇孫，辭樓下殿，輦來於秦。朝歌夜弦，爲秦宮人。明星熒熒，開妝鏡也；綠雲擾擾，梳曉鬟也；渭流漲膩，棄脂水也；煙斜霧橫，焚椒蘭也。雷霆乍驚，宮車過也；轆轆遠聽，杳不知其所之也；一肌一容，盡態極妍，縵立遠視而望幸焉；有不得見者三十六年。（杜牧阿房宮賦）

（二）由作者興會表現之文體

興會生於作者之感觸。故往往因人物時空而異。劉勰文心雕龍物色篇曰：「春秋代序，陰陽慘舒；物色之動，心亦搖焉。蓋陽氣萌而玄駒步，陰律凝而丹鳥羞；微蟲猶或入感，四時之動物深矣。若夫珪璋挺其惠心，英華秀其清氣，物色相召，人誰獲安？是以獻歲發春，悅豫之情暢；滔滔孟夏，鬱陶之心凝；天高氣清，陰沈之志遠；霰雪無垠，矜肅之慮深。歲有其物，物有其容；情以物遷，辭以情發。一葉且或迎意，蟲聲有足引心；況清風與明月同夜，白日與春林共朝哉？」蓋吾人興會乃是感於物而顯示者也。同是秋夜，蘇軾因極樂之興會，而作赤壁賦，歐陽修反因之而生滿懷悲傷之感懷，而作秋聲賦。同一地方，有人居之而樂，有人居之而悲；足見興會之變動，能使文章異其體。宋李耆卿文章精義謂：「論語氣平，孟子氣激，莊子氣樂，屈子氣怨，史記氣勇，漢書氣怯。」皆可見其文因人因時因地而不同，今依興會之種類而分別文體爲六類。

一快樂體　快樂體乃表現樂觀之文體。大抵當時作者遇事物時，精神煥發，興高采烈，暢快非凡；於是以和諧幽揚之音調，寫出心曠神怡之興會。此種興會，多由於外界美之激動而生。如朋友之宴樂，柳暗花明之佳境，天朗氣清之良辰，青山秀水之美景，在在使人發生快樂之興會，流露而爲快樂之文字。今舉例以示快樂體。

呦呦鹿鳴，食野之芩。我有嘉賓，鼓瑟鼓琴。鼓瑟鼓琴，和樂且湛。我有旨酒，以燕樂嘉賓之心。（詩經鹿鳴）

孟夏草木長，繞屋樹扶疏。衆鳥欣有託，吾亦愛吾廬。既耕亦已種，時還讀我書。窮巷隔深轍，頗迴故人車。歡言酌春酒，摘我園中蔬。微雨從東來，好風與之俱。泛覽周王傳，流觀山海圖。俯仰終宇宙，不樂復何如？（陶潛讀山海經）

修之來此，樂其地僻而事簡，又愛其俗之安閒。既得斯泉於山谷之間，乃日與滁人仰而望山，俯而聽泉；掇幽芳而蔭喬木，風霜冰雪，刻露清秀，四時之景，無不可愛。……（歐陽修豐樂亭記）

二憂鬱體　憂鬱體乃作者遭患遇難，心中悲傷，如鯁在喉，非吐不快，於是發爲憂鬱之文體。其語趣音調，多綿密而頓挫，其情意多纏綿以悱惻；乃感情抑鬱之結晶，含有潛在之力量，使讀者不知不覺受其影響。韓愈云：「文章之作，恆發於羇旅草野；至於王公貴人，志得氣滿，非性能而好之，則不暇以爲。」是憂鬱體蓋由作者內有憂憤之鬱積，故能發而爲至誠感人之文字，以示其憂鬱焉。如：

登茲樓以四望兮，聊暇日以銷憂。覽斯宇之所處兮，實顯敞而寡儔。挾清漳之通浦兮，倚曲沮之長洲。背墳衍之廣陸兮，臨皐隰之沃流。北彌陶牧，西接昭丘。華實蔽野，黍稷盈疇。雖信美而非吾土兮，曾何足以少留？遭紛濁而遷逝兮，漫踰紀以迄今。情眷眷而懷歸兮；孰憂思之可任！憑軒檻以遙望兮，向北風而開襟。平原遠而極目兮，蔽荆山之高岑。路逶迤而修迥兮，川既漾而濟深。悲舊鄉之壅隔兮，涕橫墜而弗禁。昔尼父之在陳兮，有歸與之歎音。鍾儀幽而楚奏兮，莊舃顯而越吟。人情同於懷土兮，豈窮達而異心？惟日月之逾邁兮，俟河清其未極。冀王道之一平兮，假高衢而騁力。懼匏瓜之徒懸兮，畏井渫之莫食。步棲遲以徙倚兮，白日忽其將匿。風蕭瑟而並興兮，天慘慘而無色。獸狂顧以求羣兮，鳥相鳴而舉翼。原野闃其無人兮，征夫行而未息。心悽愴以感發兮，意忉怛而憯惻。循階除而下降兮，氣交憤於胸臆。夜參半而不寐兮，悵盤桓以反側。（王粲登樓賦）又如：

春花秋月何時了？往事知多少？小樓昨夜又東風，故國不堪回首月明中！雕闌玉砌應猶在，只是朱顏改。問君能有幾多愁？恰似一江春水向東流！（李煜虞美人）又如：

湛湛長江水，上有楓樹林。皐蘭披徑路，青驪逝駸駸。遠望令人悲，春風感我心。三楚多秀士，朝雲進荒淫。朱華振芬芳，高蔡相追尋。一爲黃雀哀，淚下誰能禁？（阮籍詠懷）皆是。

三激昂體　激昂體乃以熱烈之感情，遇憤慨之事，遂發出一種不平之氣，而流露於字裏行間之文體。其音節激昂而悲涼，能喚起人之情感與共鳴。此類文字或出於危難之突呼，或出於憂國之熱忱，或出於信而見疑之憤慨，或出於忠而被謗之忿怨。總之，皆出於眞摯之情感，皆達於憤慨之焦點，故其語激昂而深切。如

操吳戈兮被犀甲，車錯轂兮短兵接。旌蔽日兮敵若雲，矢交墜兮士爭先。淩余陣兮躐余行，左驂殪兮右刃傷。霾兩輪兮縶四馬，援玉枹兮擊鳴鼓。天時懟兮威靈怒，嚴殺盡兮棄原野。出不入兮往不返，平原忽兮路超遠。帶長劍兮挾秦弓，首身離兮心不懲。誠既勇兮又以武，終剛強兮不可淩。身既死兮神以靈，魂魄結兮爲鬼雄！（楚辭九歌）

嗟乎子卿，人之相知，貴相知心。前書倉卒，未盡所懷，故復略而言之。昔先帝授陵步卒五千，出征絕域。五將失道，陵獨遇戰。而裹萬里之糧，帥徒步之師；出天漢之外，入強胡之域；以五千之衆，對十萬之軍。策疲乏之兵，當新羈之馬。然猶斬將搴旗，追奔逐北，滅跡掃塵，斬其梟帥。使三軍之士，視死如歸。陵也不才，希當大任，意謂此時功難堪矣。匈奴既敗，舉國興師，更練精兵，強踰十萬；單于臨陣，親自合圍；客主之形既不相如，步馬之勢又甚懸絕。疲兵再戰，一以當千；然猶扶乘創痛，決命爭首。死傷積野，餘不滿百，而皆扶病，不任干戈；然陵振臂一呼，創病皆起，舉刃指虜，胡馬奔走。兵盡矢窮，人無寸鐵，猶復徒首奮呼，爭

爲先登。當此時也，天地爲陵震怒，戰士爲陵飲血。單于謂陵不可復得，便欲引還；而賊臣教之，遂使復戰，故陵不免耳。（李陵答蘇武書）

四沈靜體　沈靜體乃由作者觀察事物時，能仰觀俯察。對於四圍境界一一看得澈上澈下，以融化於自己腦筋之中；使其成爲一整體之印像，物我無間，息息相通。不輕喜懼，不輕暴怒，不輕多言。使思慮寧靜清明，遂以安閒之心懷，抒寫自然之眞情與妙趣，成爲絕無浮誇狂放意向之文體。此種文字，有超出凡近氣概之情境，有清新之詞句，有抑揚緩散之音節，使人有恬適之感。今舉例以示沈靜體。

藹藹堂前林，中夏貯淸陰。凱風因時來，回飆開我襟。息交游閒業，臥起弄書琴。園蔬有餘滋，舊穀猶儲今。營己良有極，過足非所欽。舂秫作美酒，酒熟吾自斟。弱子戲吾側，學語未成音。此事眞復樂，聊用忘華簪。遙遙望白雲，懷古一何深。（陶潛和郭主薄）

蘇子曰：「客亦知夫水與月乎？逝者如斯，而未嘗往也；盈虛者如彼，而卒莫消長也。蓋將自其變者而觀之，則天地曾不能以一瞬；自其不變者而觀之，則物與我皆無盡也。而又何羨乎？且夫天地之間，物各有主；苟非吾之所有，雖一毫而莫取。惟江上之淸風與山間之明月，耳得之而爲聲，目遇之而成色，取之無禁，用之不竭，是造物者之無盡藏也，而吾與子之所共適。」客喜而笑，洗盞更酌；肴核既盡，杯盤狼藉，相與枕藉乎舟中，不知東方之既白。（蘇軾前赤壁賦）

中歲頗好道，晚家南山陲。興來每獨往，勝事空自知。行到水窮處，坐看雲起時。偶然值林叟，談笑無還期。（王維終南別業）

五神妙體　神妙體是文章不用通常之口氣，而用解脫變化之意趣，以表現思想神奇之文體。此類文字多長於譬喻，往往喻後出喻，喻中設喻。不啻峽雲層起，海市幻生。看來好似若斷若續，胡說亂道；其實文字乃極有價值，絕非猖狂所爲。其思想充實，高明而神妙。吾人若自其大方處與充實處求之，則其文之神妙自可得。今舉例以示神妙體。

今且有言於此，不知其與是類乎？其與是不類乎？類與不類，相與爲類，則與彼無以異矣。雖然，請嘗言之：有始也者，有未始有始也者，有未始有夫未始有始也者；有有也者，有無也者，有未始有無也者；有未始有夫未始有無也者；俄而有無矣，而未知有無之果孰有孰無也？今我則已有謂矣，而未知吾所謂之果有謂乎？其果無謂乎？天下莫大於秋毫之末，而泰山爲小；莫壽乎殤子，而彭祖爲夭。天地與我並生，而萬物與我爲一。既已爲一矣，且得有言乎？既已謂之一矣，且得無言乎？一與言爲二，二與一爲三。自此已往，巧歷不能得，而況其凡乎？故自無適有以至於三，而況自有適有乎？無適焉，因是已。……昔者，莊周夢爲胡蝶，栩栩然胡蝶也，自喻適志與，不知周也。俄然覺，則蘧蘧然周也！不知周之夢爲胡蝶與？胡蝶之夢爲周與？周與胡蝶，則必有分矣，此之謂物化。（莊子齊物論）

碧雲引風吹不斷，白花浮光凝椀面。一椀喉吻潤；兩椀破孤悶；三椀搜枯腸，惟有四椀發輕汗。平生不平事，盡向毛孔散；五椀肌肉清，六椀通仙靈，七椀喫不得，但覺兩掖習習清風生。蓬萊山，在何處？玉川子，乘此清風欲歸去。山上羣仙司下土，地位清高隔風雨。安得知，百萬億，蒼生命，墜在崖巔受辛苦。便爲諫議問蒼生：「到頭還得蘇息否？」（盧仝走筆謝孟諫議寄新茶）

六詼諧體　詼諧體乃是本於機警智慧，而表以溫和有趣之情調，以使人歡悅之文體。此類文字最要者不可濫用不休，流於輕鄙；亦不可以之阿諛取悅，尤不可以之專求娛樂；須爲增加語彩而作，主在使人感覺新穎，意味延長。如只剎那一瞥一笑而已，則反失卻詼諧之眞價值，必引起人之輕視或厭惡。今舉例以示詼諧體。

管城子無食肉相，孔方兄有絕交書。文章功用不經世，何異絲窠綴露珠。校書著作頻詔除，猶能上車問何如。忽憶僧牀同野飲，夢隨秋雁到東湖。（黃庭堅戲呈孔毅父）

讀書人，最不齊，爛時文，爛如泥；國家本爲求才計，誰知道變做了欺人技。三句承題，兩句破題，擺尾搖頭，便道爲聖門高弟。可知道三通四史，是何等文章？漢祖唐宗是那一朝皇帝？案頭放高頭講章，店裏買新科利器；讀得來肩背高低，口角噓唏。甘蔗渣兒，嚼了又嚼，有何滋味。辜負光陰，白白昏迷一世，就叫他騙得高官，也是百姓朝廷的晦氣。（徐靈胎洄溪道情時文嘆）

六、客觀之文體

客觀之文體乃由思想之性質，與言語之特徵而定者。此文體有其本體之規範，不能隨作者之意向而變更其本體。思想之性質，可大別之，曰知情二者。而知乃以知識爲主，又可分爲記事文，敍事文，說明文，議論文。情乃以感情爲主，又可分爲詩歌，小說，戲劇。言語之特徵可大別之，曰時間與性質。而時間乃以時代爲主，可分爲古文體與今文體。性質乃以文字特性爲主，可分爲雅文體與俗文體。玆略述之於此。

（一）由思想性質表現之文體

吾人因遇事物而生思想，然後以文字表達思想，而成文章。爲文須先有正確之思想，思想性質之不同，卽有不同之文體。大抵依思想性質，可分爲知、情二類。知則多傾向於思索與理智，其效力可使人知或理會。情則多傾向於情緒與想像，其效力可使人感動或神往。

（甲）知

一記事文　記事文，根據物形而述出，使讀者一見便與作者有同樣之物形，而想像到物體之形態色彩，作者對物體宜有綿密之觀察。若爲實物，則親作觀察。若爲想像之物體，則想像得如同在眼前之鮮明，而後方可下筆。

記事文若用觀察時，或有綿密觀察各部分之細微，或擒住全體鮮明之印象。前者爲硏究之態度，不關感情，以冷眼客觀態度記述。後者爲文人之態度，將物體之印象確實記述。前者爲科學之記事文，後者爲藝術之記事文。科學之記事文，爲關於一個物體所觀察之報告，將實物各部分之形態色彩一一列擧出來爲目的。其記事宜順序，蓋由大及小，由巨及細，不可錯亂。藝術之記事文，主要目的，在刺激讀者之想像力，將印象描寫得有興味，有快感。此類文體，不可陷於虛僞，宜言之有物。故須切實注意下列條件。

第一擒住特色　藝術之記事文，不必羅列實相之巨細，只要能刺激讀者之想像力已足。故選擇其特色，乃最要之工夫。

第二敍述印象　作者對於人物或物體，敍述其形色時，先敍其心中所得之印象；於此可想見其人物或物體，記極美之景色，或美人之容貌，以此方法爲最有效。

第三用聯想動作之語句　爲使記事生氣蓬勃，故常用聯想動作之語句。如山而曰聳然高山，如水而曰水流潺潺。此種聯想動作，皆使心之活躍更盛。

第四擒住活動之瞬間　描寫物體最要者能擒住其活動之瞬間。大抵雖極靜者亦有動之一面。如歐陽修醉翁亭記曰「已而夕陽在山，人影散亂，太守歸而賓客從也。樹林陰翳，鳥聲上下，遊人去而禽鳥樂也。」此乃於寂然不動之山，而加以活動之描寫，更能顯淸新之景色。

第五敍事體之記事　全然以敍事或說話體記述，而敍時順序，以達到記事之目的。此在紀行日記或歷史一類文中，將敍事作爲目的而挿入記事時，可使敍事體更調和有力。

第六須有權衡　描寫物體，精細綿密，記其光景之主要點固爲必要；而簡單記述，或省略事物之通有性，猶宜臨時加以權衡。而權衡之內，最要者，須有記事之中心點；中心點既定，而後方易於記事。如寫景先就遠景記述其大概，而後記出近景。或記景之前或記其後，或記側面，可以自由移動而變更。

二敍事文　敍事文或稱敍述文，亦與記事文相同，皆爲關於人物或物體之文。不過記事文以記事物之靜止姿態爲目的，而敍事文則以敍述事物之動作變化爲目的。

敍事文既有動作變化，則必注意於時間之連續。夫事物關係複雜，有不易敍述之困難。爲避免此種困難，須注意先有敍事文之主想，觀察點，以及流動等條件。

㈠敍事文之主想　敍事文總須有目的，而目的大別有二：一向上之目的，務影響讀者思想爲目的。如佛經傳記一類，或近代歷史之能說明社會眞象者。二以與讀者樂趣爲目的，可稱爲美術之目的。大抵一種敍事文很少兼有二者，即或有之，亦有輕重之分；偏重於何項，則何項即爲一篇文字之重要目的，即其主想；主想一定，則材料之取捨自有一定，與主想有關者取，無關者則捨。

㈡敍事文之觀察點　敍事文既定觀察點，不啻作者立有相當之地位，而觀察時無論對於何種材料，或屬聞自他人，或屬集自報告，必以最重要者爲中心；必須觀察點一致，以免散漫。但複雜之敍事，觀察點亦可以隨意變動。蓋不如此，則不足以表現各方面之情形也。

㈢敍事文之流動　敍事文必須流動。注意敍事時間之開展前進。流動速者則簡單敍述。流動緩者則綿密敍述。然事無巨細，總須互相呼應，集中於一歸結點。敍事既重在流動，則流動須遲速適當，更須防流動中止。流動中止即插入說明，或會話，使人物之舉動一時停滯。若流動屢屢中止，必使敍事失敗，不可不戒。關於流動敍事之秩序，通常有三法：一、依時間之順序敍述。二、依原因結果之關係，或並行之事件敍述。三、事件中有興味之部分敍述。第一種方法，如敍人物傳記，須順序將降生以前之環境以及降生，幼時，壯時進而至於老衰，死亡，歿後對社會之影響等加以敍述。若逆而顚倒，似非所宜。第二種方法，是因果關係要明白。如敍人物傳記，先敍其家庭，次敍某爲政治家，某爲社交家，某爲詩人，各條不紊，有前後因果之統一性。第三種方法，為特別誘人之興味，例如小說中以戰爭激烈情形起，或以義理與愛情衝突煩惱起，或以殺身事起，總以能惹人注意爲目的。而後依材料之安排秩序而敍述。

三說明文　說明文又稱解釋文，以說明事物之理爲目的，須立於公平無私之立場，此說明文之第一特色也。

說明文既純乎表示事物之眞相，故無修辭之誇張，無激於感情而謬於實相之事。其效用甚廣，人凡使複雜事物簡單，使難解事物平易，使曖昧事物明白，使錯雜事物明確，皆宜用說明文。要之有使讀者了然理解事物全體，而無遺漏之效用。如新聞家之報告事物，科學家之報告研究，教師之解釋問題，批評家之論文，古書外國書之解釋，凡解釋事物之眞者，皆用說明文。

四議論文　議論文，爲論述事物之眞諦，判定事物之理。故多引古今事物，或史事，或古今聖人賢哲之嘉言，乃至君子善人之嘉謨，諺語俗話之足法者，以爲議論之根據。而示人以一種結論。

（乙）情

一、**詩歌**：詩之文體，乃人生熱烈情感之表現。其內容則有眞摰高妙之情緒；其形式，則有簡練諧和美妙之文字。西洋詩歌分爲三類，即敍事詩、抒情詩、劇詩是也。

敍事詩是作者置身物外，以客觀之方法，表現外界之動作與情感者也。其性質：一、非個性乃客觀者，二、敍人所熟悉之大事，三、敍英雄之事，四、敍超自然之事，與神奇之人物，五、敍國家史事，六、想像、追懷、適用於過去之事，七、注意結構之單純，務引起讀者之注意，八、注意集中於行爲之敍述，不加解釋。

抒情詩乃自己之寫照，用主觀之方法，抒發自己之情感者也。其性質：一、富有個性而主觀，二、關於愛情之事，三、關於悲感之事，四、關於諷刺之事，五、關於自然界之感覺，六、關於愛國心，七、個人生活。

劇詩兼用主觀客觀之法，表示一客觀之動作，而經演員以豐富之情緒演成。其性質：一、寫意志與境遇命運之搏鬥，二、人生之否定，三、人生之肯定，四、滑稽，五、諷刺意味。

中國之詩、則有風雅頌之別，風多爲抒情詩，雅頌有敍事詩之成份，頌用於宗廟祭祀。至于楚辭漢賦，則詩之變也。

漢之樂府，古詩（四言、五言、七言），唐之近體詩，宋詞、元曲，乃至近代之新詩，此中國詩，發展之大概也。子夏詩序云：「詩者志之所之也，在心爲志，發言爲詩，情動於中而形於言……。」遂分詩體爲風、雅、頌三者。胡元瑞曰：「曰風、曰雅、曰頌，三代之音也，曰歌、曰行、曰吟、曰操、曰詞、曰曲、曰謠、曰諺，兩漢之音也。曰律、曰排律、曰絕句，唐人之音也。詩至於唐而格備，至於絕而體窮，故宋人不得不變而之詞，元人不得不變而之曲。」茲依徐師曾詩體明辨略爲述之。至於詞、曲、已成一定體式，已泛論於前矣，此不具載。

1. 樂府　徐伯魯曰：樂府者，樂官肄習之樂章也。劉勰曰：詩爲樂心，聲爲樂體。體在聲，瞽師務調其器；心在詩，君子宜正其文。雖然，難言矣。工於詞者未必協於調，諧於律者未必佳於詞。安得律詞兼善者而使之作樂哉？唐虞三代不可及矣，漢興高帝命叔孫通因秦樂人制宗廟樂，房中之樂則命唐山夫人造辭。武帝時以李延年爲協律都尉，多舉司馬相如等數十人，造爲詩賦，較論律呂，以合八音之調，可謂當矣。然桂華雜曲，麗而不經，赤雁羣篇，靡而非典。逮及晉世，傅玄張華曉暢音律，所作多有可觀。然荀勗改杜夔之調，聲節哀急，不足多也。自梁陳以及唐宋，新聲日繁，然較之古詞，則相去遠矣。胡元瑞曰：三百篇薦郊廟，被絃歌，詩即樂府，樂府即詩。猶兵寓於農，未嘗二也。詩亡樂廢，屈宋代興，九歌等篇以侑樂，九章等作以抒情，而歧途兆矣。至漢郊祀十九章與古詩十九首不相爲用。詩與樂府，門類始分。然厥體未甚相遠。如青青園中葵，盈盈樓上女，靡非樂府也。自魏文兄弟酬唱新什，更創五言，節奏、格調迥與古異。自是有專工古詩者，有偏長樂府者，梁陳而下，樂府古詩變爲律絕，唐人李杜高岑名爲樂府，實則歌行。下此益入卑庸怪麗矣。唐末五代復變詩餘，宋人之詞，元人之曲，製作紛紛，皆曰樂府，不知古樂其亡久矣。

2.樂府歌行　徐伯魯曰：樂府命題，名稱不一。蓋自琴曲之外，其放情長言，雜而無方曰歌；步驟馳騁，疏而不滯曰行。兼之曰歌行。述事本末先後有序以抽其意者曰引，高下短長委曲盡情以道其微者曰曲。吁嗟慨嘆悲憂深思以伸其鬱者曰吟，因其措辭之意曰詞。本其命篇之意曰篇，發歌曰唱，條理曰調，憤而不怒曰怨，感而發言曰歎。又有以詩名者，以弄名者，以章名者，以度名者，以樂名者，以思名者，以愁名者。唐庚云，古樂府命題皆有主意，後人用以爲題，宜當代其人措辭，有所分別。而胡元瑞則又謂漢魏歌行吟引，率可互換。唐人稍別體裁，然亦不甚相遠也。胡元瑞曰：余考漢魏六朝唐人詩，有三言四言五言六言七言雜言近體排律絕句諸體，樂府中皆備有之。練時日雷震震等篇，三言也；箜篌引善哉行等篇，四言也；鷄鳴隴西等篇，五言也；烏生鴈門等篇，雜言也；妾薄命等篇，六言也；燕歌行等篇，七言也；紫騮枯魚等篇，五言絕也；皆漢魏作也。挾瑟歌等篇，七言絕也；折楊柳梅花落等篇，五言律也；皆齊梁作也；虞世南從軍行耿湋出塞曲五言排律也；沈佺期盧家少婦王摩詰居延城外七言律也；

皆唐人作也。五言長篇，則孔雀東南飛也；七言長篇，則木蘭歌也。是樂府於諸體無不備也。

3. 近體歌行

胡元瑞曰：歌之名義，由來久矣。南風擊壤興於三代之前，易水越人作於七雄之世。如騷之九歌，安世房中郊祀鼓吹並登樂府。孝武以還，樂府始有行名，如大演隴西豫章長安京洛東西門等作，皆是也。較之歌曲，名雖有異，體實相同。至於長短燕鞠等篇，合而一之，不復分別。又總而目之曰相和等歌。則知歌者曲調之總名，原於上古；行者歌中之一體，創自漢人明矣。

胡元瑞曰：專以七言長短爲歌行，餘隸別體，自唐人始。漢魏殊不爾也。漢魏諸歌行，有三言者，郊祀歌董逃行之類。四言者，安世歌善哉行之類。五言者，長歌行之類。六言者，上留田妾薄命之類皆是也。自唐人以七言長短爲歌行，餘體皆別類樂府矣。

徐伯魯曰：按歌行，有有聲有詞者，樂府所載諸歌是也；有有詞無聲者，後人所作諸歌是也。其名多與樂府同，而曰咏曰謠曰哀曰別，則樂府所未有。蓋卽事命篇，既不沿襲古題，而聲調亦復相遠，乃詩之三變也。故今不入樂府，而以近體歌行括之。使學者知源之有自，而流之有別云。

胡元瑞曰：凡詩諸體，皆有繩墨，惟歌行出自離騷樂府，故極散漫縱橫。初學當擇易下手者，今略舉數篇：青蓮擣衣曲百囀歌杜陵洗兵馬哀江頭，高適燕歌行，岑參白雪歌別獨孤漸，李頎緩歌行送陳章甫聽董大彈胡笳，王維老將行桃源行，崔灝代閨人行路難渭城少年，皆脈絡分明句調綏暢，易於取法。

4. 五七言古詩　徐伯魯曰：五言古詩，始於西漢蘇武李陵，嗣是汪洋於漢魏，汗漫於晉宋，至於陳隋而古調絕矣。唐初承前代之弊，幸有陳子昂起而振之，遏貞觀之微波，決開元之正派，號稱中興。於時李杜王孟相繼而起。元和以下，遺響復息。至論其體，則劉勰所云：五言流調，清麗居宗者是也。他如扶風歌五言詠夏日歎等篇，雖云五言，實爲雜體，學者詳之。七言古詩，始於柏梁，聲長字縱，易以成文。其蘊氣琱詞，與五言略異。漢魏諸作，既多樂府，唐代名家，又多歌行，故此類佳者亦希。然樂府歌行，貴抑揚頓挫，古詩貴優柔和平，循守法度，其體自不同也。

5. 雜言古詩　徐伯魯曰：按古詩，自四五七言之外，又有雜言。大略與樂府歌行相似，而其名不同。故別爲一類，以繼七言古詩之後，庶學者知所辨焉。

6. 近體律詩　徐伯魯曰：按律詩者，梁陳以下，聲律對偶之詩也。詩至梁陳儷句漸多，雖名古詩，已具律體。唐興沈宋之流，更加精練，號爲律詩。其後寖盛，雖不及古詩之高遠，然對偶音律亦文章之不可缺者。其詩一二名起聯，三四名頷聯，五六名頸聯，七八名尾聯，又名落句。間有變體，各附注之，其三韻則五言中之別體也。大抵律詩之作，或因情以寓景，或因景以見情。以格調爲主，意興經之，詞句緯之，以渾厚爲上，雅淡次之，穠豔又次之。若論其難易，則對句易工，結句難工，發句尤難工也。學者知此，而各克其才，則盛唐可復見於今矣。

7.排律　徐伯魯曰：按排律原於顏延之謝瞻諸人。梁陳以還，儷句尤多；唐興始專此體，而有排律之名。大約其體不以煅鍊爲工，而以布置有序，首尾貫通爲上。

8.絕句　徐伯魯曰：按絕句詩原於樂府。五言如白頭吟出塞曲桃葉歌歡聞歌長干曲團扇歌等篇。七言則如挾瑟歌烏棲曲怨歌行等篇。下及六代，述作漸繁。唐初穩順聲勢，定爲絕句。絕之爲言截也，卽律詩而截之也。故凡後兩句對者，是截前四句；前兩句對者，是截後四句。全篇皆對者是截中四句，皆不對者是截首尾四句。故唐人絕句皆稱律詩。觀李漢編昌黎集，絕句皆入律詩，蓋可見矣。大抵絕句詩以第三句爲主，能以實事寓意，則轉換有力，旨趣深長也。

按：亦有以絕句先於律詩者。

9.六言詩　按六言詩，昉於漢司農谷永。魏晉間，曹陸間出，其後作者漸多，亦不過詩人賦咏之餘耳。然自梁陳以下，迄乎中唐，多有其詩，不可謂非詩之一體也。

10和韻詩　徐伯魯曰：按和韻詩有三體：一曰依韻，謂同在一韻中而不必用其字也；二曰次韻，謂和其原韻而先後次第皆用之也；三曰用韻，謂用其韻而先後不必次也。如昌黎集有陸渾山奉和皇甫湜，用其韻是也。古人賡和，答其來意而已，初不爲韻所縛。如高適贈杜甫云：草玄今已畢，此外更何言。甫和之則云：草玄吾豈敢，賦或似相如。又如韋迢早發湘潭寄杜甫云：相憶無南雁，何時有報章。甫和云：雖無南過雁，看取北來魚。又如高適人日寄杜甫云：龍鍾還忝二千石，愧爾東西南北人。甫和云：東西南北更堪論，白首扁舟病獨存。又如杜甫和裴迪逢梅相憶見寄云：幸不折來傷歲暮，若為看去亂鄉愁。是答迪詩中折來不得同看之語。古人止採其意見答，不聞和韻也。又如杜甫王維岑參和賈至早朝大明宮詩各自成篇。甫第云：詩成珠玉在揮毫。參云：陽春一曲和皆難。幷其意不用，況於韻乎？中唐以還，元白皮陸更相倡和，由是此體始盛，然皆不及他作。嚴羽所謂，和韻最害人詩者此也。又有因韻而增為之者。如柳宗元河東集有同劉二十八院長述舊言懷，感時書事，奉寄澧州張員外，使君署五十二韻之作，因其韻增至八十是也。又有置其所用韻而惟取其餘韻者。如河東集載酬韶州裴曹長使君寄道州呂八大使溫，因以見示二十韻。自序云：韶州幸以詩見及，往復奇麗，用韻尤為高絕，余因拾其遺韻酬焉。凡為韶州所用者置不取，其聲律言數如之是也。此皆由依韻而廣推之，故附著於此。

11聯句詩　徐伯魯曰：按聯句詩起自柏梁人各一句，集以成篇。至魏懸瓠方丈竹堂讌饗，則人各二句，稍變前體。自此之後，體遂不一。有人各四句者，如陶靖節集所載是也。有人各一聯者，如杜甫與李之芳及其甥宇文彧所作是也。有先出一句，聯者對之，聯者就出一句，前人復對之者，如昌黎集載城南詩是也。然必其人意氣相投，筆力相稱，而後能為之。否則狗尾之續，難免於譏矣。

二、小說　將人生日常精彩之生活與經歷，凝宿成想像事實之事例，而以通俗之文體，或俊雅有

趣之筆調，寫出足以怡悅消遣之長篇文體，謂之小說。其構成要件有三，即精密之結構，活潑之人物，時地人之背景是也

結構應注意㈠繁複對象之選擇㈡事理之補充。前者唯一方法即使雜亂之事單純化。不必要之處盡量删去，必使全篇無一字一句之贅疣。小說結構，有簡單者又有複雜者。簡單者祇用一個人物，只描寫此人之性格與行爲，或只敍一件事情，從原因直到結果，一直敍述。複雜者則所用不祇一人一物，事件亦不止一端。然須使複合情節中之各部分聯貫成一整體。單純化乃是使複雜之人事，具體化。大概結構可分爲解剖之結構與綜合之結構。從小說之起點出發，按順序一直推究，以至論理之頂點，此即綜合之結構也；從小說之某項高潮點出發，一直溯行至離得很遠之起端，此即解剖之結構也。結構若過於單純，則流入單調；必須於人事進行中，挿入偶然之事變，產生波瀾，使讀者發生興趣，而線索又井然不亂，此亦一種妙法。小說之結構，可以分作起始，展開，頂點，釋明，結局各部。惟沂代之性格小說與心理小說內，大抵沒有結局，不使事件有一個結局。

小說之事件皆由人物演成，蓋無人物即無小說矣。關於小說人物之來源可分三種：（一）自己直接觀察而得；（二）從舊說與傳聞得來；（三）由想像造成。左拉(Zola)爲要描寫酒肆，不惜走徧巴黎酒肆去詳細觀察。然而對於小說中男女之放蕩淫佚，是難有直接經驗，乃出於想像耳。

人物，可分爲靜與動二者。靜者在小說中從頭至尾，是一定形，沒有任何變化或發展；動者則自開篇至書尾，因四圍之境遇，自己意志或他人意志之影響而有消長變化。一部小說內往往不止一個人

物，所以同一書中有靜之人物，也有動之人物。

作者對於人物態度，大概可分為三種：一是崇拜自己所創造之人物；二是冷眼看自己所創造之人物；三是同情自己所創造之人物；無論如何，作者之心卽要在人物胸中跳躍。

創造人物之過程，在作者之心中已成活物之後，卽要想出方法以表現人物。這方法極多，大體可分為直接表現法與間接表現法；（一）直接表現法，乃以作者之文字，將人物之性格，直接描寫出。作者站在讀者與人物之間。其中可分為註解法，描寫法，心理解剖法，別的人物之報告法等。註解法是由作者任意將人物之性格加以註解與說明。其長處在簡明，而短處則像做論文，又抽象而不具體。因此讀者不是和人物之活形親接，只是聽些無聊之說明而已。描寫法比註解法自然具體，但用太多，亦覺厭煩，必得輕描淡寫幾筆，而篇中能時時照到才好。心理解剖法，是在隨時隨地將這人物之心理描寫出，但人之心理複雜混亂，不易尋出下筆之線索，所以要新鮮顯明以表示出來人物之心理。別的人物之報告法，是作者借故事中別人之話去註釋，不必取全知之態度。（二）間接表現法，在使讀者體會全篇文字，然後才間接得知人物之特性。作者於此必須直敘其事，避免自己意見，只直敘其事不加詮釋。中間可分為說話法，行為法，給人之影響法，環境法等。說話法是作者用會話將人物之性格與內情活潑顯出。行為法是作者將人物之特色行為明確表現之，給讀者更深切之暗示。給人之影響法是作者寫一個人物給其他人物之反應，而暗示其人格。環境法是作者適宜之表現日常環境，以暗示人物之性格，卻是一個巧妙而便利之法。

描寫人物尤須注意背景。背景對於小說之功用可分兩種：一是補助動作之背景，一是補助人物之背景。前一種是以環境爲故事中之一部分，使環境與動作互相發生關係；後一種是使背景與篇中人物發生密切關係，不但有助於動作，與事實之明瞭，並且用以表現篇中人物之內部感情。

近代小說中背景與人之關係，最顯而易見，如職業身分與社會制度之背景。中流階級之生活，商人工人，貧民之生活。在近代小說中，一半是在人物性格上刻劃，一半是在背景上表現。其他如地方色彩，風景及氣候，亦近代小說作家所常用者。

從小說內容特質與目的看，可以分爲兩種：一爲傳奇小說，描寫普通生活上所鮮有之奇怪故事。將人間性變化而使其理想化，主要之要素卽興味。人物之性格，地方之色彩，以及思想，似乎都不大注意。傳奇小說中，含有故事，歌謠與寓言等，其他奇談稗史，無不具備。二爲寫實小說，卽描寫實際人生。此最重視人物之性格。

三、戲劇　戲劇是人生之映象。其文體重在溫柔哀苦而動人。

戲劇最重要者卽三一律（Three unities）：動作之一致，地點之一致，時間之一致也。動作之一致是在戲劇之情節，不宜過於複雜，最好描寫一事件。地點之一致，是在戲曲中情節發展，應該是始終在同一地方。時間之一致，是說事件必須不能超過二十四小時之限制。此亞里斯多德悲劇之法則也。後人遂多視爲金科玉律。莎氏比亞任意破壞此規律，蓋三一律不過戲劇創作時之方法，聊備作家抉擇耳。有才之作者，並不十分拘守規律。法國大文豪囂俄（V. Hugo）在其長篇歷史劇克倫威爾

(Cromwell)之序文言：「時間之一致，與地方之一致，皆無意義。無理之限定在二十四小時與一間屋子內之行爲，是同樣矛盾。一切之行爲，皆要特殊地方，適當時間。把時間同一使用分量，加在所有事件上，把同一限制加在一切東西上，此與說一樣之鞋，無論何脚皆可穿一般可笑。」其反對三一律的確有理。

三種一致之方法外，尚有幾條法則，卽原因(Cause)，展開(Development)，頂點(Climax)，與結局。結局在悲劇上，常常是死(Death)；在喜劇上，則多是結婚(Wedding)。在悲劇普通是全篇充滿着那結局之豫兆；喜劇則常常是突如其來，使人出乎意料之外。

戲曲大概分爲三種，卽悲劇，喜劇，與悲喜劇。

所謂悲劇，一言以蔽之，卽以人之意志與命運相戰，而以戰敗之事爲題材。大抵有三種：一是由於主人過失，二是由於主人犯罪，三是由於主人被人所殘害。

悲劇所及於觀者之效果，就是憐恤與恐怖。此感情可以提高吾人精神，醇化吾人思想。悲劇價値卽在此。

喜劇在亞里斯多德之詩學上看得極低，其身價不及悲劇。近代始爲人所重視。喜劇情趣濃郁，如滑稽之調笑，或愛情之成功等，皆在喜劇中可見。

悲劇與喜劇之外，尙有悲喜劇。此有時含於喜劇之中，實則不悲亦不喜，惟其結局幸福耳。或稱爲調和之戲劇，謂喜劇與悲劇之要素同時調和也。

悲劇之主角結局多是死亡。喜劇之收場，一切人物皆融和而幸福。有當初是惡，後受相當刑罰，遂痛改前非，轉惡爲善。或善人最初受虐待，後來得優遇，而能揚眉吐氣，此卽悲喜劇是也。

近代戲劇傾向於：（一）比較短。（二）對話注重，不可有廢話。（三）側重內心之動作。（四）處理人生之一切問題，特努力於描寫人生內在之經驗。（五）無一定之形式。（六）以處理社會問題爲要點。

（二）由言語特徵表現之文體

屬於言語特徵表現之文體，往往因各國言語文字與用字習慣之不同，而生出彼此差異而不能相同。中國文字乃以歷史長久，領土廣濶，風俗變遷，意志複雜，傳統、影響等種種因素，而使言語有所改變，文體亦有改變。今若分析之，以時間而言，則可分爲古文體，今文體。以性質而言，則可分爲雅文體，俗文體。

（甲）時間之分類

一古文體　如周秦文體，漢魏六朝文體，唐宋文體是也。袁宏道論文上謂：「古文貴達，學達卽所謂學古也。學其意，不必泥其字句也。……大抵古人之文，專期於達」，辭至達，而可矣。

二今文體　今文體對於古文體而言。乃當代語言文字之文體。蓋發表思想傳達情感，於今日自以現代語言文字爲宜。近者時勢轉移，思想生活大異於前，語言文字亦有差異，文學爲之一變，今文體卽產生。今之所稱今文體大抵爲語體，今提倡今文體者，或詆文言爲死朽。保存古文體者，或斥白話爲粗俗。遂引起文言文與語體文之爭。語體與文言，特思想表出方式不同耳，而其美惡優劣之標準固無所異。只居今日執筆爲文，自不宜寫佶屈聱牙之文，但亦不宜寫粗鄙穢褻之語體文。得其宜可也。

(乙) 性質之分類

一雅文體　雅文體卽文字純正不流卑俗之文體。劉海峯論文偶記所謂：「文貴高」卽雅是也。其言曰：「文到高處，只是樸淡意多。譬如不事紛華，翛然世味之外，謂之高人。昔人謂子長文字峻，震川謂此言難曉，要當於極眞極樸極淡處求之。」蓋雅文體宜避免粗俗字句，宜避免華麗文字，宜避免隱晦難解辭句，宜避免淺薄乏味語。此桐城派立文之大端也。

二俗文體　俗文體乃俚俗之文，與雅相反者也。姚鼐與陳碩士書云：「大抵作詩古文，皆急須先辨雅俗。俗氣不除盡，則無由入門，況求妙絕之境乎？」此爲雅而發也。然文唯求其當，唯求順文理之自然可矣。若刻意求雅或專意爲俗，皆失於自然之文理矣。故文而能當，雖儷辭散文共篇，雅麗通俗同章，亦無不可也。

七、近代文體之分類

近代文體家，多分爲論說文，抒情文，記敍文，應用文四者，以統古代之文體。亦簡捷明曉，頗有可取。論說文者，凡論辨、解釋、說明事理者皆屬之。抒情文者凡抒發情性，或優美秀麗，或哀惋悲悼，或壯偉寬宏之類，皆屬之。記敍文者凡記載事情，敍述人，物，時地之詳情者皆屬之。應用文者凡書信、公文、佈告、函咨、詔令、表奏皆屬之。此特略分之耳。有時記敍文中，可以論理；應用文中，可以抒情。變而通之，神而明之，則在學者之駕御耳。

附　研究修辭學所應參考之書目

周子夏詩大序　魏曹丕典論論文　晉陸機文賦　梁劉勰文心雕龍　梁鍾嶸詩品　梁任昉文章緣起
梁蕭統文選　唐司空圖二十四詩品　唐劉知幾史通　唐日僧徧照金剛（空海）文鏡秘府論
宋王應麟辭學指南　宋歐陽修六一詩話　宋劉攽中山詩話　宋計有功唐詩紀事　宋眞德秀文章正宗
宋吳幵優古堂詩話　宋阮閱詩話總龜前集　宋王銍四六話　宋張表臣珊瑚鉤詩話
宋陳巖肖庚溪詩話　宋葛立方韻語陽秋　宋吳聿觀林詩話　宋謝伋四六談麈
宋胡仔苕溪漁隱叢話　宋陳騤文則　宋王正德餘師錄　宋魏慶之詩人玉屑
宋吳子良荆溪林下偶談　宋李耆卿文章精義　宋周密浩然齋雅談　宋范晞文對牀夜語
元王構修辭鑑衡　元潘昂霄金石例　元朱荃宰文通　元陳繹曾文說
元陳繹曾文筌　明王世懋藝圃擷餘　明唐順之文編　明吳訥文章辨體
明賀復徵文章辨體彙選　明徐師曾文體明辨　明徐師曾詩體明辨　清章學誠文史通義

清唐彪讀書作文譜　清梁章鉅制義叢話　清魏際瑞伯子論文　清魏禧日錄論文
清劉熙載文概　清王蘇喻林一葉　清呂璜初月樓古文緒論　清薛福成論文集要
清俞樾古書疑義舉例　吳曾祺涵芬樓文談　林紓畏廬論文　姚永樸文學研究法
王國維人間詞話　民國劉師培古書疑義舉例補楊樹達古書疑義舉例續補　古書疑義舉例叢刊

另第一篇修辭學發展中所列中西之書目，此未敍及者，亦宜參考。

日人島村龍太郎新美辭學　日人坪內逍遙美辭論稿　日人五十嵐力新文章講話
日人佐佐政一修辭法講話　近人楊樹達中國修辭學　陳望道修辭學發凡（香港九龍印行）（臺灣學生書店改其名曰修辭學釋例）
陳介白修辭學講話　傅隸僕修辭學　洪北江修辭學論叢
李曰綱先生作文的技巧　王忠林博士中國文學之聲律研究　黃永武字句鍛鍊法　張夢機近體詩發凡

又歷代詩文評之書，如四庫所載者亦宜參考。叢書所集詩文評之書頗多，亦可參研。如明陸雲龍輯翠娛閣詩選行笈必攜。楊成玉輯詩話。清何文煥輯歷代詩話。朱琰輯詩觸。王啓原輯談藝珠叢。顧龍振詩學指南，王祖源輯學詩法程。王簡三家詩話選。民國周鍾游輯文學津梁。郭紹虞羅根澤編中國古典文學理論批評叢書。中國古典文學出版社輯中國文學參考資料小叢書丁福保輯歷代詩話續編、清詩話。

中華語文叢書
修辭學發微

作　　者／徐芹庭　著
主　　編／劉郁君
美術編輯／中華書局編輯部

出 版 者／中華書局
發 行 人／張敏君
行銷經理／王新君
地　　址／11494 台北市內湖區舊宗路二段181巷8號5樓
客服專線／02-8797-8396　　　傳　　真／02-8797-8909
網　　址／www.chunghwabook.com.tw
匯款帳號／兆豐國際商業銀行　東內湖分行
067-09-036932　中華書局股份有限公司

法律顧問／安侯法律事務所
印刷公司／維中科技有限公司　海瑞印刷品有限公司
出版日期／2015年11月三版一刷
版本備註／據1974年8月二版復刻重製
定　　價／NTD 430

國家圖書館出版品預行編目（CIP）資料

修辭學發微 / 徐芹庭著. -- 三版. -- 臺北市 :
中華書局, 2015.11
面 ; 公分. -- (中華語文叢書)
ISBN 978-957-43-2869-7(平裝)

1.漢語 2.修辭學

802.75　　　104020203

NO.H0016
ISBN 978-957-43-2869-7（平裝）